河出文庫

シャーロック・ホームズ全集③

シャーロック・ホームズの冒険

アーサー・コナン・ドイル
小林司／東山あかね訳
[注・解説] R・L・グリーン／高田寛 訳

kawade bunko

河出書房新社

シャーロック・ホームズの冒険◎目次

シャーロック・ホームズの冒険　小林司／東山あかね訳

はじめに

日本語に訳されたシャーロック・ホームズ物語は多種ある。その六十作品全てを独りで訳出された延原謙さんの新潮文庫は特に長い歴史があり多くの人に読みつがれてきた。延原さんの訳文は典雅であり、原文の雰囲気を最もよく伝えていたが、敗戦後まもなくの仕事であったから、現代の若い人達には旧字体の漢字を読むことができないなどの不都合が生じてきた。そこで、ご子息の延原展さんが当用漢字ややさしい表現による改定版を出された。こうして、親子二代による立派な延原訳が個人全訳として存在している。

しかしながら、私どもシャーロッキアンとしては、これまでの日本語訳では満足できない面があった。どんな点に不満なのかを記すのは難しいが、一例を挙げれば、かもし出される雰囲気である。たとえば、言語的に、また、文法的に正しい訳文であっても、ホームズとワトスンや刑事などの人間関係が会話に正しく反映されていなくては困る。また、ホームズの話し方が「……だぜ」「あのさー……」などというのと、

「……だね」「それでね……」というのとでは品格がまるで違ってしまう。さらに、表現を中学生でも読めるようになるべくわかりやすく簡潔な日本語にしたいと思った。

新訳を出すもう一つの目的は、注釈をつけることであった。既にベアリング・グールドによる大部な注釈書（ちくま文庫）があったが、これはあまりにもシャーロッキアン的な内容であった。事件が起きた月日を確定するために、当日の実際の天候記録を参照するなどである。もっと偏りのない注釈を私どもの手で付けようとして準備を進めていたところ、英国のオックスフォード大学出版部から学問的にこれ以上のものを望むことのできないほど素晴らしい注釈のついたシャーロック・ホームズ全集が一九九三年に刊行された。屋上屋を重ねる必要はないので、私どもの案をやめ、オックスフォード版の注釈を訳出することにした。先に、グールドの注釈を全訳し、その後ロンドンに一年余り住んでおられた高田寛さんが幸いにもその大役を引き受けてくださったので、私どもが訳した本文以外の部分はオックスフォード版から高田さんに訳していただいた。よって、今回のホームズ全集は小林・東山・高田の合作である。

この全集の底本について述べておきたい。底本について何を選ぶかについては、いろいろな考え方がある。ドイルが最初に連載した「ストランド・マガジン」。それを基にして単行本九冊にまとめた各初版本。それを合本にして、短篇集と長篇集という二巻本の形にして一九二八年以来七十年間も一貫して刊行し続け、ドイルが最も信頼をおいていたと言われるジョン・マリ版。新たに発掘された原稿などにも当たって、厳密に著述順に編集し直したオックスフォード版。それらには微妙な違いがあり、そのうちのどれを選ぶか。注釈をオックスフォード版から採っているのであるから、本文もオックスフォード版から採るのが当然であろう。しかし、著作権の問題があって、全集予告パンフレットにもあるように、最初はジョン・マリ版に基づくことにして『緋色の習作』の翻訳を進めてきた。しかし、著作権に触れないことがわかったので、『シャーロック・ホームズの冒険』以降は、急遽《きゆうきよ》本文の翻訳もオックスフォード版に基づくことに方針を切り替えた。テキストの大部分はマリ版と同じであるが、《花婿失踪事件》、《入院患者》、《ボール箱》などについては、マリ版と掲載順や内容が一部分異なることになった。

この巻には十二作の短篇が収められているが、各作品の表題について述べておきたい。日本語で読める全訳としては、長いあいだ新潮文庫の延原謙訳が代表的なものであり、七〇〇万部も出版されてきたという。それで、延原訳の表題になじんだ読者も多いことを考えて、なるべくそれを踏襲するように心掛けた。しかし、差別用語その他の理由で幾つかの表題だけを新しい訳名に変えた。原題との対照表を次に示しておく（かっこ内は、延原による旧訳で、今回採用しなかったもの）。数字はストランド・マガジンに発表された年月である。

A Scandal in Bohemia	ボヘミアの醜聞《しゅうぶん》	一八九一年七月
A Case of Identity	花婿《はなむこ》失踪事件	一八九一年八月
The Red-Headed League	赤毛組合（赤髪組合）	一八九一年九月
The Boscombe Valley Mystery	ボスコム谷の惨劇	一八九一年十月
The Five Orange Pips	オレンジの種五つ	一八九一年十一月
The Man with the Twisted Lip	唇の捩《ねじ》れた男	一八九一年十二月
The Blue Carbuncle	青いガーネット（青い紅玉）	一八九二年一月
The Speckled Band	まだらの紐《ひも》	一八九二年二月
The Engineer's Thumb	技師の親指（技師の拇指《おやゆび》）	一八九二年三月
The Noble Bachelor	花嫁失踪事件	一八九二年四月
The Beryl Coronet	緑柱石の宝冠（緑玉の宝冠）	一八九二年五月
The Copper Beeches	ぶな屋敷（橅《ぶな》屋敷）	一八九二年六月

この巻のイラストについては、単行本の初版本からシドニー・パジットの筆によるものを全部転載した。パジットはドイルに最も気に入られたイラストレイターであって、「彼のホームズの絵に沿って物語を書こう」とまでドイルに言わせた画家であっ

た。当時は写真印刷がまだなかったので、日本の浮世絵と同じく、彫り師が線に彫りあげたものが印刷されている。それで、S.P.というパジットのサインのほかに、彫り師のサインが入っている場合もある。初版本から直接に採ったイラストを全部入れた「シャーロック・ホームズの冒険」は、日本でこれが最初の出版であろう。文のほかに、イラストも楽しんでいただきたい。

最後に、M・Dというのは医学士（医学部卒業生）の称号にすぎないし、当時の医学教育の実情を検討しても、ワトスンは医学博士号を取得していなかったと考えられるので、「ドクター・ワトスン」を「ワトスン先生」と訳した。また、Doctorには「医者」という意味と「博士」という意味があり、そのため「ワトスン博士」と呼ばれることもあるが、本文訳者である小林と東山はワトスンは博士とは考えない。この点については注釈翻訳者の高田寛と意見を異にしていることをお断りしておきたい。なぜワトスンを医学士と訳したかは『シャーロック・ホームズ大事典』（東京堂出版）「医学士ワトスン」をご参照いただければ幸いである。

さらに、固有名詞の表記その他で私どもは高田寛と意見を異にする場合があったが、そのままにしてある（パジットとパジェット、ウォードとワード、など）。

小林司／東山あかね

シャーロック・ホームズ全集③

シャーロック・ホームズの冒険

小林司／東山あかね訳

挿絵　シドニー・パジット

ボヘミアの醜聞

シャーロック・ホームズにとっては、彼女は、いつでも「あの女」だった。他の呼び方をすることは、ほとんどないと言ってもいいだろう。ホームズの目から見れば、すべての女性が光を失うほど彼女は輝かしい存在なのだ。といっても、アイリーン・アドラーに対して、ホームズが、恋愛に似た感情を持っていたというわけではない[1]。すべての感情、なかでも恋愛感情は、冷静で物事に厳しく、しかも見事なまでにバランスのとれたホームズの精神にとっては、まったくじゃまなものなのだった。彼は、この世で最も完成した推理観察機械[2]のような男なのだ。ところが、恋人としては全く不器用な男に甘んじている。恋愛についての甘い熱情を、彼は冷たく笑ったり、あざけったりしなければ、語れないのだ。甘い熱情は、観察者にとっては、なかなか結構なものだった。ことに、人間の動機や行動をおおっているヴェールを、見事にひきはがす持ち主にとっては。しかし、彼のように、頭がよく訓練された推理家にとっては、きめこまかく整理されている心の中に恋愛感情が入ってくると、心の状態が狂って、混乱してしまうのである。ホームズのような性格の人間にとっては、こういう激しい感情が入り込むということは、精巧な機械に砂の粒がはさまるか、あるいは、ホームズが日頃愛用している、倍率の高い拡大鏡にひびがはいって見にくくなるようなもので、さらにやっかいなことをひきおこすのだ。しかし、そのホームズにも、たった一人だけそういう女性がいた。その女性というのが、謎《なぞ》に包まれた女として世の人の記憶に残っている、いまは亡きアイリーン・アドラー(3)である。

一連の奇妙なできごと――「四つのサイン」という表題をつけ、そこで大胆な語り口を用いて物語った、あの事件以降、わたしはほとんどホームズに会っていなかった。ホームズが予言したように、わたしの結婚が二人を遠ざけていたのである(4)。初めて一家の主人になり、わたしは幸せ一杯で、家庭におこるさまざまのできごとに、すっかり気をとられていた。また、ホームズも、彼のボヘミアン的性格のためか、あらゆる社交的な交流をいっさい避けて、あいかわらず、あのベイカー街の下宿で、古い本の山に埋もれて、コカイン(5)と野心との間を、来る日も来る日も行ったり来たりしていた。つまり薬でぼんやりすることと、彼独自の鋭い性格から生み出されるエネルギーを注いで、仕事をすることを繰り返していたのだ。ホームズは、あいかわらず輝かしい才能とすばらしい観察力を使い、熱心に犯罪研究をしていた。そして、警察があきらめたような難しい事件の手がかりを追い求め、その謎を解いたりしていたのだ。このような彼の活躍の噂《うわさ》を、ときどき風の便りに聞くことがあった。たとえば、トレポフ殺人事件の調査にオデッサへ招かれて行った(6)こととか、トリンコマリー(7)のアトキンスン兄弟の奇怪な悲劇を解決した(8)こととか、さらには、オランダ王室から頼まれた仕事を、手ぎわよく解決してみせたということだった。しかし、このくらいのホームズの活躍は、いつも新聞を読んでいる者なら、誰でもが知っていることだった。古くからの友人で、いつも彼と仕事を一緒にしていたわたしにも、彼についてはこれ以上のことはわからなかった。

　ある夜——一八八八年三月二十日——、患者の家へ往診した帰り道のこと（その頃、わたしは再び町で開業医を始めていた）わたしはたまたまベイカー街を通ったのだった。わたしは、妻に結婚を申し込んだ時のことや、「緋《ひ》色《いろ》の習作」事件の悲惨なできごとを思い出させる、あの、忘れようとしても決して忘れられないベイカー街のドアの前を通った時、ぜひともホームズに会ってみたくなった。彼のすばらしい才能を今はどのように使っているのか、どうしても知りたくなったのだ。彼の部屋には明るく灯がともっていて、ちょうどわたしが上を見上げると、ブラインドに、背の高いやせた影が、二回通り過ぎるのが映った。頭を下げて、両手をうしろで組み、部屋の中を早足で落ち着かない様子で歩きまわっていた。ホームズの性格も癖《くせ》も、隅から隅まで知っているわたしは、彼の態度やそぶりを見れば、すぐに何もかもわかるのだ。彼は再び、仕事に取り組んでいるのだ。薬が創りだした夢のような状態から抜けだして、新しくおきた難しい事件を一心に追及しているに違いない。呼びりんを鳴らすと、以前わたしの部屋だったところへ通された。

ホームズの態度は、感情をさらけ出すようなものではなかった。彼はいつでも、そういうふうなのだ。しかし、わたしに会えたのを喜んでくれていることは読みとれた。彼はほとんど口を開かなかったが、優しい目つきで、肘掛《ひじか》け椅子《いす》をわたしにすすめると、葉巻の箱を投げて渡してくれた。そして次に、部屋の隅に置いてある酒の台や、ガソジーン(9)を指さした。そして暖炉の前に立ち、いつものように、深く考え込むような様子でわたしを見つめた。

「君には、結婚生活が合っているようだね、ワトスン。しばらく会わなかったら、体重が七ポンド半(約三・七キロ)はふえたようだ」と、ホームズは言った。

「七ポンド(三・五キロ)だよ」と、わたしは答えた。

「そうかね。もう少しふえていると思ったが。もっと重いように見えるよ、ワトスン。君はまた、開業医を始めたようだね。しごとに戻るつもりだとは、聞いていなかったが」

「どうして、開業したとわかったのかな?」

「わかるさ。推理しただけのことだ。最近、雨にあってずぶ濡《ぬ》れになってしまったことや、君の家に、このうえもなく気のきかない、そこつな手伝いの女の子がいること

SP
W.&S.L.

だってわかるよ」

「いや、これはおそれいったよ。何世紀か前にもし君が生まれていたら、まちがいなく火あぶりにされていただろうね。たしかに、ぼくは、この木曜日に田舎道を歩いていて、ずぶ濡れになって家へ帰って来たんだ。でも、そのあと、すぐに服を着替えたよ。どうやって、その推理をしたのかわからないね。それからメアリ・ジェーンという女だが、これが救いがたい子でね。妻は本人に、やめてもらいたいと言ったそうだ。それにしても、そんなことがどうしてわかったのかね？」

ホームズは、一人でくすくすと笑い、長い、力強そうな両手をすり合わせた。

「きわめて簡単なことだよ。君の左の靴《くつ》の内側の、暖炉の火があたっている場所に、六本ほとんど並んで引っかき傷がある。これは、靴底のふちにこびりついた泥を、明らかに誰かが手荒に削り落とした時につけた傷跡だ。ここから、二つのことを推理できたのさ。一つは、君がひどい雨が降っているにもかかわらず、外出したこと。そしてもう一つは、君の家では、靴をだめにしてしまうような、ロンドンのきわめて質が悪い使用人の代表のような女を雇っているということさ。君が開業したことだって、部屋に入って来た紳士が、ヨードフォルム(10)くさいし、右手の人さし指に硝酸《しょうさん》銀(11)の黒いしみがついている、それに、聴診器(12)が入っていますよといわんばかりに、シルクハットの右側をふくらませていれば、開業中の医者だとわからないとすると、ぼくはよほどのまぬけだね」

ホームズが、推理の過程をこともなげに説明するのを聞いて、わたしは思わず笑いだしてしまった。

「君の種明かしを聞けば、きわめて簡単だから、ぼくにでも気軽にできそうだね。しかし、推理の方法を説明してもらわなかったならば、君の次々に出てくる推理に驚くだけだよ。ぼくの目だって、君と同じくらい、いいはずなのにね」

「そう、全くそうなんだ」と、答えながら、ホームズは紙巻きタバコに火をつけると、ひじかけ椅子に深く腰をおろした。「ただし、君の目は見ているだけで、観察していないということさ。この違いははっきりしている。たとえば、君は玄関からこの部屋への階段を、何回も見ているはずだね」

「そう、何回も」

「何回ぐらいだと思うかい?」

「まあ、数百回は確かだね」

「それでは、階段は何段あるか知っているかね?」

「何段かだって?　わからないな」

「そうだろう。やはり、君は見てはいるけれども、観察はしていない。観察することと見ることは、全く別のことなのだよ。ぼくが言いたいのは、この点さ。いいかね、あの階段が十七段あるということをぼくが知っているのは、見るだけでなく、観察しているからなのだ。ところで、君はこういうささいなことにも興味を持ってくれているし、ぼくの、取るに足りない体験を一、二、記録してくれているのだから、きっとこれにも興味を示すと思うがね」ホームズは、テーブルの上に広げてあった、薄いピンク色の厚手の便箋《びんせん》を投げて渡してくれた。「さきほどの配達[13]で来たものだ。読みあげてみたまえ」

　手紙には、日付も、差出し人の署名も、住所も書いてなかった。

「今夜、八時十五分まえ、非常に重大な問題について」とある。「あなたの意見を聞きたいと、ある人物が訪問します。最近、あなたがヨーロッパのさる王室になされた努力は、いかなる重要な事件でも信頼してあなたに任せることができるのを証明しています。あなたが信頼できるということは、各方面から聞いた情報によっています。それでは、その時刻に部屋にいてくださるよう。また、訪問者が仮装用のマスクをつけて行っても、気を悪くしないでいただきたいと存じます」

「謎に包まれた手紙だね。いったい、どういうことなのかね？」と、わたしは尋ねた。

「まだ、判断を下すようなデータはないよ。データがそろわないのに推理をするのは、大きな間違いだ。事実に合う理論を組み立てないで、知らないうちに、理論に合わせて事実をねじ曲げてしまいがちだからね。しかし、今はこの手紙のことだけを考えてみることにしよう。君は、この手紙からどんなことを推理するかね？」

わたしは手紙の文面と、その便箋をていねいに調べてみた。

「これを書いた人物は、おそらく、裕福な人間だと思うね」わたしは、ホームズの推理方法をまねようと努めながら言った。「こんな上等の紙は、一束半クラウン(14)は出さなければ買えない。ずいぶん変わった腰の強いゴワゴワした紙だ」

「ずいぶんというのは、実に的を射《い》た表現だよ。これはイングランド製の便箋ではないね。すかしてみるとわかる」と、ホームズは言った。

すかしてみると、「E」という

大文字と、「g」という小文字、そして「P」、「G」の大文字、「t」という小文字のすかしが入っていた。

「その字は、何を指すと思うかね?」と、ホームズはたずねた。

「便箋を作った会社の名前じゃあないかな。いや、それよりは、その会社の頭文字というほうが当たっているか」

「違うね。Gtというのは Gesellschaft《ゲゼルシャフト》、ドイツ語で『会社』という意味だ。これは、決まった省略の仕方で、英語でいうCo.〔Company(会社)の省略形〕と同じだ。PはPapierで、紙というドイツ語に決まっている。次はEgだけれど、ちょっと大陸地名辞典[15]を引いてみよう」ホームズは書棚から、大型の茶色の本を出してきた。「エグロウ、エグロニッツ[16]——ほう、エグリア[17]、これだ。ボヘミアにあるドイツ語地域の都市の名だ。カールスバート[18]から遠くない。『ヴァレンシュタインが亡くなったところで、ガラス工場と製紙工場が多いことでも有名』と書いてある。はっ、はっ。さて、これでわかったかね?」彼は目を輝かせながら、勝ち誇ったように、紙巻きタバコから青い煙をもうもうと吹き上げた。

「ということは、この便箋はボヘミア製ということになるね」わたしは言った。

「そう、そのとおり。そして、この手紙の差出人はドイツ人だ。文章が妙な構造になっていただろう。——『This account of you we have from all quarters received.(あなたが信頼できるということは、各方面から聞いた情報によっています)』というところさ。フランス人やロシア人は、こういうふうには書かないはずだ。動詞を文のおしまいに使っているのは、ドイツ人に決まっているよ。こうなると、残っている問題は、このボヘミア製の便箋に手紙を書き、顔を見られたくないから仮装用のマスクをつけて来るという、このドイツ人の求めているものはなんだろうか、ということだ。ぼくの間違いでなければ、そのご本人がお着きのようだ。きっとぼくたちの疑問も、これで解けるだろうね」

　彼が述べたように、馬のひづめのくっきりした音がした。そして、車輪が歩道の縁に当たってきしむ音が聞こえ、続いて呼びりんが強く鳴った。ホームズは口笛を鳴らした。

「あの音からすると、二頭立てだ」と、彼は言った。「ほら、やっぱりそうだったね」ホームズは、窓の外をちらっと見てから話し続けた。「小型のりっぱな四輪馬車《ブルーム》[19]で、馬も二頭ともすばらしい。一頭百五十ギニーはする。ワトスン、この事件は、ほかに何もなくとも、収入にはなりそうだよ」

「ぼくはもう帰ったほうがよさそうだね、ホームズ」

「かまわないよ、先生。そのまま居てくれたまえ。ぼくのボズウェルがそばにいてくれないと、お手上げだからね[20]。それに、これはおもしろくなること、請け合いだ。これを逃したら、きっと君は、残念に思うだろうしね」

「しかし、君の依頼人が……」

「心配することはないよ。ぼくが君の助けを必要としているということは、依頼人にとっても君が必要というわけさ。ほら、おいでになった。そこの肘掛け椅子に座っていてくれたまえ、先生。よく気をつけて、ぼくたちを見ていてほしいね」

どっしりと重々しい足音が階段を上って廊下に近づいたかと思うと、ドアの外で止まった。そして、威厳あふれた感じでドアをノックする大きな音がした。

「どうぞ、お入りください」と、ホームズは答えた。

身長が六フィート六インチ（二メートル）近くもありそうな、ヘラクレスのようにたくましい体格の男が入ってきた。ぜいたくな服装をしているが、それはイングランドではおそらく、悪趣味と思われるたぐいのものだった。ダブルの上着のそで口とえりには幅の広いアストラカン(21)の毛皮がついていて、肩からはおった濃い青色のマントの裏地は、燃えるように赤い絹だった。それをえり元で、きらきらと輝く大きな緑《りょく》柱石《ちゅうせき》の一つ入っているブローチでとめていた。さらに、ごていねいなことには、ぜいたくな茶色の毛皮の飾りを上の部分につけた、ふくらはぎのなかばまである長いブーツをはいていた。この、全体の外観から感じられる、この人物の田舎者らしい豪華さは、いっそう完璧になっていた。その男は、片手につばの広い帽子を持ち、顔の上半分を頬骨《ほおぼね》の下あたりまで隠す黒い仮装用のマスクをつけていた。彼は、部屋に入る直前にマスクの具合をなおしたらしく、入ってきた時には、まだそこに手をかけていた。顔の下半分を見たところ、強い性格の持ち主らしく、厚く突き出た唇と長く真っ直ぐなあごは、頑固といってもよいほどに、意志が強いことを思わせた。

「手紙は届いているであろうな？」男は、ひどいドイツ訛《なまり》のしわがれ声でたずねた。

「訪ねることは、あらかじめ知らせたはずだ」彼は、どちらに話しかけたらよいかわからぬままに、わたしたちの顔を交互に見た。

「どうぞお掛けください」と、ホームズは言った。「こちらは友人で相棒のワトスン先生、ときどき仕事を手伝ってもらっております。おそれいりますが、お名前を承らせていただきましょうか」

「ボヘミアの貴族、フォン・クラム伯爵《はくしゃく》と呼んでいただこう。ところで、こちらの、友人とかは、重要な打ち明け話をしてもかまわぬ、信用のおける紳士と考えてよいかな。さもなければ、あなた一人に話したいのだが」

わたしが立ち上がって出ていこうとすると、ホームズが手首をつかみ、わたしを椅子に戻した。「お話は、二人一緒か、いっさいおうかがいしないか、どちらかです。わたしにお話しになられることは、すべてこちらの紳士にも、お話しいただいてかまいません」

伯爵は、広い肩をすくめて言った。「では、その前に、二年間は秘密を必ず守ると約束してほしい。二年後には、この一件は全くなんの問題もなくなるのだ。だが今は、ヨーロッパの歴史を動かすといっても、言い過ぎではないくらいに、大事な問題なのだ」

「お約束いたします」と、ホームズは言った。

「わたしも、お約束します」

「マスクをつけていることを、お許し願いたい」と奇妙な訪問客は続けた。「わたしにこの仕事を依頼された、ある身分の高い方が、使者の正体も秘密にしておきたいとお望みなのだ。さらに言うと、さきほどわたしが名乗った称号も、本名ではない」

「それはわかっておりました」と、ホームズはそっけない口調で言った。

「事態は、きわめて微妙である。これが大きなスキャンダルに発展すれば、ヨーロッパのさる王室の名誉を、ひどく傷つける恐れがある。それを防ぐために、あらゆる方法を考慮しなければならない。はっきり申せば、ボヘミア国代々の王室、オルムシュタイン家にかかわる問題なのだ」

「それも承知いたしております」ホームズはそうつぶやきながら、肘掛け椅子に深く腰をおろすと、目を閉じた。

ホームズのことを、ヨーロッパで一番の、鋭い推理力を備えた活動的な探偵だと聞かされてきたのに、無気力でぐったりとした彼の姿を見て、訪問者は少し驚いたようであった。ホームズは、ゆっくりと目を開け、この巨大な姿の依頼人をもどかしそうに見つめた。

「もし、陛下ご自身よりご事情をご説明願えれば、わたくしも、よい助言をできるものと考えますが」と、彼は言った。

訪問者はぱっと椅子から立ち上がり、心の動揺を抑えられないというように、部屋の中を歩きまわっていた。やがて、もう仕方ないというように、顔のマスクをむしりとり、床に投げつけた。「そのとおりである」と、彼は叫んだ。「余《よ》がボヘミア国王である。なぜ、それを隠そうなどとしたのだろうか？」

「全く、そのとおりでございます」と、ホームズはつぶやいた。「陛下が一言もおっしゃらないうちに、わたくしがお話し申し上げているお方は、ボヘミア国代々の国王、カッセル－フェルシュタイン大公、ウィルヘルム・ゴッツライヒ・ジギスモント・フォン・オルムシュタイン陛下(22)であらせられますことは承知しておりました」

「しかし、わかってほしいのだが……」と言うと、奇妙な訪問者は再び腰をおろし、色白の広いひたいに、片手を当てながら言った。「理解してもらえるとは思うが、余はみずから、このようなことを取りしきるのには、馴《な》れておらぬのだ。しかし、問題は非常に微妙で、難しいことなのだ。代理の者に任せれば、その者に弱みを握られることになる。そこで、余が忍びでそなたに相談するために、プラハ(23)から旅して来ることになった」

「では、お話を承りましょう」と言うと、ホームズは再び目を閉じた。

「簡単に説明すると、こういうことになる。——五年ほど前のことだが、ワルシャワ(24)に長く滞在していたおり、アイリーン・アドラーと知り合いになった。この女は、いくつかの色恋ざたの噂で有名であるから、この名前には、おそらく聞き覚えがあるであろう」

「先生、ぼくの索引で、彼女のことを調べてみてくれたまえ」目を閉じたままで、ホームズはつぶやいた。ホームズは長い間、様々な人物とことがらに関するメモを整理して、索引を作っている。だから、どんな問題や人物が出てきても、すぐにそれに関する情報がわかるのだった[25]。今回も、あるユダヤ教ラビと、深海魚について論文を書いた海軍参謀中佐の略歴との間に、彼女の略歴を見つけることができた。

「見せてくれたまえ！」と、ホームズは言った。「うん！　一八五八年、アメリカ合衆国ニュージャージー州生まれ。コントラルト歌手[26]――ふふん！　スカラ座に出演とあるね。ワルシャワ帝室オペラのプリマドンナ(27)——そうか！　オペラの舞台を退く——ほう！　ロンドン在住。なるほど、そういうことか！　すると、陛下はこの若い女性とお知り合いになり、あとでご自分の立場が危うくなるような手紙を書かれたので、それを取り戻したいとお考えになっておられるのですね」

「全く、そのとおりなのだ。しかし、なぜそれが……？」

「秘密に結婚をなさいましたか？」

「そのようなことはない」

「では、結婚を証明するような法律的文書や、証書なども渡されてはおられませんね？」

「何も渡してはおらぬ」

「といたしますと、陛下のお話の意味がわからないのでございますが。その若い女性が、ゆすりなどの目的で陛下のお手紙を持ち出しても、それを本物であると証明することは、不可能ではございませんか」

「筆跡を見ればわかる」

「いや、いや、それはまねしたものだと言えば済みます」

「余の専用の便箋用紙を使っておるのだ」

「用紙が盗まれたと言えば、それで済みます」

「余の封印がしてあってもか？」

「偽造されたと言えばよろしいでしょう」

「余の写真を与えてある」

「買ったものと言えば、よろしいかと思いますが」

「二人一緒に写っておるものなのだ」

「おお、それはいけません。陛下、それは、まことに軽はずみなことでございました」

「余の頭が、狂ってしまっていたのだ。——正確な判断が、下せなくなっておったのだ」

「お立場上、大変なことをされました」

「あのとき、余は皇太子であった。若さゆえのあやまちである。と申しても、現在、まだ三十歳であるが」

「それは、なんとしても取り戻さねばなりません」

「試みてはみたが、失敗したのだ」

「陛下、お金をお使いにならなければいけません。買い戻されるのです」

「売ろうとはしないのだ」

「では、盗み出せばよろしいかと思います」

「もう五回も、試みた。二回は、泥棒を雇い、彼女の家じゅうを残らず探させた。彼女が旅行したときに、手荷物を奪い取って調べたのが一回。あとの二回は、道で待ち伏せて襲わせた。しかし、いずれもなんの成果もなかった」

「何も見つからなかったのですか？」

「全く、影も形もないのだ」

「それはまた、ちょっと問題です」ホームズは、笑った。

「しかし、余にとって、これはきわめて深刻な問題となっておる」王は、とがめるように言い返した。

「まったく、そのとおりです。それでは、彼女はその写真で、何をたくらんでいるのでしょうか？」

「余を破滅させるつもりでおるのだ」

「しかし、どのようにしてですか？」

「余は近々、結婚することになっている」

「お噂は、聞き及んでおります」

「相手は、スカンディナヴィア国王の第二王女、クロチルド・ロトマン・フォン・ザクセ－メニンゲン姫[28]である。あの王家の家風が、ことのほか厳《きび》しいということは、聞いているであろう。それに王女自身も、きわめてデリケートな女だ。余の品行に少しでも怪しげなことがあろうものなら、この結婚話はそれまでになってしまうのだ」

「アイリーン・アドラーのほうはなんと？」

「先方へ、あの写真を送りつけると脅《おど》しておるのだ。あの女なら、やりかねない。余はそれがよくわかっておる。そなたはあの女を知らないだろうが、彼女は鉄のような精神を持っているのだ。顔はどの女にも負けぬほど美しく、心はどんな男にも負けぬほど強いのだ。余が他の女と結婚するのをやめさせるためなら、あらゆる方法を使って妨害するだろう」

「まだ写真が先方に送られていないことは、確かでしょうか」

「間違いない」

「どうして、それがおわかりですか？」

「婚約の正式発表の日に送ると、あの女自身が申しておる。発表は、次の月曜日なのだ」

「とすれば、まだ三日あります」あくびをしながら、ホームズが言った。「それは、大変なご幸運です。わたくしにも、急いで調べておきたい重要な用件が一、二、ございます。そういたしますと、陛下は今しばらく、ロンドンにご滞在でしょうね？」

「もちろん。フォン・クラム伯爵と名のってランガム・ホテル(29)に泊まっている」

「では、捜査の進行については、追って短信《たんしん》でお知らせ申し上げます」

「ぜひそうしてほしい。余は心配でたまらぬのだ」

「それでは、費用のほうはいかがいたしましょうか？」

「白紙の委任状[30]を与えるから、好きなようにするがよい」

「完全にでございますか？」

「あの写真が取り戻せたなら、王国の一部を与えてもいい、とさえ思っておるくらいだ」

「では、差し当たっての出費につきましては、いかがいたしたものでしょうか？」

王はマントの下から、重そうなセーム皮の袋を取り出すと、テーブルの上に置いた。

「ここに金貨が三百ポンド、紙幣で七百ポンドある」と彼は言った。

ホームズは手帳の紙を一枚切り取り、受領書を走り書きすると、王に渡した。

「では、そのご婦人の住所は？」と彼はたずねた。

「セント・ジョンズ・ウッドの、サーペンタイン小路にあるブライオニー荘[31]だ」

ホームズは、それを書き取ってから、たずねた。「もう一点、おうかがいしたいのですが……。写真はキャビネ判[32]でしたでしょうか？」

「そのとおり」

「では陛下、今夜はこれで失礼させていただきます。すぐに、よい知らせをお届けできると存じます。ワトスン、今夜はこのくらいにしようか」王の馬車がベイカー街を遠ざかっていく音を聞きながら、ホームズはこう付け加えた。「明日の午後三時に、ここへ来てくれないかね。この事件について、君とよく話し合ってみたいのでね」

次の日、わたしは三時ちょうどにベイカー街へ行ったが、ホームズはまだ戻ってきていなかった。下宿の女主人の話によると、朝八時少し過ぎに、出かけたままだということだった。そこで、どんなに遅くなっても、彼を待っていようと、わたしは暖炉のそばに腰をおろした。今回の事件については、わたしも深い関心を抱いていた。というのは、この事件は、すでにわたしが別の場所で発表した二つの犯罪事件のような、不気味さや奇怪さという特色はないが、事件の内容と、依頼人の身分がきわめて高いということが、特徴であった。ホームズがいま手がけている調査の成り行きについては、しばらくのけておくことにしても、彼のすばらしい状況判断と鋭い推理の切れ味は、何ともいえない魅力でいっぱいなのだ。だから、彼の調査方法について研究したり、不可能と思われる事件の謎を、彼がすばやく、巧みに解きほぐしていく方法を追い求めたりすることは、わたしにとっては、大きな楽しみでもあるのだ。ホームズが必ず成功を収めることに馴れてしまっていたわたしは、彼が失敗するなどとは全く思っていなかった。

もう四時になろうとする頃、ドアが開き、酔っ払っているような馬扱い人が入ってきた。ぼさぼさ頭で、ほおひげがあり、赤い顔の、汚い服装の男であった。わたしは、ホームズがきわめて上手に変装をするのには馴れていたが、この馬扱い人については三度も見なおして、やっとホームズだとわかる始末だった。彼は、ちょっとうなずくと寝室に入り、五分くらいすると、いつものツイードの服に着替えて現われた。両手をポケットに入れたまま、暖炉の前に足を伸ばし、ホームズは心からおかしそうに、しばらくの間、笑っていた。

「いやもう、驚いたことといったら、なかったね」と言うなり、彼はまた急に息を詰まらせて、笑い出してしまい、とうとう、どうしようもなくなって、椅子にぐったり座りこんでしまった。

「どうしたというのかね?」

「あまりにおかしいものだから。今朝、ぼくが何をしていたか、そして、最後は何をするはめになったのか、君には、きっと見当もつかないだろうね」

「わからないよ。アイリーン・アドラー嬢の日常生活や、家の様子でも調べに行っていたのかね」

「そのとおり。けれど、そのあとがちょっと変わっているのさ。いいから、ぼくの話を聞いてほしいね。ぼくは、朝八時を少しまわった頃に、失業中の馬扱い人に変装して出かけたのだ。馬扱い人仲間というものは、驚くほどに思いやりがあって、仲間意識が強いのさ。だから彼らの仲間に入れば、知りたいことは何でもわかる。ブライオニー荘はすぐに見つかった。小ぢんまりとしているけれども、しゃれた二階建ての家だ。裏は庭になっているが、表は道路すれすれに建っている。入り口のドアにはチャブ式の錠《じょう》(33)がついていて、右手には立派な家具を備えた広い居間があり、床まで届きそうな長い窓があった。この窓は、子どもにも開けられる、ちゃちなイングランド方式の留め金がついているものだった。家の裏手は、特別、変わったところはなかったけれど、馬車小屋の屋根からすぐ手の届くところに、母屋の廊下の窓があるのだ。ぼくは家の周りを歩いてみて、あらゆる点を詳しく調べてみたが、何も重要な発見はなかった。

　それから通りをぶらぶらと歩いていくと、

思ったとおり、裏庭の塀に沿っている小路に、貸し馬車屋があった。それで、ぼくは、厩《うまや》番たちが馬の体にブラシをかけるのを手伝ってやり、お礼に二ペンスとハーフ・アンド・ハーフの混成ビール一杯[34]と、安物のシャグ・タバコ[35]を二服もらった。そしてついでに、アドラー嬢についても、こちらが知りたいことは全部聞かせていただいたというわけさ。そのために、ぼくにとっては少しもおもしろくない、近所の連中五、六人分の噂話も聞かされたがね」

「それで、アイリーン・アドラーについては、何かわかったのかね?」と、わたしはたずねた。

「まあ、彼女は近所中の男性の憧れの的らしい。この地上にはボンネットをかぶる女はいくらでもいるが、彼女にまさる女はないとね。サーペンタイン小路の貸し馬車屋の連中ときたら、一人残らず口をそろえてそう言うのさ。彼女は、ときおり、コンサートで歌うくらいで、非常に静かに暮らしている。毎日、五時に馬車で出かけて、七時ちょうどには、夕食に戻ってくる。その他の時間は、コンサートに出演する以外は、ほとんど出かけることはない。彼女をしじゅう訪ねてくる男が、一人だけいるらしい。この男は顔色が浅黒く、顔立ちがよく、行動的で、日に一度は必ず彼女を訪問している。ときには、二度[37]来ることもあるそうだ。彼はゴドフリー・ノートン[36]といって、イナー・テンプル法学院に所属している男さ。辻馬車の馭者《ぎょしゃ》を友だちにするといいことがあるって、わかってもらえたかい。彼らは、何回もこの男を、サーペンタイン小路から自宅へ送っているから、ノートンについてよく知っている。ぼくは噂話をすっかり聞いてから、もう一回ブライオニー荘の近くを歩きまわり、作戦計画を立てていた。

このゴドフリー・ノートンという男が、今回の事件で、重要な役割を果たしていることに間違いはない。彼は弁護士だ。これだけでも、何かありそうじゃないか。二人はどういう関係なのだろうか？　しばしば彼女を訪問しているらしいが、目的は何なのか？　彼女は、彼の仕事の上での依頼人なのか、それとも友だちか、愛人なのか？もし依頼人ということなら、例の写真も彼が保管しているだろう。しかし、友人か愛人だとすれば、その可能性は少ない。この問題をどう考えるかで、ブライオニー荘でさらに仕事を続けるべきか、法学院内にあるその男の弁護士事務所に、調査の的を絞るかが決まるのだ。これは微妙な問題なので、ぼくはさらに、調査の幅を広げざるをえなかった。細かい点をくどくどと話していたから、君はきっと退屈しただろうね。けれども、捜査状況をわかってもらうには、このちょっとしたややこしい点について知っておいてもらいたかったのだよ」

「君の話は、よくわかるよ」と、わたしは答えた。

「ぼくがどう結論を出そうかと考えていたところへ、二輪の辻馬車が、ブライオニー荘の前で停まって、中から一人の男が飛び出してきた。なかなか整った顔立ちの男で、色は浅黒く、ワシのように高い鼻で、口ひげをはやしている。これは、間違いなく、噂の男に違いない。彼はひどく急いでいるらしく、辻馬車の馭者にそこで待つようにと叫び、よく知った家というふうに、メイドを押し退けて屋敷の中へ入っていった。

彼は、三十分ほど家の中にいた。その間、彼が歩きまわり、手を振り回し、興奮しながらしゃべっている様子が、居間の窓からちらりと見えた。その間、アドラー嬢の姿は全く見えなかった。やがて男は、来た時よりもさらにあわてた様子で家から出てくると、辻馬車に乗りこみ、ポケットから金時計を取り出してにらむと、『全速力で飛ばしてくれ』とどなった。『まず、リージェント街のグロス・アンド・ハンキーの店(38)へ行って、それからエッジウェア通りのセント・モニカ教会(39)へ行ってくれ。二十分で着いたら、半ギニー(40)出すぞ！』

馬車が行ってしまい、後を追おうかと迷っていると、今度は小路から、しゃれた小型の四輪馬車《ランドー》(41)が出てきた。馭者を見ると、上着のボタンを半分かけているだけで、ネクタイは、耳の下のほうにとび出しているし、また、馬具の紐もみな、留め金からはずれてしまっている。この馬車が家の前に停まると同時に、彼女が玄関から飛び出して乗りこんだ。ぼくは彼女の姿をちらりと見ただけだが、男が命をかけてもいいと思うほど、美しい顔立ちの女だった。

『ジョン、セント・モニカ教会よ』と、彼女は叫んだ。『二十分で行けたら、半ソヴリン(42)あげるわ』

ワトスン、ぼくがこの機会を逃すわけはないよ。四輪馬車を走って追いかけるか、それとも、馬車のうしろにしがみついてやろうかと考えていたところへ、ちょうど辻馬車がやって来た。馭者は、ぼくがみすぼらしい姿の客だったのでためらって見つめていたが、ぼくは断られるまえにさっと馬車に飛び乗ると、言ったのさ。『セント・モニカ教会だ。二十分で行けたら、半ソヴリンはずむよ』この時は、十二時(43)二十五分前だったからね。何がおころうとしているのか、はっきりしているのだ。

駆者はとばしてくれた。あんなに速い馬車に乗ったのは、ぼくも初めてだったけれども、先に行った二台の馬車には追いつけなかった。ぼくが教会に着いた時、男の二輪馬車と女の四輪馬車は入り口に停まっていて、馬のからだからは湯気が立ちのぼっていた。ぼくは、駆者に支払いを済ませて、急いで教会の中に入った。すると、ぼくが追ってきた二人と、その二人にしきりに何か言いきかせているらしい、白い法衣をまとった牧師がいるだけだった。三人はかたまって祭壇《さいだん》の前に立っていた。なにげなく教会に顔を出した、ひま人のようなそぶりで、ぼくは教会の中の通路をぶらついていた。すると、驚くじゃあないか。祭壇の前の三人が、いきなり振り向いたかと思うと、ゴドフリー・ノートンが、急いでぼくのほうへ走ってきたのさ。

『助かったよ！』と、彼は叫んだ。『君でいいから、ちょっと来てくれ！ こっちへ来てくれたまえ！』

『いったい、何事ですか？』と、ぼくは聞き返した。

『来てくれよ、君、来てくれたまえ。ほんの三分間でいいから。そうしないと、法的に無効になってしまう』

ぼくは、もう、なかば引きずられるようにして祭壇の前へ連れて行かれた。気がついた時は、耳元でささやかれた言葉をおうむ返しにつぶやいたり、自分が何も知らないのに保証したりして、結果的には、独身女性のアイリーン・アドラーと独身男性のゴドフリー・ノートンの結婚が正式に成立することの手助けをしたのだよ。あっという間にすべては片づき、ぼくの両側に立っていた紳士と淑女は、ぼくに礼を言った。目の前の牧師も、にこやかにぼくを見ていた。生まれてからこのかた、こんな奇妙な立場に立ったことはないよ。思い出すと、笑わずにはいられなかったというわけなのさ。つまり、結婚許可証に何か不備があって、立会い人がいなければ式は挙げられない、と牧師に言われていたらしいのだ。そこへ、ちょうどいい具合にぼくが現われたので、新郎は立会い人を探しに、通りまで出かける手間が省けたということさ。新婦はお礼にと、ソヴリン金貨を一枚ぼくにくれた。今回のできごとの記念に、それを時計の鎖につけておくつもりだ」

「それはまた、思いもかけないことがおこったものだね。それからどうしたのかね？」と、わたしはたずねた。

「とにかく、ぼくの計画は、きわめてまずいことになると気づいた。あの二人は、すぐにでも新婚旅行に行ってしまうかもしれない。こちらもさっそく、有効な手を打つ必要があると思った。ところが、二人は教会の入り口で別れると、彼は法学院へ、彼女は自分の家へ馬車で帰っていった。『いつものとおり、五時に馬車で公園へ参りますわ』と、別れ際に彼女が言った。そして、それ以上は何も聞こえなかった。二人は別々の方向へと走り去り、ぼくも準備をしようと帰って来たというわけさ」

「準備というと、どういうことかね？」

「コールド・ビーフとビールを一杯いただこうということさ」と言うと、ホームズは呼びりんを鳴らした。「あまり忙しすぎて、食事をするのをすっかり忘れていたよ。今夜はもっと忙しくなりそうだ。ところで先生、君にちょっと手助けしてもらいたいことがあるのだがね」

「喜んで、手伝うよ」

「法に触れることだけれど、気にしないかい？」

「まったく平気さ」

「逮捕されるかもしれないよ」

「それなりの大義名分があるなら、かまわないがね」

「もちろん、立派なわけはあるさ」

「それなら、何でも君の言うとおりにするよ」

「君ならきっと、引き受けてくれると思ったよ」

「いったい、何をどうしようというのかね？」

「まあ、ターナー夫人(44)が料理を運んで来てくれてから、すっかり話すよ」と言うと、ホームズは下宿の女主人が出してくれた、手軽な料理をがつがつ食べながら言葉をついだ。「あまり時間がないから、食べながら話すことにするよ。もうすぐ五時だ。あと二時間のうちに、現場に行っていなければならない。アイリーン嬢、いやノートン夫人は七時には戻って来るからね。その彼女に会えるように、ブライオニー荘まで行っていなければいけないのだ」

「それから、どうするのかね？」

「あとは、ぼくに任せておいてもらおうか。もう、手筈《てはず》はととのえてある。一つだけ言っておくけれど、どんなことがおきても、君に手出しをしてもらっては困るのだ。わかったね？」

「知らんぷりでいろということかね？」

「何も手出しをしてはいけないよ。おそらく、ちょっと不愉快なことがおこるだろうけれどね。それに巻き込まれないようにしてほしいのだ。そのできごとによって、ぼくはあの家の中へ運びこまれるようになるだろう。そして四、五分後に居間の窓が開くはずだから、君には、その窓のそばで待っていてもらいたいのだ」

「わかったよ」

「君にぼくの姿が見えるようにしておくから、注意して見ていてくれたまえ」

「わかった」

「そして、ぼくがこう手をあげたら、今から君に渡すものを部屋の中へ投げ入れて、それと同時に『火事だ』と叫んでほしい。わかったかい？」

「よくわかった」

「これは、別に危険なものじゃないよ」ポケットから葉巻形の長い筒を取り出すと、ホームズは言った。「普通に鉛管工《えんかんこう》が使う発煙筒《はつえんとう》で、自動的に点火するように、両端に雷管《らいかん》がついているのだ。君の役目はこれを投げ込むことだけだ。あとは、『火事だ』という叫び声をあげれば、他の大勢の仲間がうまくやる手筈になっている。君は、通りのはずれまで歩いて行ってくれたまえ。十分もすれば、ぼくもそこへ行くよ。ぼくの今の説明でわかってくれたかい？」

「ぼくは何もしないで、見ているだけでいいのだね。そして、窓のそばで、君の様子に注意していて、君が手をあげたら、これを投げこみ、『火事だ』と叫んで、向こうの通りのはずれで君を待っている」

「そう、そのとおり」

「大丈夫。あとは、ぼくに任せてほしいね」

「それはありがたい。そろそろ、時間になった。ぼくがこれから演じる、新しい配役の準備に取りかかるとしようか」

　寝室(45)に姿を消したかと思うと、数分後に、ホームズはおとなしくて実直そうな、非国教会の聖職者姿になって出てきた。つばの広い黒い帽子、だぶだぶのズボン、白いネクタイ、同情あふれる微笑みと、じっと見つめるなさけ深い表情という全体のイメージは、どこから見ても、彼に太刀打ちできるのは名優ジョン・ヘア氏一人だけだろうと思える見事さだった。ホームズの変装術は、単に衣装を変えるだけではなかった。表情から、身振り、さらに心までが新しい役柄に応じて、変わってしまうように思えた。ホームズが犯罪の専門家になったということは、科学界にとっては一人のすばらしい理論家を、演劇界にとっては一人の名優を失ったということに相当するのだ。

私たちは六時を十五分過ぎた頃に、ベイカー街を出て、予定よりも十分早くサーペンタイン小路に着いた。日はすでに暮れかかっていた。ブライオニー荘の前を行ったり来たりしながら、この家のあるじの帰りを待っているうちに、あたりにはガス灯がともり始めた。ブライオニー荘については、あらかじめ、シャーロック・ホームズの手ぎわのよい説明

を聞いていたから、想像していたとおりの家を見つけることができた。家の周りは、思ったほど静かではなかった。それどころか、静かな住宅街の路地にしては、不釣合いなほどに活気にあふれていた。

　通りのはずれでは、みすぼらしい身なりをした男たちが群がり、隅の方でタバコをふかしたり、笑ったりしていた。はさみとぎ屋はと石を回し、二人の近衛《このえ》兵《へい》が子守り娘といちゃつき、いい身なりの何人かの若者たちが葉巻をくわえながらぶらついていた。

「ねえ、君」家の前を行ったり来たりしながら、ホームズは言った。「あの二人が結婚したことで、事態はむしろ簡単になったよ。いまや、あの写真は諸刃《もろは》の剣になるのさ。われわれの依頼人が、王女にあの写真を見られたくないのと同様に、彼女はゴドフリー・ノートンに写真を見られたくないはずだ。となると、問題は、写真がどこに隠されているかだ」

「いったい、どこなんだろうね？」

「彼女が、肌身離さず持ち歩いている、とは考えられない。キャビネ判だから、女性のドレスには簡単に隠せない。それに、王が人を使って彼女を待ち伏せさせ、からだを調べることだってできることを、彼女は知っているはずだ。そういうことは、すでに二回も行なわれているしね。だから、持ち歩いているとは考えられないよ」

「とすると、どこにあるのだろうか？」

「取引き銀行か弁護士のところか。二つとも可能性はある。しかし、ぼくはそのどちらでもないと思うね。女というものは、もともと秘密が好きだから、自分一人で隠したがるものだ。他人に渡していることはないだろう。それに、自分の手元においておけば安心できるが、銀行か弁護士にでも預ければ、そちらへ裏から手がまわったり、政治的な圧力がかかるかもしれないからね。それに、二、三日中に彼女は写真を使うつもりでいるということを、忘れてはいけないね。とすれば、すぐに取り出せるところに置いてあるに違いない。つまり、自分の家の中にあることは間違いない」

「泥棒が二回も入っているのにかね？」

「そう、連中は探し方を知らなかっただけさ」

「それじゃ、どうやって探すのかねえ？」

「探したりはしない」

「じゃあ、どうするのだろう？」

「彼女に、教えてもらうのだよ」

「彼女は、教えてはくれないだろう？」

「どうしても、教えなくてはならなくなる。ほら、車輪の音が聞こえる。彼女の馬車だ。さあ、ぼくが言ったとおりに、やってくれたまえ」

ホームズが話しているうちに、かすかな馬車の側灯が、通りに沿って曲がってくるのが見えた。小さなしゃれた四輪馬車が車輪の音を響かせながら、ブライオニー荘のドアのところまで来た時、隅の方でぶらついていた男たちのうちの一人が、馬車のドアを開けてチップの銅貨にありつこうと前に走り出てきたが、同じ目的で駆け寄ってきた他の男がそれを押し退けた。たちまち、ひどい喧嘩《けんか》になり、二人の近衛兵もそれに加わって、一方を応援すると、はさみとぎ屋もかっとなって、もう一方の男の肩を持つというふうで、ますます騒ぎが大きくなった。拳固《げんこ》が飛び交い、馬車から降りた女性は、真っ赤になってもがきあっている男たちのかたまりの真ん中に、巻き込まれてしまった。男たちは、拳とステッキで、滅茶苦茶に殴り合っていたのだ。聖職者に変装したホームズは、女性を守ろうとしてその中に飛び込んだが、彼女の近くにやっとたどり着いたその時、彼はあっと悲鳴をあげて顔から血を大量に流しながら地面に倒れた。ホームズが倒れると、途端に二人の近衛兵はあわてて逃げ出すし、浮浪者たちも別の方角へさっと逃げて行った。すると、今度は乱闘を見守っていた、いい身なりをした人たちが女性を助け、けが人を介抱しだした。アイリーン・アドラーは、——結婚したが、一応こう呼ばせてもらうことにする——急いで玄関の階段を駆け上がったが、階段の一番上で立ち止まった。玄関の明りが背に当たり、その美しい姿はくっきりと浮かび上がった。そして、通りの方を振り返り、彼女はたずねた。

「そのお気の毒なお方の、おけがはひどいのでしょうか？」

「死んでいますよ！」数人の声が叫んだ。

「いや、いや、まだ生きている！」別の声が叫んだ。「けど、病院へ着くまでは、もたないんじゃないかな」

「勇敢な人だね」と、女の声がした。「このお方がいなけりゃ、あいつらは奥さんの財布や時計を失敬していたところだわ。あいつらは、ギャングだよ。それも、ひどく乱暴な人たちなんだ。あら、この人、息をしているわよ」「道に寝かしておくわけにはいかないよ」「奥さん、この人を、お宅へお連れしちゃいけませんか？」

「よろしいですわ。居間へ運んで差し上げてください。寝心地のよいソファもございますから。さあ、どうぞ！　こちらです」

　ホームズは、そろそろとものものしくブライオニー荘に運び込まれて、広間に寝かされた。わたしはずっと、窓の傍の自分の持ち場で、成り行きのすべてを見守っていた。部屋には明りがついていたが、ブラインドが下ろされていなかったので、ソファに横たわっているホームズを見守ることができた。この時ホームズが、自分の演じた芝居を申しわけないと思っていたかどうかは、わからない。しかしわたしは、自分が今から罠にかけようとしている美しい女性が、気持ちよく、親切にけが人の世話をしている姿を目の前に見ると、自分がこれまでに経験したことがないほどに強く、心から恥ずかしいことをしていると悔やまれた。しかし、今ここで、ホームズに頼まれているわたしの役目を放り出すことは、わたしを信頼している彼に対する、最も悪い裏切り行為となるであろう。わたしは決心すると、長いアルスター外套《がいとう》(46)の下から発煙筒を取り出した。とはいっても、わたしたちは彼女を傷つけようとしているわけではない。彼女が他の者を傷つけるのを、防ごうとしているだけなのだ、と考えることにした。

ホームズはソファの上に起き上がって、いかにも息苦しいという振りをしているのが見えた。メイドが慌てて部屋を横切り、窓をさっと開けた。その瞬間にホームズが片手を挙げるのが見えた。その合図に応えて、わたしは発煙筒を部屋に放り込むと、大声で「火事だ！」と叫んだ。それと同時に、その場にいた紳士も、馬扱い人、メイド、身なりのいい者も悪い者も、野次馬たちは一斉に、声をそろえて「火事だ！」と叫んだ。雲のように濃い煙が部屋の中からまきおこって、開いた窓からもくもくと出てきた。その中で人々が走りまわる人影がちらっと見えたが、しばらくすると、今のは誤《あやま》りだと、皆を静めるホームズの声が聞こえた。わたしは、がやがやと騒いでいる連中の間を通り抜けて、通りのはずれへと向かった。そして十分後には、ホームズと腕を組んで、ほっとして騒ぎの場から立ち去った。ホームズは何分間か黙って足早に歩いたが、エッジウェア通りへ出る静かな通りの一つへ入ったところで、口を開いた。

「実にうまくやってくれたよ、先生。上出来だ。これでもう、万事は成功だ」

「写真を手に入れたのかね？」

「どこに隠しているか、わかったのさ」

「どうやって見つけ出したのかね」

「ぼくが言ったとおりに、彼女が教えてくれたのだよ」

「しかし、ぼくには、まだよくわからないが」

「べつに、謎のままにしておくつもりはないよ」と、ホームズは笑いながら言った。「きわめて単純なのさ。通りにいた連中は皆さくらだったということは、君も察していただろうね。今夜の仕事のために雇った連中だよ」

「その辺までは、ぼくにも見当がついていたよ」

「それで、喧嘩が始まると、ぼくは、少し紅を溶かしたものを手のひらに隠し持って、飛び込んでいった。そして、倒れたその時に、手でぱっと顔をおおい、哀れな見世物というわけさ。古くからあるトリックだよ」

「その辺のことは、おおよそわかっていたがね」

「ぼくは、家の中へ運び込まれた。彼女としては、運び入れないわけにはいかないだろう。他に手の打ちようがないからね。しかも、ぼくを招き入れてくれた居間は、かねてから怪しいと思っていた部屋だ。写真は居間か寝室にあるに違いない。だから、そのどちらにあるかを突き止めようと思っていた。ぼくは、ソファに寝かされると、息苦しそうな身振りで、窓を開けさせた。そして、次は君の出番だ」

「あれは、どういう役に立ったのかね？」

「きわめて大切なことだった。自分の家が火事だと知った時には、女は本能的に、自分が一番大切にしているもののところに、すぐに向かうものだ。これはどうすることもできない衝動というもので、ぼくは今までに、これを何回も利用している。ダーリントンの替え玉事件(47)でも、アーンズワース城(48)事件でも、役に立っている。結婚した女なら赤ん坊をかかえるし、未婚の女なら宝石箱をつかむ。今回のあの女性にとって、ぼくたちが探している写真よりも大切なものはないはずだ。だから彼女は、それを救おうと駆け出したのだ。君の『火事だ』という叫びは、実にうまかったよ。煙は出るし、あの叫び声を聞けば、どんなに度胸のすわった女だって慌てふためくだろうさ。彼女は、見事にひっかかった。写真は、右手の呼びりん用の紐の、ちょうど真上にある、羽目板《はめいた》の隙間《すきま》の奥の、くぼみになっているところに隠してあった。彼女が慌ててそこへ飛んで行って、写真を半分持ち出しかけたのがちらっと見えたよ。火事というのは間違いだとぼくが叫ぶと、彼女はそれをまた元に戻して、発煙筒をちらっと見て、部屋から駆け出していき、それきり戻って来なかった。ぼくは立ち上がると、なにか適当に言い訳をしてから、家から逃げ出してきたのだ。彼女が出ていくと、すぐに写真を手に入れようかどうしようかと迷ったが、馭者が中へ入ってきて、ぼくをいやにじろじろ見るので、待ったほうが安全だという気がした。すこしでも軽はずみなことをすれば全部ご破算になりかねない」

「で、どうするのかね?」と、わたしはたずねた。

「今や捜査は終わったようなものだ。陛下と一緒に、明日、あの家を訪ねることにするけれど、よければ、君も一緒に来てほしいね。ぼくたちはあの居間に通されて待っていることになるだろうが、彼女が部屋に来る前に、ぼくたちも写真も消えているだろうね。陛下もご自分の手で写真を取り戻せれば、ご満足というものさ」

「何時に訪ねて行くつもりかね」

「朝の八時にしよう。彼女はまだ起きていないだろうから、仕事がしやすいというものだ。それに、結婚したから、彼女の生活習慣ががらりと変わるということもある。ぼくたちも、急がなければいけない。陛下にも、ただちに電報を打たなければならない」

わたしたちは、ベイカー街にたどり着き、ドアの前に立ち止まった。ホームズがポケットの中で鍵《かぎ》を探っていると、通りがかりの人が声をかけた。

「おやすみなさい、シャーロック・ホームズさん」

そのとき歩道には数人の人影があり、その声は、急いで通り過ぎていった、長いアルスター外套を着た、ほっそりとした青年の口から出たようだった。

「どこかで聞いた声だね」ホームズは、薄暗い街灯に浮かびあがった通りを見つめて言った。「さて、あれはいったい誰だったかな」

その夜、わたしはベイカー街に泊まった。翌朝、わたしたちがトーストとコーヒーの朝食をとっているところへ、ボヘミア国王が部屋へ飛び込んできた。

「手に入ったのか！」と叫びながら、王はホームズの両肩をつかみ、興奮した様子で彼の顔を覗きこんだ。

「いや、まだです」

「しかし、望みはあるのだな」

「望みはあります」

「では、行くとしよう。とても落ち着いてはおられぬ」

「馬車を呼ばなければなりません」

「いや、余の馬車が待たせてある」

「それでは、事は簡単です」

わたしたちは下へ降りると、再びブライオニー荘へと向かった。

「アイリーン・アドラーは結婚しました」と、ホームズが報告した。

「結婚だと！　いつのことなのだ？」

「昨日のことです」

「しかし、また誰と？」

「ノートンという、イングランド人の弁護士とです」

「だが、彼女がそのような男を愛したとは思えぬが」

「わたしは、彼女が愛していることを望んでおります」

「なぜ、そのようなことを望むのか？」

「そうしますと、このさき陛下を悩ますおそれは、なくなるかと存じます。もし、あの女性が夫を愛しているとすれば、すでに陛下を愛してはいないでしょう。陛下を愛していなければ、陛下のなさることを邪魔だてする理由は、もう、何もございません」

「なるほど、そのとおりである。ああ、それにしても、なんということだ。あの女が、余と同じ身分であれば！　どんなにかすばらしい王妃となったであろうに！」王はそう言うと、憂《ゆう》うつそうに口を閉じ、サーペンタイン小路に馬車が着くまで、ひとことも話さなかった。

ブライオニー荘の玄関のドアは開いていて、階段の上にかなりの年格好の女が立っていた。彼女は、四輪馬車から降りるわたしたちを、つめたくあざ笑うような目つきで眺めていた。

「シャーロック・ホームズさまでいらっしゃいますね？」彼女は言った。

「そう、わたしがホームズですが」少々驚いて、ホームズは、その女をふしぎそうに見つめた。

「やはりそうでしたか。奥さまが、あなたが来られるだろうと、申して[49]おられました。奥さまは、今朝、旦那さまとご一緒に、五時十五分チャリング・クロス駅発の列車で、大陸へ向かってご出発なさいました」

「なんだって！」

シャーロック・ホームズは、悔しさと驚きのあまり、真っ青になると、後ろへよろめいた。「彼女は、イングランドを出て行ったというわけですか?」

「もう、お帰りにはなりません」

「とすれば、文書類はどうなるのだ。もうどうにもならないのか」しゃがれ声で、王は言った。

「どうなっているか、調べてみましょう」ホームズは、使用人を押し退けて居間へ駆け込み、王とわたしも後から続いた。部屋の中は、そこここに家具が散らばり、棚ははずされ、引き出しは開いたままになっていた。おそらく、彼女が大急ぎで逃げ出すために、とり散らかしたようであった。ホームズは呼びりんの紐のところに走り、小さな羽目板を引きはがして、手を入れ、そこから一枚の写真と手紙一通をとり出した。その写真は、イヴニング・ドレス姿のアイリーン・アドラーであった。手紙の表には、こう書かれていた。「シャーロック・ホームズさまへ――おいでになられるまで、このままにしておくこと」

ホームズは封を引きちぎり、わたしたち三人は、それを一緒に読んだ。前日の夜十二時の日付になっており、文面は次のようなものであった――。

親愛なるシャーロック・ホームズさまへ

大変おみごとでございました。完全に、だまされてしまいました。あの火事騒ぎのあとまで、わたくしは、全く疑いのかけらも、持っておりませんでした。けれども、その後に、自分がどんなにおろかしい振舞いをしたかに気づきまして、考えてしまいました。もう何ヶ月も前から、あなたさまに注意せよ、と言われておりましたので。もし、王が探偵をお雇いになるとしたら、それはきっと、あなたしかいないと言われ、あなたのご住所も聞かされておりました。それなのに、あなたさまのお知りになりたいことを、わたくしがうっかり、お教えするように仕組まれてしまいました。わたくしは、おかしいと気づき始めてからでさえ、あのように優しく、親切な老牧師さまが、よもや、と思ったほどでございます。しかし、ご存じのとおり、わたくしも女優として生きてまいりましたので、男装することなど、わけもありません。いままでにも、男装のおかげで自由を楽しんだことが、何回かございました。そこで、駅者のジョンにあなたさまを見張らせておいて、二階へ駆け上がり、わたくしが散歩用と呼んでおります服を着て降りてまいりましたら、ちょうどあなたさまがお帰りになるところだったのです。

　わたくしは、あなたさまの家の戸口まであとをつけ、わたくしのようなものを関心の対象になさっているのが、ほんとうにシャーロック・ホームズさまであることを確かめました。それからわたくしは、いささかなまいきではございましたが、あなたさまにご挨拶の声をかけてから、夫に会うために、法学院へと向かったのでした。

このようにおそろしい方に追われた際には、逃げるのが一番と、わたくしども二人は考えました。ですから、明日、あなたがいらっしゃる時間には、もぬけの殻でございましょう。写真のことですが、あなたさまのご依頼主の方には、ご安心なさるよう、お伝えください。わたくしは、そのお方よりもよい方と愛しあっている仲でございます。その昔つれない仕打ちをうけた者からの仕返しなどはございませんので、ご依頼主はご自由にお振る舞いくださいますように。あの写真は、わたくし自身のお守りとして、また、あの方が将来、もし、難題をかけてこられた場合に、身を守る武器として手元に置きたいと存じます。その代わり、この写真を一枚残してまいります。陛下がお望みとあれば、お渡しください。では、シャーロック・ホームズさま、ご機嫌よろしゅう。

アイリーン・ノートン　旧姓、アドラー

「なんという女だ――ああ、なんという女なのだ！」三人でこの手紙を読み終わると、ボヘミア王は叫んだ。「だから、実に頭の良い、しっかりした女であると言ったであろう。どんなにか、りっぱな王妃になるであろうに。彼女が、余と身分が違っていた

ことは、かえすがえすも残念である」

「わたくしが観察いたしましたところ、確かにあの女性と陛下とでは、お似つかわしくなさそうでございます」と、ホームズは冷ややかに言った。「陛下よりご依頼を受けました、この件につきまして、いまひとつご満足いただける結果が得られず、申し訳ありませんでした」

「いや、そのようなことはない」王は叫んだ。「これ以上の成功は、考えられない。彼女が自分の言葉を違《たが》えぬことは知っておる。写真はもう、焼いてしまったも同様に安全なのだ」

「陛下がそのようにおっしゃるのを聞いて、うれしく思います」

「ずいぶん世話になった。どのようにしてこれに報いたらよいか、言ってほしい。とりあえず、この指輪を――」王はヘビの形をしたエメラルドの指輪を指から外し、手のひらにのせて差し出した。

「陛下は、もっと貴重なものをお持ちでいらっしゃいます」と、ホームズは言った。

「かまわぬ、言ってみよ」

「この写真でございます」

王は驚いて、ホームズを見つめた。

「アイリーンの写真をか！」王は叫んだ。「よかろう。望みとあれば」

「ありがとうございます、陛下。では、この件に関しましてすることは、もう、何もございませんね。では、ご機嫌よろしゅう。これで、失礼させていただきます」ホームズは一礼すると、王が差し出した手には見向きもしないで、私を連れてベイカー街の部屋へ向かった。


これが、ボヘミア王国を脅かしたスキャンダルにまつわる事件で、シャーロック・ホームズの最高の計画が、一人の女性の機智によって破られた話のあらましである。

以前にはよく、ホームズは女性の知恵をあざ笑ったりしていたが、最近は、そういうことをさっぱり言わなくなった。そして、ホームズは、アイリーン・アドラーのことを話したり、彼女の写真が話題になる時には、いつでも「あの女」という、敬意を表する表現を使っているのだ。

花婿失踪事件

「ワトスン」ベイカー街の下宿で、わたしたちが暖炉の前の両側に座っている時、シャーロック・ホームズが語りかけてきた。「人生というのは、人間の頭で考えつく、いかなるものよりも、はるかにふしぎなものだね。平凡な日常におこることがらでさえ、ぼくたちには、とても思いもつかないようなことがある。もしも、ぼくたちが今、手に手をとってあの窓から抜け出し、この大都会の上空を飛びまわって、そっと家々の屋根をはずすことができたとしよう。そうすれば、屋根の下にくり広げられている、さまざまな奇妙なこと、ふしぎな偶然の一致、企み、行き違い、いろんなできごとが驚くべきつながりをみせていること、などが、幾世代にもわたって少しずつ進展し、しまいには、どうしようもないほど奇怪な結果を生んでいるのを、かいま見ることができるだろう。そうなれば、平凡な筋の、結末のわかりきった小説などはみな新鮮味がなくなって、何の役にも立たないものになるだろうね」

「いや、ぼくはそうは思わないよ」わたしは答えた。「新聞に載っている事件も、ほとんどは、何のおもしろみもない、低俗なものだ。それに、警察の報告書ときたら、写実主義を極限まで押し拡げてはいるけれども、その結果ときたら、なんの魅力もないし、芸術的でもなくなってしまっているしね」

「ある種の取捨選択をすることによって、写実的な効果があがるのさ」とホームズは言った。「警察の報告書には、これが欠けている。つまり、事件の細かいことに触れるより、治安判事のくだらない話に重きがおかれているのだ。細かい点について詳しく観察すれば、事件の本質がつかめるのだがね。詳しく見れば、平凡な日常におこることほど、不自然なものはないよ」

わたしは、笑いながら頭を左右に振った。「まあ、君がそう考えるのは、もっともだね。三大陸にわたって、困難におちいっているあらゆる人たちに助言をし、援助を与えてきた私立探偵としての君の立場からすれば、当然、ふしぎなことや奇怪なことには、いやというほど出会っているだろう。しかしねえこれで……」――と、わたしは床から朝刊を拾い上げた。「ちょっと、実際に試してみてはどうだろう。ほら、『夫による妻への虐待《ぎゃくたい》』という見出しの記事がここにある。半段抜きの見出しだが、毎度おなじみのものだということは読まなくてもわかるよ。いつものように、夫には妻のほかに女がいて、大酒を飲み、妻をつきとばす、殴る、傷をつける、といった乱暴をはたらいた。その妻に、姉妹か家主のおかみさんが同情する、というような筋だてだろうね。どんなにひどい小説家でも、これほどおそまつな話は創らないね」

「なるほど。しかし、君の説を裏づけるためには、ずいぶん、うまくない例を選んでしまったようだね」ホームズは、そう言って新聞を取り上げると、その記事にさっと目を通した。

「これは、ダンダス家の別居事件(50)だ。偶然だけれど、ぼくはこれに関して、ちょっとした調査の依頼を受けたことがあるのだ。この夫は禁酒主義者だし、ほかに女などは、いない。訴えられた理由というのは、夫が食事が終わるたびに入れ歯をはずし、妻に投げつけるようになったということなのさ。これはちょっと、なみの小説家では、浮かびそうもない行動だとは思わないかね。さあ、先生、嗅《か》ぎタバコを一服したら、君が出した例で、ぼくに一本取られてしまったことを認めてほしいものだね」

ホームズは、蓋《ふた》の中央に大きな紫水晶がついた、くすんだ金色の嗅ぎタバコ入れをさし出した。その華々しさが、ホームズの飾りけのないやりかたと質素な生活からはひどくかけはなれていたので、わたしはそれについて、ひとこと言わずにはいられなかった。

「そうそう」彼は言った。「君に数週間ぶりで会ったことを、忘れていた。これは、あのアイリーン・アドラーの文書事件を援助したことへのお礼に、ボヘミア国王から贈られたちょっとした記念品さ」

「それに、その指輪は？」彼の指にはめられている立派なブリリアント・カットの宝石に目を移して、わたしは尋ねた。

「これは、オランダ王室からの贈り物だよ。しかし、ぼくが働いたその事件の内容については、きわめて微妙な性質のものなので、ぼくのささやかな事件の幾つかを記録してくれている君にも、話すわけにはいかないのだ」

「ところで、今はどういう事件を手がけているのかね？」わたしは、興味をもってたずねた。

「まあ、十件か十二件はあるけれど、おもしろいものは一つもない。おもしろさはないが、まあ、重要な事件ばかりだ。実際には、取るに足りないような平凡な事件のときほど、観察を巡らせたり、原因と結果をすばやく分析して、おもしろく捜査《そうさ》できる機会に恵《めぐ》まれるものだよ。犯罪というのは、大がかりになるほど、単純になりがちだ。なにしろ、大型の犯罪であればあるほど、動機ははっきりしてくるからね。とにかく、いま手がけている事件のなかには、マルセイユから依頼されているいささか複雑な事件を除けば、おもしろそうなものは一つもない。しかし、それほど待たなくても、もう少し興味の持てる事件がやって来そうだ。ほら、あそこに見えるのは、きっとぼくのところへやって来る依頼人だと思うよ、もし違っていればぼくはよほどまぬけだ」

　ホームズは椅子《いす》から立ち上がり、ブラインドの隙間から、くすんだ薄鼠色《うすねずいろ》のロンドンの街を見下ろした。彼の肩越しにわたしも反対側の歩道を眺めると、大型の毛皮のえりまきを首に巻き、先がカールした大きな赤い羽根毛のついた、つば広の帽子を、「デヴォンシャー公爵夫人」のように、[51]なまめかしく耳がかくれるように斜めにかぶった、大柄な女性が立っていた。彼女は、この飾りたてた帽子の下から、神経質そうにためらってわたしたちの窓を見上げていた。体を前後にゆすり、落ち着きなく手袋のボタンをもてあそんでいた。しかし、突然、水泳をする人が岸から飛び込みをする時のように体に勢いをつけ、通りを早足で渡り、まもなく、大きな呼びりんの音が響きわたった。

「以前にも、あんな徴候《ちょうこう》に出会ったことがある」吸いかけの紙巻きタバコを暖炉の火に投げ入れながら、ホームズは言った。「歩道でためらう時は、いつでも恋愛問題さ。相談したいのだが、デリケートすぎて、わかってもらえないのではないか、と迷っている。しかし、恋愛の問題でも例外はある。女性が、男にひどい目にあわされたという場合には、少しもためらったりなどしない。その時は、呼びりんの紐《ひも》を、ちぎれるほどに強く引くのが普通だ。あのお嬢さんは、愛情の問題に間違いない。しかし、彼女は腹を立てているというより、むしろ当惑しているか、悲しみにくれていると考えていいだろうね。いずれにしても、本人が来ているわけだから、ぼくたちの疑問もすぐにはっきりするだろう」

彼が話していると、ドアをノックする音が聞こえ、メアリ・サザランド[52]嬢が訪ねて来たことを、金ボタンの制服姿の少年給仕[53]が知らせに入って来た。黒い制服の、小さな給仕のうしろには、そのサザランド嬢が、水先案内の小型船に従う、帆《ほ》を全部張った商船のように浮かびあがっていた。シャーロック・ホームズは、もちまえの心地よいていねいさで彼女を招き入れると、ドアを閉め、身をかがめて肘掛《ひじか》け椅子をすすめた。そして、しばらくの間、彼特有の、細心の注意を払っているのだが物思いにふけっているのかとも思える態度で彼女を眺めた。

「近眼でいらっしゃるのに、タイプをたくさん打たれるのは、つらくはありませんか?」ホームズは話しかけた。

「はい、初めのうちは」と、彼女は答えた。「でも、今はキーを見なくとも、文字の位置がわかっておりますので」そこで、ホームズの言った言葉の意味の深さに気づき、あけっぱなしの人のよさそうな顔に、大きく、恐れと驚きの表情をたたえ、ホームズを見上げて叫んだ。「ホームズさま、あなたさまはわたくしのことを、すでにお聞き及びでいらっしゃるのですね。さもなければ、そのようなことが、全部おわかりになるはずがありませんわ」

「いえ、ご心配には及びません」笑いながらホームズは言った。「すべてのことを知っておくのが、わたしの仕事です。他の人が見すごしてしまうようなことを見るという、訓練を積んでいるからなのです。そうでなければ、あなたも、わたしのところへ

いらした甲斐《かい》がないではありませんか」

「わたくしがここへ参りましたのは、エサリッジ夫人から、あなたのことをうかがったからでございます。あの方のご主人さまが行方不明になられ、警察も他の人たちもご主人はすでに亡くなってしまったとあきらめた時、あなたさまが、いとも簡単に見つけてくださったそうでございますね。ああ、ホームズさま、わたくしも、ぜひそのようにしていただきたいのでございます。わたくしは、けっして裕福ではございませんが、タイプライターでのちょっとした収入がありますし、その他にも、わたしの自由になるお金が年に百ポンドほど入ります。ホズマ・エンジェル[54]さんの行方を知るために、これを全部投げ出してもよいと思っています」

「なぜ、このようにあわてて、ご相談においでになられたのですか？」両手の指先を合わせ、天井を見つめて、ホームズはたずねた。

　なにかしら、まの抜けた感じがするメアリ・サザランド嬢の顔は、もう一度驚きの表情に包まれた。「そのとおりでございます。わたくしは、家から飛び出してまいりました」と、彼女は言った。「と申しますのも、ウィンディバンク[55]さんが――ええ、父のことでございますが――全責任を負っているのにあまりにものんきなので、腹を立ててしまったのです。父は警察へも届けてはくれませんし、あなたのところへ何おうともしません。あまりにも何もしてくれませんうえに、ただ心配するなと言うだけですので、わたくしはカッとなって、とるものもとりあえず、飛ぶようにしてあなたのところへ向かいました」

「お父さま？」とホームズは言った。「姓が違うところからしますと、義理のお父さまというわけですね」

「はい、義理の父でございます。父と呼んではおりますが、少々おかしいことに、年はわたくしより、わずかに五歳二ヶ月年上なだけですの」

「そして、お母さまはご健在《けんざい》ですか？」

「はい、元気にいたしております。ホームズさま、実の父が亡くなりましたのち、母が、十五歳近くも年下の男の方と早すぎる再婚をいたしました時には、あまりいい気持ちはいたしませんでした。実の父は、生前にトテナム・コート通りで鉛管《えんかん》工事の店をもっており、かなりの事業をあとに残してくれました。父が亡くなりましてからは、母が職人頭のハーディさんと、店を取りしきっておりましたが、ウィンディバンクさんが現われまして、母に店を売るようにさせてしまいました。なんでも、あの方はワインの外交員をやっているそうですが、非常に気位の高い人ですから。店の得意先や営業権などもこみで、四千七百ポンドで売ってしまいました。父が生きておりましたら、とてもこんな安値では、手放さなかったでしょう」

このつまらない、まとまりのない話を聞かされて、シャーロック・ホームズはさぞかしいらいらしているだろうと思ったが、実際はその逆で、注意深く、じっとこの話に耳を傾けていた。

「あなたの少しの収入と申されますのは」ホームズはたずねた。「その事業からのお金でしょうか？」

「いいえ、そうではございません。それは全く別のもので、オークランドにおりました伯父のネッドが、わたくしに残してくれたものです。ニュージーランドの公債《こうさい》で、年に四・五パーセントの利益があります。額面は二千五百ポンドですが、わたくしには利益分しか使えないことになっております」

「きわめて興味深いお話です」と、ホームズは言った。「ということは、あなたには年に百ポンドもの収入がおありで、おまけに働いておられるのですから、きっと、ちょっとしたご旅行や、あらゆるお好きなことをお楽しみになることができますね。未婚の女の方でしたら、年に六十ポンドの収入があれば、かなりよい生活ができるはずですからね」

「ホームズさま、それよりもっともっと少なくても、暮らせますわ。しかし、家にいます間は、母たちに厄介になりたくないと思っておりますので、一緒に暮らしておりますす間は、そのお金を母たちに使ってもらっていますの。もちろん、それもここしばらくなのです。ウィンディバンクさんは三ヶ月ごとにその利子を引き出してきて、母に渡しております。わたくしはタイプライターからの収入だけで充分暮らしていけますわ。一枚二ペンスで、一日に十五枚から二十枚も打つことができることも、よくございます」

「あなたのお立場は、非常によくわかりました」と、ホームズは言った。「さてと、こちらはぼくの友人の、ワトスン先生です。この方には、わたしにお話しになるのと同じように、何でもお話しになってください。それでは、あなたとホズマ・エンジェルさんとのご関係について、すべてお聞かせいただきましょうか」

サザランド嬢は顔をやや赤らめて、心配そうに上着のふち飾りをいじりまわしていた。「初めてあの方にお目にかかったのは、ガス工事業者の舞踏会でございました」と、彼女は言った。「父が健在でおりました頃から、いつも父のところへ、ガス事業者の会からチケットが送られてきていました。父が亡くなりましてからも、わたくしたちのことを憶えていてくださって、母宛てにお届けくださるのです。でも、義父のウィンディバンクさんは、わたくしたちをそこへ行か

せたくなかったのです。あの人は、わたくしたちがどこへ出かけるのも、いやがっておいででした。わたくしが、日曜学校の接待会などに行きたいと申しましただけでも、本気で反対するような人です。でも、この舞踏会だけは、わたくしも自分の思い通りにして、なんとしてでも行くつもりでおりました。あの人に止める権利などございませんもの。父のお友だちが皆さん出席なさいますのに、あの人は、わたくしたちがお付き合いするのには、ふさわしくない方たちだなどと申します。[56]それに、わたくし、たんすの引き出しに、一度も手を通したことのない、紫のフラシテンの服がございますのに、着ていく衣装も何もないではないかなどとも申しました。これ以上は、何をどう止めてもむだだとわかると、義父は会社の仕事で、フランスへ行ってしまいました。ですが、母とわたくしは、前に父の店の職人頭だったハーディさんと一緒に出かけました。そしてそこで、ホズマ・エンジェルさんと、お目にかかったのでございます」

「それでは」と、ホームズは言った。「ウィンディバンクさんは、フランスから帰られて、皆さんが舞踏会へいらしたことがわかって、さぞかしご立腹でしたでしょうね」

「いいえ。それが、とても上機嫌でございましたの。笑いながら、わたしは今でも憶えていますが、肩をすくめて、女というのは、何を止めてもむだだ、どのみち好きなようにするのだから、と申しました」

「わかりました。そして、ガス工事業者の舞踏会で、あなたはホズマ・エンジェルと名のる紳士と、お会いになったわけですね」

「はい、そのとおりでございます。その夜、お会いして、次の日には、あの方はわたくしたちが無事に帰ったかと心配して、訪ねて来てくださいました。その後も、お会いいしましたの。つまり、その、ホームズさま、わたくしは二度あの方とお会いして、散歩をいたしました。けれども、その後は父が戻ってまいりましたので、ホズマ・エンジェルさんはわたくしの家へおいでになることができなくなりました」

「できなく？」

「そうです。と申しますのは、父が、そのようなことを何であれ、非常に嫌うのでございます。父は、できることなら、お客さまを一切お断りしたいと考えております。女は自分の家庭の中で楽しむべし、といつでも申しております。もしそうならば、女は、まず自分の交際サークルが必要ですのに、わたくしにはまだ、そんなサークルもないわ、と、よく母に言ったものです」

「しかし、ホズマ・エンジェルさんは、どうされたのですか？　なんとかして、あなたに会おうとされなかったのですか？」

「はい、父がまた一週間後にフランスへ行くことになっておりましたので、ホズマは手紙で、それまでは会わないほうがいいだろうと言ってまいりました。その間は、お互いに手紙を書けますもの。それで、あの人は毎日手紙をよこしましたの。手紙は朝のうちに、わたくしが取っていましたので、父に知られる心配はございませんでした」

「その時は、すでにご婚約なさっていたのですか？」

「はい、そのとおりでございます、ホームズさま。初めて散歩をいたしましたあとで、わたくしたちは婚約いたしました。ホズマー——いえ、エンジェルさんは、レドンホール街にある会社の会計係です。そして……」

「会社は何といいますか？」

「それで困っておりますの、ホームズさま。知らないのでございます」

「それでは、どこにお住まいでしたか？」

「会社に泊まっておられました」

「それでは、ご住所もご存知ない？」

「ええ……。レドンホール街ということだけ」

「そうしますと、あなたがお手紙を出されるときは、どちらに宛てて？」

「レドンホール街郵便局に、局留めで出しておりました。会社宛てですと、女文字の手紙が来ることで、同僚の方々にひやかされていやだとおっしゃいましたので。それでしたら、わたくしも彼と同じようにタイプにしましょうと提案いたしましたが、それもおいやだそうですの。わたくしが手で書いたものですと、いかにもわたくしからきたと感じとれますが、タイプの手紙ですと、わたくしたちの間に機械がはさまっているような気持ちがするのだそうです。ホームズさま、あの方がどれほどわたくしを気に入ってくださっていたか、そして、細かいところにまで気を配ってくださるお方か、よくおわかりいただけたことと思います」

「教えられる点が多かったですね」ホームズは言った。「ささいな点こそが、最も重要である、というのを、わたしは前々から原則にしています。ホズマ・エンジェルさんにつきまして、他に何か、細かい点で思い出すことはありませんか？」

「彼ときましたら、それはもう、とても内気でございますの、ホームズさま。目立つのがいやだと申しまして、わたくしと一緒の散歩も、昼間よりも夜のほうを好みました。それにとても遠慮深くて紳士的でございました。声も優しく、穏やかでした。若い頃に扁桃腺《へんとうせん》がはれてから、のどが弱くなり、いつでもためらいがちの、ささやき声で話をするようになったのだそうでございます。服装はきちんとしていて、こざっぱりとしてじみですが、わたくしと同様に目が悪く、強い光を避けるために、色めがねをかけていらっしゃいました」

「ほう。それで、義理のお父上のウィンディバンクさんが再びフランスへ行かれたあとは、どのようなことがおこりましたか？」

「ホズマ・エンジェルさんは、またうちへこられ、義父が帰ってこないうちに、結婚してしまおうとおっしゃいました。あの方は恐ろしいくらい真剣に、わたくしの手を聖書の上に置かせて、何がおきても、永遠に心変わりしないと誓わせたのでした。誓いをさせたことは、もっともなことで、あの方の熱情の表われだと、母は申しました。母は、初めから全くあの方の味方で、わたくし以上に彼を気に入っているのかと思えるほどでございました。あの方と母は、この一週間のうちに結婚式を挙げてしまおうと話し合っていましたので、わたくしは父にはどうするのかとたずねました。そうしますと、二人は、父のことは何も気にかけることはない、あとで話せば済むことだと申しました。また、父のことについては、すべて任せてほしいと、母は申すのです。それでもわたくしは、そんなことがいやだったのです、ホームズさま。もちろん、わたくしよりもほんのすこし年上の義理の父に結婚の許可を求めるのもおかしな話ですが、わたくしは何事も、陰でこそこそするのはいやでございました。それで、父の会社のフランスのボルドー(57)支店に宛てて、父に手紙を書きました。ところが、その手紙は、ちょうど結婚式の日の朝に返送されて戻ってまいったのです」

「では、お父上には、届かなかったというわけですね？」

「はい、そうでございます。手紙が着く直前に、父はイングランドへ向けて出発していたのでございましょう」

「ほう！　それはお気のどくでした。といいますと、結婚式は、この金曜日だったというわけですね。教会でなさるご予定でしたか？」

「はい、ごくひかえ目にするつもりでおりました。キングズ・クロスに近い、セント・セイヴィア教会[58]で挙式して、そのあと、セント・パンクラス・ホテル[59]で朝食会をいたすことにしておりましたの。ホズマは、二輪馬車で迎えにまいりました。わたくしたちは母と二人ですので、彼はその馬車にわたくしたちを乗せて、自分はその通りに一台だけいた別の四輪馬車に乗りこみました。わたくしたちの馬車が、先に教会に着きました。次に四輪馬車が駆けてまいりましたので、彼が出て来るのを待っておりました。ところが、いつまでたっても出て来ないのでございます。馭者《ぎょしゃ》が馭者台から降りてきて客席を覗いてみますと、なんと、誰の姿もありませんでした！『確かにこの目で客が乗るのを見たのに、客はいったいどうなってしまったのか、わけがわからない』と、馭者は申しました。

　これがこの前の金曜日の出来事でございます。ホームズさま、それからあと、彼がどうなったのかをつかめるような音沙汰は、何もないのでございます」

「それは、とんだ恥をかかされたようですね」ホームズは言った。

「いいえ、そのようなことはございません！　あの方はとてもよい方で、優しい人ですわ。わたくしを放っておくようなことは、ありえませんの。なにしろ、お式の朝も、わたくしに、何がおきてもきっと心変わりしないでほしい、思いがけないことがおきてわれわれを引き離すようなことになっても、わたくしが誓ったことをいつまでも忘れないでほしい、遅かれ早かれ、自分も誓いをたてるだろうと申しておりました。結婚式の朝する話にしては変に思いましたが、そのあとでおきたことを考えあわせると、何か意味があったのでしょう」

「おそらく、そうに違いありません。としますと、何か思いがけない災難が彼に襲いかかったとあなたはお考えなのですね」

「はい、そのとおりでございます。彼は、何らかの危険がおきることを予感していたに違いございません。そうでなければ、あのようなことを口にするはずがありませんもの。そして、その予感が当たったのだと思います」

「しかし、それがどのようなことであるかは、あなたにはおわかりにならないというわけですね」

「はい、全くわかりません」

「では、もう一つだけ、おたずねいたします。この事件については、お母上はどうお考えでしょうか?」

「怒ってしまって、二度とこの話はしてくれるなと申しております」

「では、お父上は？　父上にお話しなさいましたか？」
「はい。父はわたくしと同じく、何かがおこったのだろうから、また、ホズマから何か言ってくるだろうと、考えているようです。父も申していますように、わたくしを教会の入り口まで連れて行って、そこへ置き去りにすることで、何の得がありましょうか？　もし、わたくしに借金をしていたとか、または結婚して、わたくしの財産が手にはいるというのなら、話も別です。しかし、ホズマは金銭面では、きちんと独立していますので、わたくしのものなど、一シリングでも欲しがったことなどございません。それにしましても、い

ったい、何がおきたのでしょうか？　なぜ手紙もよこさないのでしょう？　ああ、そのことを考えておりますと、気も狂いそうでございます。わたくし、夜も一睡もできません」彼女は、マフから小さなハンカチを取り出し、顔を埋めると、激しく泣きじゃくり始めた。

「わたしが、あなたの事件を調べてさしあげます」ホームズは立ち上がりながら言った。「はっきりとした結果を、必ず引き出せます。ですから、いまは、この問題をわたしに任せ、これ以上くよくよとお考えになるのを、おやめになることです。そして、ホズマ・エンジェルさんは、あなたの生活からいなくなったのですから、あなたの思い出から消し去ることです」

「では、彼には、二度と会えないと、お考えでしょうか」

「お気のどくとは思いますが」

「では、彼はどうなりましたのでしょうか」

「その点につきましては、わたしにお任せください。それでは、エンジェルさんの人相を細かくお教えください。そう、それと、彼から来たという手紙もお見せいただけるとありがたいのですが」

「この土曜日のクロニクル新聞[60]に、たずね人の広告を出しました」彼女は言った。

「これがその切り抜きでございます。彼からの手紙も、四通持ってきております」

「それはありがたい。ところで、あなたのご住所は？」

「カンバーウェル区の、ライアン・プレイス三十一[61]でございます」

「エンジェルさんの住所は、ご存知なかったはずでしたね。では、お父上の会社の場所は？」

「フェンチャーチ街にあります。クラレットを大がかりに輸入しているウェストハウス・アンド・マーバンク商会で、父は外交を担当しております」

「ありがとうございました。お話はとてもよくわかりました。新聞の切り抜きと手紙をここに置いていってください。それから、わたしがいま忠告いたしましたこ

とを、お忘れにならないように。今回の事件はもうふたを閉じて、これ以上かかわりあわないようになさることです」

「ホームズさま、ご親切はありがたく存じますが、わたくしには、とてもそのようなことはできません。わたくしは、ホズマに誠意を尽くすつもりでおります。彼がいつ帰ってもいいように、待つつもりでおります」

　とてつもなく大きな帽子をかぶり、少々間の抜けた顔をしているにもかかわらず、わたしたちには、この依頼人のいちずに思いつめた誠意が、けだかいもののように感じられ、頭の下がる思いがした。手紙と新聞の切り抜きの小さな束をテーブルの上に残し、必要があれば、いつでも再び訪れることを約束して、彼女は帰って行った。

　その後しばらく、シャーロック・ホームズは両手の指先を合わせ、両脚を前に伸ばしたまま、じっと天井を見つめ、黙っていた。彼はパイプ掛けから、彼の相談相手である、やにが黒くしみこんだ古い陶製《クレイ》のパイプを取り上げ、火をつけると、紫煙《しえん》を渦状に吹き上げながら、物思いにふける顔つきで、椅子にふかぶかと座っていた。

「あの娘は、研究の対象としては、興味深いね」ホームズは言った。「彼女が依頼してきたちょっとした事件よりも、彼女そのものに興味をひかれるよ。とにかく、事件のほうはありきたりさ。ぼくの事件索引を見れば、いくらでもこの種の事件にお目にかかれる。一八七七年にアンドーヴァであったし、昨年はハーグ(62)で同様のことがおきている。手口は古いけれど、今回の事件に、新しいことが一つや二つないわけではない。しかし、彼女自身がいろいろと教えてくれたよ」

「ぼくには見えなかったことを、君は彼女から、ずいぶん大量に読み取ったようだね」と、わたしは言った。

「それは、見えなかったのではなくて、注意していなかったのだよ、ワトスン。君はどこを見るべきかがわからないから、大切なところをみな見落としているのさ。服のそで口がどれほど重要か、親指の爪がどれほどのことを教えてくれるか、靴紐からどれほどすばらしい結論を引き出せるかを、君にわかってもらうのは難しいだろうね。ところで、君は、彼女の外見から何を知ることができたか言ってもらおうか」

「そう、彼女はレンガ色の鳥の羽根飾りが一本ついている、青みがかった灰色の、つばが大きい麦わら帽子をかぶっていた。小さい黒い玉のふち飾りがついた黒いジャケットには、黒のビーズ飾りのぬい取りがしてあったね。彼女のドレスは、コーヒーの色よりも少し暗い茶褐色で、襟《えり》とそで口に紫色のビロードに似た織物《フラシテン》の折り返しがついていた。手袋は灰色がかっていて、右手の人さし指のところがすり切れていた。靴は、見なかったよ。そうそう、丸い小さな金のイヤリングをしていた。全体的に見て、品が悪く、気楽でのんびりした暮し向きで、裕福そうな様子だった」

シャーロック・ホームズは、軽く拍手をすると、くすっと笑った。

「これは驚きだ、ワトスン。すばらしい進歩ぶりだよ。いや、全くみごとだったね。重要なことをすべて見落としてはいるが、方法は習得したらしい。君は、色については鋭い目をしているね。しかし、いいかね、全体の印象にとらわれないで、細部に注目するのだ。ぼくはいつでも、女性のそで口から観察することにしている。男性なら、ズボンの膝を見るのがいいだろう。君も気づいていたが、あの女性はそで口にフラシテンをつけていた。この布は手がかりになりやすいのだ。手首の少し上のところに二本跡がついていたが、これはタイピストが仕事をするときに、机に押しつける部分だ。くっきりついていたよ。手動のミシンでも同様の跡が残るけれど、左手のほうだけで、あのそで口のように右に幅広くはつかず、親指と反対側の部分につく。次に、彼女の顔を見ると、鼻の両脇に、鼻めがねを長く使ったあとに残るくぼみがついていたので、近眼で、タイプを打っていると言ってやったら、彼女は驚いていたようだった」

「それにはぼくも驚いたよ」

「しかし、わかりきったことを言っただけだったのだけれどね。何よりも、ぼくが驚き、かつ興味をもったのは、目を下に移し、彼女の靴を見た時だ。彼女がはいているブーツときたら、左右、同じように見えたが、実は不ぞろいで、片方はつま先にちょっと飾りがついて、もう片方は何もついていなかった。さらに、その五つのボタンのうち、下の二つだけしかとめていないし、もう片方は、一、三と五番目しかとめていない。若い女性が、一応きちんと身なりを整えているのに、不ぞろいで、ボタンが半分しかとまっていないブーツをはいているのを見れば、大急ぎで家を飛び出してきたと言ってもよかろう。こういうことは、だいそれた推理などを持ち出すまでもないことさ」

「それで、まだ何か他にわかったことは？」わたしの友人の、このすばらしい推理にいつものように大きく興味をひかれつつ、わたしはたずねた。

「ついでだけれど、彼女は、すっかり身仕度を整えてから、家を出る前に手紙を書いたこともわかった。右手袋の人さし指のところの破れには君も気づいたようだけれども、手袋と指に紫のインクのしみがついていたことを見落としたようだね。急いで書いて、ペンをインク壺に深く突っ込みすぎたのだろう。指にまであれほどくっきりしみが残っているところをみると、今朝のことに間違いない。

こういうことは初歩的なことだけれども、おもしろいね。しかし、ワトスン、そろそろ本題に戻ろうか。すまないけれど、その広告に出ている、ホズマ・エンジェル氏の人相書を読んでみてくれたまえ」

わたしは、新聞の切り抜きを明りにかざして読み上げ始めた。「たずね人」と書いてある。「ホズマ・エンジェルなる紳士、十四日朝より行方不明。身長約五フィート七インチ（一七〇センチ）。体格はがっしりしているが、顔色は悪い。髪は黒く、頭頂部がやや薄くなっている。ほおひげと口ひげは、黒くて濃い。色めがね着用。話しかたが少々弱い。失踪当時の服装は、絹の折り返し襟のついた、黒のフロックコートと黒のチョッキ、金製のアルバート型の時計鎖(63)、灰色のハリス・ツイードのズボン、深ゴム靴に茶色のゲートル着用。レドンホール街の会社勤務。お心当たりの方は……」

「そこまでで結構」と、ホームズは手紙にさっと目を通しながら、続けて言った。「これらの手紙に関するかぎりは、全く平凡だ。バルザック(64)の言葉を一回だけ引用している以外に、エンジェル氏について知りうる手がかりは、何もない。しかし、一つだけ、特徴がある。これにには、君もきっと驚くだろうね」

「全部タイプで打ってあるね」と、わたしは所見を述べた。

「それどころか、署名までタイプでしてある。見てごらん、最後のところに『ホズマ・エンジェル』と、きちんと小さく打ってある。そのうえ、ほら、日付はあるけれど、住所がレドンホール街とだけしか打ってないので、少々あいまいだ。この署名の仕方は、意味深長だね。——実際には、決定的と言ってもいいくらいだ」

「何が決定的だというのかね？」

「おや、すると、君はこれが今回の事件にどれほど重要な役割を果たしているのか、わからないとでも言うのかい？」

「婚約不履行《ふりこう》で訴えられた時に、自分の署名ではないと言い逃れるつもりだったということくらいしか、思いつかないが」

「いや、それは的外れだ。今からぼくは、二通手紙を書くことにする。おそらく、事件はそれでかたづくはずだ。一通はシティにある会社宛てで、もう一通は、あのお嬢さんの若い義理の父親、ウィンディバンク氏に、明晩の六時にここへおいでいただけないかと連絡するのさ。男どうしで話をつけるほうが、事はうまく運ぶからね。さてと、先生、これらの手紙に返事が来るまでは何もすることがないようだから、それまでこの問題をおあずけにしておこうか」

わたしの友人の、すばらしい推理能力とたぐいまれな活動力については、さまざまな理由から、わたしは強く信頼していた。だから、今回依頼されているこのふしぎな事件に対しての、ホームズの確信にあふれて気楽な態度を見て、彼なりに確実な勝算があるに違いないと思った。彼が失敗したのは、わたしが知っているかぎりでは、ボヘミア王とアイリーン・アドラーの写真の事件、一度だけである。そして、あの不気味な「四つのサイン」事件や「緋色《ひいろ》の習作」事件にかかわる、並みはずれて奇妙な出来事を思い出すと、彼に解決できない事件があるとすれば、それはよほど変わった、もつれた謎に違いない、という気持ちになってきた。

まだ、黒くなった陶製《クレイ》のパイプをふかし続けているホームズをその場に残して、わたしは立ち去ることにした。そして、明日の晩、再びここを訪ねて来る時には、メアリ・サザランド嬢の失踪した花婿の正体を知る手がかりは、すべてホームズの手の中にあるであろうことを、確信していた。

　このところわたしは、重病の患者を一人受け持っていて、次の日はその患者にかかりきりであった。六時近くになってからやっと手があいたので、二輪馬車《ハンサム》に飛びのり、ベイカー街へ駆けつけた。今回の事件の解決の場に立ち会うのには、遅すぎたかもしれないと少々心配であった。ところが、行ってみると、シャーロック・ホームズは一人で、あのやせて細い体を肘掛け椅子の中に丸めて、まどろんでいるようであった。瓶や試験管が乱立していて、あたりには、鼻をさすような鋭い塩酸の臭いが立ち込めていたので、今日は一日じゅう、大好きな化学実験をして過ごしたことが見てとれた。

「どう、解決したかね？」(65)部屋へ入るとすぐに、わたしはたずねた。

「そう、バリウムの重硫酸塩だった」

「いや、そっちではなく、あの謎解きのことさ」わたしは言った。

「ああ、そうか。ぼくはまた、先ほどまで実験していた、塩《えん》類のことかと思ったよ。昨日も言ったように、興味をひかれる細かい点は幾つかあるものの、今回の事件には、何も謎めいたところはない。ただ、その悪党をこらしめる法律がないというのが、なんといっても欠点だと思うね」

「とすると、犯人はいったい誰なのかね？　何の目当てで、サザランド嬢を見捨てたのだろう？」

この質問がまだ終わらず、その返事をするホームズがまだ口を開くまもない時、廊下の外に重い足音が聞こえ、ドアをノックする音がした。

「彼女の義理の父親の、ジェイムズ・ウィンディバンク氏だ」ホームズは言った。「ここへ、六時に訪ねてくるという返事をもらっている。どうぞ！」

入って来たのは、体格がよく、中背で、三十歳前後、ていねいにひげをそった、血色の悪い顔の男だった。人あたりがよく、へりくだったような態度をしていたが、その灰色の目は異常に鋭く、射るようであった。わたしたち二人をいぶかしげに見つめると、使い古してテカテカに光っているシルクハットをサイド・ボードの上に置き、ちょっと頭を下げて、近くの椅子に近づいた。

「今晩は、ジェイムズ・ウィンディバンクさん」ホームズは言った。「六時においでになるとタイプしてあるこのお手紙は、あなたからのものですね」

「はい、そうです。少し遅くなったかもしれません。何かと思いどおりにいかないものでして。今回のつまらない事件で、娘のサザランドがお世話をおかけしまして、申し訳ありません。わたしとしましては、このような身内の恥を世間にさらすようなことはしないほうがよいと思いましたが、わたしの言うことを少しも聞かずに、娘はこちらへ伺ってしまったのです。まあ、お気づきのとおり、興奮しやすい娘ですから、こうと決めますと、人の言葉には耳も貸しません。もちろん、あなたは警察には無関係の方ですから深くは気にしませんが、それにしても、今回のような家庭内の災難が世間に知れ渡るのは、おもしろくありませんね。それに、あなたが、ホズマ・エンジエルを見つけ出せるわけはないでしょうから、出費が無駄というものです」

「そうは言えません」静かにホームズは言った。「わたしは、ホズマ・エンジェル氏をみごとに発見できると確信するのに充分な鍵《かぎ》を、握っているのです」

ウィンディバンク氏は驚きの色を見せ、手袋を落としてしまった。

「そううかがえると、うれしいかぎりです」と、彼は言った。

「タイプライターというのは、ふしぎなものです」と、ホームズは述べた。「人の筆跡と変わらないくらい、それぞれにきちんとした個性があるのです。全くの新品でもないかぎり、二台の機械が完全に同じような字を打つということは、絶対にありません。活字のうちの幾つかがすりへっていたり、片方だけがすりへった活字があったりするのです。さてと、あなたのこの手紙をご覧いただきましょうか、ウィンディバンクさん。eの字の上の部分が、どれも少しかすれています。また、rの下の部分は、少し欠けてしまっています。このほかに、十四も特徴がありますが、この二点は、非常にはっきりとしています」

「わたしどもの会社では、手紙をすべてこのタイプライターで書いていますので、少々傷んでいますがね」客は光る小さな目で、ちらりと鋭くホームズを見て答えた。

「さてと、きわめて興味深いことを、お教えいたしましょうか、ウィンディバンクさん」と、ホームズは続けた。「わたしは近々、タイプライターと犯罪との関係につきまして、また一つ、小論文を書こうと思っています。これは、前々からわたしが少々関心を持っていたテーマです。ここに、いま行方不明となっておられるエンジェル氏からの、四通の手紙があります。いずれもタイプで打たれたものです。どの手紙も、eがかすれていますし、rの下の部分も欠けています。そればかりではありません。わたしのルーペを使って見ると、いま申し上げた以外の、十四の特徴もすべてそろっていることがわかりました」

ウィンディバンク氏は椅子からとび上がると、帽子をつかみかけた。「わたしは、こういうくだらない話に、時間をとられている暇はありませんよ、ホームズさん」と、彼は言った。「あの男をとらえられるというなら、とらえてください。とらえた後でわたしに知らせてほしいものです」

「結構でしょう」ホームズは、そう言いながらドアに近づき、鍵をかけた。「それでは、お知らせしましょう。さあ、その男をとらえました」

「なに！　どこにです？」ウィンディバンク氏は唇まで真っ青になり、ネズミとりの中のネズミのように、あたりをきょろきょろと見まわしながら叫んだ。

「さあ、もうあきらめたほうがいいですね。——もう駄目ですよ」と、ホームズは静かに言った。「もう、どうやっても逃げられませんよ、ウィンディバンクさん。手口はあまりにも見えすいています。そのうえ、これほど簡単な謎をわたしには解けないだろうなどと先ほどおっしゃいましたが、それはまた、ずいぶんな御挨拶でしたね。まあ、それはいいとしましょう。お座りください。そして、じっくりとお話ししましょうか」

客は死人のように青ざめた顔で、ひたいには冷や汗を浮かべ、椅子によろよろと座り込んだ。「こ、これは——訴訟《そしょう》にはできないはずだ」と、彼は口ごもりながら言った。

「まことに残念ですが、そのようです。しかし、ウィンディバンクさん、ここだけの話ですが、トリックがつまらないわりには、わたしが今までにお目にかかったことのないほど、残酷で、自分本位で、冷たい事件でしたね。わたしがこの事件の経過を説明しますので、もし間違っていたら、なおしていただきましょうか」

男は、椅子の中で体を小さく丸めて、頭をうなだれ、全くしょげかえったという様子だった。ホームズは、マントルピースの角に両足を置き、両手をポケットに入れたまま椅子の背にもたれて、わたしたちに話しかけるというよりは、むしろ独り言を言うかのように話し出した。

「その男は、自分よりもはるかに年上の女と、金を目当てに結婚した」と、彼は言った。「さらに、義理の娘の金までも、彼女と同居している間は男が自由に使うことができた。彼女の金は、彼らの身分にとっては、かなりの額であった。もしそれが入らなくなれば、生活は大きく違ってくる。つまり、その収入を維持し続けるための努力をする価値は、充分にあったというわけだ。しかし、その娘は、気だてが優しく、人に好かれる性格だし、愛情ぶかく、親切でもある。人柄が良いうえに、少しだが収入もあることから、独身のままで世間がいつまでも放っておくはずがないことは、はっきりしていた。ところが、彼女が結婚するということは、年間に百ポンドの損になる。そこで、これを妨げるために、義理の父親は何をしたか？　まず初めは、娘を家の中に閉じ込めて、同じ年頃の男たちと会わないようにするという、つまらない方法を考えついた。しかしすぐに、こういう方法ではいつまでもうまくいくはずがないということがわかった。娘はいらいらして、自分の権利を主張し、ついには、あるダンス・パーティーにどうしても出かけるのだと言い張った。そこで、賢い義理の父親は、どうしただろうか？　彼は感情を押し殺し、悪知恵をはたらかせると、ある一つの計画を考えついた。妻にも、黙って見ているだけでなく、手伝わせた。彼は、鋭い目つきをサングラスでおおい、口ひげと、長く伸びたほおひげをつけて変装し、澄《す》んだ声を、押し潰したようなささやき声に変えた。そして、娘が近眼なのをうまく利用して、ホズマ・エンジェル氏になりすまし、彼女の前に現われたのだ。そして自分から彼女に求愛して、ほかに恋人ができないように仕組んだというわけだ」

「初めは、軽い冗談のつもりでした」客は、うめくように呟《つぶや》いた。「わたしたちも、娘があれほど熱をあげるなどとは、思ってもいませんでした」

「まあ、そうは思わなかっただろうね。しかし、娘はすっかり熱をあげてしまった。それに、義理の父はフランスに行っていると固く信じていたから、だまされているかもしれないなどとは、つゆほど考えてもみなかった。紳士に言い寄られたことで、彼女はすっかりのぼせ上がってしまった。そのうえに、母親もこの男をやたらにほめたので、さらにいっそうのぼせ上がってしまったのだ。そのうちに、エンジェル氏は、娘の家を訪ねるようにさえなった。計画の実を結ばせるためには、つめられるところまで事を進めておかねばならないのだ。何回か会ううちに、婚約にまでたどり着いた。

これで彼女が他の男に気を取られる心配はなくなった。とはいうものの、いつまでもだまし続けることができるわけではない。そのつど、フランスに出張したと思わせるのも、面倒なことだ。このお芝居を、きわめて劇的な形で幕にして、しかも、若い女性の心に、永遠に思い出を残し、ここしばらくの間は、彼女が他の男へ心変わりをしないようにさせたかった。そこで、聖書を持ち出して永遠に愛することを誓わせ、結婚式の朝も、異変がおきるかもしれないことをほのめかした。そして、サザランド嬢がホズマ・エンジェルを思い続け、彼の消息がわからないために、少なくともここ十年は他の男からの結婚の申し出には応じないことを、ジェイムズ・ウィンディバンクは望んだのだ。教会の戸口まで彼女を連れ出したが、自分はそれ以上のことをできないので、四輪馬車の片方のドアから乗り、反対側のドアから抜け出すという古い手口で、うまく姿を消した。こういう筋書きだと思いますがね、ウィンディバンクさん！」

ホームズが話している間に、客は幾分落ち着きを取り戻し、青ざめた顔に冷たい薄笑いを浮かべながら、椅子を立った。

「ホームズさん、まあ、そうとも、そうでないとも言えないね」と、客は言った。「だがね、あなたも賢い人だから、いま法律を犯しているのは、このわたしではなくて、あなたのほうだということくらいは、お判りでしょうね。わたしは法に触れるようなことは、初めから何もしていない。ところが、あのドアの鍵をあなたが閉めたま

まにすれば、脅迫《きょうはく》と不法監禁を犯しているというわけだ」
「おっしゃるとおり、法律では、あなたをどうすることもできない」ホームズは鍵を開けて、ドアを開きながら言った。
「しかし、あなたほど罰を受けなければいけない人間は、ほかにはいない。もしあのお嬢さんに男の兄弟か友人がいたならば、あなたの肩を鞭《むち》で打ちすえているはずだ。わかったか！」男の顔に、にがにがしげな、冷たいせせらわらいが浮かんだのを見てとると、ホームズは顔を赤く染めて続けた。
「依頼人からはここまで

頼まれてはいないが、ここに手頃な狩猟用のむちがある。それで、わたしが……」ホームズがさっと二歩ほど鞭に近づくと、それを手にとる前に、階段をあわてて駆け降りる足音がひびき、玄関の重いドアの閉まる音が、ひびきわたった。窓から外を見ると、ジェイムズ・ウィンディバンク氏が、通りを大急ぎで逃げ去っていく姿が見えた。

「冷酷な悪党だね！」ホームズは、もう一度椅子に身を投げると、笑いながら言った。「あの男は、悪事を次々に重ねて、そのうちに絞首台にかけられるような大罪を犯すはめに陥るだろうね。まあ、今回の事件は、幾つかの点でおもしろかった」

「ぼくには、君の推理の道筋が、まだよくつかめていないのだが」と、わたしはたずねた。

「そうかね、もちろん、あのホズマ・エンジェル氏のおかしな言動を見れば、何か狙っていることがあるに違いないと、初めから判っていた。この事件で、実際に得をする人間というのは、ぼくたちが知っているかぎりでは、あの義理の父親ただ一人しかいないこともはっきりしていた。そして、この二人の人物が決して同時に現われたことがなく、一人が現われている時には、いつももう一人はどこかへ行っていたということも、ヒントになった点だったね。色めがねに変な声、それに濃いほおひげとくれば、まず変装だと考えていいのではないか。そのうえ、署名までタイプで打つというエンジェル氏のおかしな行動を見て、ぼくの疑いは、確信へと変わった。これは、彼の字の書き方を娘がよく知っているので、ほんの少し見ただけでも見破られてしまうと恐れたからだよ。これらの一つ一つ、独立したことがらと、細かな多くの事実が、みな一つの方向を指しているではないか」

「しかし、そういうことを、君はどうやって確かめたのかね？」

「この男といったん目星をつければ、証拠を見つけるのは簡単さ。彼の勤務先はわかっていたからね。彼女が持ってきた、新聞広告の人相書から、ほおひげ、色めがね、声など、変装していると思われるところを除いた特徴を書いた手紙を会社に送って、外交員の中でこれにあてはまる人物はいないかと、問い合わせた。それに、その時すでにタイプライターの特徴にも気づいていたので、会社の住所に宛て、あの男に、こちらへおいで願いたいと書き送った。すると予想どおりに、タイプで打った返事が来た。そのタイプ文字には、エンジェル氏の手紙とまったく同じ、小さいけれども独特の傷がついていることが判った。また、その手紙と同じ便で、フェンチャーチ街のウエストハウス・アンド・マーバンク商会からも手紙が来た。その手紙には、問い合わせの人物の特徴は、すべての点において、わが社の社員、ジェイムズ・ウィンディバンクに間違いないと言ってきた。これで、一切は《ヴォワラ・トゥ》わかったよ」

「それで、サザランド嬢のほうは？」

「たとえ、ぼくが真実を話したところで、とうてい信じてもらえないだろうね。君も、ペルシアの古いことわざに、こういうのがあるのを知っているだろう。『虎の児をとろうとする者には危険あり。また女性から夢をとる者にも危険あり』ハーフィズは、ホラティウスと同じくらいの知恵者で、世の中のことにも通じているからね」

赤毛組合

昨年の秋の、ある日のことだった。友人のシャーロック・ホームズを訪ねてみると、彼は初老の紳士と、何ごとか熱心に話し込んでいた。その人は、太っていて、赤ら顔をしており、髪の毛は燃えるような赤い色をしていた。

うっかりじゃまをしてしまったおわびを言いながらわたしが出ていこうとすると、ホームズは突然わたしをつかまえて部屋に連れ戻すと、入り口のドアを閉めてしまった。

「ワトスン、まったくいいところへ来てくれた」と、うれしそうにホームズは言った。

「今、君は忙しいのだろう」

「そう、ご覧のとおりだ。ものすごく忙しいよ」

「では、隣の部屋で待っていることにしよう」

「その必要はないよ。ウィルスンさん、こちらはぼくの同僚で、今までに成功した多くの事件のほとんどを、手伝ってもらった人で、あなたの事件にも、きっとお役に立つと思います」

そのがっしりした紳士は、椅子《いす》からなかば腰を上げて、軽くえしゃくをした。そして、ふくらんだまぶたの奥から、小さな目を、問いかけるようにちらつかせた。

「まあ、掛けたまえ」と言いながら、ホームズは自分も肘掛《ひじか》け椅子に戻り、考えごとをする時いつもするように、手の指先を合わせた。「ねえ、ワトスン。ぼくは奇妙なことが好きだし、毎日の生活の習慣や、たいくつな決まりきったことから、かけ離れていることが好きなのだが、君もこの点では、ぼくと同じだね。いっしょうけんめいにぼくの事件を記録してくれたことにも、そういう君の好みがよく現われているよ。そして、遠慮なく言わせてもらえば、ぼくのささやかな冒険に、何やら尾ひれまでつけて書いてくれてはいるがね」

「君が扱った事件が、ぼくには、非常に興味深かったのだよ」[66]と、わたしは言った。

「メアリ・サザランド嬢が持ち込んだ、あの非常に単純な事件のすぐ前のいつだったかに、ぼくがこんなふうに言ったことを、覚えているだろう。思いもよらない効果や、とても普通では考えられないようなことが二つ結びついたものを見つけようと思えば、実生活の中から探さなければならない、とね。というのも、事実は空想より、はるかに奇なりと言うからね」

「そう、その考えにはいささか疑問の余地があると、ぼくが異論を唱えたのだったね」

「そう、そのとおり。しかし、結局君は、ぼくの考えに従うことになる。君が賛成しなければ、ぼくは君の前に、次々と事実を積み重ねて、それによって君の論拠がつぶれてしまい、結局はぼくのほうが正しいと、認めさせることになるよ。ところで、今朝、ここにおいでのジェイベズ・ウィルスン(67)さんがわざわざ来られて、あるお話をしてくださったのだが、これは、しばらくの間拝聴《はいちょう》した感じでは、めったにないような、珍しい事件になりそうなのだ。いつも言っているように、奇怪きわまりなく、最も珍しい事件というものは、大きな犯罪よりも、むしろ小さな犯

罪に伴っておきてくることが多いものだからね。時には、犯罪がおきたかどうかさえも、わからないような場合さえある。今までお話をうかがったかぎりでは、このケースが犯罪なのか、そうでないのか、まだはっきりとは言えないけれど、おきていることがらは、確かに、これまでに聞いたことがないような珍しいものだよ。

どうでしょうか、ウィルスンさん。あなたのお話を、もう一度最初からうかがうわけにはいきませんでしょうか。というのは、友人のワトスン先生が、話の初めのほうをまだ聞いておられないからというだけではなくて、あなたのお話が非常に変わっているので、細かい点を全部いちいちあなたの口からうかがっておきたいと思うからなのです。いつもなら、事件の経過をちょっとお聞きさえすれば、わたしが覚えている、多くの似たような事件を思い出して、見当をつけることができるのですが、今度ばかりは、どう考えても、似たケースがない事件だと言わざるをえません」

この太った依頼人は、いくらか得意そうに胸を張りながら、薄汚れてしわくちゃになった新聞を、オーバーの内ポケットから引っ張り出した。彼がそれを膝の上で延ばしながら、首を前に出して、広告欄に目を落としている間に、わたしはこの男をよく観察し、ホームズのやり方にならって、洋服とか外観などに表われていることから、何かを読み取ってみようと努めた。

しかし、わたしの観察はたかが知れていた。この来客は、でっぷり太って、もったいぶった、鈍重な、どこにでもいるような、イングランドのごくありきたりの商人にすぎない。

男は、少しだぶついた、灰色の格子もようのズボンに、あまりきれいとはいえない黒のフロックコートを着て、上着のボタンを外しており、薄茶色のチョッキからは、太いしんちゅうのアルバート型の時計鎖を垂らし、その先には四角い穴のあいた、小さな金属を飾りにぶら下げていた。横の椅子には、すり切れたシルクハットと、しわだらけのビロードの襟《えり》がついている、色あせた茶色のオーバーが置いてあった。とどのつまり、どんなに眺めまわしてみても、この男が、燃えるように赤い髪の毛をしていることと、顔に非常に悔しそうな不満の色が表われているのがわかっただけである。

シャーロック・ホームズは、わたしのしていることをちらっと見てとり、わたしのもの問いたげな視線を認めると、微笑を浮かべながら頭を振った。「この方が、腕力のいる仕事をしておられたということ、嗅《か》ぎタバコを愛用されていること、フリーメイスンの会員だということ(68)、中国に行かれたことがあるということ、それから、最近、非常にたくさん書き物をなさったこと。ぼくにはっきり判るのは、これだけだね」

これを聞き、ジェイベズ・ウィルスン氏は、びっくりして椅子からとび上がり、人さし指を新聞に置いたたまま、ホームズを見つめた。

「ホームズさん、どうしてまた、そんなことがおわかりになったんですか？」と、彼はたずねた。「たとえば、わたしが腕力のいる仕事をしていたなどと、どうしてわかったんでしょう。確かにぴったり当たってるんですよ。わたしは船大工から身を立てましたからね」

「その手なんですよ。あなたの右手は左手に比べると、ぐっと大きいですね。右手を多く使ったので、筋肉も余分に発達しているのです」

「なるほど。それでは、嗅ぎタバコのことは、どうしてわかったのです? そしてフリーメイスンのことは?」

「どうしてわかったかを、いちいち申し上げて、頭の良いあなたに、失礼に当たってもいけませんからね。ことに、厳しい規則に違反して、あなたが円弧《えんこ》とコンパスを描いたネクタイピンをつけていらっしゃるのですから」

「ああ、本当ですね、忘れていました。しかし、書き物をしたということは?」

「右のそで口が、五インチ（約一三センチ）ばかりぴかぴか光っていますし、左手のひじのあたりの、ちょうど机にあたる部分がつるつるして色が変わっているのを見れば、他に考えようがありませんからね」

「なるほど。では、中国のことは?」

「右手首のすぐ上にある魚のいれずみは、中国にしか見られないものです。わたしは、いれずみの研究も少ししていて、その方面に関する論文を書いたこともあります。魚の鱗《うろこ》を美しいピンクに染める技術は、中国独特のものなのです。そのうえ、時計の鎖からぶら下がっている中国のコインを見れば、答えはなおさら簡単ですよ」

ジェイベズ・ウィルスン氏は、ぎごちなく笑った。「いやはや、これは驚いた」と、彼は言った。「初めはあなたが、何か特別な術でも、お使いになったのかと思いましたが、種をあかされてみれば、なんでもないことなのですね」

「説明など、しなければよかったのじゃないかなあ、ワトスン。『よくわからないうちは、すばらしく見える』というからね。あまり正直に、全部をさらけだしてしまうと、ぼくのささやかな名声も、崩れてしまうかもしれない。ウィルスンさん、広告は見つかりませんか？」

「ええ、ここにありました」太い赤らんだ指で、広告欄の中ほどを押さえながら、彼は答えた。「これですよ、これが事件のきっかけになったのです。ご自分でお読みになっていただけますか？」

わたしは新聞を受け取って、次のようなことが書いてあるのを見た。

「赤毛組合組合員公募(70)――アメリカ合衆国ペンシルヴァニア州レバノン(69)市の、故エズイカイア・ホプキンズ氏の遺志により、ほんの形ばかりの仕事をするだけで、毎週四ポンドの給料が与えられるこの組合員に一名空席ができた。心身ともに健康で、二十一歳以上の赤毛の男性であれば、誰でも応募できる。希望者は、月曜日の十一時に、フリート街ポープス・コート[71]七にある組合事務所の、ダンカン・ロス宛てに、本人が直接申し込むこと」

「これは何のことだろう！」この、いっぷう変わった広告を二度ばかり読んでから、わたしは大声を出した。

上きげんなとき、いつもやるように、ホームズはくすっと笑って、腰かけたまま、体をゆすった。

「これはちょっと、風変わりな話だろ。そうじゃないかね」と、彼は言った。「さて、ウィルスンさん、どうぞ話を最初からスタートしてください。ご自分のこと、家庭の状態、この広告であなたがどうなったかということを。先生、君はまず、新聞の名前や日付を、メモしておいてくれたまえ」

「これは『モーニング・クロニクル[72]』紙で、一八九〇年四月二十七日だから、ちょうど二ヶ月前になるね[73]」

「そうだね、さてウィルスンさん」

「はい、先ほどもお話ししたことなのですが、シャーロック・ホームズさん――」と、ジェイベズ・ウィルスン氏は、ひたいの汗を拭《ふ》きながら言った。「ロンドンのシティに近いコウバーグ・スクェアで、わたしは小さな質屋を開いております。でも、そう手広くやっているわけではありませんので、近頃は、自分の生活を支えるのがやっとという状態です。前には店員を二人雇っていましたが、今は一人に減らしてしまいました。本来ならば、彼に給料を払うために、わたしは内職をしなければならないぐらいなのですが、質屋の仕事を覚えるためだから、給料は半分でいい、と彼が言ってくれるので助かっています」

「今どき珍しい、その感心な青年の名前は、何というのですか？」と、ホームズはたずねた。

「ヴィンセント・スポールディングです(74)。それに、彼は青年とはいえませんね。年齢はちょっと見当がつきませんが、あんな気のきいた店員は、めったにいませんよ。あの男なら、もっといい地位について、今の給料の二倍くらいを稼ぐこともわけなくできるだろうとは思います。でも、とどのつまり、彼が満足しているのなら、わたしがおせっかいをやく必要はありませんからね」

「そうですとも、ほんとうに。人並み以下の給料で人を雇えるなんて、運がいいですね。今どきこんなことは、めったにないことです。その店員さんは、この新聞広告と同じくらい、風変わりではありませんか」

「そうそう、彼にも欠点があるんです」と、ウィルスン氏は言った。「あんな写真好きな男も、珍しいですよ。少しは修業でもすればいいのに、カメラでパチパチと写しては、現像するために、まるでウサギのように地下室に潜り込むのです。これが彼の主な欠点です。まあ、全体としてはよくやってくれますし、悪い男じゃないのですが」

「今でもお宅で働いているのですね」

「そうです。この男のほかには、簡単な料理をしたり、掃除をしてくれる、十四歳になる女の子が一人――うちにいるのは、これで全部です。なにせわたしは家内を亡くしまして、家族はいないのです。この三人で、全くひっそりと暮らしています。特別なことさえしなければ雨露だけはしのいで、月々の経費を払うぐらいがやっとですけれど。

その生活を破ったのが、この広告なのです。ちょうど八週間前の今日、この新聞を手に持って、スポールディングが店に来て、こう言いました。

『ウィルスンさん、わたしも赤毛だったらよかったのになあ、と思いますよ』

『なんだって？』わたしは聞き返しました。

『というのは、赤毛男の組合に、また一つ空席ができたんだそうですよ』と、彼は言いました。『誰でも組合員にさえなれれば、ちょっとした小金を貯めることができるんですからね。わたしが聞いたところでは、欠員が埋まらないので、管財人が金の使いみちに困っているということです。わたしの髪の色さえ変わってくれれば、飛び込んでいって、この仕事で甘い汁が吸えるというのにねえ』

『それは、どういうことなんだい？』わたしはたずねました。ホームズさん、わたしはひどく出ぶしょうの人間です。外に出かけるのではなくて、客を待つ商売ですから、続けて何週間も、店から一歩も出ないで過ごすことだって、珍しくありません。だから、世間のできごとにはうとくなっていまして、ちょっとしたニュースでもうれしいのです。

『赤毛男の組合のことを、聞いたことがないんですか？』スポールディングは、目を丸くして聞きました。

『初耳だね』

『聞いたことがないなんて、驚いたなあ、まったく。ご主人は、応募資格があるのにねえ』

『何かいいことがあるのかい』わたしはたずねました。

『まあ、一年にわずか二～三百ポンドくれるだけなんですがね。でも、仕事は簡単で、片手間にできるそうですよ』

それでわたしが、これはうまい話だと乗り気になったのも、わかっていただけますね。なにしろここ数年のあいだ、商売はあまりぱっとしませんし、年二〜三百ポンドの臨時収入があれば言うことはないですからね。

『詳しく聞かせてくれないかね』と、わたしは頼みました。

『ええ』わたしに広告を見せながら、彼は言いました。『これをお読みになればわかるんですが、赤毛の組合に欠員が一人できて、詳しいことを問い合わせる宛て先も、ここに出ています。わたしが知っているところでは、アメリカ合衆国の百万長者のエズィカイア・ホプキンズが、この組合を創ったのです。この人は非常な変わり者で、自分が赤毛だったものだから、赤毛の人には心から同情していたのです。彼が亡くなったあと、莫大な遺産を管財人に任せて、その利息を、自分と同じ色の髪を持つ人たちに、簡単な仕事をさせて、分けてやるようにと遺言したのが、発見されたそうです。わたしが聞いたところでは、大変な高給で、しかも仕事はごくわずかなのです』

『だけど、応募する赤毛の人は大勢いるだろうね』

『心配なさるほど多くはないでしょう』と、彼は答えました。『これはロンドンの住民に限られているし、しかも大人だけなのですから。このアメリカ人はロンドンの出身で、しかも、この町に何か恩返しをしたいと思っていたのです。それに髪の毛が薄赤の人や、黒みがかった赤では駄目で、ほんとうに燃えたつような真っ赤な色でなければ、応募しても無駄だという噂《うわさ》です。申し込みをなさるおつもりなら、ウィルスンさん、行きさえすればいいんですよ。だけど、わずか数百ポンドばかりのために、わざわざ出かけることもないですがね』

ところで皆さん、ご覧のとおり、わたしの髪の毛は完全に真っ赤ですから、その点では、誰にも引けをとらないつもりでした。ヴィンセント・スポールディングは、組合のことをとてもよく知っているようでしたから、何か役にたつかと思い、その日は店を閉めて、すぐにわたしについて来るようにと言いつけました。彼は休みになるのを、非常に喜びました。わたしたちは店を閉めて、広告に出ている家へと出かけたのです。

ホームズさん、あんな光景は、二度と見られないでしょう。なにしろ、東西南北の各方向から、髪の毛の赤みがかったあらゆる男が、広告を見て、ロンドンの中心部であるシティへと集まって来ていたのです。

フリート街は赤毛の人たちで、息もつまりそうでしたし、ポープス・コートは、まるで行商人の手押し車に満載になったオレンジのようでした。たった一つ広告が出ただけなのに、各地域からこれほど大勢の人が押し寄せて来るなどとは、考えてもみませんでした。そこには、あらゆる色の赤毛が、群れをなしていました。——わらのような色、レモン色、オレンジ色、レンガ色、アイリッシュ・セッター犬の色、茶褐色、粘土色など、ありとあらゆる赤毛です。けれどもスポールディングが言ったように、ほんとうに生き生きした、燃えるような色の赤毛は、そんなにいませんでした。こんなに大勢が待っているのを見て、わたしは絶望的になり、あきらめかけました。しかし、スポールディングは、そんな弱音を聞き入れませんでした。どうやったのかよく思い出せませんが、彼は群衆を後押ししたり、引っぱったり、こづいたりして、事務所の階段のところまで連れて行ってくれました。階段には二列の人波ができていて、希望を抱いて上がっていく者と、がっくりして、しおしお戻ってくる者とが、流れをつくっていました。けれども、わたしたちはできるだけうまく割り込んで、まもなく事務所に入ってしまったのです」

「それは、さぞかしおもしろい経験だったでしょうね」来客がちょっと口をつぐんで、嗅《か》ぎタバコをたっぷりつまみ、記憶の糸をたぐっている時、ホームズが言った。「どうぞ、その非常におもしろい話を続けてください」

「事務所の中には、木の椅子が二つと、モミの木で作ったテーブルがあるだけで、他には何もなく、そのテーブルの向こうには、小がらな男が座っていました。その男の髪の毛は、わたしよりももっと赤かったのです。応募者が部屋に入って来ると、ひとことふたこと、何か話しかけて、失格になるようなあら探しをしていました。こんな調子では、空席にありつくのは、なみたいていのことではできそうもないと、わたしは思いました。ところが、わたしたちの順番がくると、この小男は、他の人たちに比べるとたいそうな愛想をふりまき、部屋に入ると、秘密の相談でも始めるようにすぐにドアを閉めてしまったのです。

『ジェイベズ・ウィルスンさんです』と、わたしの店員が言いました。『組合の欠員を埋めるために、応募されました』

『おお、この方は全くぴったりですなあ』と、その男は答えました。『この方なら条件どおりだ。こんな立派な赤毛は、今まで見たことがありません』一歩うしろにさがって首をかしげ、わたしの髪をじっと見つめるので、わたしはきまりが悪くなってしまうほどでした。そして、彼は急に近づいてくるなり、わたしの手を強く握り、合格おめでとう、と情熱を込めて言ってくれました。

『これなら、決めてしまってもいいだろう。しかし、一応念をいれさせていただきます』と言うなり、男は両手でわたしの髪をつかみ、ぐいぐいと引っぱるので、わたしは痛さに、思わず悲鳴をあげたほどでした。『おや、涙が出ましたね』と言って、男は手を放しました。『これなら、非のうちどころがありませんなあ。用心しませんとね。なにしろ、以前、かつらで二回、染料で一回だまされていますので。靴を縫《ぬ》う糸を染める蠟《ろう》を使った者もあるくらいなんですよ。あさましいものです』それから彼は、窓のところへ行って、合格者が決まったことを、あらんかぎりの大声で外の群衆に叫びました。がっかりした不平の声が、下から立ちのぼってきましたが、人々はすぐに

ちりぢりばらばらに帰り始め、そのうちに、赤毛の男といえば、わたしとそのマネージャーとの二人だけになって[75]しまいました。

『わたしは、ダンカン・ロスと申します。わたしも、けだかい慈善家がのこしてくださった基金から、年金を受けている者の一人です。ところで、結婚しておられますか、ウィルスンさん。ご家族は？』

わたしは、家族はいないと答えました。たちまち彼は、失望の色を顔にうかべました。

『弱りましたねえ』彼は、深刻そうに言いました。『これは大変だ。なんと残念なことでしょうか。この基金は、赤毛族を保護するだけではなく、子孫の発展や繁栄を図ることをも、目的にしているのです。あなたが独身とは、ほんとうに困りました』

わたしもこれを聞いて、がっかりしてしまいましたよ、ホームズさん。結局は採用取り消しになってしまうのかと思いましてね。しかし、二、三分よく考えてから、彼はまあいいでしょうと言ってくれました。

『他の方ですと、この欠点は致命的なのですが、あなたのようなすばらしい髪の持ち主には、特例を設《もう》けなければなりますまい。ところで、この新しい仕事には、いつから来ていただけますか』

『そうですねえ、ちょっとまずいことには、別の仕事をかかえているものですからね』と、わたしは言いました。

『ああ、それならご心配なく、ウィルスンさん』ヴィンセント・スポールディングが言いました。『あなたの代わりを、わたしがいたしますから』

『時間はどうなのですか』わたしは聞きました。

『十時から二時までです』

ホームズさん、質屋の商売というのは、夕方が主なのです。ことに給料日のすぐ前の、木曜日と金曜日の晩が忙しいのです。だから、朝のうちにちょっと稼ぎに行くのには、つごうがいいのですよ。それに、うちの店員は役に立つ男ですから、彼になら、何がおきても任せておけることは、わかっていましたから。

『その時間なら、たいへん好都合です』と、わたしは言いました。『それで、給料は？』

『週に四ポンドです』

『それから、仕事の内容は？』

『いや、形ばかりのものなのです』

『といいますと？』

『そうですね、勤務時間には、この事務所、少なくとも、この建物の中にいてもらわなければなりません。もし、持ち場を離れると、あなたは永久にこの地位を失うことになるでしょう。この点について、遺言では非常にはっきりと決めております。時間中にこの事務所から出ますと、規則違反になるのです』

『一日にたった四時間ですから、外へ出たいなんて考えるはずはありませんよ』わたしは言いました。

『病気でも、仕事でも、その他いっさいの言い訳は、絶対に通用しませんよ』と、ダンカン・ロスは念を押しました。『あなたは、絶対にここにいなければなりません。そうしないと失業ですよ』

『それで、どんな仕事をするんですか』

『大英百科事典[76]を書き写すのです。あの書棚に、第一巻が入っています。インクとペン、吸取り紙は、自前で用意してください。この椅子とテーブルは、ご自由にどうぞ。

では、明日から来ていただけますか』
『承知しました』わたしは答えました。
『それではごきげんよう。ジェイベズ・ウィルスンさん。そして、あなたが幸運にも手に入れられた、この重要な地位に、もう一度おめでとうと、申し上げましょう』彼は頭を下げると、わたしを部屋から送り出しました。そして、わたしは店員と帰宅しました。が、その幸運に、舞い上がってしまい、何を言ったらいいのか、何をしたらいいのか、わからないほどでした。
それで、この日は一日じゅう、このことばかり考え続けていましたが、夕方になると、また沈んだ気持ちになってしまいました。というのは、どんな目的があってかわかりませんでしたが、この一件が、とんでもないいたずらか、詐欺《さぎ》に違いないと思えてきたのです。こんな遺言を残す人がいることや、大英百科事典を書き写すだけという簡単な仕事にあれほどの大金を払うなどということは、どうみてもありえないことだと思えてきたのです。ヴィンセント・スポールディングは、なんとかわたしの気を引きたてようとしてくれましたが、ベッドに入る頃までには、わたしはすっかりあきらめがついていました。けれども、朝になると、とにかく行くだけは行ってみようと決心して、小さなインクびんと鵞《が》ペン、それにフールスキャップ(77)判の紙を七枚買って、ポープス・コートへ出かけました。

ところが、なにもかも約束どおりだったので、驚くやら、うれしいやらでした。テーブルの用意もできていて、わたしがちゃんと仕事をするかどうかを見届けるために、ダンカン・ロスさんも来ていました。わたしにAという字から書き写し始めさせると、彼は外へ出ていってしまいました。しかし、うまくいっているかどうかを監督するために、時々戻って来たのです。二時になると、彼はもう終わりにしてよろしいと言いに来て、ずいぶんはかどったではありませんかと、おせじを言いました。そしてわたしが出たあと、事務所のドアに鍵をかけました。

ホームズさん、こんな具合で、毎日が過ぎました。土曜日になると、ダンカン・ロスさんが部屋に来て、一週間働いた報酬として、ソヴリン金貨を四枚くれました。こうして次の週も、その次の週も、同じことが繰り返されました。毎朝、十時に出勤し、二時にしまいます。そのうちにダンカン・ロスさんは、朝のうち一度だけ来るようになり、それもやがて全然現われなくなりました。でも、もちろんわたしは、部屋を一瞬だって離れようと思ったことはけっしてなかったのです。彼がいつ現われるかわかりませんでしたし、それにこんなにわりのいい、自分でも気に入っているうまい仕事は、めったにありませんので、それを失いたくなかったのです。

こうして八週間が過ぎました。書き写しの仕事のほうは、アボット、アーチェリー、アーマー、アーキテクチャー、アティカ、とだんだん進みました。近いうちにBの項目に進めそうだと思って、熱心に仕事を進めました。フールスキャップ判の紙代もかなりになり、わたしが書いた紙が、ほとんど棚一つを占めるぐらいになっていました。ところが、突然この仕事が終わりになってしまったのです」

「終わりというのは？」

「そうなのです、ホームズさん。それはつい今朝のことです。いつものように、十時に仕事場へ行ってみると、ドアには鍵がかかっていて、ドアの真ん中に小さな四角い厚紙が、ビョウで留めてあるではありませんか。ええ、これがそうなんですよ」

ウィルスンは、便箋《びんせん》ぐらいの大きさの白い厚紙を示した。それにはこのように書いてあった。


「赤毛組合は解散しました。一八九〇年十月九日」


シャーロック・ホームズとわたしは、この短い声明文と、その向こうにある悲しそうな依頼人の顔を見て、いろいろと他のことを考えるよりもまず、この事件の持つ、こっけいさがあまりにも強かったので、二人そろって吹きだしてしまった。

「いったい何がおかしいんですか！」わたしたちの依頼人は、真っ赤な髪の毛のつけ根まで、顔を赤くして叫んだ。「わたしを、笑いものにすることしかできないくらい

なら、よそに頼みに行きますから」
「いや、とんでもない」ホームズは言いながら、なかば腰を上げかけていたウィルスンを、椅子に押し戻した。「わたしは、この事件を手放そうとは絶対に思いません。

これはたいへん興味深く、変わった事件です。ただし、こう申し上げるのは失礼かもしれませんが、こっけいな感じがする点もありますね。ドアに貼ってあったこの紙をご覧になってから、あなたはどうなさったのですか」

「ショックでしたねえ。どうしたらいいのかわかりませんでした。それから、周りにある幾つかの事務所でたずねましたが、この件については、誰も何一つ知らなかったのです。最後に、この建物の一階に住んでいて、会計士をしている家主のところへ行き、赤毛組合はどうなってしまったのかたずねてみました。ところが、そんな団体は聞いたこともないというのです。では、ダンカン・ロスさんというのはと聞くと、そんな名前も初めてだという返事でした。

『あのう、四号室の紳士なんですけれど……』

『ああ、あの赤毛の人ですか』

『そうです』

『ああ、それなら名前はウィリアム・モリス[78]さんで、事務弁護士さんですよ。新しい事務所ができるまで、一時的にうちを使っていたのです。昨日、引っ越して行かれましたよ』

『どこへ行けば会えますかね』

『新しい事務所へ行ってみたらどうですか。きちんと住所を残していかれましたよ。

そう、キング・エドワード街十七で、セント・ポール寺院の近くです』

　そこでわたしは、その場を引き上げて、さっそくその住所へ行ってみました。しかしそこには、膝当てをつくる工場があっただけで、ウィリアム・モリスという名も、ダンカン・ロスという名も、聞いたこともない、とそこの人は言いました」

「それからどうされましたか？」ホームズはたずねた。

「サクス・コウバーク・スクェアの家へ戻り、店員に相談してみたのです。けれども、彼にもこれという知恵がなく、そのうちに手紙でも来るのでは、と言うばかりでした。けれど、それではなんともおさまりがつきません、ホームズさん。あれほどのいい仕事を、指をくわえたまままみすみす失ってしまうなんて、とてもできませんよ。ホームズさんは、困っている人たちに、いい知恵を授けてくださると聞いたので、すぐに飛んで来たのです」

「それは、賢いご判断をされましたね」ホームズは言った。「この事件は、非常に珍しいものです。喜んで調査しましょう。うかがったお話から考えますと、初めの見かけよりも、はるかに重要な問題がひそんでいるような気がします」

「ほんとうに一大事なんですよ」ジェイベズ・ウィルスン氏は言った。「なにせ、わたしは週四ポンドの給料を失ったのですからね」

「あなた個人に関する限りでは、この珍しい組合に文句を言う筋合いはないでしょう。

げんにあなたは、三十ポンドあまりを稼がれましたし、百科事典のAの項目にある多くの記事について詳しい知識を持てたことを別にしても、とにかくあなたは、何の損もしなかったではありませんか」

「そういえばそうですがね。しかし、彼らについて知りたいと思うのです。彼らが何者なのか。そして、もしいたずらならば、なぜあのようなことをしたのかを知りたいのです。このいたずらは、けっこう高くついていますからね。なにしろ三十二ポンドもかかっているのです」

「そうした点を、はっきりさせてあげましょう。それにはまず、うかがっておきたいことがあります、ウィルスンさん。新聞広告を見せてくれた店員を、いつごろお雇いになったのですか」

「あの新聞広告を見た、ひと月前ぐらいです」

「どういうつてで、訪ねてきたのですか」

「広告を見てきたのです」

「応募者は、あの男一人しかいなかったのですか?」

「いいえ、十数人いました」

「なぜ、その男を選ばれましたか?」

「彼は使いよさそうな男だったたし、安く雇えたからです」

「そう、普通の半額でしたね」

「そうです」

「どんな男ですか、ヴィンセント・スポールディングというのは」

「小がらですが、がっしりしていて、とてもすばしっこく、三十歳を過ぎていますのに、顔にはひげがありません。ひたいには、酸でできた白いしみのようなものがあります」

ホームズは、かなり興奮した様子で、椅子に座りなおした。

「そうか、やっぱりそうだったのか」と、彼は言った。「イヤリングをつける穴が、耳にあいていませんか?」

「ああ、ありますよ。子どもの頃に、ロマがあけてくれたんだとか言ってました」

「そうか」と、ホームズは、椅子の背にもたれてじっと考えこんだ。「彼はまだ、お宅にいるのですね」

「ええ、いますとも。さっき、店で別れてきたばかりです」

「で、あなたがいないときは、その男が店番をしているのですか」

「よくやってくれています。朝のうちは、たいしてすることもありませんが」

「これでわかりました。ウィルスンさん、一両日のうちに、この問題について、ご報告できると思います。今日は土曜日ですから、うまくいけば、月曜までには結論を出せるかもしれません」

「ねえ、ワトスン」と、ホームズは客が帰ったあとで、わたしに呼びかけた。「この事件をどう思うかね」

「さっぱりわからない」と、わたしは率直に言った。「とても奇妙な話だ」

「ふつうは、事件が奇妙であればあるほど、かえって本質は、わかりやすくなるものなのだよ」ホームズは言った。「一番わからなくて困るのは、何の特徴もない犯罪なのだ。それはちょうど、ありふれた顔を覚えにくいのと同じことさ。ところで、この事件は急がないとまずいな」

「というと、今からどうするのかね」わたしはたずねた。

「タバコさ」と、彼は答えた。「パイプに三杯ほどのタバコが必要な問題だよ。すまないが、五十分ばかり話しかけないでくれたまえ」彼は、椅子の中で体をまるめると、タカを思わせるとがった鼻の前にやせた膝を立て、目を閉じて、黒い陶製《クレイ》のパイプをまるで怪鳥のくちばしのように口から突き出して座った。彼が眠り込んだものとばかり思って、わたしもうつらうつらしていると、何ごとかを決心した人がするように、突然、彼は椅子から弾き出されたように立ち上がって、パイプをマントルピースの上に置いた。

「今日の午後にセント・ジェイムジズ・ホール(79)で、サラサーテ(80)の演奏会がある」と、彼は言った。「どうかね、ワトスン。診察を、二、三時間、休んでもかまわないかな」

「今日は暇《ひま》だ。ぼくの仕事は、いつだって熱中するほどのものではないよ」

「それなら、帽子をかぶって出かけるとしようか。まずシティにまわって、途中で昼食をとろう。演奏曲目には、たくさんのドイツ音楽が入っていて、イタリアやフランスのものよりぼくの性分に合っている。ドイツの音楽は内省的で、ぼくも今、内省的になりたいと思っているところだ。さあ、行こう」

オールダーズギット駅まで地下鉄で行って、ちょっと歩くと、もうサクス・コウバーグ・スクェアだった。ここが今朝聞いた、奇妙な話の舞台だ。そこは、みすぼらしくて、小さな、それでも昔は立派だったかと思わせるような場所だった。薄汚れた二階建てレンガづ

くりの家が、四方から見降ろすように建っている。真ん中に、鉄柵で囲った広場があった。その空き地には、雑草と見まがうような芝生と、色のあせた月桂樹が数本、ほこりっぽい、生物には合わない空気との厳しい闘いを続けながら生えていた。金色の玉三つ[81]でできている質屋の目印と、白文字で『ジェイベズ・ウィルスン』と書いた茶色の看板が角の家にかかっていたので、ここが赤毛の依頼人が構えている店だとわかった。シャーロック・ホームズは首をかしげて、その家の前に立ち止まり、鋭い目を細めて、家をじっと見つめた。それから、ぶらぶらと通りの端まで歩いて行き、再びこの角まで引き返してくると、この家を、もう一度鋭く観察した。最後に質屋の店頭まで戻った時、手に持っていたステッキで、二、三度、敷石《しきいし》を強く叩き、それからドアに近づいてノックをした。すぐにドアが開き、りこうそうで、ひげをきれいに剃った若い男が現われ、中へ入るようにと言った。

「すみませんが、ここからストランド[82]へはどう行くのか、うかがいたかったものですから」

「三つ目を右に、四つ目を左です」店員は直ちにそう言うと、ドアを閉めた。

「頭の切れる男だ」歩き始めると、ホームズは言った。「ぼくの考えでは、あの男はロンドンで四番目に悪賢い男だ。大胆な点では、三番目だと言ってもいいだろうね。あの男についていては、前からいくらか知っているのさ」

「どう見ても、ウィルスンさんの店員は、赤毛組合のふしぎな事件に、深い関係があるようだね。つまり、君が道をたずねたりしたのは、あの男を見たかったからだろう」

「あの男ではないのさ」

「というと、何を」

「あの男のズボンの膝《ひざ》を見たかったのだよ」

「それで、どうだった」

「思ったとおりだった」

「君は、どうして敷石を叩いたのかね」

「いや、先生、今は偵察する時で、おしゃべりする時ではないよ。ぼくたちは、敵国に潜入したスパイだ。サクス・コウバーグ・スクエアについては、かなりわかった。今度は裏へ回って、広場の反対側の道を調べてみよう」

ひっそりとしたサクス・コウバーグ・スクェアから角を一つ曲がって出た道は、まるで一枚の絵の表と裏とが違うほどの対照的な光景を示していた。この通りはシティから北と西へ通じている、大動脈のような道の一つだった。道はシティへ入って来る人たちと、出て行く人たちの二列の馬車の流れで、ごったがえしていた。両側の歩道は、急ぎの歩行者の波でまっ黒に埋まっていた。きれいな店や、堂々とした事務所が並んでいるのを眺めていると、このようにきれいな通りが、たった今見てきた、あの色あせた不景気な広場に隣接しているということが、とても信じられないような気がした。

「どれ、どれ」曲り角に立って、ホームズはそう言うと、通りをちらりと眺めた。「ここに並んでいる家の順番を、覚えておかなくては。ロンドンについて、正確な知識をものにしておくのが、ぼくの趣味でね。モーティマー・タバコ店、小さな新聞販売店、シティ・アンド・サバーバン銀行のコウバーグ支店、菜食主義の料理店、マクファーレンの馬車製造会社の倉庫があるな。ここから先は、次の一画に移ることになる。さあ、ワトスン、これで仕事は終わったから、次はお楽しみの時間だ。サンドイッチとコーヒーでもとってから、ヴァイオリンの国へ行こうではないか。そこでは、すべてが甘くデリケートで、調和がとれている。やっかいな問題を持ち込んで、ぼくたちを悩ませる、赤毛の依頼人も来ないしね」

ホームズは熱狂的な音楽愛好家で、優れた演奏家であるばかりでなしに、人並み以上の腕前を持つ、作曲家でもあった。午後中ずっと、彼は完全な幸福に包まれて一階正面席に座ったきり、音楽に合わせて、細長い指を静かに振っていた。優しいほほえみを浮かべた顔や、ものうげで夢見るような目つきは、情け容赦がなくて、頭の回転が速く、腕ききの犯罪摘発者である、いつものあの探偵ホームズと同じ人物のものとはとても思えなかった。彼の奇妙な性格には二つの面があって、代わるがわるそれが現われる。わたしが何回も考えたように、彼の極端なまでの正確さとか機敏さというものは、彼をときどき支配する詩的で瞑想的な気分に対する反動のように、わたしには思える。ホームズの気分は、揺れが激

しくて、極端な無気力状態から、非常にエネルギーに満ちあふれた状態に変わるのだ。幾日も続けて肘掛け椅子にくつろいで、思いつきの演奏をしてみたり、あるいは黒体文字[83]で印刷された古書を読んだりしているときほど、ホームズが真に恐るべき存在であることはないのを、わたしはよく知っている。そのうち急に、彼の追求力は湧き上がり、あの輝かしい推理力が、まるで直観かと思われるほどに高まってきて、それが、彼のやり方に馴《な》れていない人たちに、彼が人間以上の知恵を持っているのではないかと思わせてしまうのだ。この日の午後、セント・ジェイムジズ・ホールで、音楽にひたりきっている彼を見たわたしは、ホームズが狙っている男たちの頭上には、災《わざわ》いの時間が迫っているのを感じた。

「君は家へ戻りたいのだろう、ワトスン」と、彼はホールを出たところで言った。

「うん、戻ってもかまわないけど」

「ところで、ぼくにはちょっと、時間のかかる仕事がある。このコウバーグ・スクエアの事件は、大変な事件なのだよ」

「どういうわけで重大なのかね」

「とてつもない犯行を企んでいる男がいるのさ。しかし、今ならまだ、犯罪を食い止められる見込みはある。しかし、今日が土曜日なので、ことはちょっとやっかいだ。今晩、手助けをしてもらえないかね？」

「何時に？」

「十時で、充分に間に合うだろう」

「では十時に、ベイカー街へ行くことにしよう」

「それは、ありがたい。ひとこと付け加えると、ちょっと危ないことがおこるかもしれないから、軍隊拳銃をポケットに入れてきてほしいな」彼は手を振ると、さっと背中を向けて、すぐに人ごみの中に消えてしまった。

　わたしは、他の人たちと比べて自分が鈍いと思ったことは一度もないが、シャーロック・ホームズと付き合っていると、いつでも、自分がひどく愚《おろ》かだという気持ちにとらわれるのだ。今回も、彼が聞いただけのものをわたしも聞き、彼が見ただけのものをわたしだって見ている。それなのに、彼の話を聞いていると、どうやら彼には、これまでの経過が、はっきりわかっているだけでなく、これから何がおころうとしているのかさえも見とおせるらしい。けれどもわたしときたら、事件全体をいまだにはっきりとつかめなくて、さっぱりわけがわからないままなのだ。馬車に揺られて、ケンジントンにある自宅へ帰る途中、わたしは今回の事件を、考え直してみた。あの、大英百科事典を書き写していた赤毛の男の、世にも変わった物語から始まって、サクス・コウバーグ・スクェアを訪ねたことや、立ち去り際に、ホームズがわたしに残した思わせぶりな言葉までを、ずっと考えてみた。今夜の探険は、いったい何を意味するのだろうか。そして、なぜ武器を持って行かなければならないのだろうか。どこへ行って、何をするというのか。ホームズが、ちらりとほのめかしてくれたところによると、あのひげのない質屋の店員が、どうも凶悪な男で、何か悪だくみを持っているらしい。わたしはこの謎を解こうとしたが、結局は絶望してそれを投げ出してしまい、どうせ今夜になれば全部わかることだと思って、それまで棚上げすることにした。

　わたしが家を出たのは九時十五分過ぎで、ハイド・パークを横ぎり、オックスフォード街を抜けて、ベイカー街に出た。ホームズの家の前には、二輪馬車《ハンサム》(84)が二台停まっていた。入り口を入ると、上から人の話し声が聞こえた。部屋では、ホームズが二人の男とさかんに話し込んでいた。客の一人は、警察官のピーター・ジョウンズ(85)で、もう一人は、背が高く、やせていて、陰気な顔をした男だった。彼は、ぴかぴか光る帽子と、圧倒されるほど上等のフロックコートを身につけていた。

「さあ、これで全員そろった」ホームズはそう言うと、水夫用の厚手のジャケットのボタンをかけ、棚から重い狩猟用のむちを取り上げた。「ワトスン、君はスコットランド・ヤード（ロンドン警視庁）のジョウンズ君を知っているね。こちらはメリウェザーさん、今夜の冒険に同行してくださる方だ」

「ワトスン先生、またご一緒することになったね。そうだよな」とジョウンズは、横柄な態度で言った。「ここにいるホームズさんは、獲物を追い出すことにかけては、たいしたものだ。それで、その後でこの人が必要とするのは、獲物を追いつめるのを手助けする、熟練した犬が一匹ってわけですよ」

「大騒ぎのあげく、出てきたのはネズミ一匹、というようなことにならないといいですな」メリウェザー氏が、憂《ゆう》うつそうに言った。

「まあ、この際だから、ホームズさんにかなりの信頼を置かれても大丈夫ですよ」警官は、もったいぶって言った。「ホームズさんには、ちょっとした独特のやり口がありましてね。言わせてもらえば、少々理論的すぎて、突飛なことをするきらいはあるけれども、まあ探偵の素質はある。ショルトー殺しとアグラの財宝事件(86)でのように、一回や二回は、警察当局よりもいい線をいったこともあるしね」

「ジョウンズさん、まあ、あなたがそう言われるならば、いいとしましょう」新参者のメリウェザー氏は、すなおに答えた。「それにしても、ブリッジの三回勝負をできなくなったのは残念ですな。三十七年間で、土曜日にこのゲームをしないのは、今晩が初めてです」

「そのうちにわかると思いますよ」ホームズは言った。「今晩は、今まであなたが経験なさったこともないような大きな賭《か》け金がかかっているのです。そのうえ、この賭けは、ブリッジより、ずっとおもしろいですよ。メリウェザーさん、あなたにとっては、約三万ポンドの金貨がかかっている勝負です。それからジョウンズさん、あなたにとっては、自分の手でとらえたくてしかたのなかった人間一人が、かかっているのですからね」と、ホームズは言った。

「そう、ジョン・クレイという男は、殺人犯、窃盗犯、にせ金使い、そして文書偽造犯なんだな。メリウェザーさん、この男はまだ若いのですが、この世界では親分格で、ロンドンじゅうの他のどの犯人よりも、ぼくが逮捕したいと思っている男です。まったく、この若いジョン・クレイという男は、驚くべき奴です。この男の祖父は王家の血を引く公爵で、彼自身もイートンからオックスフォードへ進学したのです。頭も切れるし、指先も器用で機敏だし、事件がおこるたびに、奴がやったという形跡は残っていても、どこにいるのか、さっぱりしっぽがつかめない。ある週に、スコットランドで強盗に入ったかと思うと、次の週にはコーンワル州で孤児院を建てるといつわって、資金集めをやっている、という具合だ。何年間もこの男の後を追跡しているのだが、実のところ、まだ姿を見たことが、一度もないのです」

「今夜こそ、彼をあなたにご紹介できるはずです。わたしもこれまでに一、二回、ジョン・クレイとかかわりを持ったことがあるのですが、確かにあなたが言われるとおり、その道にかけてはたいした男ですね。もう十時過ぎになりました。ちょうど出発の時刻です。お二人が一台目の馬車に乗ってくだされば、ワトスンとわたしは、二台目に乗って行きましょう」

シャーロック・ホームズは、馬車に揺られていた長いあいだ、あまり話をしなかった。馬車の背もたれによりかかって、今日の午後に聞いたメロディをハミングしていた。ガス灯がともった、果てしない迷路のような道を、ガラガラと走り抜けて、とうとうファリンドン街に出た。

「さあ、近づいてきたぞ」ホームズはそう言った。「あのメリウェザーさんというのは、銀行の頭取で、この事件にかかわりがあるのだよ。ぼくは、ジョウンズ君も一緒に連れてきたほうがいいと思ったのだ。彼は専門についてはまるで目が利かないが、悪い男じゃない。でも、たった一つとりえがあるといえば、ブルドッグのように勇敢で、いったん嚙《か》みついたとなると、スッポンのように、こんりんざい放さないことだ。さあ着いた。あの二人も待っているよ」

今朝がた訪ねたばかりの、同じにぎやかな大通りへ着いたのだ。馬車を帰すと、メリウェザー氏の案内で、狭い路地を通り、彼が開けてくれた横のドアから通用口へ入った。中には狭い廊下があって、その突当たりには、非常に重そうな鉄の扉があった。これも開けてもらうと、石のらせん階段があり、下へ降りて行くと、もう一つ頑丈《がんじょう》な扉があった。メリウェザー氏は、立ち止まってランタンに火をともし、それから暗い中を、下のほうへと案内し、土の匂いのする廊下を下って行って、三番目のドアを開けて、大きな穴倉というか地下室へ入って行った。周りには運送用の木枠や、大きな箱が積み上げてあった。

ホームズは、ランタンを高くかかげて、周囲を見まわしながら、「上から狙われる心配は、まずありませんね」と言った。

「下からだって、襲われることはありませんよ」とメリウェザー氏は言って、床の敷石をステッキでコツコツと叩いた。「なんだ、これは。うつろな音がするではないか」と言いながら、彼は驚いて顔をあげた。

「もう少し、静かにしてくださいよ」と、ホームズが厳しく言った。「この探険をあやうく全部ぶち壊しにしてしまうところでしたよ。そこにある箱に腰掛けて、邪魔しないようお願いしたいものですね」

もったいぶっていたメリウェザー氏は、苦虫を嚙みつぶしたような顔をして、木の枠に腰を掛けた。一方ホームズは、ランタンとルーペを手に持って石の上に膝をつき、石と石の間のつぎ目に異常がないかどうかを調べ始めた。それも数秒で満足したらしく、すっと立ち上がるとルーペをポケットにしまった。

「少なくとも、まだ一時間はある」彼は言った。「お人よしの質屋がベッドで寝込むまでは、彼らも手が出せないだろうからね。寝込んでしまえば、一分も無駄にはしないさ。早く仕事を終えれば、それだけ逃げる時間が多くなるからな。ワトスン、君も知っているとおり、ぼくたちは今、ロンドンの一流銀行のシティ支店の地下室にいるのだ。メリウェザーさんは、ここの頭取で、ロンドンで最も大胆な犯罪者たちがなぜこの地下室に少なからぬ興味を持っているかを、説明してくださるだろう」

「フランス金貨ですよ」頭取は小声で言った。「きっと狙われるぞ、という警告を、

何回も受けてはいたのですがね」

「フランス金貨ですって」

「ええ。数ヶ月前、資金を強化するために、フランス銀行から、ナポレオン金貨[87]三万枚を借りました。その金貨を開封する機会がないままに、地下室に金貨を置いてあるという噂《うわさ》が世間に広まってしまっているのです。わたしが上に座っているこの木枠の中には、二千枚のナポレオン金貨が、鉛板の間に入っています。この支店の、現在の金貨保有高は、普通の銀行の一支店が持っている金額を大幅に上回っており、重役たちも、それについては気をもんでいるのです」

「ごもっともです」とホームズが言った。「わたしたちの計画を、整えておく時が来たようです。一時間以内に、事件はクライマックスに達すると思います。ところでメリウェザーさん、それまでは、そのランタン[88]にも、遮光板《しゃこうばん》をあてておかなくてはなりませんね」

「それでは、暗闇の中で、じっと座っているのですか」

「そういうことになりますね。実はトランプを持ってきており、人数もちょうど二人ずつ二組になれるので、ブリッジの三番勝負ができるかもしれないと思ったのです。しかし、敵の準備が相当進んでいるようですから、いま灯をつけるのは、危険だと思います。まず持ち場を決めましょう。連中は大胆不敵な男たちですから、不利な情勢に追い込んでいても、用心しないと、わたしたちのほうがけがをするかもしれません。ぼくは、この木枠のうしろに立っていますから、あなた方はそちらへ隠れてください。そしてぼくが連中に灯を浴びせたら、すかさず飛びかかってください。もし、連中が撃ってきたら、ワトスン、遠慮なく引き金を引いてくれたまえ」

わたしは、自分が隠れている木箱の上に、撃鉄《げきてつ》をおこしたピストルを置いた。ホームズがランタンの前部に遮光板を降ろしたので、あたりは真っ暗になってしまい、こんな真っ暗な状態を、わたしはかつて味わったことがなかった。金属の焼ける臭いがただよっているので、いざというときは、すぐにランタンの灯を向けられる状態に準備ができていることだけはわかった。期待感でわたしの神経は緊張しきっていたので、急に暗くなった、この地下室の、冷たいじめじめした空気に圧迫されて、なにやら憂うつな気分になった。

「逃げ道は一つしかないのだ」とホームズはささやいた。「家の中を通って、サクス・コウバーグ・スクェアへ出る道があるだけなのだ。ジョウンズさん、頼んだとおりに、手配しておいてくれたでしょうね」

「表のドアのところに、警部を一人、巡査を二人配備した」

「では、完全に袋のネズミだ。あとは、黙って待つしかないね」

なんと長い時間に思えたことだろうか。あとで話しあってみると、それは一時間十五分にしかすぎなかったのだが、わたしにはもう夜が明けて、朝になりかけているに違いないという気がした。体を動かさないようにしていたので、手足が疲れて、こわばってしまったが、神経は極度に緊張して、聴覚も鋭敏になり、全員のわずかな呼吸の音を聞きとれただけでなくて、頭取の、ため息にも似たか細い息づかいと、大柄なジョウンズの荒い呼吸とを、聞きわけることさえできた。わたしの位置からは、箱越しに床が見えた。すると、突然ちらりと明りが見えた。

最初は、敷石の上に、青白い細い光がちらりと見えただけだったが、すぐにそれは、一筋の黄色い線になった。それから、なんの前触れや音もなしに、さあっと割れ目が開いて、中から女と見間違うような、白い手が出てくるのが見えた。手は、光が洩《も》れている、狭い区域の真ん中を探り回っていた。一分ほどの間、その手は、指をうごめかしながら床から突き出ていた。それで、出てきた時と同じように、急に引っ込んでしまい敷石の間の割れ目から洩れてくる、一筋の青白い光以外は、またまっ暗になった。

しかし、手が消えたのは、ほんのわずかな間のことだった。バリバリという音をたてて、幅の広い白い石が一枚持ち上げられ、四角い穴がぽっかり開いて、そこからランタンの光があふれてきた。この穴の端から、目鼻だちの整った子どもっぽい顔が覗《のぞ》いて、あたりをすばやく見回し、穴の両端に手をかけて肩から腰へとせり上がってき

て、とうとう穴の端に片膝をついた。次の瞬間には、穴の横に立ち上がり、後に続いている仲間を引き上げていた。この仲間の男は、先に出てきた男と同様にしなやかで小がらな男で、顔は青白く、髪は乱れた赤毛だった。
「とうとうやったぜ」最初の男がささやいた。「のみと袋はあるだろうな。あっ、大変だ。飛び込め、アーチ！　飛び

込むんだ。早くしないと、おれはしばり首だ！」

シャーロック・ホームズが飛び出して、侵入者のえりをつかまえた。もう一人の男は穴に飛び込んだが、ジョウンズが上着の端をつかんだので、ビリビリと布の破れる音が聞こえた。

ピストルの銃身がきらめくと、ホームズがすかさず、男の手にむちを振り下ろしたのでピストルは床に叩き落とされて、ガチャーンという大きな音をたてた。

「無駄だぞ、ジョン・クレイ、あきらめたほうがいい」ホームズは冷ややかに言った。

「もうだめだぞ」

「してやられた」相手は落ちつきはらって答えた。「しかし、相棒のほうは大丈夫らしいな。上着のすそをお持ちのようだが」

「入り口で、三人が待ち構えているさ」とホームズは言った。

「ほんとうか？　ああ、完全にしてやられたようだ。あっぱれだ」

「君もたいしたものだ」ホームズは答えた。「君の考えた赤毛組合は、今までにない新手で、上出来だったよ」

「おまえの相棒にはすぐ会えるぞ」ジョウンズが言った。「あいつは、すばやく穴に飛び込んで、逃げていったがね。手錠をかけるあいだ、手を出せ」

「おまえの不潔な手で、さわらないでくれよ」手首に手錠をガチャリとはめられると、つかまったクレイが言った。「おまえは知らないだろうが、わたしには王家の血が流れているのだ。だからわたしにものを言うときは、『サー』とか『プリーズ』とかいう言葉をつけてもらいたいものだ」

「わかったよ」ジョウンズは、目をむいて苦笑しながら言った。「では、サー、どうぞ階上へお越しいただけませんか。閣下を警察署までお送り申し上げる馬車を、待たせてございます」

「随分よくなった」ジョン・クレイは、落ち着き払って言った。彼は、わたしたち三人にひととおりえしゃくをすると、警官に付き添われて、静かに出ていった。

その後に続いて、わたしたちが地下室を出ていく時、メリウェザー氏が言った。

「ホームズさん、銀行はあなたにどのような言葉でどう感謝し、どれほどお礼をしたらよいかわかりません。わたしが今までに経験した銀行泥棒のうちで、一番思い切った計画を完全に探り出し、事件を防いでくださったのですから」

「ぼくとしても、ジョン・クレイ君に一つ二つ、借りがありましたのでね」とホームズは言った。「この事件では、少しばかりの支出もありましたから、銀行がそれを支払ってくださると考えてよろしいでしょうね。しかし、それ以外には、わたしも多くの点で非常にユニークな経験をしましたし、赤毛組合という珍しい話も聞きましたので、すでに充分な報酬をいただいたことになります」

「さて、ワトスン」明け方近くに、ベイカー街の部屋に座って、ウイスキー・ソーダのグラスをかたむけながらホームズは説明してくれた。「最初からわかっていたことは、あの頭のあまりよくない質屋のおやじを、毎日数時間ずつ家から遠ざけることだけを目的として、赤毛組合を創ったり、百科事典を書き写させたりという奇ばつな仕事をしていたということだった。この方法は、いささか変わってはいるが、あれ以上にうまい方法はないだろうね。共犯者の髪の色を見て、頭のいいクレイが思いついた方法だったに違いない。週給四ポンドというのは、質屋のおやじを釣り上げる餌《えさ》だったのだ。何千ポンドというタイを釣り上げるためには、餌にするための小エビ代くらいは、なんでもなかったのさ。二人でまず広告を出し、一人は一時事務所を構え、もう一人は質屋のおやじをけしかけて、赤毛組合の広告に応募させ、二人がかりで、質屋が毎朝、絶対に店から出て行くように仕組んだのだ。あの店員が半分の給料で来たと聞いた時から、是が非でも、あの店に勤めなければならないわけがあったのは、ぼくには一目ではっきりわかった」

「だけど、その理由を、どうやって探り当てたのかね」

「質屋の家に、もし女性がいたのなら、みだらな浮気ということも考えられただろうがね。けれど、それは問題外だった。それに、あの男の商売は小さなもので、それほど手の込んだ準備をしたり、金を注ぎ込むに値するほどのものは、質屋の家の中には何も置いてなかった。とすれば、問題は家の外にあるに違いない。では、それは何か。店員が写真好きで、それを理由にして地下室に潜り込むことを、ぼくは思い出した。そうだ、地下室だ。そこにはもつれた糸の一端があった。そこで、謎めいた店員のことをいろいろ調べてみると、ロンドン一の冷酷で大胆な犯罪者を、ぼくたちが相手にしているということがわかった。店員は地下室で何かしているのだ。何ヶ月にもわたって、毎日数時間ずつ何か仕事をしている。それは何だろう、ともう一回考えてみた。どこか他の建物へトンネルを掘っている以外には、考えられないではないか。

君と二人で調べに行った時、ぼくはすでに、そこまでは考えついていた。ステッキでぼくが歩道を叩いた時、君はびっくりしていたね。ぼくは、地下室が質屋の前に延びているのか、うしろに延びているのかを確かめたのさ。前側にではなかったね。その後、ベルを鳴らした。そうしたら、思ったとおり店員が現われた。ぼくはあいつとちょっと火花を散らしたことはあるけれど、これまで、お互いに顔を合わせたことは、一度もなかったのだよ。今度も、顔をほとんど見なかった。見たいと思ったのは、彼の膝だ。君も見たと思うけれど、膝はすり切れてしわくちゃで、おまけに汚れていたよ。これは、ずっと穴掘りをしていた証拠だね。最後に残る問題は、どこへ向かってトンネルを掘っているかということだけだ。通りの角を回ってみると、シティ・アンド・サバーバン銀行が、質屋の店のすぐ裏に建っているのがわかった。これで謎は全部解けたと感じた。コンサートのあと、君が馬車で帰ってから、ぼくはスコットランド・ヤードへ行き、その後、あの銀行の頭取を訪ね、結局君の見たとおりのことになったというわけさ」

「それにしても、連中が今晩決行するということが、どうしてわかったのかね」と、わたしは聞いた。

「そう、赤毛組合の事務所を閉じたのは、ジェイベズ・ウィルスンさんが、もう家にいてもかまわないような状態になったからだ。つまり、トンネルが完成したということだ。しかも、このトンネルを、なるべく早く使ってしまう必要があった。なぜなら、発見される恐れがあるし、金貨が他へ移されてしまうかもしれないからね。土曜日は、他の日に比べていちばん好都合だ。逃げるのに二日間も余裕があるのだもの。こう考えていくと、今晩決行するに違いないと思ったよ」

「まったく素晴らしい推理をしたものだなあ」わたしは心から感心して、大声で言った。「長い推理の鎖だが、それにもかかわらず、鎖の輪の一つずつが、真実なのだねえ」

「おかげさまで、退屈から救われたよ」と、ホームズはあくびをしながら言った。

「ああ、でも、もうまた、退屈が始まっているような気がする。ぼくの一生は、毎日の生活が平凡なことから逃げ出そうとする、長い努力の連続さ。こうした小さな問題が、幾分かそれを助けてはくれるがね」

「君は人類の恩人だね」と、わたしは言った。ホームズは、肩をすくめた。

「そうだねえ、結局のところ、ほんのすこしは役だってはいるのだろう」と、彼は意見を述べた。「ギュスターヴ・フローベールが、ジョルジュ・サンドに書き送っているとおり、『人はむなしく、仕事がすべて』だよ」(89)

ボスコム谷の惨劇

ある朝わたしと妻が食事をしていると、メイドが一通の電報を持ってきた。シャーロック・ホームズからだった。内容はこうだ。

「二日ほど暇《ひま》はないか？　ボスコム谷(90)での悲劇の件で、西部イングランドから電報で呼び出しを受けた。一緒に行ってくれたらありがたい。空気も景色も申し分なし。パディントン駅(91)発十一時十五分の列車に乗る」

「どうなさる、あなた？」テーブルの向こうから妻がたずねた。「いらっしゃるの？」

「どうしたらいいものかね。診察の予定がぎっしりつまっているし」

「あら、それならアンストラザーさんが代診をしてくれますわ。近頃あなたは顔色がよくないわね。気分転換も必要よ。ホームズさんの事件にはいつもあなたは関心を持っていらしゃいますしね」

「それは、関心をなくしては恩知らずというものだろう。その事件の一つのおかげでわたしが手に入れたものを考えればねえ」わたしは答えた。「でも行くのならすぐに荷造りをしなくてはいけない。あと三十分しかないからね」

アフガニスタンの戦場でキャンプ生活をした経験が、わたしを旅行の準備には時間がかからない人間にした。必要なものは多くないし、ありふれたものばかりだったから三十分もしないうちにわたしは旅行カバンを持って、辻馬車に乗り、パディントン駅に向かっていた。ホームズはプラットフォームを行ったり来たりしていた。彼はもともと背が高く、やせているものの、グレイの丈の長い旅行用外套《がいとう》とぴったりした布製の帽子(92)のおかげでますます細長に見えた。

「来てくれて本当によかったよ、ワトスン」彼は言った。「完全に信頼できる人間が側にいるかどうかは、ぼくにとって大きな違いなのさ。地元の警察はだいたい役に立たないか、偏見を持っているか、だからね。あの隅の席を二つとっておいてくれたまえ。ぼくは切符を買ってくる」

車室にはわたしたち以外の乗客はなく、ほかにはホームズが持ち込んだ膨大《ぼうだい》な量の新聞が散らばっているだけだった。レディングを通過するまで、ホームズは新聞の山をひっくりかえし、読んではメモを取ったり、考え込んだりしていた。そこで、突然新聞紙を全部丸めて大きなボールにすると、荷物の棚に放り上げた。

「事件のことは何か聞いているかね?」ホームズがたずねた。

「いいや、なんにも。ここ数日、新聞を読んでないのだ」

「ロンドンの新聞には詳しくは載ってはいないよ。それで細かい点を知るために、たった今最近の地方新聞全部にも目を通してみたんだ。読んだことを総合すると、これは非常にむずかしくて、しかも単純な事件だよ」

「それはちょっと矛盾しているようだけれど」

「ところが、これがまったくの真理なのだ。特異であることは、それがほとんどの場合に手がかりとなる。特徴のない平凡な犯罪ほど、その解決はますますむずかしい。しかし、この事件では、殺された男の息子がおおいに疑われている」

「そうすると、殺人なのかね？」

「まあ、そう思われている。ただ、ぼくは自分の目で見るまでは何も受け入れないことにしているのだ。ぼくが知ることができた限りの事件の様子を短く説明してみよう。

　ボスコム谷はロス[93]からそんなに遠くない、ヘレフォードシャーの田舎だ。このあたりで一番の地主はジョン・ターナー[94]といって、オーストラリアで金をもうけ、何年か前に故郷に帰ってきた男だそうだ。彼が所有する農場のひとつ、ハザリー農場[95]をチャールズ・マッカーシー[96]という名の、これまたオーストラリア帰りの男に貸していた。二人は向こうの植民地で知り合いだったというから、帰ってきてどこかに落ち着こうという時に、できるだけ近くにしたのも不自然ではないだろう。ターナーのほうが明らかに金持ちで、マッカーシーは彼の土地を借りることになったが、ひんぱんに交際していたところからみても、二人の関係はまったく対等だったようだ。マッカーシーには十八歳の息子が一人、ターナーには同じ年の一人娘がいるが、二人とも妻は死んでいる。どちらも近所のイギリス人家庭との付き合いは避けて、隠退《いんたい》したような暮しをしていたようだ。ただマッカーシー親子のほうはスポーツ好きで、近くの競馬場にはよく来ていたという。マッカーシーの使用人は二人いて、下男と若い娘だ。ターナーのほうはかなりおおぜいで、少なくとも六人の使用人がいる。ここまでが両家に関してぼくが集めたことすべてだ。さて、事実だが。

　六月三日、つまりこの前の月曜日のこと、マッカーシーは午後三時頃にハザリー農場の家を出て、ボスコム池へ歩いていった。そこはボスコム谷を流れる川が広がってできた小さな池なんだ。その日の午前中、マッカーシーは下男と一緒にロスへ出かけており、そのとき、三時に大事な約束があるから急がないといけないと言っていたそうだ。その約束を果たしに行って、彼は生きて帰ることがなかったのだ。

ハザリー農場の家からボスコム池までは四分の一マイル（約四〇〇メートル）の距離で、その途中で二人の人間がマッカーシーの姿を目撃している。一人は高齢の女で、名前は新聞には載っていない。もう一人はウィリアム・クロウダーといって、ターナーに雇われている猟場番人だ。二人とも、マッカーシーは一人で歩いていったと宣誓《せんせい》したうえで証言している。そのうえ番人は、自分がマッカーシーを見た二、三分後に、息子のジェイムズ・マッカーシーが銃を抱えて同じ道を行くのを見たとも証言したんだ。そのとき父親の姿はまだ見えていたのだから、息子は父親の後をつけていたとしか考えられないという。夕方事件のことを聞くまでは、このことはすっかり忘れていたのだそうだ。

猟場の番人ウィリアム・クロウダーが見かけたあと、二人の姿を見た別の人間がいた。ボスコム池はぐるりを深い森に囲まれているが、水辺には草や葦《あし》が生えていた。十四歳の少女ペイシェンス・モランはボスコム谷地所の管理人の娘で、森の中で花を摘んでいたという。彼女の言葉によると、そこからマッカーシーと息子が森のはずれの池の近くに見えたが、二人は激しく争っていたように見えたそうだ。父親が息子をどなりつけているのが聞こえ、息子は手を上げて父親になぐりかかろうとしていたと言っている。二人の激しさにびっくりして家に逃げ帰り、母親にボスコム池のそばでマッカーシー父子が言い争いをして、けんかになりそうだ、と告げた。そう言い終わるか終わらないうちに、森で父親が死んでいると、息子のマッカーシーが管理人の助けを求めて小屋に走ってきた。彼は非常に興奮していて、銃も持たず、帽子もかぶっていなかった。右の手とそでにまだ新しい血がついているのが目撃されている。みんなが彼のあとについて行き、池のそばの草の上に彼の父親が伸びて死んでいるのを発見した。頭を何か重い鈍器で何度もなぐられていた。傷の状態からして息子の銃の台尻が凶器かもしれない。銃は死体から数歩の草の上にあった。こんな状況であるから、息子はすぐあとで逮捕され、翌火曜日の検死裁判では『故意による殺人』[97]の評決が出された。ついで水曜日にはロスの治安判事の前に引き出され、次の巡回裁判にかけられることが決まった。以上が検死官および警察裁判所で明らかになった事件のあらましだ」

「これ以上はっきりした事件はもうないだろうね」わたしは意見を述べた。「状況証拠が犯人を指し示すとしたら、これほど良い例はないよ」

「状況証拠というのは非常に油断がならないものなのさ」ホームズは考え深そうに言った。「それが、はっきりとある一つのものを指差しているかに見えるだろう。けれ

ども、ちょっと視点を変えてみると、これまた全く同じくらいにはっきりと完全に別のものを指しているのだ。だが、今度の事件は若者にひどく分《ぶ》が悪いように見える。

実際、彼が犯人かもしれないと言わざるをえまい。それでも近所の住人の幾人かは彼の無実を信じていて、隣の地主の娘、ターナー嬢もその一人だ。彼らが、君も『緋色《ひいろ》の習作』事件に関連して覚えているはずのあのレストレイド警部に頼んで、ジェイムズ青年の嫌疑をはらしてもらおうとしているのだ。けれども、レストレイドは途方にくれてね、事件をぼくに依頼してきたというわけだ。そこで、中年の紳士二人が自宅でゆっくり朝食の消化を待つかわりに、時速五十マイル（約八〇キロ）で西に向かっているということになった」

「だがね」わたしは言った。「事実がこれほど明らかなのだから、この事件で君の手柄になるものは何もないのではないかな」

「明らかな事実ほど当てにならないものはないね」ホームズは笑いながら答えた。「それにレストレイド警部には全く見えなかった、全然別の明らかな事実に出会うかもしれない。君はぼくのことをよく知っているから、ぼくがこう言っても決してほらをふいているわけではないとわかってくれると思うが、ぼくは彼にはできない方法で、あるいは理解さえもむずかしい方法を使って彼の理論を肯定することも、否定することもできるつもりだよ。手近な例をあげれば、ぼくには君の寝室の窓は右手にあることがすぐわかるね。けれども、レストレイド警部がこれほど明らかな点にさえ気がつくかどうか、疑問だね」

「いったい、なぜそんなことが……」

「ねえ、君。ぼくは君をよく知っている。軍人風のみだしなみの良さが、君の特性だ。君は毎朝ひげをそるが、こういう季節だから自然光のもとでそるだろう。だが、顔の左側にいくにしたがってそり残しが多くなっていて、あごの角あたりはまったく雑になっている。それは明らかに左側が右側よりよく光があたっていないことを示している。君のような習慣の人間が、左右同じ光を受けていながら、こんなまずい結果に満足していることなど考えられないからね。これは観察と推理の簡単な例として持ち出しただけだ。そこがぼくの専門とするところで、そうした推理が今度の事件の調査に少しは役に立つのではないかと思っている。検死裁判で判明した小さい点が二、三あるのだが、考えてみる価値はありそうだ」

「どういうことかね？」

「彼はその場で逮捕されたわけではなく、ハザリー農場へ戻ってからのようなのだ。警部が彼に逮捕する旨を告げると、それは意外なことではなく、当然の報いだと彼は言ったそうだ。彼のこの発言で、検死陪審員の心の中にかすかに残っていたかもしれない疑わしい思いが消し去られたとしても無理ないことだ」

「それでは、自白したのだ」わたしは叫んだ。

「いや、それは違う。その後無罪の申し立てを行なっている」

「これだけ有罪を示す出来事が重なったうえでの発言なのだから、少なく見積もっても、かなり疑わしい発言のようだね」

「いや、その反対だ」ホームズが言った。「今のところ雲の中に見える一条の光だと思う。彼がどんなに無邪気でお人好しだとしても、状況が自分にとって非常に不利だということがわからないほどのまぬけでないはずだ。逮捕されて驚いたり、怒ってみせたとしたら、そちらのほうがそれこそ疑わしい。こういう状況で驚きや怒りの反応をしたら不自然なのだが、策略家にはとても良い方法に見えるかもしれない。彼が現実を率直に受け入れたということは、無邪気な人間であるか、非常に自制心のある、しっかりした人間であることを示している。彼の当然の報いという発言も考えてみればまったく不自然ではない。父親の死体のそばに立っていたし、その事件当日、子どもの立場を忘れて口論したうえ、例の少女の重大な証言によると、父親に手を上げ、なぐりかかろうとさえしたのだ。彼の言葉にあらわれた自責の念と懺悔《ざんげ》の気持ちは、ぼくには罪を犯した者というより、健全な心を示すものだと思う」

わたしは首を横に振った。「これよりずっと少ない証拠で死刑にされた者がたくさんいるよ」わたしは考えを述べた。

「そのとおりだ。そして多くの者が罪もないのに死刑にされたのだ」

「若者は事件について何と弁明しているのかね？」

「それが彼を助けようとする人たちにとっては望みが持てるものではないようなのだが、それでも二、三、役に立ちそうな点がある。ここにあるから自分で読んでみるといい」

ホームズは新聞の束の中からヘレフォードシャーの地方紙を一枚取り出し、その頁を折って、おきたことについて不幸な青年が供述した部分を指し示してくれた。わたしは車室の隅に身を落ち着け、じっくりと読んだ。記事は次のとおりだ。

つぎに死亡者の一人息子、ジェイムズ・マッカーシーが呼び出され、以下のように証言した。「わたしは三日前からブリストルに出かけて家を留守にしており、三日、この月曜日の朝に帰ってきたところでした。わたしが戻った時父は留守で、メイドの話では馬扱い人のジョン・コッブとロスの町へ馬車で出かけたということでした。わたしが帰宅してまもなく、庭で父の二輪馬車の音がしたので窓からのぞいてみました。父は馬車から降りると、早足に庭から出ていきましたが、どっちへ行ったのかはわかりませんでした。それからわたしは銃をとって、ボスコム池のほうへぶらぶら歩いて行きました。池の向こう側にあるウサギの群棲地《ぐんせいち》へ行ってみようと思ったのです。途中で、彼の証言にあるとおり、猟場番のウィリアム・クロウダーに会いました。しかし、わたしが父の後をつけていたと彼が考えたのは間違いです。父がわたしの前を歩いていたことなど全く知りませんでした。池から数百ヤード(98)（一ヤードは約九一センチメートル）のところで『クーイー』という叫び声が聞こえました。これは父とわたしの間のいつもの合図の声だったので、急いで行ってみると、池のそばに父が立っていました。父はわたしを見て非常に驚いたようでした。そしてかなり乱暴な調子で、ここで何をしているのだとたずねました。話しているうちに、激しい議論となり、なぐり合いになりそうでした。父はとても気性の激しい人でしたから。彼の激情を抑えることができないと思ったので、父をその場に残してわたしはハザリー農場のほうへ帰ろうとしました。でも、百五十ヤード（約一四〇メートル）も行かないうちにうしろで恐ろしい叫び声がしたのです。それで元の場所に駆け戻りました。すると父が頭にひどいけがをして息も絶え絶えで倒れていました。わたしは銃を投げ捨て、父を抱きかかえましたが、すぐに息絶えてしまいました。しばらく父のそばにひざまずいていました。そしてターナーさんの管理人の小屋が一番近かったので、そこへ助けを求めに行きました。叫び声を聞いて戻った時、父のそばには誰もいなかったし、どうしてけがをしたのか、さっぱりわかりません。父は少し冷淡で近づきにくかったので、人には好かれていませんでした。でもわたしの知る限り、誰か積極的な敵がいたとは思いません。わたしが知っているのはこれだけです」

検死官「父親は死ぬ前に何か証人に言い残しましたか?」

証人「二言三言ブツブツ言っていましたが、ラット（ネズミ）がなんとかというようなことしか聞き取れませんでした」
検死官「それはどういう意味だと思いましたか？」
証人「何も思い当たることはありません。うわごとを言ったのだと思いました」
検死官「証人が父親と最後に争ったのは何についてですか？」
証人「それには答えたくありません」
検死官「ぜひ答えてもらいたい」
証人「お話しできません。そのあとでおこった悲しい事件とは何らの関係がないことは確かです」
検死官「それを決めるのは法廷です。申し上げるまでもないが、答えを拒否されると今後の審理において証人にとってたいへん不利になります」
証人「それでも答えられません」
検死官「『クーイー』という叫び声は証人と父親の間でよく使われた合図だったのですね」
証人「そうです」
検死官「それでは、証人に会わないうちに、また証人がブリストルから戻ったことを知らないのに、そう呼んだのはなぜですか？」

証人 「(ひどく困惑した様子で) わかりません」

陪審員 「叫び声を聞いて戻り、瀕死《ひんし》の重傷を負った父親を発見した時、何かおかしいなと思わせるものを見ませんでしたか?」

証人 「はっきりこうだと言えるものは何も見ていません」

検死官 「それはどういう意味ですか?」

証人 「空き地に駆けつけた時、とても混乱して、興奮していたもので、父のことしか考えられませんでした。ただ、駆け寄る時わたしの左のほうの地面に何かがあったような気がするのです。なにか灰色で、上着のようなもの、あるいは長い肩掛けだったかもしれません。父のかたわらから立ち上がった時、そちらを見てみましたが、もうありませんでした」

検死官 「証人が助けを求めに行く前に消えてしまったというのですか?」

証人 「はい、なくなっていました」

検死官 「何だったかわかりませんか?」

証人 「はい。何かがあったような気がしただけです」

検死官 「死体からどのくらい離れていましたか?」

証人 「十二、三ヤード (一ヤードは約九一センチメートル) かそこらです」

検死官 「では森のはずれからどのくらいですか?」

証人「だいたい同じくらいです」
検死官「それでは、それが持ち去られたとして、証人がそれから十二ヤード（約一一メートル）以内にいた時に持ち去られたということになりますか？」
証人「はい、でもわたしはそちらに背を向けていました」
検死官「これで証人の尋《じん》問《もん》を終わります」

「なるほど」記事に目を走らせながらわたしは言った。「検死官の最後の尋問はマッカーシー青年にかなり厳しいね。父親が息子に合図を送ったというのに息子に会ってないという矛盾、父親との最後の会話の内容についての証言を拒否したこと、父親の最後の言葉についての奇妙な説明などに注意を向けているが、これは当然だ。検死官が述べたとおり、これらはすべて息子にとってたいへん不利なことだ」

ホームズは誰にともなくおだやかにほほえんで、クッションのついた座席に体を伸ばした。「君も検死官も苦労して」と、彼は言った。「青年にとって一番有利な点を選りすぐってくれたんだ。君は、一方で息子が想像力がありすぎると言い、もう一方で想像力がなさすぎると言っていることに気がつかないのかな？　陪審員の同情を得るようなけんかの理由をつくり出すことができなかった点で想像力がなくて、最後の言葉がラットについてだとか、上着のような布が消えてしまったとか、ずいぶんとっぴなことをもし自分の内心から創り出したとしたら、想像力がありすぎることになる。そんなふうにではなくて、ぼくはこの青年は真実を語っているという観点で事件を考えようと思うのだ。この仮定がどこへ導いてくれるかはこれからのことだがね。さて、今はこのポケット判ペトラルカ詩集[99]の世界に没頭しよう。現場に着くまでは事件についてもう一言も話さない。あと二十分で着くスウィンドンで昼食をとろう」

景色のよいストラウド渓谷《けいこく》[100]を通過し、キラキラ光る、幅の広いセヴァーン川を越え、小さな美しい田舎町ロスに着いたのは四時近くだった。やせて、イタチのような顔つきで、態度がこそこそしていて、陰険そうな男がプラットフォームでわたしたちを待っていた。周囲のいなか臭さに合わせて、薄茶色のダスターコートを着て、革のゲートルを巻いていたが、ロンドン警視庁《スコットランド・ヤード》のレストレイド警部であることは簡単にわかった。わたしたちは彼と一緒にすでに予約済みの旅館へレフォード・アームズへ馬車を走らせた。

「馬車を頼んでおきましたよ」お茶を飲んで休んでいる時にレストレイドが言った。「あなたが精力的な性格なのは知っていましたし、現場を見るまでは満足できないだろうと思いましたのでね」

「それはご親切に。おほめにまであずかりまして」ホームズが答えた。「現場に行くかどうかは全く気圧次第です(101)」

レストレイドはびっくりした様子で言った。「おっしゃる意味がよくわかりませんが」

「晴雨計はどうかな？　二十九インチか(102)。うん、風はなし、空に雲もない。ここに箱いっぱいのタバコはあるし、ソファもいなかのホテルでよく出くわすひどいものよりだいぶ上等だ。今晩は馬車を使う必要もないと思いますよ」

レストレイドは怒らずに笑った。「それでは新聞を読んで、もう結論を出したのですな」彼は言った。「事件は単純明快で、調べれば調べるほど簡単明瞭になる。しかし、もちろん、ご婦人の、それもあのように美しい方の依頼を断ることもできませんよ。彼女はあなたの噂《うわさ》を耳にしていて、ご意見をうかがいたいと言うのです。わたしが今までにやってないことをホームズさんだってできないだろうと、何度も言ってきかせたのですがね。おや、とんでもない！　玄関に彼女の馬車だ」

レストレイドが言い終わるか終わらないうちに、これまでに見たこともないほど美しい女性が部屋に飛びこんで来た。すみれ色の目を輝かせ、唇は少し開け、ほおをピンクに染め、彼女の本来の慎《つつし》み深さは抑え切れない興奮と心配にのみ込まれ、消えていた。

「ああ、シャーロック・ホームズさま！」彼女は呼びかけながら部屋の中のわたしとホームズをちらりと見て、すばやい女の直観でわたしの連れのほうに目をとめた。「おいでくださいましてうれしいですわ。その気持ちをお伝えしたくて馬車で急いで参りました。ジェイムズのしわざではないことをわたくしは知っております。わたくしにはわかっているのです。ですから、お調べを始めるにあたってそのことをあなたさまにも知っておいていただきたかったのです。彼ではないことを夢々お疑いになりませんように。わたくしたちは子どもの頃からの知り合いです。ほかの誰よりも彼の欠点を知っています。しかし、彼は心のやさしい人でハエ一匹も殺せません。彼のことを本当に知っている者にとって、このたびの嫌疑は本当に信じがたいものでございます」

「ターナーさん、わたしたちも彼の疑いを晴らしたいと思っています」ホームズは言った。「わたしにできる限りのことはいたします。この点はどうぞご安心ください」

「でも、供述書はお読みになりましたでしょう。何か結論をお出しになったのではございませんか？　彼にとって逃げ道になることとか、証拠不充分なところとかはございませんでしたか？　あなたご自身も彼は無実だと思われませんか？」

「無実の可能性はあると思います」

「ほら！」彼女は昂然と頭を上げて、レストレイドを挑戦的に眺めながら、叫んだ。「お聞きになりましたでしょう？　ホームズさまはわたくしに希望を与えてくださったわ」

レストレイドは肩をすくめた。「わたし

の友人は結論を出すのがちょっと早すぎる気がしますがね」と彼は言った。

「いいえ、ホームズ様のおっしゃるとおりです。ああ、彼は正しいことがわたくしにはわかります。ジェイムズは決して罪を犯しておりません。父親との口論のことでも、その原因について検死官に話そうとしないのは、わたくしがかかわっているからでございます」

「どのようにですか?」ホームズがたずねた。

「今は隠し立てしている時ではありません。ジェイムズと彼のお父さまはわたくしのことで、いろいろ意見が合いませんでした。マッカーシーさんはわたくしとジェイムズの結婚を望んでいらっしゃいました。わたくしたちはきょうだいのようにお互いを好ましく思っておりましたが、もちろん、彼はまだ若いですし、人生経験もあまりありません。それに、それに、まあ当然のことですが、結婚などはまだ考えておりませんでした。ですから、ジェイムズとお父さまはよくけんかをしていました。このたびもきっとそうだったのでしょう」

「で、あなたのお父様のお考えは?」ホームズはたずねた。「この結婚には賛成でしたか?」

「いいえ、父も大反対でした。賛成なのはマッカーシーさんだけでございます」ホームズが例の鋭く、探るような目を彼女に向けると、彼女の若くて、みずみずしい顔がさっと赤らんだ。

「お話しくださり、ありがとう」ホームズは言った。「明日お宅へ伺ったら、お父上にお目にかかれますか？」

「たぶんお医者さまが許可しないと思います」

「医者？」

「ええ、お聞きになっていらっしゃいませんか？　かわいそうに、父はここ何年も健康に恵まれませんでしたが、今回のことですっかり衰えてしまい、どっと寝ついてしまいました。お医者さまのウィローズ先生がおっしゃるには、父は体がすっかり壊れており、神経が駄目になっているそうです。マッカーシーさんだけがヴィクトリア州(103)での昔の父を知っている唯一の人だったのです」

「なるほど、ヴィクトリアですか。それは大事なことだ」

「はい、鉱山におりました」

「間違いなくそうですか、金鉱ですね。そこでお父上は一財産築かれたのでしょう」

「はい、そのとおりでございます」

「ありがとう、ターナーさん。大いに参考になりました」

「明日何かわかりましたら、教えてくださいますね。ジェイムズに面会しに留置場へいらっしゃいますでしょう？　ホームズさま、いらした時に、彼に伝えてくださいませ、わたしには彼が無実なことはわかっていると」

「そうしましょう、ターナーさん」

「ではもう戻りませんと。父の具合が良くありませんし、私がいないとさびしがりますので。ごきげんよう。あなたのお仕事がうまくいきますように」彼女は入って来た時と同じように、疾風《しっぷう》のように部屋を出ていった。やがて、彼女の馬車が通りを遠ざかっていく音が聞こえた。

「あなたにも困ったものだ、ホームズさん」レストレイドはしばらく黙っていたあとで、いかめしい口調で言った。「どうせ失望させるだろうに、どうしてあのような希望を持たせたのです。わたしはひどく心やさしい人間ではないが、それでもこういうことは残酷だと思う」

「ジェイムズ・マッカーシーの嫌疑をはらす方法はあると思いますよ」ホームズは言った。「留置場で彼に面会する許可証を持っていますか?」

「はい、しかし、あなたとわたしの分だけです」

「それなら、今夜の外出について考え直してみよう。今夜のうちにヘレフォードまで汽車で行って、彼に面会する時間はありますか?」

「充分にありますよ」

「それでは、出かけよう。ワトスン、一人で退屈かもしれないが、二、三時間ほど留

守にするよ」

わたしは二人と駅まで歩いて行き、見送ったあと、小さな町の通りをあちこちぶらぶらしてからホテルに戻った。ソファに横になり、黄表紙本(104)を読もうとしたが、現実にわたしたちが調べている事件の謎の深さにくらべたら、話の筋があまりに薄っぺらで、どうしても小説より現実に注意が向いてしまう。ついに本を部屋の向こうに放り出すと、あの日の出来事を考え直すことに没頭することにした。この不運な青年の言っていることが全く真実だとすると、彼が父親と別れてから、叫び声で引き戻され、空き地にあわてて戻るまでの間に、どんないまわしく、思いもかけない、きわめて変わった悲劇がおこったのだろう？　何か恐ろしくて、ひどいことだろう。いったい何なのか？　傷の具合を考えてみたら、わたしの医者としての直感にひびくものがあるのではないか？　ベルを鳴らし、週刊の地方紙を持ってきてくれるよう頼んだ。それには検死裁判の様子が一語一語すべて載っていた。外科医の証言によると、左頭頂部の後部三分の一の骨と後頭部の左半分の骨が、何か鈍器で激しくなぐられて壊されていた。自分の頭でなぐられた位置を確かめてみた。これは明らかにうしろからなぐられたものに違いなく、これは多少被告に有利なことだった。二人が争っている時、彼は父親と向かい合っていたのを目撃されているからだ。だが、それほど有利になるというわけでもない。父親が背を向けた時になぐったかもしれないからだ。まあ、ホームズの注意を喚起《かんき》しておく価値はあるだろう。それから、あの死ぬ間際の、ネズミがどうこうという奇妙な言葉がある。あれはどういう意味だろう？　うわごとではないだろう。突然なぐられて死にかけている人間はふつううわごとを言ったりしないものだ。いいや、これはむしろ被害者がどうしてこんな目にあうことになったかを伝えようとしたものだろう。しかし、いったい何を示しているのだろう？　わたしは、何か納得のいく説明はないものかと、頭をしぼった。それから、ジェイムズ青年が見たという、グレイの布の件もある。もし見たのが本当なら、犯人は着ているものの一部、おそらくオーバーコートを逃げる時に落とし、被害者の息子が十二ヤード（約一一メートル）と離れていないところでひざまずいている時に、そちらに背を向けているとはいえ、大胆にも現場に戻って、それを持ち去ったということになる。すべてが謎と、およそありえないことのかたまりだ！　レストレイドの意見も無理ないと思うが、シャーロック・ホームズの洞察力を深く信頼していたし、新しい事実が出てくるたびにホームズがジェイムズ青年の無実をますます強く信じるようなので、わたしも希望を失うわけにはいかなかった。

ホームズが戻って来たのは夜遅くだった。レストレイドは町の中の宿に泊まっていたので、戻って来たのはホームズ一人だった。

「晴雨計はまだ高いね」ホームズは座りながら言った。「ぼくたちが現場に行くまで雨が降らないでいることが大事なのだ。とはいっても、こういう大事な仕事をするには、体調も気力も万全でなくてはいけないからね。だから長旅で疲れ切った時にやりたくなかったのだ。ジェイムズ青年に会ってきたよ」

「彼から何か聞き出せたかね？」

「何もない」

「何か手がかりのようなものは得られなかったの？」

「全くない。彼は犯人を知っていて、その男か女をかばっているのではないかと思ったこともあったが、今は彼もほかのみんなと同じように途方にくれているのだということがわかった。彼は顔つきが整っていて、感情も健全だと思うが、頭の回転はそんなに速くないね」

「彼の好みはほめられたものじゃないね」私は言った。「ターナー嬢のようにチャーミングな若い女性との結婚を嫌うとはね」

「ああ、それにはかなりつらい話があるのだ。この青年は彼女を熱烈に、気も狂うほどに愛しているのだが、二年ほど前、彼もまだ世の中を知らない子どもだった頃、そして彼女は五年間寄宿学校に入って家を離れていたので、まだ彼女のことをよく知らなかった頃に、おろかにも彼はブリストルの酒場女におぼれて、登記所に結婚届を出してしまったのだ。このことは誰も全く知らない。けれども、彼がどんなに腹立たしい思いだったかわかるだろう。ターナー嬢と結婚するためなら命を捨ててもいいと思うほど願っているのに、それが不可能だと自分にだけはわかっている。そして、仕方なくあきらめているのに、結婚しないことを激しく非難されているのだ。父親と最後に会った時も、父親がターナー嬢に結婚を申し込むようにしつこくけしかけたので、つい逆上して手を振り上げたのだ。といって、彼には自活する手段がないし、父親はとても厳しい性格だったから、事実を知ったなら息子を追い出したことだろう。ブリストルで過ごした三日間は酒場女に会いに行っていたのだ。それで父親も彼の行き先を知らなかったというわけだ。この点はよく覚えておきたまえ。大切なことだ。しかし、災い転じて福となることもあるねえ。彼が深刻なトラブルにまきこまれていて、死刑になるかもしれないということをその酒場女が新聞で知って、彼を完全に見捨てることにしたのさ。彼に手紙をよこして、自分にはバーミューダ造船所[105]に夫がいるのだから、二人は無関係だと書いてきた。彼はいろいろ苦労したが、この知らせで少しはなぐさめられただろう」

「とすると、彼が無実だとしたら、いったい誰がやったのだね?」

「ああ、誰がだって? ぼくは、とくに二つの点に君の注意をうながしたい。一つは、被害者は誰かと池で会う約束をしていて、その誰かは息子ではありえなかったこと。なぜなら、息子は家にいなかったし、父親は息子がいつ戻るのか知らなかったのだからね。もう一点は、被害者は息子が戻ったのを知らないのに、『クーイー』と叫んだということだ。この二点は事件を解く大事な鍵だよ。さて、もしよかったら、ジョージ・メレディスについて話をしたいね。細かいことは明日にしよう」

ホームズが予想したとおり、雨は降らなかった。太陽は輝き、空に雲一つない朝となった。九時にレストレイドが馬車で迎えに来たので、われわれはハザリー農場とボスコム谷に向かって出発した。

「今朝は重大なニュースがあります」レストレイドが言った。「地主のターナー氏の病状が深刻で、助かる見込みがないようです」

「かなりのお年なのでしょうね?」ホームズが言った。

「六十歳くらいだそうです。海外での生活ですっかり体をこわしてしまって、かなり前から健康は衰えるばかりだったそうです。今度の事件で完全にまいってしまったらしい。マッカーシーとは古くからの友人でしたからね。それだけではなく、マッカーシーにとってはスポンサーだった。なにしろ、ハザリー農場をただで貸していたということですから」

「なるほど！　それはおもしろい」ホームズが言った。

「そうです。そのほかにもいろいろ彼を援助していました。マッカーシーに対する親切な行ないのことは、このあたりでは誰でも知っていますよ」

「そうですか。でも、少しおかしいとは思わないかね。マッカーシーは自分の財産など何もないような男で、ターナーにはこれほど世話になっている。それなのに、息子と、おそらくはターナーの資産の相続人である娘との結婚を考えて、しかも結婚を申し込みさえすれば後はうまく事が運ぶと信じ込んでいるようなのだ。娘さんが言っていたが、ターナーのほうはこの考えを毛嫌いしていたそうだ。ますますおかしいではありませんか。ここから何を推理しますか？」

「いよいよ演繹《えんえき》と推理と来たか」レストレイドがわたしにウィンクをしながら言った。「事実と取り組むのが手いっぱいでね、ホームズ、空理空論に走ってはいられませんよ」

「ごもっとも」ホームズはすましてった。「あなたは事実と取り組むだけで手いっぱいでしょう」

「いずれにしろ、わたしは事実を一つ握っていますからね。あなたには手に入れられそうもない事実をね」レストレイドはちょっと興奮して言った。

「それは何かね？」

「マッカーシーは息子に殺されたということ。これに反する理論はすべて、月の光のようなまぼろしにすぎないということです」

「でも、月の光は霧よりは明るいでしょう」ホームズは笑いながら言った。「ところで、左手に見えるのがハザリー農場でしょうな？」

「ええ、そうです」それは広々とした、

快適そうなスレート屋根の二階家で、灰色の壁のところどころにはコケが大きな黄色のしみのようについていた。しかし、ブラインドが下ろされ、煙突から煙の出ていないこの家は、このたびの恐ろしい事件の重みに打ちひしがれているように見えた。玄関で案内を請うと、メイドはホームズの頼みに応じて、主人が殺された時にはいていた靴と、その日にはいていたものではないが、息子の靴を持ってきて見せてくれた。二足の靴の七、八ヶ所で寸法を念入りに測ったあと、ホームズは中庭に案内してくれるよう頼み、そこから曲がりくねった道をたどって、ボスコム池へ行った。

シャーロック・ホームズはこういう捜査に熱中すると、人が変わったようになった。ベイカー街で見るおだやかな思索家・理論家としての彼しか知らない人は、同じ人物だとは思えないだろう。彼の顔は紅潮して、黒ずみ、まゆ毛はかたく寄せられて二本の黒い線と化し、その下の目はハガネのようにキラキラ光っている。顔をうつむけ、肩をかがめ、唇を固く結んで、彼の長くて筋ばった首には、静脈がまるでむち紐(106)のように浮き立っていた。鼻孔《びこう》は獲物を追いかける、純然たる動物的欲望で広がっているかのようだ。神経は目の前のものにすっかり集中していて、何か質問したり、意見を述べても、彼の耳に届かないか、せいぜいすばやく、いらいらしたようにどなり返されるだけだった。足早に、黙ったままホームズは草地を横切る小道を進み、森を抜け、ボスコム池にたどり着いた。このあたりの土地はみなそうなのだが、そこはじめじめとした湿地帯で、小道の上にも、その両側の短い草の上にもたくさんの足跡が残っていた。ホームズは時に足早に進んだかと思うと、じっと一ヶ所に立ち止まった。一度は草地の中にちょっとまわり道をした。レストレイドとわたしはホームズの後をついていった。警部はホームズがしていることに無関心で、軽蔑的だったけれど、わたしは興味深く彼を観察していた。彼の行動のすべてがはっきりとした目的のためのものであることを確信していたからだ。

ボスコム池は直径五十ヤード（約四五メートル）ほどの、葦《あし》に囲まれた小さな池で、ハザリー農場と金持ちのターナー氏の私有猟場の境界に位置していた。池の反対側を縁どる森の向こうに、赤いとがった塔が幾つか見え、大地主の屋敷のありかを示していた。池のハザリー農場側の森は非常に深く、森のはずれの木々と池の周りの葦との間には、幅二十歩ばかりの、草の生えた湿地があった。死体が発見された正確な場所をレストレイドが教えてくれた。地面がじめじめしたところなので、傷ついた被害者が倒れた時の跡をはっきり見ることができた。ホームズはどうかといえば、熱心な顔つきと刺すような目つきとから、踏み荒らされた草の上に、わたしには見えないたくさんのことを読み取っているに違いないことがわかった。彼は臭いをかぎまわる犬のように走りまわっていたが、急にレストレイドの方に向き直ってたずねた。

「池の中で何をしたのです？」

「熊手で探ってみたんですよ。凶器かなにか、手がかりがあるかもしれないと思ったのです。でも、いったいどうして、探ったことがわかった……？」

「ああ、なんとしたことだ。今は説明しているひまはない。あなたの内側に曲がった左足の跡が、そこらじゅうにあるではないか。モグラだってわかるでしょう。それが、葦の中に消えているのですからね。バッファローの群れのような連中がやって来て、このへんをうろつきまわる前にわたしがここに来ていたら、事はもっと簡単だった。ここが管理人一行が来たところだ。死体の周り六フィート（約一八三センチ）から八フィート（約二四四センチ）のところを歩きまわって、足跡を消してしまっている。しかし、ここにはそれと違う、同じ人の足跡が三つ残っている」彼はルーペ[107]を取り出し、もっとよく見るためにレインコートを敷いて、その上に腹ばいになった。その間ずっと、われわれにというより、自分自身に話しかけていた。「これはマッカーシー青年の足跡だ。二度歩いている。一度は急いで走っている。つま先の跡が深く残っていて、かかとの跡がほとんど見えないからね。これは彼の話を裏づけている。彼は父親が倒れているのを見て、駆け寄ったのだ。それから、これが行ったり来たりしている父親の足跡。おや、これは何だ？　息子が立ったまま父親の言うことを聞いていた時につけた、銃の台尻の跡か。それから、これは？　ふむ、ふむ、これは何だ。つま先立ちで歩いた、抜き足、差し足、忍び足だ。先が角ばっている、非常に変わった靴

だ。こちらへ来て、戻って、また来た。もちろん、これはオーバーコートを取りに来たのだ。さて、これはどこから来たのかな？」彼があちこちと走りまわり、時に足跡を見失い、また見つけたりしているうちに、わたしたちは森のはずれに入り込み、この近辺で最も大きなブナの木の下にやって来た。ホームズはこの木の向こう側にまわると、満足そうな小さな叫び声をあげ、ここでも地面に腹ばいになった。長いことそういう格好のまま、彼は落ち葉や枯れ枝をひっくり返したり、わたしにはごみにしか見えないものを集めて封筒にしまいこんだ。ルーペで、地面ばかりでなく、手が届く限りの木の枝も調べたりしていた。縁がとがった石が一つ、コケの間にあったが、これも念入りに調べてからしまいこんだ。それから、森の中の小道を抜け、街道にたどり着いた。そこですべての足跡が終わっていた。

「非常におもしろい事件だった」ホームズはいつもの態度に戻って言った。「右側のあの灰色の家が管理人小屋だろうね。あそこへ行って、モランとちょっと話がしたい。それから、短い手紙を書こうかな。それが終わったら、帰って昼食にしよう。君たちは先に馬車へ戻っていてくれたまえ。すぐに追いつくから」

それから十分ほどして、わたしたちは再び馬車に乗り、ロスの町に戻った。ホームズは森の中で拾った石をまだ持っていた。

「レストレイド、これはあなたにも興味あるものですよ」ホームズは石を差し出しながら言った。「これが凶器ですよ」

「何も跡がありませんね」

「ありません」

「それでは、どうしてわかるんです？」

「この石の下に草が生えていました。そこに置かれて、ほんの二、三日しか経っていないことになります。この石がもともとあった場所らしいところが見当たらない。傷口と一致するし、ほかに凶器らしきものは見当たりません」

「とすると、犯人は？」

「それは、背が高く、左ききで、右足を少し引きずる男だ。底が厚い、狩猟用の靴をはき、灰色の外套《がいとう》を着て、ホルダーを使ってインド産葉巻を喫《す》う。ポケットにはよく切れないペンナイフを持っている。ほかにもいくつか特徴があるが、捜査にはこれだけわかっていれば充分だ」

レストレイドが笑った。「わたしはまだ納得できませんね」彼は言った。「理論的にはすべてたいへん結構なのですが、われわれの相手は頭のかたい英国の陪審員ですからね」

「今にわかりますよ《ヌー・ヴロン》」ホームズは（フランス語で）おだやかに言った。「あなたはあなた流で。わたしはわたし流でいきましょう。今日の午後は忙しいでしょうが、たぶん夕方の列車でロンドンへ戻ることになります」

「では、事件を片づけないでですか？」

「いや、解決しましたよ」

「しかし、謎は？」

「もう解きました」

「では、犯人は誰です？」

「わたしが説明したような人物です」

「でも、それは誰ですか？」

「探し出すのは難しくないでしょう。このあたりの住民の数は多くないですからね」

レストレイドは肩をすくめた。「わたしは実際的な男です」彼は言った。「左ききで、足の悪い人はいませんかと、このいなかを歩きまわるなどとてもできません。そんなことをしたら、スコットランド・ヤードの笑い者にされてしまいます」

「それならそれで結構」ホームズは静かに言った。「わたしは、あなたにチャンスは与えました。さて、あなたの宿に着いた。さようなら。帰る時に、手紙を残しますよ」

レストレイドを宿舎で降ろして、わたしたちのホテルに戻ると、テーブルの上に昼食の用意がしてあった。食事の間、ホームズは黙って、考えごとにふけっていた。当惑した立場にいる人間のように、顔には苦しそうな表情をうかべていた。

「ねえ、ワトスン」食事の片づけがすむと、ホームズは言った。「ちょっとこの椅子に座って、しばらくぼくの説明を聞いてくれないか。どうしたらいいか全くわからない、助言してもらえるとありがたいね。葉巻をふかしながらでも、ぼくの話を聞いてくれたまえ」

「おやすいご用だ」

「ありがたい。この事件を検討した時、ジェイムズの供述の中で、わたしたち二人がすぐに関心を持ったことが二つあったね。同じ現象なのに、ぼくには、ジェイムズにとって有利な点に思え、君には、彼の不利な点に思えた。一つは、ジェイムズの話によると、彼の父親は、彼を見ないうちに『クーイー』と叫んだという点。もう一つは、父親が死ぬ前に言った奇妙な、ア・ラット（一匹のネズミ）という言葉だ。彼は幾つかの単語をしゃべったのだが、息子に聞き取れたのはそれだけだった。さて、この二点から探究を進めなくてはならないが、この青年は真実を語っているという前提で始めよう」

「それじゃ、あの『クーイー』というのはどうなる？」

「そう、あれは明らかに、息子に向けた合図ではありえないのだ。息子はブリストルにいると父親は思っているのだからね。息子がそれを聞いたのは全く偶然だ。『クーイー』は、誰だかわからないが、会う約束をしていた相手の注意をひくためだったんだ。ところが、『クーイー』は、明らかにオーストラリアの言葉で、オーストラリア人の間で使われている呼び声なんだ。したがって、マッカーシーが、ボスコム池で会う予定だったのは、オーストラリアにいたことがある人間だったと推定して絶対に間違いない」

「では、ラット（ネズミ）というのは？」

シャーロック・ホームズはポケットから折りたたんだ一枚の紙を取り出し、テーブルの上に広げた。「これは、オーストラリアのヴィクトリア植民地の地図だ」彼は言った。「昨日の夜ブリストルに電報を打って取り寄せたものさ」彼は地図の一部を手で隠した。

「何て読めるかい？」彼がたずねた。

「ARAT《アラット》」わたしは声に出して読んだ。

「それでは、こうするとどうかね？」彼は手をのけた。

「BALLARAT《バララット》(108)」

「そのとおりだ。父親がつぶやいたのは、この言葉だったのだが、息子には最後の二音節しか聞き取れなかったというわけだ。父親は自分を殺した人間の名前を言おうとしたのだ。バララットの誰々とね」

「すばらしい！」わたしは感心して叫んだ。

「簡単明瞭なことさ。これで、調査の範囲はだいぶ狭められたね。灰色のコートを持っていることが、第三の点だ。息子の言っていることが真実なら、それも確かな点だ。これで、ただの漠然としたことから始まって、灰色のコートを着た、バララットから来たオーストラリア人という、はっきりした犯人像にたどり着いたというわけだ」

「たしかに」

「それから、この土地のことをよく知っている人間であること。池へは農場か、地主の領地を通らなければ行けないし、よそ者がさまようには難しい場所だからね」

「そのとおりだ」

「そこで、今日の現地調査だが、現地の地面を調べてみて、犯人の特徴について、あのまぬけなレストレイドに教えてやったような細かな点をつかめたのさ」

「でも、どうしてわかったのかね？」

「ぼくのやり方は知っているだろう。ささいな点の観察によってだ」

「背の高さは歩幅からおおよそ判断したのだろうね。それから、靴の件も、たぶん足跡からわかるだろう」

「そう。特殊な靴だ」

「足が悪いというのは？」

「男の右足の跡は、左足のに比べていつもはっきりしていないのだ。つまり、右側に体重をかけないようにしているというわけだ。なぜか？　それは、彼は右足が悪くて、ひきずっているからさ」

「左ききというのは？」

「君も、検死裁判で外科医が証言した傷の具合に関心を持っていたね。うしろからなぐられたのだが、傷は左側だった。となると、左ききの人間以外に考えられないではないか。父親と息子が話している間、その男はあの木のうしろに立っていた。そのうえに、葉巻を喫ってね。葉巻の灰を見つけたのだ。ぼくのタバコの灰に関する特別な知識のおかげで、インド産の葉巻であることがわかった。君も知ってのとおり、ぼくはこういうことにいささか関心があってね、百四十種のパイプ用タバコ、葉巻、紙巻き夕バコの灰について、小論文を書いたことがある。灰を見つけたので、あたりを見渡したら、コケの間にその男が投げ捨てた葉巻の吸い残しが見つかった。それはインド産の葉巻で、ロッテルダムで巻かれたものだ」

「ホルダーを使っていたというのは？」

「葉巻の端に口でくわえた跡が見られないのだ。つまり、ホルダーを使ったというわけさ。端は歯で嚙《か》み切ったのではなく、刃物で切られていたが、切り口はきれいではなかったから、刃先の鈍ったペンナイフで切ったと推測したわけさ」

「ホームズ」わたしは言った。「君はこの男のまわりに網を張ったね。男はここから逃げ出すことはできない。そして、君は一人の無実の人間に巻かれた首吊り用の網をまるで切断するようにして、彼を救い出したのだ。これらすべての点が指し示す方向がわたしには見えてきたよ。真犯人は——」

「ジョン・ターナー様です」こう大きな声で告げると、ホテルのウエイターがわたしたちの部屋のドアを開け、客を通した。

入ってきたのは、一風変わった、印象的な風貌の男だった。ゆっくりと、足をひきずる歩き方とか、曲がった背中を見ると、年寄りという感じを受けるが、深くしわのきざまれたいかつい顔つきや、大きな手足は、並みはずれた体力と性格の持ち主であることを示していた。もじゃもじゃのあごひげ、灰色の髪、よく目立つ垂れ下がったまゆ毛は、全体で彼の外見に威厳と力強さを与えていた。しかし、顔色は灰のように白く、唇と鼻孔のあたりはほとんど土気色だった。一目見ただけで、彼が不治の慢性疾患に侵されていることがわたしにはわかった。

「どうぞ、ソファにおかけください」ホームズはおだやかに言った。「わたしの手紙はお読みになりましたね？」

「ああ、小屋の管理人が持ってきました。スキャンダルを避けるために、ここへ来るようにとのことじゃったが」

「わたしがお屋敷に伺いますと、噂になると思いましたので」

「それで、わしに会いたい理由は？」質問の答えはわかっているかのように、疲れた目に絶望の色を浮かべてホームズを見た。「そう」ホームズは彼の言葉よりも、目つきに答えるように言った。「そういうことです。わたしはマッカーシーのことをすべて知っています」

老人は両手に顔をうずめた。「ああ、神様！」彼は叫んだ。「しかし、わしはあの青年を罪に陥れるつもりはなかった。誓って言うが、もし彼が巡回裁判で有罪になるようなことがあれば、すべてを話すつもりだった」

「それをうかがってうれしいです」ホームズは重々しく言った。

「かわいい娘のことがなければ、今すぐにでも話したいのだが。そうしたら娘はどんなに悲しむことか。わしが逮捕されたと聞けば、娘はどんなにつらい思いをするかと思うと」

「そうはならないと思います」ホームズは言った。

「何ですと！」

「わたしは警察の人間ではありません。わたしがここに参りましたのは、お嬢さまのご依頼によるものです。ですから、わたしはお嬢さまのために働く者です。とは言っても、マッカーシー青年を助けなくてはなりません」

「わしはもうすぐ死ぬ人間だ」ターナー老人は言った。「わしは長いこと糖尿病《とうにょうびょう》を患っている。あと一ヶ月生きられるかどうかわからないと、医者は言っておる。ただ、刑務所でよりは、自分の家で死にたい」

ホームズは立ち上がり、ペンと一束の紙を持ってテーブルの前に座った。「真実をお話しください」彼は言った。「わたしが書き留め、あなたがそれに署名をし、ここにいるワトスンが証人になります。そうすれば、マッカーシー青年が窮地《きゅうち》に立たされた時に、あなたの供述書を提出し、彼を救うことができます。どうしても必要にならない限りは、それを使わないことをお約束します」

「そうだな」老人は言った。「巡回裁判まで生きていられるかどうかわからないのだから、わしにとってはどうでもいいことだが、アリスにはショックを与えたくない。では、すべてを話すことにしよう。実行するまでは

時間がかかったが、話すにはそれほど時間はかからんじゃろう。

あなた方は、死んだマッカーシーという男を知らない。あいつは悪魔の化身だ。これははっきり言っておく。あんな男に取りつかれないようにしなさい。わしはこの二十年間、あいつにがっしり首根っこをおさえられていた。あいつはわしの人生を台無しにしてくれた。まずは、あいつに弱みを握られるようになったいきさつを話しておこう。

それは、一八六〇年代の初め、オーストラリアの金鉱山でのことだった。わしはまだ血の気の多い、むこうみずな若者で、何にでも手を出そうとしていた。悪い仲間に入り、酒を飲むようになり、自分の鉱区では運がなく、『森の中に逃れる』、つまり、こちらの言葉で言えば、山賊《さんぞく》になりさがったのだ。仲間は六人で、あるときは牧場を襲い、あるいは鉱山に通じる道で幌馬車《ほろばしゃ》を待ち伏せして、勝手気ままで、無法な暮しをしていた。わしはバララットのブラック・ジャックという名前で知られていた。わしたち一味はバララット・ギャングという名前で、いまでも植民地の人々の記憶に残っているはずじゃ。

ある日、バララットから金の護送隊(109)がメルボルンへ向かっていた。わしたちはそれを待ち伏せして、襲った。相手は騎兵が六人、こちらも六人、勢力は五分五分だったが、こちらは最初の一斉射撃で相手の四人を鞍《くら》から撃ち落としてやった。しかし、こちらも金を手に入れるまでに三人殺されてしまった。わしは幌馬車の駆者《ぎょしゃ》の頭にピストルをつきつけた。それが、誰あろう、あのマッカーシーだったのだ。あのとき奴を殺しておくべきだった。だが、わしは奴を助けてやった。奴はわしの顔をすみずみまで覚えておこうとするように、あの小さな、邪悪そうな目で、わしの顔をじっと見ていた。わしたちは金塊を奪って逃げ、金持ちになった。そして、疑われることもなく、イングランドへ戻った。そこでわしは仲間と別れ、どこかへ落ち着き、静かで、まともな暮らしをすることにした。そして、たまたま売りに出ていたこの土地を買い、荒稼ぎのせめてもの罪ほろぼしのためにと、その金でちょっとした善行をすることにした。それから結婚もした。妻は若くして亡くなったが、あのかわいいアリスを残してくれた。まだ小さな赤ん坊の時でさえ、彼女の小さな手はわしを他の何にもまして正しい道に導いてくれるようだった。つまり、わしは心機一転して再出発し、過去をつぐなうために、できる限りのことをしたのだ。そしてすべてがうまくいっていた時、あのマッカーシーの手が、わしをとらえたのだった。

ある日、わしは投資の件でロンドンへ出かけて行った。そして、リージェント街で、コートもまとわず、足にははく靴もないような、みすぼらしい格好のあいつに出会った。

『やあ、ジャック』わしの腕に手をかけて、奴は言った。『おれたちはこれから家族同様になろうじゃないか。息子と二人、やっかいになるよ。いやだって言うなら、それも結構。イングランドっていうのは、りっぱな法治国家でね、呼べばすぐ来るところに警官がいるからな』

そうして、彼らはこの西部地方にやって来た。奴らを振り払う方法もなく、それ以来わしの最上の土地で、借地料なしで暮らしてきたのだ。それからというもの、わしにとって気が休まる時はなく、平安もなく、昔を忘れることもできなかった。どこへ行っても、あいつのずるくて、ニヤニヤした顔がつきまとってきた。アリスが成長するにつれ、事態はますます悪くなった。奴は、わしが警察よりもアリスに自分の過去を知られるのを恐れていることに、すぐ気がついたからだ。奴が欲しがるものは何でも、やらなければならなかった。土地でも、金でも、家でも、くれてやった。だが、とうとうわしがやれないものを要求してきた。アリスをくれと言うのじゃ。

奴の息子は、ご存じのとおり、大人になったし、わしの娘も大きくなった。わしの健康がすぐれないのはわかっていたから、自分の息子がわしの全財産を継ぐことになればしめたもの、と奴は思ったようだ。しかし、ここでわしは奴の要求をはねのけた。奴のいまわしい血がわしの家系に混じるのは、断固許せない。あの若者がとくに嫌いだというわけでもないが、奴の血が流れているというだけで許せなかった。わしはかたくなに断った。マッカーシーは脅迫してきた。わしは奴が最悪のことをするのに立ち向かおうとした。そこで、そのことを話し合うために、二人の家の中間にあるボスコム池で会うことにしたのじゃ。

わしがそこへ行ってみると、奴は息子と話していた。そこで、わしは葉巻に火をつけ、木のうしろに回り、奴が一人になるのを待つことにした。しかし、奴のしゃべっていることを聞いているうちに、わしの中の憎しみ、怒りが頂点に達してしまった。奴は息子にわしの娘と結婚するようにけしかけていたが、その言い方は娘がまるでそこらの売春婦ででもあるかのように、娘の気持ちなどおかまいなしだった。わしは、自分や、自分が大切にしてきたものを、奴のような人間の思いどおりにされざるをえないのかと思っただけで、気が狂いそうだった。なんとかこの悪縁を断ち切る方法はないのか？　わしはもうじき死ぬ人間だし、絶望的になっていた。頭ははっきりしているし、手足の力もまだまだあるが、先が短いことはわかっていた。ところで、わしの暗い過去は奴に握られているし、娘はどうなる？　わしが奴のいまわしい口を封じることさえできれば、どちらも救われるのだ。だから、ホームズさん、わしはやりましたよ。必要ならまたやるだろう。昔、わしの犯した罪は大きい。だが、それをつぐなうために殉教者のような暮しをしてきた。ただ、わしをとらえた網の中に娘まで巻き込まれることだけは、我慢できない。けがらわしい、有害な獣を殺すように、なんら良心の呵責《かしやく》を感ぜずに、わしは奴を打ちのめしてやった。奴が叫び声をあげたので、息子が戻ってきたが、わしは森の中に逃げ込んだ。ただ、逃げるときに落とした外套を取りに戻らねばならんかった。これがおこったことのすべてだ」

「さて、あなたを裁くのはわたしの役目ではありません」老人が供述書に署名をすると、ホームズが言った。「人を殺したくなるような誘惑には、めぐりあいたくないものですね」

「あいたくないよなあ。それで、これからどうするおつもりかな？」

「あなたのお体のことを考えると、何もしません。あなたはまもなく、巡回裁判よりもっと高いところで開かれる法廷で、ご自分がなさったことについて述べねばならないことを、承知しておいでです。この供述書は、わたしがお預かりしておきます。もし、マッカーシー青年が有罪になるようなことになったら、これを使わざるをえません。そうでなければ、これは誰の目にも触れることはありません。あなたの秘密は、あなたの生死にかかわらず、わたしたちがお守りします」

「それでは、さらばだ」老人は重々しく言った。「あなたがたがいずれ死の床につかれる時、死の床にあるわしに与えてくださった安息のことを思い出してもらえば、安楽になるじゃろう」大きな体を揺らして、倒れそうになりながら、老人は部屋からゆっくり、よろめきながら出ていった。

「なんということだ！」長い沈黙の後、ホームズが言った。「なぜ運命は、哀れで弱

い人間に、このようないたずらをするのか？　こういう事件を耳にするたびに、ぼくは、バクスターの言葉を思い浮かべないわけにはいかないね。『もし神の恩寵《おんちょう》がなければ、汝もこうなるのだ、シャーロック・ホームズよ』[110]」

ジェイムズ・マッカーシーは、ホームズが作成し、弁護士に託した多くの点についての異議申し立てが強力だったおかげで、巡回裁判で無罪になった。ターナー老人はわたしたちとの会見後、七ヶ月間生きていたが、今はもうこの世にいない。そして、若い二人は、彼らの過去をおおう黒い雲のことなどまったく知らないまま、幸せに一緒の暮しを始めるようである。

オレンジの種五つ

一八八二年から一八九〇年にかけてのシャーロック・ホームズの活躍を記録したわたしの事件簿をひもとくと、奇妙で興味深そうな事件が多く、どれを取りあげ、どれを取りあげないかを決めるのは簡単なことではない。しかし、事件によっては、新聞ですでに世の中に知れてしまっているものもある。また、ある事件は、わたしの友人の、たぐいまれで特別な才能が発揮されないうちに解決してしまったため、わたしの目的にはそぐわない。また、幾つかのものは、彼の推理の力も及ばずに、事件の結論が出ず、物語としては成りたたない事件であった。そうかと思うと、ある部分だけしか解決できず、彼が何よりも大切にしている完璧な論理的証明ではなく、憶測と推量だけでしか説明できない事件もある。しかし、この一番最後の部類に入る次の事件は、細かい点がきわめて珍しく、結末が非常に驚くべきものであったので、それに関連したいくつかの点については、完全な解決がされていないし、おそらく永遠に解明されることはないだろうとは思うが、ここにそのあらましを紹介しようと思う。

一八八七年という年には、わたしたちは、興味あるもの、それほどではないものと、さまざまな事件に出会った。わたしは、それらすべてを記録している。この一年間におきた事件名は、「パラドールの部屋」の事件(111)や、家具問屋の地下に豪華なクラブをかまえていた「しろうとこじきクラブ」の事件(112)、「消えた英国の三檣帆船ソフィー・アンダスン号」の事件(113)、「ウファ島でのグリス・パタスン一家の奇怪な冒険(114)」、それに「カンバーウェル毒殺事件(115)」などである。この「カンバーウェル毒殺事件」で、シャーロック・ホームズは、死んだ男の時計のねじを巻いてみて、それが二時間前に巻かれたものであるから、被害者がベッドに入ってから、二時間以上は経っていないということを証明した。この推理が、事件解決に大いに役立ったことは、まだ記憶されている方も多いだろう。これらの事件については、いずれ機会をみて紹介してもよいと思っている。しかし、今からわたしが筆を執《と》ろうとする奇妙な事件ほど異様な内容をもったものは、ほかにない。

九月も下旬の、秋分の強い風(116)がいつになく激しく吹き始めた頃の出来事であった。一日じゅう、風はうなり声をあげ、雨は強く窓を打っていた。巨大な人工都市、ロンドンの中央にいるわたしたちも、しばし日常生活の単調さを忘れた。そして、まるで檻《おり》の中に閉じ込められた野獣のように、文明という鉄格子の間から、人類に吠えつく大自然の力の偉大さを、感じないわけにはいかなかった。日が暮れる頃には、嵐はいっそう激しく吹き荒れ、風は煙突の中で、子どものように、わめいたり泣いたりしていた。シャーロック・ホームズはといえば、暖炉の片側に不機嫌な顔で座り、犯罪記録簿に総合索引をつける仕事をしていた。わたしは暖炉の反対側で、クラーク・ラッセルのおもしろい海洋小説に読みふけっていた。そうこうしているうちに、外の嵐の叫び声が小説の文章と入り混じり、激しい雨の音が海の荒波のくだける響きにも思えてきた。わたしの妻はおばのところへ行ったので、わたしは二、三日だけ、ベイカー街の古巣に戻っていたのだった。

「おや、あれはベルの音に違いない。こんな夜に、誰が来たのかな？　きっと、君の友だちだね？」と、わたしは顔をあげて、ホームズを見ながら言った。

「君のほかには、ぼくには友だちなどいないさ。それに、客を招くようなことはしないからね」と、ホームズは答えた。

「とすれば、依頼人かな」

「もしそうなら、重大な事件に違いないね。そうでなければ、こんな日の、こういう時刻に、わざわざ訪ねて来るわけがないよ。まあ、下宿の女主人のところに来た、友だちという気がするね」

しかし、シャーロック・ホームズのこの推測は当たらなかった。しばらくすると、廊下に足音が聞こえ、ドアをノックする音がした。ホームズは長い腕を伸ばし、ランプを自分のそばから、客を座らせる椅子のほうへ移して「どうぞ！」と、言った。

入って来たのは、二十二歳くらいの若者で、身なりも整い、しゃれた服装で、態度も上品で洗練されていた。手にした傘からは水がしたたり落ち、長いレインコートは濡《ぬ》れて水で光っていたので、外の嵐のすさまじさが手にとるようにわかった。ランプの光の中で、男は不安げに周りを見わたした。その顔は青く、目ははれぼったく、なにか重大な心配ごとで、気が落ち込んでいるようであった。

「どうも、申し訳ございません」金ぶちの鼻めがねをかけながら、男は言った。「おじゃまではありませんか。せっかく気持ちよくおくつろぎの部屋へ、嵐を運びこんだようで気がとがめます」

「コートと傘は、こちらへどうぞ」と、ホームズは言った。「ここに掛けておけば、すぐに乾きます。南西部方面から、おいでになられたようですね」

「はい、ホーシャム(117)から来ました」

「あなたの靴の先についている、粘土と白亜が混合している泥は、その地特有のものですからね」

「わたしは、ご助言をいただきにあがったのです」

「お安いご用です」

「助けていただきたいのです」

「それは、必ずしも簡単とは言えないかもしれませんね」

「ホームズさん、あなたの名声は、うかがっております。プレンダガスト少佐から、タンカヴィル・クラブのスキャンダル事件で、あなたにお助けいただいた話を聞きました」

「ああ、あの事件のことですか。少佐は、カードでいかさまをしたという、あらぬ疑いをかけられていましたからね」

「少佐は、あなたならどのような事件も解決できると、おっしゃっていました」

「それは過分のお言葉です」

「失敗したことのないお方というお話でした」

「失敗は四回あります——男で三回、女で一回です」

「しかし、成功なさった数からみれば、問題にはなりませんでしょう」

「ほとんどのケースで、成功しているということは、言えましょう」

「とすれば、わたしの場合も、成功なさるでしょう」

「それでは、椅子を火のほうに寄せてから、あなたの事件について、詳しくお話ししていただきましょうか」

「これは、普通の事件ではありません」

「わたしのところに持ち込まれる事件に、普通のものはありません。わたしは最終控《こう》訴院《そいん》のようなものなのです」

「しかし、あなたがどれほど豊かな経験を持っておられるとしても、わたしの家に連続的におこった出来事ほどふしぎで、不可解な事件をお聞きになったことはないと思います」

「そうおっしゃられますと、興味がわきますね」と、ホームズは言った。「どうぞ初めから、主な出来事について、お話しください。のちほど、特に重要と思われる点につきましては、詳しくおたずねしましょう」

若者は椅子を引き寄せ、濡れた足を暖炉の火にかざした。

「わたしはジョン・オウプンショウと申します」と、彼は語り始めた。「しかし、わたしが思いますには、この恐ろしい事件とわたし自身は、あまり関係がないようです。これは先祖伝来の問題ですので、事情をよくご理解いただくために、そもそもの事のおこりにさかのぼり、ご説明しなければなりません。

　わたしの祖父には、二人の息子がありましたことを、まず知っていただかねばなりません。わたしの伯父にあたるイライアスと、父のジョゼフです。父はコヴェントリーで小さな工場を経営していましたが、自転車が発明されたおりに、大きく発展しました。父はオウプンショウ印の、パンクしないゴム・タイヤ[118]の特許権を持っていました。事業がうまくいきましたので、その特許権を売り、かなりの財産をこしらえて、引退することができました。

　伯父のイライアスは若い時アメリカへ移住し、フロリダ州で農園主となり、非常に成功したということでした。そして、南北戦争の時には[119]、南軍のジャクスン将軍の部隊で戦い、その後にはフッド将軍[120]のもとで、大佐にまで出世しました。総指揮官のリー将軍が降伏すると[121]、伯父は農園に戻り、その後三、四年間、そこで暮らしました。しかし、一八六九年か一八七〇年頃ヨーロッパに戻って来て、サセックス州のホーシャムの近くに、小さな屋敷を手に入れました。伯父は、アメリカでかなり財産をつくりあげました。しかし、そのアメリカを離れたのは、黒人を嫌っていて、彼らに市民権を与えた共和党の政策に腹を立てたためです。伯父は変人で、気性が荒く、かっとしやすくて、怒ると非常に口が悪くなるうえに、ひどく内気な人でした。ホーシャムに住んでいた数年間にも、町へ出たことなど一度もないのではないかと思うほどです。

屋敷の周りに庭と二、三の畑を持っていたので、よくそこで運動をしていましたが、何週間もの間、ずっと部屋から一歩も出ないこともしばしばでした。ブランデーを大量に飲みますし、タバコもよく吸うのですが、人とのつきあいは大嫌いでした。友人をつくろうともしませんし、自分の弟にもめったに会いたがりません。

しかし、伯父はわたしのことだけは厭《いや》がらず、非常に気に入ってくれていました。おそらく、初めて会った時、まだ十二歳かそこらの子どもだったからだと思います。それは確か、一八七八年のことでしたから、伯父がイングランドへ戻って来て、八、九年たった頃のことです。伯父は、父に頼み、わたしを引き取って、一緒に暮らすことになりました。伯父は伯父なりの方法で、わたしをひどく可愛がってくれました。酒を飲んでいないときには、いつでもわたしと一緒に、バックギャモンやチェッカーをするのが大好きでした。使用人や出入りの商人の相手は、いつでもわたしに代理を務めさせましたので、わたしは十六になった時には、ほとんど屋敷の主人同様になっていました。わたしはすべての鍵《かぎ》を預かり、伯父のプライバシーを侵さないかぎりは、屋敷の中のどこへでも行きたいところへ行き、したいことをすることができました。しかしながら、ただ一つだけ、妙な例外がありました。屋根裏に一つだけ、いつでも鍵のかかっている物置部屋があり、わたしも、ほかの誰をも、伯父はその中へ、決して入れさせませんでした。わたしは少年によくある好奇心から鍵穴を覗《のぞ》いてみたことがありますが、物置部屋によくあるような、古いトランクや荷物の束などが、ごたごたとあるのが見えるだけでした。

ある日、あれは、一八八三年三月のことでした。外国切手を貼った手紙が一通、伯父のテーブルの皿の前に置いてありました。支払いはすべて現金でしておりますし、友人といえるような人もありませんので、手紙が来るということは、非常に珍しかったのです。『インドからだ！』伯父はそう言いながら、手紙を取りあげました。『ポンディシェリ(122)の消印がついている！　なんだというのだ？』伯父が封を急いで切ると、中から、乾燥した小さな五粒のオレンジの種が飛び出し、パラパラと伯父の皿の上にこぼれ落ちたのです。わたしはそれを見て、笑い出しかけたのですが、伯父の顔を見たとたん、笑いを口の中にのみ込んでしまいました。伯父の唇はだらりと下がり、目は飛び出し、顔色はパテのように真っ白でした。そして、震える手で、持っていた封筒を睨《にら》みつけながら、『K・K・Kだ！　ああ、どうしたことだ！　ああ、ついに罪の報いがきたのだ！』と、金切り声をあげました。

『どうしましたか、伯父さま？』わたしは叫びました。

『死だ』伯父はそう言うと、食卓から離れ、恐ろしさに身ぶるいしているわたしをおいて、自分の部屋に行ってしまいました。わたしが封筒を手に取りあげてみますと、封筒の折り返しの、のりの部分のすぐ上に、Kという字が三個、赤インクでなぐり書きしてありました。そのほかには、乾燥したオレンジの種が五粒入っているだけで、封筒の中には、何も入っていませんでした。いったいなぜ、伯父はあのようにすさまじい恐怖を示したのでしょうか？　わたしは不審に思いながら、朝食のテーブルを離れて、階段を登っていきました。そしてその途中で伯父に出会いました。片手には、あの屋根裏部屋のものと思われる古いさびた鍵を、もう一方の手には、しんちゅうの手さげ箱を持っていました。

『奴らがやるなら、やってみるがいい。こっちにだって、手だてはあるぞ！』伯父は罵《ののし》り声をあげたのち、わたしに言いました。『メアリに、わしの部屋に、今日は火がほしいと言っておくれ。そのあとで、ホーシャムにいる、フォーダム(123)弁護士を呼びにやってほしい』

　わたしは、言われたとおりにしました。弁護士が来ると、わたしも伯父の部屋に呼ばれました。そこには火が勢いよく燃えており、暖炉の格子の中には、紙を焼いたと思われる、黒くて柔らかい灰の塊がありました。その近くには、蓋《ふた》が開いたままの、先ほどのしんちゅうの小箱が、からにして置いてありました。その小箱の蓋にも、今朝の封筒に書かれていたのと同じ、Ｋの活字体の文字が三つ記されているのを見て、わたしはびっくりしました。

『ジョン、おまえにわしの遺言の、証人になってもらいたいのだよ』と、伯父は言いました。『わしの財産は、この屋敷も、そこからの利益も損失も、すべて弟、つまりおまえの父親に遺したい。ということは、つまり、いずれはおまえが相続するということになるわけだ。おまえがこの恩典《おんてん》を無事に維持できるなら、それは実にいいことだ。しかし、もしそうはいかないとわかったならば、執念深い敵にやってしまうがよかろうと、わしは忠告しておく。このような、諸刃《もろは》の剣のような財産をおまえに遺すのは申し訳ないが、事態がどう展開するかはわしにもわからない。さあ、フォーダムさんが言うとおりに、書類にサインしなさい』

言われたとおりにわたしが書類にサインをしますと、弁護士はそれを持ち帰りました。もちろん、よくおわかりかとは思いますが、この奇妙な出来事は、わたしの心に深く焼きつきました。わたしはこのことを思い出してはあれこれと思いをめぐらせましたが、なんのことなのか、いっこうに理解できませんでした。何週間もすぎ、単調な日常生活が乱れるようなできごとは何もおきないので、漠然とした恐怖も次第にうすれましたが、完全にそれを振り切ることはできなかったのです。しかし、伯父が変わったことだけは、わたしにはよくわかりました。伯父は、今までにもまして酒を飲み、人との交際をよりいっそう避けるようになったのです。いつでも自分の部屋に閉じこもり、ドアには鍵をかけていました。しかし、時おり酔っ払って、正気を失ったように、部屋を出てくることもありました。そして屋敷から飛び出し、手にはピストルを持ち、庭を走りまわりながら、『わしには、怖いものなどないぞ、檻の中の羊のように、閉じこめられているのなど、まっぴらだ、人間だろうが、悪魔だろうが、来るなら来てみるがいい』というようなことを、わめきちらすのでした。しかし、こういう強烈な発作が治まると、心の奥底にある恐怖に、それ以上は立ち向かうこともできなくなってしまうように、そそくさと自分の部屋に入り込むと、中から鍵をかけ、かんぬきを下ろしてしまうのです。そういう時の伯父の顔は、寒い日でも、たったいま洗面器から顔をあげたように、汗で濡れていました。

ホームズさん、このへんでこの問題を終りにして、がまんを不要にしていただきましょう。ある夜のこと、伯父はいつものように酔っ払って屋敷を飛び出し、そのまま戻ってまいりませんでした。みんなで探しに出てみますと、庭の隅にある、緑色の藻《も》が表面をおおった小さな池で、水面に顔を伏せて死んでおりました。暴行された様子は、何もありませんでした。池の深さは、二フィート（六〇センチ）ほどしかありませんでしたし、伯父は変り者として知られていたということもありまして、陪審員は、自殺という判定をくだしました。しかし、伯父は、考えただけで身震いするほど死を恐れていたことを、わたしは知っています。ですから、伯父が自分から死を選ぶとは、とても信じられません。しかし、とにもかくにも、この事件はこれで片がつき、わたしの父は、伯父の不動産と約一万四千ポンドほどの銀行預金を相続することになった

のです」
「少しお待ちください」「どうやら、ホームズは口をはさんだ。「どうやら、あなたのお話は、わたしが今までに聞いたうちでも、最も驚くべきものの一つになりそうですね。ところで、伯父上がその手紙を受け取ったという日付と、その自殺されたと思われている日付を、お聞きしておきましょうか」
「手紙が来ましたのは、一八八三年三月十日、亡くなりましたのは、七週間後の五月二日の夜のことでした」
「ありがとうございます。では、お話を続けてください」

「父がホーシャムの屋敷を相続しました時、わたしから頼みまして、閉め切ったままの屋根裏部屋をていねいに調査いたしました。あの、しんちゅう製の小箱を見つけましたが、中身はすでになくなっておりました。蓋の内側に紙切れが貼ってあり、そこにK・K・Kの三文字が記されていました。そしてその下には、『手紙、メモ、領収書、記録簿』と書いてありました。これで、オウプンショウ大佐が焼き捨てた書類が、どのような性質のものであったか、わたしたちにはわかりました。そのほかには、この屋根裏部屋にはたいしたものは見つからず、伯父のアメリカ時代の生活に関する、かなりの量の書類とノートが散乱しているだけでした。その中には、南北戦争の頃のものもあり、伯父が立派に軍務に励み、勇敢な軍人として名が通っていたことを示すものもありました。また、南部諸州の再建時代のものもあり、おおかたは政治に関するものでした。どうやら、伯父は、戦後に北部から、ひと旗あげようと、からのカーペット・バッグに金を集めて夜逃げしようとしてここに来たような政治屋たちを相手にまわして、強い抵抗をしていたということがわかりました。

このようにして、わたしの父がホーシャムで暮らすようになりましたのは、一八八四年の初めのことでした。そして一八八五年の一月までは、わたしたちはすべてにわたり、平穏な生活をしておりました。ところが新年の四日めのこと、朝食の席についたとたん、父が突然鋭い叫び声をあげたのです。見ると、父は片手に、いま封を開けたばかりの封筒を持ち、もう片方の手のひらの上に、乾燥した五粒のオレンジの種をのせていたのです。父は前々から、わたしが大佐の話をしても、そんなことがあるものかと、笑いとばしていました。しかし、わが身に同じことがおこると非常にとまどい、困り果てたようでした。

『ジョン、これはいったい何のまねだろうね？』と、父は口ごもりながら言いました。わたしの心は、鉛《なまり》のように重くなりました。『K・K・Kです』と、わたしは答えました。

父は、封筒の中を覗き込みました。『そう、そのとおりだ』と、父は叫びました。『ここに書いてあるのは、まさしくその文字だ。だが、その上に書いてあるのは、何のことだろう？』

『日時計の上に書類を置け――』わたしは、父の肩ごしに覗き込んで読みました。

『書類とは、何のことなのだ？　日時計とは何のことだ』と、父はたずねました。

『庭にある日時計のことでしょう。ほかにはありませんからね』と、わたしは言いました。『そして、書類というのは、伯父上が焼き捨ててしまったものに違いありません』

『なんたることだ！』父はやっとの思いで、勇気を出して言いました。『われわれは文明国にいるのだ。このようなつまらないことに、かまけてはいられない。この手紙は、どこで投函[124]されているのかい？』

『ダンディーです』消印を見ながら、わたしは答えました。

『まったく、とほうもない、いたずらをするものだ。日時計だ、書類だのと、わたしと、いったい何のかかわりがあるというのかね。こんないたずらに、気をとられている暇《ひま》はないよ』と、父は言いました。

『警察に届けたほうが、いいと思いますが』と、わたしは答えました。

『わざわざ、笑われに行くのかい。まっぴらだ』

『では、わたしに行かせてください』

『いや、だめだ。このようなことで、騒ぎを大きくしたくはない』

　父は非常な頑固者ですから、言い争うだけ無駄でした。しかし、わたしは不吉な予感で、胸が詰まる思いでした。

　この手紙が来てから三日めのこと、ポーツダウン・ヒルの要塞《ようさい》[125]の司令官をしている、旧友のフリーボディ少佐を訪ねるため、父は出かけました。わたしには、父が屋敷から離れていたほうが、危険からも遠ざかるように思えましたので、その外出を喜びました。ところが、それはわたしの考え違いだったのです。父が出かけて二日めのことです。わたしにすぐにおいでを願うという、少佐からの電報が届きました。父があの地方に多くある、白亜を採掘した深い穴の一つに落ち、頭を打って、意識不明で倒れ

ているということでした。わたしは、父のもとへ急ぎましたが、父は意識を取り戻す(126)ことなく、亡くなってしまいました。聞いたところですと、夕暮れ時に、フェアラムから戻る途中だったようです。父はその土地には不案内ですし、穴は柵で囲ってありませんでしたので、陪審員は何の疑いもなく『事故死』と決定しました。わたしは、父の死に関するすべてのことがらについて調査しましたが、他殺を思わせるようなものは何も発見できませんでした。また、乱暴された様子も足跡もありませんし、持ち物を盗まれたというようなこともありません。近くを、怪しい人物がうろついていたという、目撃者もありません。しかし、申し上げるまでもないことですが、わたしの心は、安心からはほど遠いものでした。父の周りに、なんらかの卑怯な陰謀《いんぼう》のわなが仕掛けられていたのは間違いないと、わたしは思いました。

このような不幸な事情を経て、わたしは遺産を相続いたしました。おそらく、そのような屋敷をなぜ処分してしまわなかったのか、とお思いでしょう。しかし、わたしは、わたしたちの災難は、伯父の人生の、何かの出来事にかかわるものだと思うのです。ですから、別の屋敷に引っ越したところで、危険度は同じだと考えたのです。

父が悲しい最期をとげましたのは、一八八五年の一月ですから、すでに二年八ヶ月が経ちました。その間ずっと、わたしはホーシャムで、幸せに暮らしていました。ですから、このぶんなら、わが家へののろいはとけた、父の代で終了したのだと、思い始めました。しかし、安心するには早すぎたのです。昨日の朝、父の場合と全く同じように、一撃が下ったのです」

若者は、チョッキのポケットから、くしゃくしゃの封筒を取り出した。そして、テーブルの方に向きなおると、その上に、小さく乾燥した五粒のオレンジの種を落とした。

「これが、その封筒なのです」と、彼は続けた。「消印は、ロンドンの東部局です。中には、父の受け取った手紙と完全に同じ内容が書いてありました。『K・K・K』と、『書類を日時計の上に置け』です」

「それで、あなたはどうなさいました?」と、ホームズはたずねた。

「何もしていません」

「何もですか？」

「本当のことを申しますと、わたしにはもう、どうにもならないような気がしているのです。まるで、ヘビに狙われている、哀れなウサギのような気持ちなのです。どのように警戒しても、防ぐことも、抵抗することもできない、冷たい悪魔の手にかかっているように思えるのです」

「だめですよ！　だめです！」と、シャーロック・ホームズは叫んだ。「さあ、あなたは行動しなければ。さもなければ、命が危ない。やる気を出すことが、助かる道です。絶望している場合ではありませんよ」
「警察には届けました」
「ほう」
「しかし、わたしの話を、笑いながら聞いているのです。

警部は、手紙はみな誰かのいたずらで、伯父と父は、陪審員の判定どおり完全な事故死で、警告の手紙とは全く関係ないと思われたに違いありません」

ホームズは握った拳を、空中に振り上げて叫んだ。

「信じられないほどの無能さだ!」

「それでも警官を一人、わたしと一緒に、屋敷によこしてくれました」

「では、今夜も一緒に来たのですか?」

「いいえ、警官は家の中に留っているよう命じられているのです」

ホームズは、ふたたび空中に握り拳を振り上げた。

「なぜ、わたしのところへ、おいでになったのです?」と、彼は叫んだ。「いや、そんなことよりも、なぜすぐにおいでにならなかったのですか?」

「知らなかったのです。プレンダガスト少佐に、この災難について打ち明け、あなたのところへ伺うように忠告されたのが、今日なのですから」

「あなたが手紙を受け取られてから、すでに二日がたっています。もう少し早く、行動するべきでしたね。今お示しくださったことのほかには、証拠になるようなものは、ないのでしょうね——手がかりになりそうなものなら、どんな小さなことでもいいのです」

「一つだけあります」と、ジョン・オウプンショウは言った。彼は上着のポケットを探り、色が変わってしまった青い色の紙を一枚取り出すと、テーブルの上に置いた。「思い出してみますと、伯父が書類を焼き捨てました時、たしか灰の中に、これと同じ色の、小さな焼け残りの紙の切れ端があったようでした。この紙は、一枚だけ伯父の部屋の床に残っていたのを、わたしが発見したのです。たぶん、その書類のうちの一枚が舞い上がり、焼かれるのを免れたものでしょう。『種』という言葉のほかには、あまり役に立つようには思えませんが。これは、個人的な日記かなにかの一ページではないかと思います。筆跡は、伯父のものに間違いありません」

ホームズはランプを近くに寄せ、われわれは、一緒にその紙の上に身をかがめた。片方の端が、ぎざぎざになっているところをみると、ノートを引きちぎったことは明らかだった。いちばん上に「一八六九年三月」と書かれ、その下には、次のように、謎めいた短い文章が並んでいるのだった。


四日。ハドスンが来た。同じことを繰り返して唱えた。

七日。セント・オーガスチンのマッコーリー、パラモア、ジョン・スウェインに種を送る。

九日。マッコーリーは消える。

十日。ジョン・スウェインは消える。

十二日。パラモアを訪問。すべて順調。

「ありがとうございました」ホームズは、その紙をたたみ、客に戻しながら言った。「さあ、もう一刻の猶予《ゆうよ》もできません。今のお話を、検討している暇もありません。すぐにお屋敷へ戻られ、行動をおこしてください」

「どうすればよろしいのですか？」

「なさることはただ一つです。しかも、すみやかにしなければいけません。今、わたしたちにお見せいただいた紙片を、あなたがおっしゃっていたしんちゅうの小箱に入れるのです。そして、他の書類はすべて伯父上が焼き捨ててしまったので、残りはこれ一枚だけだと書いたメモも、一緒に入れるのです。これは、相手を納得させるような表現で書いておかねばなりません。そうしたら、ただちに指定どおり、日時計の上に箱を置くのです。おわかりですか？」

「はい、わかりました」

「今は、復讐《ふくしゅう》などということは、お考えになってはいけません。復讐は、いずれ法律の力でできるでしょう。しかし、わたしたちはこれから、網を張らなければならないのに、敵の網のほうは、すでに張ってあるのですからね。今考えなければいけないのは、あなたの身に迫る危険を取り去ることなのです。事件を解明し、犯人を罰するのは、その次のことです」

「ありがとうございました」

若者は立ち上がると、オーバーコートをはおりながら言った。

「おかげさまで、生きた心地がし、希望が出てきました。必ず、ご忠告に従います」

「一刻も無駄にしてはいけません。しばらくの間、何よりもご自分の身に気をおつけなさい。あなたの身に迫っている危険が非常にはっきりした差し迫ったものであることは、間違いありません。お帰りは、どうなさいますか？」

「ウォータールー駅[127]から、汽車に乗ります」

「まだ九時になっていない。人通りもありますから、おそらく大丈夫でしょう。しかし、できるだけご用心なさってください」

「武器はあります」

「それならけっこう。明日、わたしたちも、あなたの事件についての調査に取りかかります」

「それでは、ホーシャムへお越しいただけるのですね」

「いいえ、あなたの秘密は、ロンドンにあるのです。わたしはここで、それを探しましょう」

「それでは、一日か二日しましたら、例の箱と書類について、お知らせにあがります。すべてはおっしゃったとおりにいたします」若者は、わたしたちと握手をかわし、帰って行った。外は今もなお、嵐がうめき声をあげて吹き荒れ、雨は激しく窓を打っていた。わたしには、この奇妙で荒々しい物語が、たけり狂う大自然の中から、嵐で打ち寄せられた一片の海草のようにわたしたちのところへたどり着き、いま再び、大自然の中へと消えていったように思えた。

シャーロック・ホームズは、しばらくの間うつむき、暖炉に燃える赤々とした火を、黙ってじっと見つめていた。やがて、自分のパイプに火を入れ、椅子に寄りかかると、天井に向かって立ちのぼるタバコの紫煙《しえん》の輪を、じっと見ていた。

「ねえ、ワトスン」彼は、ついに口を開いた。「ぼくたちが手がけたどの事件も、今回ほど異様に思えるものはなかったね」

「まあ、『四つのサイン』は別だろうけれどね」

「そうだ。おそらくあれ一つくらいなものだ。しかしだ、このジョン・オウプンショウのほうが、ショルトー兄弟[128]よりも、大きな危険におびやかされているように思えるね」

「ところで、君には、その危険がいかなるものなのか、何か見通しでもついているのかね」と、わたしはたずねた。

「危険の性質については、問題なくわかっているさ」と、ホームズは答えた。

「とすると、それは何なのだい。このK・K・Kとは何者かね。なぜ、あの不幸な一族につきまとっているのだろう」

シャーロック・ホームズは、目を閉じて、椅子の腕に両ひじをつき、両手の指先を合わせて言った。

「理想的な推理ができる人間というものはね、ひとたび一つの真実の全容を示されれば、そこに至る一連の出来事を探り出すだけでなく、そこからひきおこされるであろう結果まで推理してしまうものなのだよ。そう、キュヴィエ[129]がたった一本の骨を見て、その動物の全身像を完全に描くことができたようにね。ある、かかわりのある事件をつなぐ鎖《くさり》の環の一つを完璧に理解できた観察者ならば、その前とうしろの環も、正確に説明できるわけなのだ。ぼくたちにはまだ結果はわかっていないが、これは推理によってだけわかるのだ。勘や五感に頼って解決を試みた人たちがみな失敗したような問題でさえ、書斎の中で解決できることもあるのだ。しかし、この技術を最も有効に使うためには、推理する人間というのは、自分が知っている事実を、すべて生かせるようにしなければいけない。君もよくわかっていると思うけれど、つまり、あらゆる知識を身につけていなければいけないということなのさ。これは、教育が無料で受けられ百科事典が普及している今の時代でも、そう簡単にはできないことだ。しかし、自分の仕事に利用できそうな知識をすべて修得するのは、不可能ではない。だから、ぼくの場合も、その努力をしてきた。ぼくたちが知り合ってまもない頃に、ぼくの知識の範囲について、君はずいぶんきちんとした一覧表を作ってみせてくれたじゃないか」

「そうだったね」笑いながら、わたしは答えた。「あれは、一風変わった記録だったね。たしか、哲学、天文学、政治学については、零点だった。植物学の知識についてはムラがある。地質学は、ロンドン市内から五十マイル（八〇キロメートル）以内の地域の、すべての泥のはねについては、非常によく知っている。化学の知識は、ひどく偏《かたよ》っていて、解剖学の知識も、体系的ではない。世の中を騒がせているような文学作品や犯罪の記録に関しては、たぐいまれな知識があり、ヴァイオリン演奏家で、ボクサーで、フェンシングをたしなみ、法律に詳しく、コカインとタバコの依存症がある。ぼくの成績表の要点は、こんなところだったかな」

最後のところに来ると、ホームズはにやりとした。「ともかく、あの時も君に言ったように、人間の頭脳は小さな屋根裏部屋のようなものだから、自分に役立つ道具だけを全部そろえておくべきなのさ。他のものは、要るときに取り出せるように、自分の書庫の中のがらくた部屋にしまっておけばいい。ところで、今晩持ち込まれたような事件は、ぼくたちの、すべての知識を出動させる必要があるね。すまないが、君のそばの書棚から、アメリカ百科事典(130)の、Kの項が載っている巻を取ってくれたまえ。ありがとう。それでは、この状況からみて、何が引き出せるかを検討してみようではないか。まず第一段階として、オウプンショウ大佐がアメリカを引き払ったのには、何らかの非常に強い理由があったと仮定してみよう。彼ほどの年齢になれば、人間というものは、今までの自分の習慣をすっかり変え、気候の温暖なフロリダ州を捨てて、イングランドの片いなかで孤独な生活に入るようなことはしないものさ。それに、イングランドに戻ってからも、彼が極端に孤独な生活を送っていたということを考えれば、彼が何らかの人物、あるいはことがらを恐れていたということ、そして、その何らかの恐れから、アメリカを逃げ出したという仮説を立ててもいいだろう。彼が恐れていたものが何であるかということについては、大佐とその相続人たちが受け取った恐怖の手紙から推察するしかない。その手紙についていた消印に、君は気がついたかね？」

「一番めはインドのポンディシェリから、二番めはスコットランドのダンディーから、そして三番めはロンドンからだった」

「ロンドン東部局だよ。そのことから、何がわかるかね？」

「三つとも港町だよ。手紙の主は、船に乗っているのだ」

「うまいよ。ぼくたちは、すでに糸口をつかんだ。手紙の主が船に乗っていたという可能性はきわめて高く、まず間違いないだろう。それでは、別の点から考えてみよう。ポンディシェリからの場合には、脅迫状が届いてから、悲劇までの間は、七週間あった。ダンディーからのときには、たった三、四日だ。これには、何らかの意味があるのではないだろうか」

「やってくる距離が、遠かったということだ」

「けれども、手紙も同じく、遠い距離から届いているのだ」

「とすると、ぼくにはわからないね」

「少なくとも、こういう推測はできる。差出し人の男、あるいは男たちが乗っていたのは、帆船《はんせん》だ。彼らは、自分たちの使命を果たしに出発する前には、常に奇妙な警告のしるしを送っていたらしいね。ダンディーから来たときには、警告と犯行との間が非常に早かったね。ポンディシェリからの場合でも、彼らが蒸気船に乗っているなら、手紙とほぼ同じ時に到着したはずだよ。しかし、現実には七週間後に着いている。この七週間は、手紙を運んできた郵便船と、その手紙の差出し人が乗ってきた帆船との、速度の差を示していると思うね」

「そうかもしれないね」

「かもしれないどころか、まず間違いないね。ということは、今回の場合には事が非常に差し迫っているのは、君にもわかるね。だから、ぼくはあのオウプンショウ青年に、うるさいほどに気をつけるよう注意したのさ。手紙の差出し人がこちらへやって来るのに、必要なだけの時間をおいて、災難はおきている。しかし、今回のものは、ロンドンからだ。だから、ぼくたちには、もう一刻の猶予もないということだ」

「ああ、それは大変なことになった」と、わたしは叫んだ。「それにしても、この、情けのひとかけらもない脅迫は、いったい何を意味しているのかね？」

「オウプンショウ大佐の持っていた書類が、帆船にいる一人、もしくは数人にとっては、非常に重要だということは、はっきりしている。これはどう考えても一人ではないと、ぼくは思うよ。一人では、陪審員の目をごまかすほど巧みな殺人を二回も行なうことはできないからね。これには、数人がかかわりあっている。それも頭のいい、結束の固い連中に違いない。持ち主が誰かなど、おかまいなしに、狙った書類は必ず手に入れるつもりさ。とすると、K・K・Kというのは、個人名の頭文字ではなく、ある団体の略称だということがわかるだろう」

「しかし、何の団体かね？」

「君はまだ……」と、シャーロック・ホームズは身を乗り出しながらささやいた。「クー・クラックス・クランというのを聞いたことはないかね？」

「一度もないね」

ホームズは、取ってもらった本を膝《ひざ》の上にのせて、ページをめくると、「ほら、ここだ」と、まもなく言った。


「クー・クラックス・クラン(131)　ライフル銃の、撃鉄《げきてつ》を起こすときの音に似せてつけられた、奇妙な名前。この恐ろしい秘密組織は、南北戦争後に、南部出身の元兵士たちにより結成された。この組織は急速に広まり、特にテネシー、ルイジアナ、南北両カロライナ、ジョージア、フロリダの諸州には、支部が置かれた。組織の力は政治に利用され、主に黒人有権者へのテロ活動を行ない、組織の意見に逆らう者たちを殺したり、国外に追放したりした。この種の暴挙を行なうときには、いつでも、それに先立ち、狙った人物にたいして警告を送ることになっていた。それは、ある地方では、葉のついた樫《かし》の小枝であり、また、他の地方では、メロンの種か、オレンジの種であった。この警告を受け取った者は、公に自分の今までの考えを改めたことを誓うか、さもなければ、国外へ逃げ出すしかなかった。もし勇敢に、これに立ち向かいでもすれば、必ず死にみまわれることになった。しかも、その死は、奇妙で、予測できないような形で行なわれるのだった。この組織の結束は完全なもので、そのやり方は全く系統だったものだったので、組織に抵抗した人物が無事だったり、犯人が逮捕された記録は、ほとんど残っていない。アメリカ合州国政府や、南部の良識者の努力にもかかわらず、この組織は数年もの間、活発な活動を行なった。ところが、一八六九年になると、その活動は、突然といってもよいほどに下火となった。そして、その後この種の事件は、きわめてまれに起こるだけとなったのである」

「ここからわかったことは……」と、事典を下に置きながら、ホームズは言った。「組織の突然の活動休止と、オウプンショウ大佐が書類を持ってアメリカを去った時期が同じだということだ。ここには何らかのつながりがあると考えていいだろう。大佐とその家族が執念深い残党につけ狙われたとしても、ふしぎはないよ。記録簿や日記に、南部の有力者に関することが書かれているのかもしれない。となれば、書類を取り戻さなければ、夜もおちおち眠れない人物が、たくさんいるかもしれないということだろうね」

「ということは、ぼくたちが見せてもらった、あの一ページは……」

「ぼくたちの予想どおりのものさ。確か、『A、B、Cに種を送った』と書いてあったね。ということは、彼らに、組織からの警告を発したという意味さ。そして、その次のAとBとが続いて消えた、というのは、おそらく国外へ逃亡したことで、最後に、Cが訪問された、というのは、おそらくCが不幸な災難に見舞われたということだろうね。どう思うかね、先生。これで、まっ暗な闇に包まれている今回の事件に、いくらか光が射してきたと言えそうじゃないか。そして、あのオウプンショウ青年が助かる方法は、ぼくがさっき教えたようにするほかにはないのだよ。さあ、今晩はもう、話すこともすることもなさそうだ。

そうだ、ぼくのヴァイオリンを取ってくれないかい。三十分ほど、このひどい天気と、それよりもみじめな同朋たちの運命を、忘れることにしようではないか」

その日の朝は晴天であった。大都市の空にただよう薄いもやを貫き、太陽がおだやかに光りかがやいていた。わたしが下へ行くと、すでにシャーロック・ホームズは、朝食を始めていた。

「すまないが、待っている暇がなかったのでね」と、彼は言った。「オウプンショウ青年の事件の調査で、今日は忙しい日になるからね」

「どうするのかね？」と、わたしはたずねた。

「初めに調べた事の結果による。まあ、どちらにしても、ホーシャムへは行かなければならないと思うよ」

「初めにそこへは行かないのかい？」

「そう、手初めはシティへ行くのさ。呼びりんを鳴らせば、メイドが君にコーヒーを持ってきてくれるはずだよ」

わたしは待っている間、誰も見ていなかった新聞をテーブルから取ると、さっと目を通した。そして、ある見出しに目がとまると、わたしの心臓は凍りついた。

「ホームズ！」わたしは叫んだ。「遅かった」

「なんだって！」カップを下に置きながら、彼は言った。「こうなるのではと、心配はしていたのだが。どんな具合にやられたのかね？」落ち着いた話し方だったが、彼がかなり動転していることが見てとれた。

「オウプンショウの名と、『ウォータールー橋[132]近くでの悲劇』という見出しが、目に入ったのだ。内容はこうさ。『昨夜の九時から十時のあいだのこと、ウォータールー橋近くを、H地区のクック巡査が巡回していたところ、助けを求める叫び声と水音を聞きつけた。しかしながら、昨夜はきわめて暗かったうえに嵐がひどかったため、数人の通行人が協力してくれたにもかかわらず、救助は全くできなかった。しかし、警報を出したことから、水上警察が出動して、死体を発見した。ポケットに入っていた封筒から、死体の身元は、ホーシャム近くに住む、ジョン・オウプンショウという名の青年紳士だとわかった。ウォータールー駅からの最終列車に乗るため急いでいて、暗闇の中で道に迷い、蒸気船用の小さな船着き場から転落したようである。死体は乱暴をされた様子もなく、被害者は不慮《ふりょ》の事故にあったとしか思われない。なにはともあれ、この種の岸壁にある船着き場については、これ以後は関係当局の関心を払うところとなるであろう』」

わたしたちは、しばらく黙って座っていた。今までになく、ホームズは深く落ち込み、動転していた。

「ワトスン、ぼくのプライドは、傷つけられたよ」ようやく彼は口を開いた。「もちろん、これはつまらない感情だがね。しかしプライドは傷つけられたのさ。こうなれば、もうこの事件は、ぼくの問題だよ。ぼくは命ある限り、この悪党どもをつかまえてやるぞ。せっかくぼくのところへ助けを求めにやって来たのに、ぼくが外へ出して死に追いやってしまったのだ……」ホームズは興奮のあまり、椅子からとび出すと、

青白い顔を赤らめ、細く長い両手の指を神経質に握ったり開いたりしながら、部屋を歩きまわっていた。

「連中は知恵のはたらく悪党に違いない」彼はついに叫んだ。「いったい、あのようなところへ、どうやって連れ出したのだろうか。ウォータールー駅に行くのに、テムズ河沿いのエンバンクメント(133)は、方向違いなのだ。あれだけの嵐の夜だって、橋の上は人通りが多すぎるから、彼らも具合が悪かったのだろうね。さてと、ワトスン。最後はどちらが勝つか、見ていてくれ。ぼくは今から、出かけるとしよう」

「警察へかい？」

「いや、ぼく自身が警察になるのさ。ぼくが網を張れば、警察の連中だってハエくらいはつかまえられるだろうが、ぼくがやらなければ、連中は何もできないさ」

この日は一日じゅう、わたしは本職の医者の仕事に追われていたので、ベイカー街へ戻ったのは、夕方もだいぶ遅くなってからであった。しかし、シャーロック・ホームズは、まだ戻ってはいなかった。ほぼ十時近く、青ざめて、疲れ切った顔をしたホームズが、部屋に入ってきた。サイド・ボードに近づくなり、パンをひきちぎり、がつがつと食べると、水をひと息に飲み干した。

「空腹のようだね」わたしは言った。

「飢《う》え死にするところだよ。食べることにまで思いが到らなかった。朝食のあとは、何も食べていないのだ」

「何もかね？」

「そう、ひと口もさ。思い出す暇さえなかった」

「それで、うまくいったかね？」

「上出来さ」

「糸口はつかめたのかね？」

「ぼくの手の中に、連中を完全につかんだよ。オウプンショウ青年の恨みを、じきに晴らせるよ。さてと、ワトスン。ぼくたちも連中に、連中自身の悪魔のトレードマークを送りつけてやろう。これはなかなかの思いつきじゃあないかい」

「どうしようというのかい？」

ホームズは、食器棚からオレンジを一個出して小さくちぎり、その種をテーブルの上に押し出した。そして、そのうちの五つを拾うと封筒に入れ、封筒の折り返しの内側に、「J・Oに代わって、S・H」と書きしるした。そして彼は、封筒に封をすると、「ジョージア州サヴァンナ港、帆船ローン・スター号、ジェイムズ・キャルハウン船長」と宛て名を書き入れた。

「入港すると、これが待っているというわけさ」くすくすと笑いながら、ホームズは言った。「きっと、夜も眠れなくなることだろう。オウプンショウが体験したのと同じように、自分の不運の確実な前ぶれだと思うだろうね」

「ところで、このキャルハウン船長というのは、何者なのかい？」

「悪党の親分さ。他の仲間もやるつもりだけれど、まず彼からさ」

「ところで、君はどうやって、これをつきとめたのかね？」

ポケットを探ると、日時や名前が一面に書きつけてある大判の紙を一枚、ホームズは取り出した。

「ぼくは調査に一日じゅうつぶしたのさ」と、ホームズは言った。「ロイズ船舶登録簿と、古い新聞のファイルを調べるのにね。それで、一八八三年の一月と二月に、ポンディシェリ港に立ち寄ったすべての船と、その後の動きをたぐった。すると、この二ケ月間に、この港に立ち寄った大型の船は、三十六隻《せき》だった。その中で、ローン・スター号という船に、ぼくは注目した。これは、ロンドンから出港したことになってはいたけれど、この船の名は、アメリカのどこかの州の愛称だからね」

「テキサスだと思うよ」

「そう、その点については、ぼくはよく知らないけれど、とにかくアメリカの船に間違いないことはわかったのさ」

「それから、どうしたのかい?」

「次にダンディー港の記録を調べた。そして、一八八五年一月に、帆船ローン・スター号が寄港したことをつきとめた。ぼくが疑っていたことが、確かなことになったのさ。それで、次にロンドン港に、いま入港中の船を調べた」

「そうしたら?」

「先週、ローン・スター号は入港していた。ぼくはアルバート・ドック(134)へ行った。すると、船は今朝のひき潮にのってテムズ河をくだり、サヴァンナへ向かって出港してしまったあとだった。グレイヴズエンドに電報を打って問い合わせたところ、今しがた通過したということだった。東風が吹いているから、今頃はグッドウィンズを通り過ぎて、ワイト島の近くを航海中だろう」

「これから、君はどうするつもりなのかね」

「そう、犯人はぼくの手の中さ。ぼくが調べたところによると、あの船の乗組員の中で、純粋のアメリカ人というのは、船長と二人の航海士だけだ。他の乗組員は、フィンランド人とドイツ人さ。さらに、この三人が、昨日の夜はそろいもそろって陸《おか》に上がっていることもわかっている。あの船に積荷をしていた沖仲仕から聞き出したのさ。いずれにしても、彼らの乗っている船が、サヴァンナに到着する頃には、この手紙はひと足先に郵便船で届けられているだろうし、サヴァンナ警察へは、あの三名の紳士は、実はロンドンで殺人容疑で指名手配されていることが、海底電信で連絡されているだろう」

しかし、人間の計画というものは、いかにすばらしいものでも、何かしらつまずきというものがあるものだ。ジョン・オウプンショウの殺害犯人たちは、彼らと同じように頭が良くて行動力のある人物によって自分自身が追われているということを示すオレンジの種を受け取ることはついになかった。この年の秋分の嵐は、いつになく激しく長びいた。わたしたちは、ローン・スター号の知らせがサヴァンナから来るのを長く待っていたが、結局、何の知らせも入らなかった。そしてついに、大西洋のはるか沖のいずれかの地点で、船尾材が波間に漂っていたことを聞いた。そこには、「L・S」の二つの文字がきざみつけられていたということだった。ローン・スター号の運命について、これ以上のことは、未来永劫《えいごう》に、わたしたちにはわからないであろう。

唇の捩《ねじ》れた男

アイザ・ホイットニー[135]は、セント・ジョージ神学校[136]の校長を務めた、今は亡きイライアス・ホイットニー神学博士の弟で、強度のアヘン依存症であった。この悪い習慣に手を出すようになったのは、学生時代の、ちょっとした気まぐれからであったようだ。アヘンがもたらす夢と感覚の世界を描いた、ド・クインシーの作品[137]を読んだ彼は、同じような体験をしてみたくなり、タバコをアヘンチンキ[138]にひたして吸ってみたのだった。誰にとっても同じことなのだが、こういう習慣というのは、身につけるのはたやすいのだが、やめるとなると、そうはいかない。そのことを悟った時には、彼はもう、この麻薬のとりこになってしまい、友だちや親類の者たちから、怖れと哀れみの入りまじった目で見られるようになっていた。今や、彼が、いつでも黄色い無表情な顔つきで、まぶたはたるみ、瞳《ひとみ》は針の先のように小さくなり、椅子《いす》にまるくうずくまって、高貴な面影などひとかけらもない、無《む》惨《ざん》な姿になったのを見ることができる。

一八八九年六月のある夜のこと、そろそろあくびが出て、時計に目をやるような頃だというのに、玄関のベルが鳴った。わたしは、椅子から身を起こした。妻は針仕事を膝《ひざ》の上に置き、少々がっかりした顔つきになった。

「患者さんですわ!」と、妻は言った。「往診にお出かけにならなければねえ」

一日の疲れをやっと癒《いや》したところだったので、わたしは思わず、ため息をついてしまった。

玄関のドアが開く音がすると、あわただしい話し声が二、三聞こえ、リノリュウムの床の上を、急ぎ足でやって来る足音がした。そして部屋のドアがさっと開き、黒ずんだ服に身を包み、黒いヴェールをかぶった婦人が入ってきた。

「こんなに遅くにお伺いして、申しわけございません」婦人はこう言うと、急にこらえられなくなったように走り寄った。そして、妻の首に両腕をまわしてすがりつき、妻の肩に顔をうずめてすすり泣いた。「ああ、わたくし、ものすごく困っておりますの!」と、彼女は叫んだ。「どうぞ、お助けください」

「まあ、ケイト・ホイットニーさんではありませんか」妻は、婦人のヴェールを引き上げながら言った。「ほんとうに、びっくりしましたわ、ケイト! 入っていらした時には、どなただか、全くわかりませんでしたわ」

「わたくし、もうどうしたらいいか、わかりませんの。まっすぐ、あなたのところへ参りました」これは、いつものことであった。悲しみに沈んだ人たちは、灯台に鳥が集まるように、妻のところへ寄ってくるのだ。

「本当によく来てくださいましたわね。まず、水割りのワインを、少しお召し上がりになるといいわ。そして、ここにおかけになって、気が楽になったら、すべてをお話しになってくださいな。なんでしたら、ジェイムズには、先にやすんでもらいましょうか」

「いえ、いえ、それにはおよびません！　先生にも相談にのっていただいて、お力ぞえ願えればと思います。実は、夫のアイザのことですの。あの人、もう二日も家へ帰ってまいりません。わたくしは、もう心配で居ても立ってもいられないのです」

ケイトが、夫についての悩みをわたしたちに話すのは、今回が初めてではなかった。わたしには医者として、妻には学生時代からの旧友として、今までにも何回か、相談を持ちかけていた。そのつど、わたしたちはできるだけ彼女を慰《なぐさ》め、元気づけてきた。彼女に夫の居場所の心当たりはあるのだろうか？　われわれで、彼女の夫を連れ戻すことはできるのだろうか？

聞いてみると、次のようなことらしかった。最近、ケイトがつかんだ情報によると、彼女の夫は、アヘンの禁断症状が出ると、ロンドンのシティの東の、一番はずれにあるアヘン窟《くつ》に出かけているに違いないということだった。しかし今までは、アヘンに溺《おぼ》れているのはいつでも一日だけで、夜になると体を痙攣《けいれん》させ、すっかり打ちひしがれた様子で帰って来ていたのだった。ところが今回は、なんと四十八時間もの間、アヘン窟に入りびたりになっているのだ。きっと今頃は波止場《はとば》のアヘン常習者たちに混じって、寝たきりで毒の煙を喫い続けているか、または麻薬が切れるまで眠り込(139)んでいるかのどちらかに違いない。彼の居場所は、アッパー・スウォンダム・レインの、「バー・オブ・ゴールド（金ののべ棒）」に間違いないと、彼女にはわかっていた。しかし、彼女に何ができるというのだろう。内気な若い女性がそのような恐ろしい場所に入り、ならず者たちの間にいる夫を連れ戻すことなど、できるはずがないではないか。

こういう状況がおきてしまえば、もちろん、解決策は一つしかない。それは、わたしがケイトと一緒にその場所へ行くしかない。しかし、よく考えてみれば、なぜ彼女も行かなければならないのだろう？　アイザ・ホイットニーの主治医はわたしだ。彼も、わたしの言うことなら聞き入れるだろう。それにわたし一人ならば、なにかとうまく立ちまわれるはずだ。そこで、わたしは、ケイトの教えた場所にアイザがいさえすれば、必ず二時間以内に辻馬車で家に送り届けると、彼女に固く約束した。こうして、十分後には、わたしは安楽椅子と気持ちのよい居間をあとにして、二輪馬車で一路東へと急いでいた。奇妙な役割を引き受けてしまったと、その時わたしは思った。しかし、それがいかに奇妙なことになるかがわかったのは、さらにずっと後になってからであった。

だが、わたしの冒険も、第一の段階では、たいした困難はなかった。アッパー・スウォンダム・レインは、ロンドン橋の東で、テムズ河北岸に続く、高い波止場の裏手に当たる、汚い横丁である。水夫相手の安物衣服の店《スロップ・ショップ》(140)と、ジン飲み屋(141)の間に、下へ降りる急な石段があり、そこから洞窟のようにぱっくりと開いた、暗い入り口へと通じていた。それがわたしのめざしているアヘン窟であった。わたしは馬車を待たせ、酔っ払いの靴に踏まれ続けたために、中央がすりへってしまった階段を降りていった。入り口の上に吊るされた石油ランプのちらちらする光の中に、ドアの掛け金を見つけて中に入ると、そこは天井の低い、細長い部屋になっていた。まるで、移民船の船員部屋のように木製のベッドが何段にも重なって備えつけられ、アヘンの茶色い煙が、もうもうと立ちこめていた。

うす暗い室内には、いろいろと奇妙な形にうずくまっている人々の姿が、ぼんやりと見えた。背中をまるめている者、膝を曲げている者、頭をうしろにそらせ、あごを上に突き出している者もいた。そして、あちこちから、暗くどんよりとした目が、新しく入ってきたわたしにそそがれた。黒い人影の中で、小さく丸い赤い火が、明るくなったり暗くなったりしていた。それは、金属製のアヘン・パイプの火皿の中で燃えている、アヘンの火であった。おおかたの人影は、黙って横たわっていたが、中にはもごもごと独り言を言う者や、変に低く一本調子な声で、話している者もいた。彼らの話し方は、急に勢いよく話し出したかと思うと、すぐに消えたように沈黙するという具合であった。それぞれが、勝手気ままに自分の考えをつぶやいているだけで、隣の人の話には、ほとんど耳を傾けなかった。奥のほうには、炭火を入れた小さい火鉢があった。その傍で、三本足の木製の椅子に腰をかけた、背の高いやせた老人が、両ひじを膝にのせ、あごを両手の拳に当てて、じっと火鉢の中の火を見つめていた。

顔色が黄色がかったマレイ人の給仕が、パイプと一回分のアヘンを持って急いでわたしに近寄ってくると、からのベッドを手でさし示した。

「ありがとう。わたしは客ではないのだ。ここに、アイザ・ホイットニーさんという友人がいるはずなのでね。彼と話をしようと思って来たのだ」と、わたしは言った。

わたしの右側のほうで人の動く気配がして、叫び声が聞こえた。見ると、薄暗がりの中に、青白くやつれて髪を乱したホイットニー当人が、じっとわたしを見つめていた。

「おや！　ワトスンじゃないか」と、彼は言った。彼は麻薬が醒《さ》めた反動で、全身の神経がびりびりしている、惨《みじ》めな状態であった。「ねえ、ところでワトスン、いま何時なのかな？」

「十一時近くですよ」

「何日の？」

「六月十九日、金曜日[142]です」

「なんということだ、僕は水曜日だとばかり思っていた。いや、今日は水曜日に違いない。どうしてそんなに、驚かすようなことを言うのかい？」彼は両腕の中に顔をうずめると、かん高い声ですすり泣きを始めた。

「今日は間違いなく金曜日ですよ。奥さんは、二日間ずっとあなたを待ち続けておられます。少しは恥ずかしいと思いたまえ！」

「思うとも。しかしワトスン、君もなにか勘違いをしてはいないかい。ここへ来て、まだ二、三時間しか経っていないはずだよ。たしか、三服か四服して——何服だったかは忘れたが。とりあえず、一緒に帰ることにするよ。ケイトに心配はかけたくないからね。——ああ、ケイト、すまなかった。手を貸してくれ！　馬車はあるのかい？」

「そう、外に待たせてありますよ」

「それでは、それで行こう。しかし、支払いをしなくては。いくら払えばいいか、見てきてくれ、ワトスン。ぼくはもう、くたくただ。一人では何もできないよ」

頭が麻痺《まひ》してしまいそうな毒の煙をなるべく喫《す》わないようにと息をつめながら、わたしは二列に並んで寝ている連中の間の、狭い通路を通り抜けて、店の支配人を探しに行った。火鉢の傍に座っている、背の高い男の横を通り過ぎようとした時、急に服のすそが引っぱられ、低くつぶやく声が聞こえた。「通り過ぎたら、振り返ってみたまえ」この言葉は、非常にはっきりと、わたしの耳に届いた。わたしは、ちらりと下に目をやった。その声は、間違いなく、わたしの脇にいる老人のものとしか思えなかった。しかしその、やせてしわだらけで、腰の曲がった老人は、アヘン・パイプを、力が抜けてしまった指先から滑り落としそうにして、膝の間にぶらりと下げていた。そして、じっと夢の世界をさまよっているかのように見えた。

わたしはそのまま、二歩先へ行き、振り返ってみた。そのとたん、驚きのあまり、叫び声をあげそうになったが、やっとのことで思いとどまった。わたしのほかには誰にも顔を見られないように、老人は体をねじっていた。先ほどまでの面影は消えて、

顔のしわもなく、どんよりとにごっていた目は、生き生きと輝いていた。驚いているわたしに、火にあたりながら笑いかけてきた老人は、ほかでもない、あのシャーロック・ホームズであった。彼は、それとなく身振りで、近くに寄るようにと合図をした。そして、再び顔を、他の連中のほうへ半分向けた時には、また、たちまちにして、よぼよぼとした、口もとの締まらない老人に

変身していたのだった。

「ホームズ!」わたしはささやいた。「こんな穴倉で、いったい何をやっているのかい?」

「できるだけ、小さい声で話してほしいね」と、彼は答えた。「ぼくの耳はすばらしくいいのさ。ところで、あの、酔いどれの君の友人を一人で帰るようにしてもらえると、ぼくは非常にありがたいね。君にちょっと相談にのってもらえるとうれしいのだ」

「外に馬車を待たせてある」

「それでは、馬車で家まで送り届けさせればいい。彼は一人にしても、大丈夫だろう。あれだけくたくたなら、変なこともしないだろうからね。それから、駆者《ぎょしゃ》に手紙を言《こと》付《づ》けて、君の奥さんに、君がぼくと一緒にいることを知らせたほうがいい。外で待っていてくれるのなら、ぼくも五分以内に出ていくよ」

どんなことであろうと、シャーロック・ホームズの頼みを断ることは難しい。しかも、その頼みごとというのは、いつでも非常にはっきりとしたもので、そのうえ、まるで命令するような口調なのだ。しかし、ホイットニーを馬車に乗せれば、わたしの役目は終わったも同じことではないか。とすれば、そのあとでホームズと一緒に、彼にとっては日常茶飯事ではあろうが、わたしにとってはたぐいまれな冒険を、また新しく一つ経験できるとなれば、これほど結構な話はない、と思った。数分のうちに、わたしはメモをしたため、ホイットニーの勘定を支払うと、彼を馬車に乗せ、馬車が暗闇の中に消えていくのを見送った。まもなく、アヘン窟から、老いぼれた姿で現われたシャーロック・ホームズと一緒に、わたしは通りを歩いていった。通りを二本過ぎるまで、彼は背中を曲げ、足もとをふらつかせていた。やがて、すばやく辺りを見まわすと、腰を伸ばし、心からおかしげに、大声で笑いだした。

「ワトスン、君はぼくが、コカイン注射をするだけではすまなくなって、君が医者の立場から、いろいろと忠告してくれている悪い習慣のうえに、さらにアヘンまで吸い始めたのだと思っているだろうね」

「あそこで君に会うとは、全く驚きだったね」

「いや、ぼくのほうこそ、びっくりさ」

「ぼくは、友人を探しに行ったのさ」

「ぼくのほうは、敵を探しにだ」

「敵っていうと？」

「そう。ぼくの生まれついたときからの敵、と言うよりは、生まれつきの獲物探しとでも言ったほうがいいだろうね。ワトスン、まあ、簡単に言うと、ぼくは今、非常に奇妙な事件の調査中なのさ。そこで、今までもやってきたように、麻薬中毒者たちの間のとりとめのない会話から、何か手がかりをさがそうとしていたのだ。あのアヘン窟でぼくの正体がわかれば、ぼくの命は一時間ももたなかったろうね。実は、前にも仕事であそこを利用したことがあるのだけれど、あの店の経営者の、水夫あがりのごろつきインド人(143)がひどく怒って、ぼくにきっと仕返しをしてやるといきまいているのだ。あの建物の裏手のポール埠頭の端の近くに、はねあげ戸がある。もし、あの戸が口をきけたら、月のない夜に、そこから何が運び出されているのか、いろいろと興味深い話をしてくれるだろうね」

「ええ！　それが死体だとでも言うのかね？」

「そう、死体さ、ワトスン。もし、あのほら穴で、人一人が殺されるつどに、千ポンドもらえるというのなら、ぼくたちはたちまち大金持ちさ。この河岸かいわいで最もいまわしい殺し屋の巣だ。だから、ネヴィル・セントクレアも、入ったきりで、二度と出てこないのではないかと心配しているのさ。そう、このへんに馬車が待っているはずだ」ホームズは、両方の人さし指を口に入れ、するどく口笛を鳴らした。すると合図に応え、遠くから同じような口笛が返ってきて、まもなく馬のひづめと車輪の音が近づいてきた。背の高い二輪馬車が、両側の側灯ランタンから二本の黄色の光を輝かせて、暗闇の中を全速力で走ってくると、ホームズが言った。「さあ、ワトスン。一緒に来てくれるだろうね？」

「もし、ぼくで役に立つのならね」

「そうだ、信頼のおける仲間ほどいいものはないよ。そのうえに記録係も務めてくれるのだから、なおさらさ。おあつらえ向きに、『杉屋敷』(144)でぼくが使わせてもらっているのは、ベッドが二つある部屋だしね」

「『杉屋敷』というと？」

「そう、セントクレア氏の屋敷のことさ。ぼくは、この事件の調査中は、そこに泊まらせてもらっているのさ」

「それは、どこにあるのかね？」

「ケント州のリーの近くだ。ここからだと、七マイル（一一キロ）さ」

「しかし、何がなんだか、ぼくにはさっぱりわからないよ」

「そうだろうね。しかし、すぐにわかるさ。さあ、ここに乗って。よし、ジョン、もう帰っていいよ。半クラウンだ。明日十一時頃、また頼むよ。手綱をもらおうか。ご苦労だったね！」

　ホームズが馬にむちをあてると、馬車は果てしなく続く薄暗く人通りのない道を、いせいよく走り出した。走るにつれて、道幅はしだいに広くなり、馬車はらんかんのついた大きな橋を渡った。暗闇の中に、ゆるやかに川が流れているのが下のほうに見えた。川向こうにはまた、レンガとモルタルの幅広い雑然とした集まりがどこまでも続き、静けさをやぶるのは、警官の重く規則正しい足音と、夜ふけまで飲んでいる酔いどれたちの歌やわめき声くらいであった。黒ずんだちぎれ雲が、ひとかけら、緩やかに空を流れ、雲の切れ目からは、星が一つ二つ、にぶく輝いていた。ホームズは、考えをめぐらせているようで、首を下げたままの姿で、黙々と馬を走らせていた。これほどまでに、彼が力を注いでいる今回の事件の内容について、わたしは知りたくてたまらなかった。しかし、彼の推理の邪魔をしてはいけないと思い、黙って彼のそばに腰をかけていた。何マイルか走り、郊外の住宅地帯のはずれにさしかかった時、ホームズはふいに体を動かして、肩をすくめ、パイプに火をつけた。自分の行動が最も適切であったことに、いかにも満足しているという様子であった。

「ワトスン、君には沈黙という、すばらしい才能があるね(145)」と、彼は言った。「だから君は、すばらしい相棒なのさ。実を言うと、ぼくの考えることはひどく愉快《ゆかい》な内容ではないので、気が向いたときに話し相手があるということが、ぼくにとっては大切なのだよ。今も、今夜、かの麗《うる》わしいご婦人が、戸口のところへ出迎えてくれた時、何と答えようかと思いあぐねていたのさ」

「君は、ぼくがまだ何も聞いていないということを忘れているようだね」

「リーに着くまでには、事件のあらましを説明する時間があるだろう。この事件は一見きわめて単純に見えるのだが、どうしたわけか、どこから手をつけてよいかがわからないのだ。もちろん、手がかりとなる糸は何本もあるのだが、かんじんの、問題を解きほぐす糸口になるものがつかめない。

それでは、ワトスン、事件の経過を簡単に説明してみようか。ぼくには全くわからないことでも、君には何かがひらめくかもしれないからね」

「では、話してくれたまえ」

「数年前——正確には、一八八四年の五月——ネヴィル・セントクレアと名のる紳士が、リーにやって来た。彼は金持ちらしく、大きな邸宅を買い取り、庭を美しく手入れし、派手な生活をしていた。だんだんに近所の人たちとも親しくなり、一八八七年にこの地方の酒製造会社の娘と結婚し、今では子どもが二人いる。彼は特定の職業には就いていないが、いくつかの会社に関係していて、毎朝決まってロンドンに出かけ、夕方はキャノン街駅[146]発五時十四分の列車で帰って来ていた。セントクレア氏は、年齢三十七歳、性格は温厚、良き夫、子ども好きな父親で、知人の誰からも好かれている。さらに付け加えると、彼の借金は八十八ポンド十シリングだが、キャピタル・アンド・カウンティ銀行[147]には二百二十ポンドもの預金があることを、ぼくは確認している。このことから、彼に金銭的な悩みがあったとは考えられない。

　さて、この月曜日、ネヴィル・セントクレア氏は、いつもより少し早めに屋敷を出て、ロンドンへ向かった。今日は大切な用事が二件あり、それを済ませたあとで、小さい息子に積み木を買って帰ると言って出かけたそうだ。全く偶然だったのだが、この同じ月曜日、夫が出かけた直後に、夫人は一通の電報を受け取った。それは、かねてから夫人が待っていた大切な小包が、アバディーン汽船会社の事務所に届いているので、取りに来てほしいというものであった。ロンドンの地理をよく知っていればわかると思うが、この汽船会社があるフレスノ街[148]というのが、今晩君がぼくと会った、あのアッパー・スウォンダム・レインから分かれている通りなのさ。セントクレア夫人は、昼食を済ませるとシティへ出かけ、ちょっと買い物をしてから汽船会社へ行き小包を受け取った。そして、駅へ戻ろうとスウォンダム・レインを四時三十五分ちょうどに歩いていた。ここまではわかるね？」

「よくわかったよ」

「この月曜日は、おそろしく暑い日だったのを、君も覚えているだろう。それに、セントクレア夫人は、ああいうところを歩くのは気がすすまないので、辻馬車でも見つけようときょろきょろしながらゆっくりと歩いていた。こうして、スウォンダム・レインを歩いていると、突然、悲鳴にも似た叫び声が聞こえた。思わずそちらを見た彼女は、驚きのあまり釘付《くぎづ》けになってしまった。なんとしたことか、すぐ前の建物の三階の窓から、夫が彼女を見下ろしていたのだ。彼女には、夫が自分を手招きしているように見えた。窓は開いていたので、夫の顔だと彼女にははっきりとわかった。夫は、ひどく興奮している様子だったそうだ。彼は、彼女に向かって必死に手を振っていたが、突然うしろから何か強い力で引っ張られでもしたかのように、窓ぎわから姿が見えなくなってしまった。この時、彼女は女性的な観察力で、すばやく一つ、奇妙なところを発見している。それは、セントクレア氏は、屋敷を出た時に着ていた黒っぽい上着を着ていたにもかかわらず、カラーもネクタイもつけていなかったということだ。

　これは夫に何か間違いがおこったに違いないと、夫人は急いで階段を駆け降りた。――つまり、その建物というのが、今夜君がぼくに会った、アヘン窟《くつ》なのだ。――それから夫人は、あの表の部屋を走りぬけ、二階へ通じている階段を駆け上がろうとした。ところが、階段の下に、君に話した、あの水夫あがりのインド人のならず者が出てきて、夫人はその男と手下のデンマーク人の二人に、外の通りへ押し戻されてしまったのさ。夫人は、心配と恐ろしさでつぶれそうになった胸をおさえて、通りを走った。運がよかったことに、フレスノ街で、警部が数人の警官と巡回しているところに出くわした。それで夫人は、警部と二人の警官とともに引き返した。そして、経営者のインド人が止めるのもきかず、セントクレア氏が最後に姿を見せたという部屋へ急行した。しかしそこには、彼の姿は影も形もなかった。その階をくまなく捜査した末、見つかったのは、部屋に住みついていると思われる、みにくい顔をした、足の不自由な男だけであった。この男と水夫あがりのインド人の二人は、今日の午後、この表側の部屋に来た者は誰もいないと、強く言い張った。二人があまり強く否定するので、さすがに警部のほうも自信をなくし、セントクレア夫人の思い違いだったのかもしれない、と考えはじめた。その時、夫人が突然、あっと叫び、テーブルの上の小さな松の木製の箱にとびついた。箱の蓋《ふた》を開けてみると、子どもの積み木が中からこぼれ落ちた。それは、セントクレア氏が買って帰ると約束していたおもちゃだったのだ。

この積み木が発見された時、足の不自由な男が非常にあわてた表情をしたので、やっと警部は、この事件の重大さをさとったようだった。そこで再び、すべての部屋をていねいに調査した。すると、悪質な犯罪が行なわれたらしい跡が、そこここから発

SP

見された。表側の部屋は、居間として粗末な家具が入っており、奥にある小さい寝室に続いていた。寝室の窓からは、波止場の裏側が見えた。波止場と寝室の窓との間は、細長い空き地になっていた。ここは、潮が引くと地面が見えるのだが、潮が満ちると、四フィート半（一メートル半）ほどの水深になるということだった。寝室の窓は、下から押し上げて開ける形式の、大きなものだった。調べてみると、窓の敷居のところに血がついているし、床の上にも点々とその跡が残っていることがわかった。また、表側の部屋のカーテンの陰には、ネヴィル・セントクレア氏の、上着を除くすべての衣類がつっこんであった。靴、靴下、帽子、時計——すべてがそこにはあった。しかし、これらの衣類には、暴力をふるわれたような跡は全く見られなかった。また、ネヴィル・セントクレア氏がここにいたことを思わせるものは、このほかには何もなかった。どうやら彼は、寝室の窓から消えたに違いない。ほかには、出口らしいものは見つからなかったからだ。窓の敷居に残された血の跡を考えると、潮が満ちている時に事件がおきているので、泳いで無事に逃げたという見込みは薄かった。

そこで、直接事件にかかわっている悪党たちについてだが、あの水夫あがりのインド人は、非常に怪しげな経歴の男として知られている。しかし、セントクレア夫人の話だと、夫の姿を窓辺で見てから数秒もたたないうちに、インド人は階段の下にいたことがわかっているのだから、今回の犯罪については、主犯とは考えられない。本人は、全く何も知らないと主張している。下宿人の、足が不自由でふつうに歩けないヒュー・ブーン(149)という男が、何をしているのか知らないし、また行方不明となった紳士の衣服がなぜこの部屋にあるのか、全く説明のしようもないと言い張った。

水夫あがりのインド人経営者については、これだけだった。次はあの、アヘン窟の三階に住みついており、ネヴィル・セントクレアの姿をたしかに最後に見かけた人間である、うす気味の悪い、足の不自由な男についてだ。彼はヒュー・ブーンといい、その見るも恐ろしい顔は、シティではおなじみだった。警察の取締りの網の目をくぐるために、蠟《ろう》マッチを売る振りをしているが、実はこじきが本職なのだ。スレッドニードル街を少し行ったところの左側に、壁が少し引っ込んでいるところがあるのを、君も知っているだろう。この男が、毎日あぐらをかき、膝の上にマッチを少しのせて陣取っているのが、ここさ。彼の姿ときたらいかにも憐れを誘うので、歩道の上に置かれた、脂のしみ出た革の帽子の中には、慈悲の小銭《ペニー》が雨のように降り注いでいる。ぼくがこんな形で彼とお近づきになろうとは考えてもみなかった頃、彼のことを何回か観察したことがある。ほんのわずかの間にずいぶん実入りがあるのには驚いたものさ。彼のあの姿は、なんといっても人の目をひくからね。誰も、彼の前を素通りはできないよ。ぐしゃぐしゃのオレンジ色の髪、怖ろしい傷跡のある青白い顔、その傷による引きつれで、上唇は上のほうへ捩《ねじ》れてしまっている。ブルドッグのようなあご、髪の毛の色と対照的な、鋭く射《い》るような黒い目。すべてが、普通のこじきとは違うのだよ。それに彼はすごく頭がきれて、通行人からのちょっとした言葉に、いつでもたちまちうまい答えを返すのさ。そして、この、アヘン窟に住んでいる男が、わたしたちが探している紳士を最後に見た人物でもあるのだ」

「しかし、体が不自由なのだよ」と、わたしは言った。「男ざかりの人間を相手にして、一人で何ができるというのだね?」

「あの男は、体が不自由だといっても、足をひきずって歩く程度なのだ。その他の点について言えば、力は強そうだし、体格もしっかりしている。ワトスン、君も医者だからよくわかると思うけれど、手や足の一つに障害があると、その代わりとして、残りの部分の力が異常に強くなるということがよくあるではないか」

「まあ、話を続けてくれたまえ」

「セントクレア夫人は、窓際の血を見て気絶してしまったのだ。彼女がそこにいても捜査の役に立つわけでもないし、警察は彼女を馬車で家まで送り届けた。この事件担当のバートン警部は、現場をすみずみまで捜査したが、事件解決に役に立つような手がかりを何も発見できなかった。ブーンをその場で逮捕しなかったのは、間違いだったよ。数分間だったけれど、ほっておかれた間に、仲間の水夫あがりのインド人と口裏を合わせたかもしれない。しかし、この手落ちはすぐに改められて、ブーンは逮捕

され、体もくまなく調べられた。しかし、犯行を裏づけるようなものは、いっさい発見されなかった。血の跡が、シャツの右袖口に少しついていたが、それは薬指の爪近くの切り傷から出た血に間違いないと、ブーンは説明している。それに窓ぎわについた血も、先ほどそこに行った時にその傷から出たものが落ちたのであろうと主張した。そして、ネヴィル・セントクレア氏なる人物には会ったこともないときっぱりと否定し、自分の部屋になぜその男の衣服があるの

かも、警察と同じく、自分にも謎であると断言した。窓辺で夫を見たというセントクレア夫人の言い分については、きっと気でも違っていたのか、夢でも見ていたのだろうと言い張った。ブーンは大声で抗議していたが、ついには警察へ連れて行かれた。潮が引けば、何か新しい手がかりが発見されるかもしれないと思った警部は、現場に残った。

新しい手がかりは、発見されるにはされたのだが、干上がった泥の中から出たものは、警部たちが密かに期待していたものではなかった。潮が引くにつれて出てきたのは、ネヴィル・セントクレア氏の死体ではなく、彼の上着だったのさ。そして、そのポケットから出てきたものは、いったい何だと思うかね」

「想像もできないよ」

「そうだろうね、これはわからないと思う。上着のポケットというポケットには、ペニー銅貨と半ペニー銅貨がぎっしり詰まっていたのだよ。一ペニーが四百二十一枚、半ペニーが二百七十枚だ。上着が潮に流されなかったのも、あたりまえだね。死体のほうは、話がややこしいよ。波止場とあの家の間は、すごい勢いで水が引くからね。とすれば、死体は裸で河に流され、重い上着だけがあそこに残っていたという可能性だって充分ある」

「だけど、上着以外の衣類は、みな部屋に残っていたではないか。死体が上着だけ着ていたのかい？」

「いや、そういうわけではないだろうけれど、辻褄《つじつま》は合わせられるよ。たとえば、あのブーンという男が、ネヴィル・セントクレアを窓から突き落としたと仮定してみよう。犯行の目撃者は誰もいないはずだね。もしそうなら、その後彼は、何をするだろうか？　まず、証拠となる衣類を始末しなければと考えるだろう。そこで、上着を窓から投げ捨てようとしたが、上着が沈まないで、水面に浮かんでしまうに違いないと思った。セントクレア夫人が階段の下で押し問答をしている声も聞こえたはずだし、もしかしたら、警官たちもやってきそうなことも、このとき仲間の水夫あがりのインド人から聞いていたかもしれない。とにかく、時間がなかった。だから、少しも待てなかったのさ。そこで彼は、こじきで稼《かせ》ぎまくった金がしまってある秘密の場所にとんで行き、小銭を手あたりしだいに上着のポケットに詰めこみ、上着が浮かび上がらないようにして、窓の外へ放り投げた。それから、ほかの衣類も同様に投げ出すつもりだった。しかし、階段を駆け上がってくる足音が聞こえてきたので、窓だけをどうやら閉め終わったところで、警官が入ってきたというわけだ」

「そう、それなら、筋道は通るね」

「まあ、今のところ、これにまさる解釈の方法もないから、この線で話を進めてみようか。ブーンが逮捕されて警察へ連れて行かれたことは、もう言ったね。しかし、この男の前歴を調べても、男に不利になるようなことは何も出てはこなかった。何年もプロのこじきであることは確かだが、おとなしく、まじめな生活を送っているようだった。今までにわかっているのは、このくらいさ。解き明かさなければいけない問題は、まだ幾つもある。まず、ネヴィル・セントクレアがアヘン窟で何をしていたのか、また、彼の身に何がおこったのかだ。そして、彼は今、どこにいるのか。ヒュー・ブーンが、彼の失踪とどこでかかわりあっているのか。とにかく、解決のめども立っていない。これは、一見、単純に見える事件だけれども、今までに体験した事件のうちでも、これほどやっかいなものには、あまりお目にかかったことはないね」

シャーロック・ホームズが今回の奇妙な事件について語っている間、馬車はロンドン郊外の住宅地をひたすら走り続けていた。しだいにまばらになった家並みもいつしかなくなり、道の両側が生垣におおわれた、いなか道へとさしかかった。ホームズが話し終えた頃、わたしたちは、窓からほのかな明りがもれる、家並みのまばらな二つの村のあいだを通り抜けていた。

「リーの郊外まで来たよ」と、ホームズは言った。「ほんの少し馬車が走っただけで、イングランドの三州を通過したわけだ。ミドルセックス州を出て、サリー州の端をかすめ、ケント州まで来たというわけだ。あの林の間から、明りがもれているのが見えるかかね。あれが『杉屋敷』、そしてあのランプの下には、夫の身を案じる夫人が座っているだろう。彼女の耳には、もうこの馬車のひづめの音が届いているはずだよ」

「ねえ、君はなぜ今回の事件を、ベイカー街で解決しようとしないのかね」と、わたしはたずねた。

「ここでなければ調べられないことが多いのでね。セントクレア夫人は親切に、ぼくが自由に二部屋使えるようにしてくれている。君がぼくの友人で仕事仲間だと言えば大歓迎だから、安心したまえ。それにしても、ワトスン、彼女の夫について何の情報もなしに彼女に会うのは、やりきれないね。さあ、ここだよ。ほうら、どう、どう！」

わたしたちは、庭つきの大きな邸宅の前に馬車を止めた。厩《うまや》係の少年が走り出

て、馬の頭をおさえてくれた。わたしは馬車からとび降り、ホームズに続いて、屋敷へと通じる細く曲がりくねったじゃり道を歩いた。玄関に近づくと、ドアが中からさっと開き、小柄な金髪の女性が現われた。襟《えり》⑮⓪とそで口に、ふんわりとしたピンクのレース飾りのついた、あっさりした絹モスリンの服を着ている。彼女の影は、屋敷の明りを背に受けて、はっきりと浮かび上がっていた。片手はドアに、もう片手は思いつめたように上へあげ、上半身を少し前かがみにしている。目をかがやかせ、口は少し開いたままで、首を前のほうに出している様子は、どう見ても、すぐにでも結果を聞きたいというふうであった。

「いかがでした?」と、彼女は叫んだ。「いかがでしたか?」その後、私たちが二人連れであるのに気づき、うれしそうな叫び声をあげた。しかし、ホームズが首を振り、肩をすくめてみせると、たちまち失望してうめき声をあげた。

「何かよい知らせは、ございませんの?」

「何もありません」

「では、悪い知らせのほうは?」

「ありません」

「それだけでも、ありがたいことですわ。まあ、お入りくださいませ。このように遅くまで、さぞお疲れのことでしょう」

「こちらは、わたしの友人の医師、ワトスン先生。わたしの仕事をたびたび手伝ってもらい、おおいに助かっています。運よく出会ったので、この事件の調査を手伝ってもらおうとここまで一緒においでを願いました」
「それは、ようこそおいでいただき、うれしゅうございます」夫人はわたしの手を、心から握りしめた。「行き届かないでしょうが、どうぞお許しくださいませ。なにしろ、突然こんなことになってしまいましたものですから」
「いえ、奥さま」と、わたしは言った。「わたしは以前、軍隊におりましたから、おかまいはいりません。もしそうでなくとも、そのような心配はご無用になさってください。奥さまや、ここにおります友人を、少しでも助けることができれば、うれしいのです」

「ところで、シャーロック・ホームズさま」冷肉料理の夜食が用意されている、照明のゆきとどいた食堂に入ると、夫人が口を開いた。「一つ二つ、簡単なことについて、おたずねしてもよろしゅうございますか。それについて、あなたさまのわかりやすいご返事をおうかがいしたいのです」

「もちろんです、奥さま」

「わたくしの気持ちなど、おかまいいただかなくてかまいませんの。わたくしは、かっとするたちではございませんし、気絶したりもいたしません。ただ、あなたさまが思ったとおりのご意見を、お聞かせ願いたいのです」

「どの点についての意見でしょうか？」

「あなたさまは、心の底で、ネヴィルはまだ生きているとお考えでしょうか」

この質問に、シャーロック・ホームズは困り果てた様子であった。「さあ、率直にお答えくださいませ！」敷物の上に立った夫人は、柳細工の椅子に深く腰をかけているホームズを鋭く見つめながら、繰り返した。

「では、奥さま、率直にお答えいたします。わたしには、生きておいでだとは思えません」

「では、彼が死んだとお考えですね？」

「そうです」

「殺されたのでしょうか？」

「そう断定はできませんが、おそらくは」

「では、彼が亡くなったのは何曜日とお考えでしょうか？」

「月曜日です」

「それではホームズさま、今日、夫から手紙が参りましたのは、どうしたわけでしょう。説明していただけますか」

シャーロック・ホームズは、感電したかのように、椅子からとび上がった。

「なんですって？」と、彼は叫んだ。

「はい、今日届きました」夫人は、小さな紙きれを高くかかげて、ほほえんだ。

「拝見しても、よろしいですか？」

「どうぞ、ご覧ください」

ホームズは、引ったくるようにしてその紙きれを夫人の手からもぎとると、テーブルの上に平らにのばして、ランプを引きよせて、ていねいに調べ始めた。わたしも椅子から立ち上がり、彼の肩ごしに覗《のぞ》き込んだ。封筒はきわめて質の悪いもので、消印はグレイヴズエンド局になっていた。日付は今日――いや、真夜中をかなり過ぎているので、――昨日のものということになる。

「ひどい字だ」と、ホームズはつぶやいた。「奥さま、これはご主人が書かれたのではありませんね」

「はい、でも、中の手紙は、夫のものでございます」

「それと、誰が宛て名を書いたにしても、途中で誰かに宛て先をたずねていますね」

「どうして、そのようなことがおわかりですの？」

「ご覧ください。名前のところの文字は、インクが自然に乾いているので、真っ黒になっています。ところが、住所のほうが灰色になっているのは、吸取紙を使ったからです。もし一度に全部を書き、それから吸取紙を使えば、こういうふうに、一部分だけが真っ黒になることはありません。ですから、これを書いた男は、まず名前を書き、少し間をおいて住所を書いた。つまり、その男は住所を知らなかったということです。もちろんこれは、取るに足りないことです。しかしまた、取るに足りないようなものごとほど、大切なことはありませんよ。それでは、手紙を拝見しましょう。おや！この中には何か入っていましたね！」

「はい、指輪が入っておりました。夫の印章つきの指輪でございます」

「それでは、これはご主人の筆跡に、間違いありませんね？」

「筆跡のうちの一つでございます」

「と、おっしゃるのは？」

「急いで書いたときの筆跡です。いつもの字とはずいぶんかけ離れておりますが、わたくしにはよくわかりますわ」

「『いとしい妻へ。心配はいらない。すぐにうまくいく。大きな間違いがあったので、それを正しい方向に進めるには、少々手間どりそうだ。しんぼうして待ってほしい。ネヴィル』ほう、八つ折り判[151]の本の見返しの白い紙をちぎり、鉛筆で書いたものだ。紙に、透かし模様はない。今日、グレイヴズエンドでこれを投函《とうかん》した男の親指は、汚れているね。ほう、どうやら、紙タバコを嚙《か》みながら、封筒の封をなめたようだ。それでは奥さま、これはご主人の書かれたものに、間違いありませんね？」

「はい、たしかにネヴィルが書いたものでございます」

「そして、今日グレイヴズエンドで投函されている。セントクレアさん、見通しは明るいですよ。とは言いましても、安心はできませんが」

「でも、ホームズさま、夫が生きているということに、間違いありませんわ」

「これが、わたしたちの目をあざむくために仕組まれたにせ手紙でない限りはですがね。どちらにしましても、指輪はあてにはなりません。ほかの人に抜き取られたのかもしれませんから」

「いえ、いえ、そんなはずはございません。これは、これはぜったいに夫が自分で書いたものですわ！」

「確かにそうでしょう。しかし、月曜日に書かれていたものを、今日、投函しただけということだって、ありえます」

「それはそうですわね」

「もしそうならば、その間に、何かおこったかもしれないのです」

「まあ、ホームズさま、どうぞ失望させないでくださいませ。わたくしには、夫が無事だということがわかりますの。わたくしたち二人の心は、強い糸で結ばれております。ですから、もし夫の身に何かおこれば、すぐわかるはずですの。姿を消した日の朝も、夫は寝室で怪我をしたのですが、わたくしは食堂にいましたのに、急に胸騒ぎを覚えて、すぐに二階へ駆け上がりました。ほんの少しのことでも感じとれるのですから、夫が亡くなりでもしていたら、何か感じないはずはありませんわ」[152]

「わたしもいろいろと経験をしていますので、女性の直観が、分析的推理による結果よりも的を射ている場合があるということを知らないわけではありません。そして、この手紙は、あなたのお考えを裏づける強い証拠となります。しかしです、もしご主人が生きておいでで、手紙を書くことができるくらいなら、なぜ、いつまでもあなたのもとを離れておられるのでしょうか？」

「わたくしにはわかりません。思いあたることは、何もございません」

「ところで月曜日ですが、ご主人はお出かけ前に、何もおっしゃらなかったのですね？」

「そうです」

「そして、スウォンダム・レインでご主人を見かけて、驚かれましたか？」

「はい、それは驚きました」

「その窓というのは、開いていましたか？」

「はい」

「それでは、ご主人は、あなたを呼び止めることもできたはずですね？」

「はい、そうだと思います」

「それなのに、何かわけのわからない叫び声をあげられただけということですね？」

「はい」

「助けを求める叫び声だと、お考えになりましたか？」

「はい、夫は両手を振っておりましたので」

「しかし、それでしたら、驚いて叫んだとも考えられます。思いがけずあなたの姿を見て、驚いて手をあげたのかもしれません」

「それはありえますわ」

「そして、誰かに引き戻されたように、思われたのですね？」

「はい、あまり急に、姿が見えなくなりましたものですから」

「ご自分でうしろへとびのかれたのかもしれません。あなたはあの部屋に、ほかの人影はご覧になっていなかった」

「はい、けれども、あの恐ろしい男は、自分が部屋にいたことは、認めております。また、水夫あがりのインド人も、階段の下におりました」

「そうでしたね。そして、あなたがご覧になられた限りでは、ご主人の服装はふだんのままでしたか」

「はい。でもカラーとネクタイは、つけておりませんでした。喉がむきだしで、はっきりと見えました。」

「今までに、ご主人がスウォンダム・レインについて、お話しになったことはありますか？」

「いいえ、けっしてございません」

「では、アヘンを吸うようなご様子は、ありませんでしたか？」

「いいえ、けっしてございません」

「セントクレアさん、ありがとうございました。今までおたずねいたしましたのが、どうしてもはっきりさせておきたかった主要な点なのです。それでは、夕食を少々いただいて、やすませていただくことにします。明日は非常に忙しい日になりそうですので」

　わたしたちのための部屋は、広くて気持ちのよい寝室で、ベッドが二つ入れてあった。わたしは、今夜の冒険で疲れていたので、早速シーツの間に身を横たえた。しかし、シャーロック・ホームズは、わたしと違って、未解決の問題で頭がいっぱいになっているときには、何日でも、あるときには一週間でも、その問題についてひたすら考えをめぐらせ、休もうとはしないのだ。事実の配列を変えてみたり、あらゆる方向から考えをめぐらせてみたりして、最後に真相を突き止めるか、あるいは、解決するための情報が足りないということを結論するまで、けっしてあきらめないのだ。彼が徹夜で座っているための用意をしていることが、わたしにはすぐにわかった。彼は上着とチョッキを脱ぐと、大きめの青いガウン[153]をはおり、部屋じゅうを歩きまわって、ベッドからは枕を、ソファとひじかけ椅子からはクッションを集めた。そしてそれらを並べて、東洋風のクッション付きの長椅子をこしらえると、その上にあぐらをかき、目の前には、一オンス（約三〇グラム）のシャグ・タバコと、マッチ箱を置いた。ホームズは、ほの暗いランプの光の中で、使い古したブライヤーのパイプをくわえ、天井の一角を、ぼんやりと見すえていた。その顔は明りに照らし出され、ワシを思わせる厳しい表情で、ホームズは、静かにじっとうずくまり、紫煙《しえん》をもうもうと立ちのぼらせていた。いつのまにか、わたしは眠りに落ちてしまったが、その時も彼はそういう姿で座っていた。突然の叫び声で、わたしが目を覚ました時には、すでに夏の日の光が部屋にさし込んでいたが、ホームズはそのままの姿勢で座っていた。彼はまだパイプをくわえていて、煙は相変わらずたちのぼっていて、部屋は、タバコの濃い煙でいっぱいだった。そして、わたしが昨夜見たシャグ・タバコの山は、すっかりあとかたもなく消えていた。

「起きてるかい、ワトスン」と、ホームズはたずねた。

「うん」

「朝の遠乗りに行く気はないかね？」

「いいねえ」

「それなら、仕度をして。まだ誰も起きていないだろうが、廐係の少年がいるところは知っているから、馬車はすぐに出してもらえるはずだ」彼は、話しながらほくそえみ、目は活気に満ちてかがやいて、昨夜の、暗くうちひしがれ、物思いにふけっていた人間とは、まるで別人のようだった。

わたしは服を着ながら、ちらっと時計を見た。誰も起きていないのもあたりまえだ。四時二十五分であった。わたしの用意ができたかできないうちに、ホームズが戻ってきて、少年が馬車の用意をしていることを告げた。

「ぼくは、自分のささやかな理論を試したいのだ」と、彼は長靴をはきながら言った。「ワトスン、君は、ヨーロッパで一番のまぬけ者の前にいるのさ。ぼくは、ここからチャリング・クロス[154]まで蹴《け》とばされたって、仕方がない。しかし、いまや事件解決の鍵を手に入れたのさ」

「というと、その鍵はどこにあるのかね？」と、わたしはほほえみながらたずねた。

「浴室の中だ」と、彼は答えた。「ほんとうさ、冗談で言っているわけではないよ」わたしの疑わしそうな顔を見て、さらにホームズは続けた。「いま浴室へ行って、持ってきたところさ。このグラッドストーン鞄[155]の中に入れてある。さあ、出かけるとしよう。ぼくの鍵が、鍵穴にぴったりと合うかどうかを調べてみよう」

わたしたちは、できるだけ静かに階段を降りると、朝の太陽のかがやきの中へと出た。道にはすでに馬車が用意され、まだ服を着終わっていない廏係の少年が、馬の頭をおさえて待っていた。わたしたち二人は馬車にとび乗ると、ロンドンへの街道をひた走りに走った。道すじで、ロンドンへ野菜を運ぶ農家の荷馬車を二、三見かけたが、道の両側に続く大邸宅の家並みは、夢の中に出てくる町のようにしんと静まり、人の気配は全くなかった。

「ある意味では、ほんとうに奇妙な事件だった」ホームズは馬にむちをあてて、馬の速度を速めながら言った。「正直言って、ぼくはモグラと同じように、先が全然見えなかったよ。しかし、どんなにわかるのが遅くたって、完全にわからないままというよりは、ましだよ」

ロンドン市内に入り、サリー州側の道を走り抜ける頃、早起きの人たちのねむそうな顔が、ようやく窓辺に見えはじめた。ウォータールー橋通りを通ってテムズ河を渡り、ウェリントン街を一気に走り抜け、右へ急に曲がると、ボウ街だった。シャーロック・ホームズは、この警察裁判所でもよく知られており、入り口に立っていた二人の警官が挨拶をした。そしてそのうちの一人が、馬の頭をおさえている間に、もう一人がわたしたちを中へ案内してくれた。

「当直は誰かな？」と、ホームズはたずねた。

「ブラッドストリート警部です」

「やあ、ブラッドストリート、ごきげんよう」ちょうどそのとき、背が高くて体格のよい警官が、とんがり帽子をかぶり、胸に飾り紐のついた制服を着て、石畳の廊下をやって来た。「ブラッドストリート、ちょっと話したいことがあるのですがね」

「いいですとも、ホームズさん。こちらの、わたしの部屋へお入りください」

そこは事務室のような小さい部屋で、机の上に大型の帳簿《ちょうぼ》が載っており、壁には電話機が掛かっていた。警部は、自分の机の前に腰をおろした。

「ご用というのをうかがいましょうか、ホームズさん？」

「こじきのブーンのことで、やって来たのです。ほら、リーのネヴィル・セントクレア氏が失踪《しっそう》した時に疑いをかけられ、逮捕されている男ですよ」

「わかりました。あの男でしたら、さらに詳しく取り調べるために、再び拘置《こうち》しました」

「それは知っています。それでは、ここにいますね？」

「独房に入っています」

「静かにしていますか？」

「そう、全く世話がかかりません。しかしまあ、汚いといったらないですよ」

「汚いとは？」

「そうなんです。なんとか手は洗わせましたが、顔ときたらいかけ屋のように真っ黒です。まあ、刑が確定すれば、刑務所の規則にしたがって入浴させますがね。とにかく会ってみれば、わたしの言い分ももっともだとお思いでしょう」

「ぜひとも、会ってみたいものです」

「そうですか。たやすいことです。こちらへいらしてください。鞄は置いていってかまいませんよ」

「いや、これは持っていきたいですね」

「では、お好きになさって。こちらへおいでください」警部は廊下を進み、かんぬきのついたドアを開けると、らせん階段を降りていった。そして、両側にドアがいくつも並んでいる白塗りの廊下へとわたしたちを案内した。

「右側の三番めが、あの男のです」と、警部は言った。「さあ、こちらです！」彼は、ドアの上部についている小窓の羽目板を静かに開けた。

「眠っています。ここから、よくご覧になれますよ」と、警部は言った。

わたしたち二人は、一緒に格子窓から中を覗いた。四人は顔をわたしたちのほうに向け、ゆっくりと深く息をしながら、よく眠っていた。中肉中背で、その職業にふさわしくお粗末な服装で、上着の破れ目からは色つきのシャツがのぞいていた。警部も言っていたように、顔は汚れていたが、ぞっとするようなみにくい顔つきを、その汚れで目立たなくすることはできなかった。目からあごへ、みみずばれになった大きな古い傷があった。そのために顔が引きつり、上唇の片側は上にめくれ、そこから、今にも噛みつきそうな三本の歯が見えた。そして、燃えるようなぐしゃぐしゃの赤い髪が、ひたいから目にかぶさっていた。

「大変なキレイさでしょう?」

と、警部は言った。

「確かに、これは洗ってあげる必要がありますね」と、ホームズは言った。「こういうことになるのではと思いまして、勝手でしたが、道具を持参しています」彼はそう言うと、グラッドストーン鞄を開けた。すると驚くではないか、中から非常に大きい、浴用の海綿が出てきたのだ。

「いや、いや、あなたは実に面白い方だ」警部はくすっと笑った。

「そう、もしそのドアをできるだけ静かに開けていただければ、われわれはこの男を、すぐに今よりもぐんとすばらしい姿にしてご覧にいれますよ」

「どうぞ、ご自由になさってください。この男をこのままにしておくのは、ボウ街の独房の恥ですからね」警部は、そう言いながら鍵をさし込み、わたしたちは、できるだけ静かに独房の中に入った。眠っている男は、体の向きを変えたが、すぐに再び、深い眠りになった。ホームズは腰をかがめて、水がめの水を海綿に含ませると、囚人の顔を横と縦に二回、強くこすった。

「さあ、ご紹介いたします」と、ホームズは大声で言った。「こちらにおいでの方は、ケント州リーにお住まいの、ネヴィル・セントクレア氏です」

わたしは今までに一度も、このような光景を見たことはなかった。海綿でこすると、男の顔は、まるで木の皮をはぐようにむけてしまったのだ。薄汚れた、肌の茶色は消え失せていた！　それとともに、顔を横切るようについていた恐ろしい傷跡も、ぶきみなあざけり笑いを作り出していた、捩れた唇もなくなっていた！　そして、ぐしゃぐしゃの赤毛も、さっとむしり取られてしまった。そこには黒々とした髪の、皮膚もなめらかな、青白く物悲しい顔つきの、上品な男が現われたのだった。彼は起きあが

って、眠そうな目をこすり、きょとんとした顔であたりを見まわしながら、ベッドの上に座っていた。次の瞬間、彼は自分の正体があらわれてしまったことを知り、叫び声をあげて倒れ、枕に顔を埋めてしまった。

「信じられん！　何としたことだ。行方不明の男だ。写真で見たのと同じだ」と、警部が叫んだ。

四人のほうは、開き直って、もうどうでもいいという態度で食ってかかってきた。「そういうことだと、わたしはなんで捕まっているんです？」

「ネヴィル・セントクレア氏殺害の容疑……、いや、それは無理だ。自殺を企てた者にたいする罪でもあれば、話は別だが」警部はそう言うと、にやりと笑った。

「とにかく、二十七年も警察にいますが、こんな並みはずれた話は、初めてです」

「もしわたしがネヴィル・セントクレア氏だということになれば、犯罪が行なわれなかったことはたしかです。ではわたしは、不法に拘留されていることになりますね」

「犯罪は行なわれませんでしたが、非常に大きな過ちが行なわれました」と、ホームズは言った。「奥さまをもっと信頼なさっておられれば、このような事態はおこらなかったはずです」

「妻ではなく、子どもたちが問題でした」うめくように囚人はつぶやいた。「ああ、どうしたらいいのだ。わたしは、なんとしても子どもたちに、父親のことで恥ずかしい思いをさせたくなかったのです。ああ、もうだめだ。こんなことになってしまって！　どうしたらいいのだ」

シャーロック・ホームズは、囚人と並びベッドに腰をおろすと、その肩をやさしくたたいた。

「もし、法廷に今回の事件をまわせば、あなたの秘密が世間に知れわたることは避けられません。しかしです、あなたが警察に事情をよく説明なされば、今回の事件が詳しく新聞に載るようなことにはならないでしょう。あなたがすべてをお話しになれば、ブラッドストリート警部が供述書を作り、関係当局へ提出します。そうすれば、この事件が裁判にかけられるようなことにはならないはずです」

「ああ、助かった」四人は、感激のあまり、叫んだ。「わたしのみじめな秘密があばかれ、家の恥となって子どもたちにふりかかるくらいなら、いっそ監獄につながれたままのほうが、いえ、それどころか、死刑になったほうが、ましなくらいです。

わたしが自分の身の上話をするのは、あなたがたが初めてです。父はチェスターフィールド(156)で校長をしていましたので、そこでわたしは、きちんとした教育を受けました。若い頃は旅をしたり、芝居の舞台に立ったこともあります。最後は、ロンドンの夕刊新聞の記者になりました。ある日のことです。編集長が、ロンドンのこじきについてのシリーズ記事を載せたがっていましたので、わたしはその仕事を進んで引き受けました。ここから、わたしの冒険の第一歩が始まったのです。わたしは、その記事を書くための取材方法は、自分もしろうとこじきになってみるしかないと思いました。役者をやっていたこともありましたから、当然のことですが、メイキャップのこつはお手のものです。なかなかの腕で、当時は楽屋でも、かなりの評判をとったものです。そこでわたしは、この特技を活用したというわけです。まず顔を塗り、次にできるだけみじめに見えるように、大きな古傷をつくり、肌色の小さいばんそうこうで唇の片方を捩り上げて、貼りつけました。それから赤毛のかつらをつけて、こじきらしいぼろの服をまとい、マッチ売りをよそおうこじきとして、シティのうちでも最もにぎやかな場所で開業しました。七時間、一生懸命に商売をして、夕方家に戻り、稼《かせ》ぎが二十六シリングと四ペンスもあることを知って、それは驚きました。

わたしは記事を仕上げると、それっきりこのことは、ほとんど忘れかけていました。ところが、しばらくあとのことです。友人のために手形の裏書きのサインをしたために、二十五ポンドの支払い命令を受けたのです。どうやってその金をつごうしたものかと考えあぐねていた時に、突然ある思いつきをしたのです。わたしは、債権者には二週間待ってもらうように頼み、勤め先を休むと、変装してシティでこじきを始めたのです。そして十日のうちに必要な金を調達でき、借金をすっかり返すことができました。

その後わたしが、週二ポンドばかりの給料であくせく働くことがどんなに厭《いや》になったかは、ご理解いただけると思います。なんといっても、顔にちょっとメイキャップして帽子を地面に置き、ただ座っているだけで、それくらいの金を一日で稼ぐことができるのですから。名誉をとるかお金をとるかで、わたしも長い間悩みました。しかし、結局はお金《ドル》(157)のほうが勝利をおさめ、わたしは記者の仕事を捨て、最初に選んだ横丁に陣取《じんど》って、薄気味の悪い顔で同情を誘いながら、ポケットを銅貨で埋めていったのです。わたしの秘密を知っているのは、ただ一人でした。わたしが下宿していた、スウォンダム・レインのアヘン窟の経営者です。わたしはそこから毎朝むさ苦しいこじき姿で出かけ、夕方には都会の身なりのよい男に変身して家へ帰ったのです。この、水夫あがりのインド人には、部屋代をたっぷり払っていましたので、男からわたしの秘密がもれるということは、考えられません。

こうして、わたしはたちまちのうちに、かなりの貯金ができました。ロンドンのどのこじきもが、年に七百ポンドも稼ぐというわけではありませんが、わたしの平均年収は、これを上まわっていました。というのも、メイキャップは上手だし、客に気の利《き》いた受け答えができるという特技があったからです。この客とのやりとりは、慣れてくるといっそう上達し、わたしはシティでは有名になりました。銅貨の中にときおり銀貨さえ混じり、雨のように一日じゅうわたしに降りそそぐのです。よほど悪い日でなければ、日に二ポンド稼げないというようなことはありませんでした。

金持ちになるにしたがい、わたしはしだいに野心を抱くようになり、郊外に屋敷を買い、ついには結婚までしたのです。しかし、わたしの本職について疑う者は、誰もいませんでした。わたしの愛《いと》しい妻は、わたしがシティで仕事をしていることは知っていました。けれども、仕事が何なのかについては、少しも知りません。

この前の月曜日のことです。その日の仕事を終わり、アヘン窟の上の部屋で着替えをしていた時です。ふと窓の外を眺めますと、もう、ふるえ上がるほど驚きました。なんと、妻が通りに立ち、わたしをじっと見つめているではありませんか。わたしは思わず叫び声をあげ、両手をあげて顔を隠しました。そして、信頼できる仲間である水夫あがりのインド人のところへ走っていき、誰が来てもわたしのところへは上げないように頼みました。階段の下からは、妻の声が聞こえましたが、登ってはこられないだろうと思いました。それで、わたしは急いで服を脱ぐと、こじきのぼろ衣装に着替え、メイキャップをして、かつらをつけました。妻の目でさえ見破ることはできないほど完璧な変装だと、自信を持っていました。しかし、そうしているうちに、もし部屋の中を捜査されれば衣服から自分の正体がばれてしまうのではないかと、心配になってきました。あわてて窓を乱暴に開けたので、その朝、自宅の寝室でつくった指の小さな傷口が、また開いてしまいました。それから上着をつかむと、窓の外へほうり投げました。稼いだ小銭を入れる革袋から移した銅貨で、そのポケットは重くなっていましたから、上着はみるみるうちにテムズ河に消えていきました。引きつづき、残りの衣類も投げ込むつもりでしたが、そのとき巡査たちが階段を駆け上がってきました。そして二、三分後には、ネヴィル・セントクレア氏と見破られる代わりに、彼を殺したとして、逮捕されました。しかし、正直に言いますと、わたしはむしろほっとしたのでした。

もうほかには、何もご説明することはありません。できる限り、変装のままでおし通そうと決意しましたので、顔は汚れたままにしておきたかったのです。しかし、妻がひどく心配するだろうと思いまして、気をもむ必要はないというメモを、走り書きしました。そして指輪をはずして同封し、巡査のすきをみて、水夫あがりのインド人にそっと渡し、発送してくれるように頼みました」

「そのメモは、やっと昨日、奥さまのもとへ届きました」と、ホームズが言った。

「なんですって！　それなら、妻は一週間ものあいだ、どんなに心配したことでしょう！」

「警察は、あの、もと水夫のインド人を見張っていましたからね」と、ブラッドストリート警部が言った。「ですから、見つけられずに手紙を投函するのはかなり難しかったと思いますね。おそらく、店の馴染《なじ》み客の水夫にでも頼んだのだが、頼まれたほうはそれを幾日かすっかり忘れてしまったのでしょうね」

「そうですね」と、ホームズは賛成してうなずいた。「確かに、それに間違いありません。それにしても、あなたはこじきをしていて、訴えられたことはありませんでしたか？」

「何回もありました。しかし、罰金など、気にかけるほどのことではありませんでした」

「しかし、今度という今度は、やめてもらわねば」と、ブラッドストリートが言った。「警察がこの事件をなかったことにするためには、ヒュー・ブーンは、いてもらっては困るのです」

「絶対にそうすることを、固く誓《ちか》います」

「それでは、おそらくこの事件は、これ以上ふかく追及せずに済むでしょう。しかし、もう一回君がこのようなことをすれば、そのときにはすべてを発表することとなる。ところでホームズさん、この事件が解決できたのは、あなたのおかげです。どうして真相がわかったのか知りたいですな」

「この真相はですね」と、わたしの友は言った。「クッションを五つ集めた上に座って、一オンスのシャグ・タバコをふかしながら見つけました。さてと、ワトスン、今から馬車でベイカー街へとばせば、朝食の時間にまに合うだろうと思うね」

青いガーネット

　クリスマスの二日後の朝のこと、わたしは時候の挨拶をしようと、友人のシャーロック・ホームズを訪ねた。彼は紫色のガウンをはおり、ソファに横たわっていた。右手の届くところにパイプ立てが置いてあり、先ほどまで読んでいたと思われる朝刊が読み散らしたまま山になっていた。カウチのそばには木の椅子が一つあり、その背もたれの角に、ひどく使い古され、ひび割れた、みすぼらしくて固いフェルト製の帽子が掛けてあった。椅子の上には、ルーペとピンセットが置いてあった。それらを見ると、ホームズが、帽子を調べようとして椅子の背に掛けておいたものと思われる。

「忙しそうだなあ」と、わたしは言った。「お邪魔だろうね」

「そんなことはないよ。ぼくの調査結果について、話し合える友が来てくれて、うれしいね。まあ、取るに足りないことだが」そう言うとホームズは、親指で古い帽子を指し示した。「興味のある問題が全くないというわけではないし、教えられることもある」

　わたしは、ホームズのひじかけ椅子に座り、パチパチと音をたてて燃えさかる、暖炉の火に手をかざした。外の寒気は身を切るようで、窓には厚く氷の結晶がはりついていた。「すると」わたしは感想を述べた。「このどこにでもありそうな帽子が、何か恐ろしい事件につながっているというわけかね。この帽子を手がかりにして、君は謎を解き、犯罪を解決しようというつもりだね」

「いや、そうではない。犯罪とは関係ないよ」と、笑いながらシャーロック・ホームズは言った。「わずか数平方マイル（一マイルは一・六キロメートル）の土地に四百万人もの人間がひしめき合っているのだから、奇妙な事件の一つくらいおきてもふしぎはないね。こんなに多くの人間がむらがって押しあいへしあいしているのだから、いろんな出来事が組み合わされてもおかしくないのだ。したがって、犯罪と関係はなくとも、驚くような奇妙な小事件がたくさんおこることになる。そんな事件に、ぼくたちも今までによくお目にかかったじゃないか」

「そう言われれば、そのとおりだ」と、わたしは答えた。「最近ぼくが事件記録に書き加えた六つの事件(158)のことを考えてみても、そのうちの三つは、法律的にみれば犯罪ではなかったからね」

「そのとおりさ。君が言っているのは、アイリーン・アドラーの文書取り戻し事件と、メアリ・サザランド嬢の奇妙な事件、それに、唇の捩《ねじ》れた男の事件のことだね。たしかに、今回のこのささいな事件も、それらの事件と同様に犯罪にはつながらない類《たぐい》のものだろうがね。ところで、君は傷痍軍人組合員《コミッショネア》(159)としてメッセンジャーをしているピータースンを知っているね？」

「知っているよ」

「この戦利品は、彼のものなのさ」

「ほう、彼の帽子というわけかい」

「そうじゃあない、彼が見つけてきたのさ。持ち主はわかっていない。さあ、君も、これを使い古した、ただの山高帽《やまたかぼう》(160)として見るのではなく、これで頭の体操をしてみないかね。まあ、初めに、この帽子がどうやってここにやって来たかを説明しておこうか。この帽子は、クリスマスの朝に、丸々と太ったガチョウ一羽と共にここに来た。ガチョウは、きっと今頃ピータースンの家で焼かれていることだろうがね。つまり、こういうわけなのさ。ピータースンは、君も知っているだろうけれど、とてもきまじめな男だ。ちょっとそこらで、浮かれ騒いだあと、クリスマスの日の朝四時頃に家へ帰ろうと、トテナム・コート通りを通りかかった。するとかなり背の高い男が、白いガチョウを肩にかついで少し千鳥足《ちどりあし》で歩いているのが、前方のガス灯の明りの中に見えた。グッジ街の角まで来ると、この見知らぬ男とならず者数人が喧嘩《けんか》を始めた。ならず者のうちの一人が男の帽子を叩き落とすと、男は身を守ろうとステッキを振り上げた。ところが、頭の上でステッキを振り回したはずみで、うしろの商店のショーウインドーのガラスを割ってしまったのだ。ピータースンは、この男をならず者たちから守ってやろうと、駆け出した。ところが男のほうは、ガラスを割って驚いているところへ、警官の制服のようなものを着た男が自分のほうへ駆けて来るのを見て、ガチョウを放り出し、一目散に逃げ出した。そして、トテナム・コート通りの裏手の狭くて迷路のような路地へ姿を消してしまったそうだ。ならず者たちもピータースンの姿を見ると逃げてしまったので、戦場にはピータースン一人になり、戦利品として、この使い古した帽子と特上のクリスマス用のガチョウにありついたということさ」

「ガチョウのほうは、もちろん持ち主に返したのだろうね？」

「君、そこに問題があるというわけなのさ。ガチョウの左足には『ヘンリー・ベイカー夫人へ』と書かれた小さいカードがついていたし、この帽子の裏地にも、『H・B』というイニシャルが入っている。しかし、この市には、ベイカーという人間は何

千人もいるし、ヘンリー・ベイカーという人間だって何百人もいるだろう(161)からね。そのうちの一人に落とし物を返すということは、簡単なことではないよ」
「それで、ピータースンはどうしたのかね？」
「彼は、ぼくが、どんなに取るに足りないような問題にも興味を持っていると知っているから、クリスマスの朝、ぼくのところへ帽子とガチョウを持ってきた。ガチョウは今朝までここに置いてあったのだが、いくら霜《しも》がおりる季節といっても、少しでも早く食べてしまったほうがよさそうな状態になってきた。それで、拾い主のピータースンが、ガチョウ本来の役目を果たさせてやろうと持って帰った。しかし、クリスマスのごちそうにありつきそこなった、誰だかわからない紳士の帽子は、ぼくのところにあるというわけだ」

「新聞に、広告は出ていなかったかい」

「出てはいない」

「それでは、誰なのか、何か手がかりがあるだろうか？」

「推理してみるしかないのさ」

「この帽子から？」

「そう」

「冗談じゃないよ。こんな古ぼけたボロ帽子から、何がわかるというのかい？」

「ほら、ここにルーペがある。君は、ぼくの方法を知っているね。この帽子の持ち主の特徴について、君も推理してみたまえ」

わたしは、その古ぼけた帽子を両手で持ち上げ、いやいやながらひっくり返してみた。それは、どこにでもあるような黒い丸型の帽子で、固くて、かぶりたくないほどにいたんでいた。裏地は赤い絹地だが、すっかり変色してしまっていた。製造会社の名は見つからなかったが、ホームズが言ったように、片側に「H・B」というイニシャルがなぐり書きされていた。帽子のつばには留め紐《ひも》を通す穴があいていたが、ゴム紐はついていなかった。あちこちがひび割れて、ほこりまみれで、しみが数ヶ所についているのが目に入った。変色している部分にインクを塗ってごまかそうとした跡も見られた。

「ぼくには、何もわからないよ」わたしはそう言いながら、ホームズに帽子を返した。

「そんなことはないだろう、ワトスン。君は何もかも見ているはずなのに、見たものから推理していないだけなのだ。引っ込み思案になっていて、思い切った推理ができないだけさ」

「というと、君はこの帽子からどんなことを推理したのか、聞かせてほしいね」

ホームズは帽子を取り上げ、静かに考えをめぐらせるときの彼特有のポーズで、それをじっと見つめていた。「あまり確かな手がかりはつかめないが」と、彼は述べた。「それでもきわめてはっきり、二、三の点については推理できるし、その他にも、かなり確実な線まで推理できることが幾つかあるよ。まず、ひと目見てわかったことといえば、この帽子の持ち主は非常にすぐれた知能の持ち主だということだ。今は落ちぶれているが、二、三年前にはかなり裕福な暮しをしていたことも確かだ。また、彼は思慮深い人間だったが、今は前ほどではなく、精神力がおとろえていることもわかる。これは、彼が今は落ちぶれていることと一緒に考えてみると、何か悪い習慣がついて、おそらく酒にでもおぼれたのだろうね。彼の細君が彼に愛想をつかしているということがきわめてはっきりしているのは、きっとそのためだろうね」

「とんでもないよ、ホームズ！」

「しかし、自尊心はある程度残っている」わたしの抗議を無視して、ホームズは話し続けた。「ほとんど椅子に腰かけたきりの生活で、めったに外へ出かけることはない。全くの運動不足で、中年。髪は白髪混じりで、二、三日前に散髪したところだ。ライムの香料入りヘアクリームを使っている。この帽子から推理できるはっきりしたことといえば、このくらいだね。ついでに言うと、彼の家にはおそらくガスは引かれていないようだ」

「そんな。冗談を言っているのだろう、ホームズ」

「とんでもない。これだけ結論を話しても、君にはそれがどうしてなのか、まだわからないとでも言うのかい？」

「まあ、確かにぼくは頭が悪いよ。君にはとてもついていけない。たとえば、彼がすぐれた知能をもっているということがどうしてわかるのかね？」

ホームズは、答える代りに、帽子を自分の頭にひょいと載せた。帽子でひたいがすっぽり隠れてしまい、鼻の上のところでとまった。「つまり、容積の問題さ」と、彼は答えた。「これほど大きい頭には、中身もずいぶんたくさん詰まっているというものさ」

「それなら、今は落ちぶれているというのは？」

「この帽子は、買ってから三年は経っている。こういう、つばが平たくて端が巻きあがっている型は、その頃の流行だ。それに、これは最高級の品だ。リボンはうね織《お》りの絹製で、裏地も上等なのを見てみたまえ。これほどぜいたくな帽子を、三年前には買うことができたのに、それからあとは、新しいものを買っていないとすれば、どう考えても、落ちぶれたとしか考えられないよ」

「なるほどね。それは確かに、君の言うとおりだ。しかし、思慮深いとか、精神力がおとろえたとかいうのは、どうしてわかる？」

シャーロック・ホームズは、笑った。「これが、思慮深さを示しているのさ」と言って、彼は帽子の留め紐を通す小さな穴を指さした。「これは、初めから帽子についていたものではない。これをわざわざつけさせて、風で帽子が飛ばないようにしていたのだから、かなり思慮深い人間ということになる。ところが、今はゴム紐が切れてなくなっているのに、新しいものに付け替えようとしていない。だから、前ほど思慮深さがないというのは、はっきりしている。これは、精神力が弱くなったという、はっきりした証拠だよ。しかし、帽子にインクを塗って、変色を隠そうとしているところは、自尊心をすべてなくしたわけではないことを物語っているね」

「君の説明は、言われてみればもっともだね」

「そのほかの、中年だとか、白髪混じりの髪で散髪したばかりだとか、ライム香料入りのへアクリームをつけているということは、裏地の下のほうを注意深く調べればわかる。ルーペを使うと、理髪店のはさみでカットされた短い髪の毛がたくさんついているのが見えた。そして、それがみなねばついているし、ライム香料入りへアクリームの臭いがしている。そう、その他に君にも見えるこのほこりだけれど、外のざらざらした灰色のほこりではなく、家の中の綿ごみのような茶色のほこりだ。ということは、この帽子はおおかたの時間は室内に掛けっぱなしになっていたということになる。それに、内側に水がしみたような跡が残っているのは、これの持ち主は大変な汗かきで、体の鍛練《たんれん》がよくできていないらしい」

「この男の細君は亭主に愛想をつかしていると君は言ったけれど、それはどうしてかね」

「この帽子は何週間もブラシをかけていないのでほこりがつもっているようだ。ねえ、ワトスン、そんな状態の帽子で、もし君の奥さんが君を外出させているとしたら、まあ気のどくだけれど、君は奥さんから愛想をつかされているとぼくは思うだろうね」

「しかし、この男は、独身かもしれないじゃあないか」

「そんなことはない。彼は、細君のご機嫌取りの贈り物としてガチョウを持って帰るところだった。鳥の足についていたカードを忘れてはいけないよ」

「君は、どんな質問にでも答えられるね。しかし、彼の家にガスが引いてないということは、どうして推理できたのかね？」

「獣脂《じゅうし》ろうそくのしみが、一つか二つなら偶然についたとも考えられるけれど、五つ以上もついているとなれば、いつもろうそくを使わなければならない人物だということになる。おそらくは、夜は片手に帽子、片手に蠟《ろう》の垂れるろうそくを持って階段を登る人物と考えて、まず間違いはないだろう。いずれにしても、ガス灯の口から、蠟が垂れるということはないからね。これでいいかね？」

「なるほど。まったく見事だ」と、わたしは笑いながら言った。「しかし、君が今言ったように、犯罪に関係がなくて、被害はガチョウが一羽紛失したということなら、

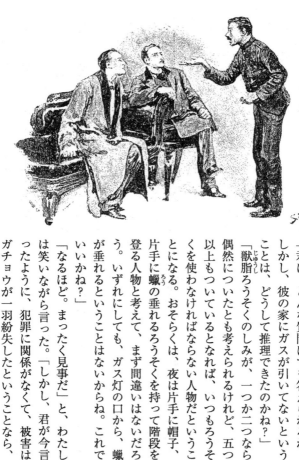

君の努力も、エネルギーの浪費ということになりそうだね」

　シャーロック・ホームズが口を開きかけた時、ドアがぱっと開き、傷痍軍人組合員《コミッショネア》のピータースンが、真っ赤な顔をして、驚きの表情いっぱいで飛び込んできた。

「ガチョウが、ホームズさん！　あのガチョウが」彼は、息も絶えだえに叫んだ。

「え？　ガチョウがどうしたというのだね？　生き返って、台所の窓からでも飛んでいったというのかい？」ホームズはソファの上で体をねじり、興奮した相手の顔をもっとよく見ようとした。

「見てくださいよ。うちの女房のやつが、あの鳥の餌袋《えさ》(162)から何を見つけたのかを！」ピータースンの差し出した手のひらの真ん中に、青くきらきらとかがやく石があった。そら豆より少し小さいくらいの大きさだったが、すばらしい光を放ち、暗い手のくぼみの中で電光のようにきらめいていた。

　シャーロック・ホームズは、口笛を吹いて起き上がった。「ピータースン、お手がらだよ」と、彼は言った。「これはすごい宝物の発見だ。これが何だか、君にもわかるだろう？」

「ダイヤモンドでしょう？　宝石ですよね。ガラスがまるでパテのように思いのままに切れるんですから」

「宝石といっても、これはただの宝石ではない。これは、まさにあの宝石さ」

「モーカー伯爵夫人の、青いガーネット[163]じゃないか！」と、わたしは思わず叫んだ。

「そう、そのとおり。このところ毎日『タイムズ』紙を賑《にぎ》わせている広告を読んでいるから、大きさも形もよくわかっている。全く、この世に二つとない、すばらしい宝石[164]で、どのくらいの値打ちがあるかは誰にもわからないが、賞金の千ポンドは、この宝石の市価のおそらく二十分の一にもあたらないだろうね」

「千ポンドだって！　これは驚きだ！」コミッショネアは椅子にへたりこむと、わたしたちの顔を順番に見つめた。

「それは賞金のことさ。あの宝石には、深い思い出が秘められている。伯爵夫人は、それを取り戻すためになら、自分の財産の半分でも投げ出すと考えて、まず間違いはない」

「ぼくの記憶に間違いがなければ、紛失したのは、ホテル・コスモポリタン[165]だったね」と、わたしは述べた。

「そう、そのとおり。十二月二十二日だから、ちょうど五日前になる。鉛管工《えんかんこう》のジョン・ホーナーという男が、伯爵夫人の宝石箱からそれを盗み出した疑いで捕まっている。彼に不利な、強力な証拠があがって、事件は巡回裁判にまわされているのだ。ここにもたしかその記録が出ていたはずだが」日付を見ながら、新聞の山をかきまわしていたホームズは、一枚を抜き出ししわを伸ばすと、二つに折って次のような記事を読み上げた――。

ホテル・コスモポリタン宝石盗難事件

鉛管工ジョン・ホーナー（二十六歳）は、今月二十二日に、モーカー伯爵夫人の宝石箱から、青いガーネットと呼ばれている、高価な宝石を盗み出した疑いで、逮捕された。ホテルの案内係主任ジェイムズ・ライダー[166]は、事件当日、自分がホーナーを伯爵夫人の化粧室へ案内し、暖炉の二本めの鉄格子がゆるんでいるのを、はんだ付けさせたと証言している。ライダーは、しばらくホーナーと一緒にいたが、用事で呼ばれて部屋を出ていった。戻ってみると、ホーナーの姿は消えていて、衣装だんすがこじあけられていた。あとでわかったのだが、伯爵夫人がいつも宝石を入れていたモロッコ革の小箱[167]がからになって、化粧テーブルの上に置かれていた。ライダーがすぐに警察に知らせたので、ホーナーはその日の夜には逮捕された。ところが、彼の体からも、その部屋からも、宝石は発見されなかった。伯爵夫人のメイド、キャサリン・キューザクは、被害を発見したライダーが驚きのあまり、叫び声をあげたのを聞きつけて、化粧室に駆け込んだ。その時の室内の様子は、ライダーが話したとおりだと証言している。ホーナーは、逮捕されたとき激しく抵抗して、あくまでも無罪を訴えたと、B管区のブラッドストリート警部は証言している。しかし、盗みの前科があることがわかったので、治安判事は、この事件を即決裁判にかけるのではなく、巡回裁判にかけることにした。取調べ中、ホーナーはひどく興奮した様子で、取調べが終わるやいなや、気絶して、法廷から運び出された。

「そう！　警察裁判所に関することは、これだけだ」と、ホームズは新聞を投げ出すと、考え深げに言った。「今、ぼくたちが解決すべき問題は、からになった宝石箱からトテナム・コート通りに落ちていたガチョウの餌袋までの間に、どんな事件が、どうつながっているかを確かめることだ。ねえ、ワトスン。ぼくたちのちょっとした推理ゲームが、急にきわめて重大な犯罪に関係のあるものに発展してきたようだね。ここに、その宝石がある。それはガチョウから出てきた。そして、そのガチョウを持っていたのはヘンリー・ベイカー氏で、彼はこの古ぼけた帽子をかぶっていて、ぼくから君がいやというほど聞かされたような特徴をもっている紳士だ。今ぼくたちがまずなすべきことは、この紳士を発見し、彼がこのちょっとした謎にどのような役目を果たしているかをつきとめることだよ。そのために、すべての夕刊に広告を出すことが、まず一番手軽な方法だろうね。それがだめだったら、次の方法を考えよう」

「どういう広告を出すのかね？」

「鉛筆と紙をとってくれたまえ。そしてと、『グッジ街の角で、ガチョウ一羽と黒い山高帽を拾いました。今夕六時三十分、ヘンリー・ベイカー氏は、ベイカー街二二一Bまで受け取りに来てください』――これは、はっきりしていて、簡潔だろう」

「そうだね。しかし、本人は見るだろうか?」

「うん、彼は、新聞には、気をつけているだろうからね。なんといっても、貧しい彼にとっては大損害だ。運悪く、ショーウインドーを割ってしまい、ピータースンが駆けつけてきたのに驚いた彼は、逃げるしか頭に浮かばなかったのだろう。しかし今頃は、せっかくのガチョウをとっさに投げ出してきたことを、きっと後悔しているに違いない。それに、名前を書いておけば、彼を知っている人が教えてくれるだろう。ほら、ピーターースン、広告代理店へ急いで、これを夕刊に載せるようにしてもらってくれたまえ」

「どの新聞にですか?」

「そう、『グローブ』『スター』『ペル・メル』『セント・ジェイムズ・ガゼット』『イヴニング・ニューズ』『スタンダード』『エコー』、ほかにも、君が思いついたもの全部に出しておいてほしいね」

「承知しました。この宝石は、どういたしましょう?」

「ああ、そうだね。それは、ぼくが預かっておくよ。ご苦労さま。ピーターースン、それから、帰りがけにガチョウを一羽買ってきて、ここへ置いていってほしいね。今頃、君の家族が平らげているガチョウの代りに、この紳士に返す分を、用意しておかなければならないからね」

　コミッショネアが出ていくと、ホームズは宝石を手にとり、光にかざして言った。

「見事なものだね。この美しいかがやきを見てみたまえ。これが犯罪のもとになるというのも、うなずけるね。いい宝石というのは、みなそういうものだ。悪魔が好む、餌だね。もっと大きくて、古い宝石になれば、カットされている面の数と同じくらい、それにまつわる血なまぐさい事件があるものさ。この宝石は、見つかってから、まだ二十年も経っていないからね。中国南部の廈門《アモイ》川の沿岸で発見されたもので、[168]色がルビーのような赤い色でなくて青であることのほかは、あらゆる点でガーネットの特徴を備えているということで有名になったのさ。歴史が浅いわりに、すでに不吉な影がおおっている。わずか四十グレイン[169]の炭素の結晶のために、殺人が二件、硫酸をあびせた事件と自殺がそれぞれ一件、それに窃盗事件も数回おきている。こんなに美しいおもちゃが、人を絞首台や監獄へ送り込む役を果たしているとは考えられないね。さて、これはぼくの金庫に、きちんと保管しておくとしよう。そして伯爵夫人に、ぼくたちが保管していることを、手紙でお知らせしておこうか」

「ホーナーという男は、無実だろうか？」

「それはわからないね」

「じゃあ、ヘンリー・ベイカーのほうは、何か事件とかかわりがあると思うかね？」

「ヘンリー・ベイカーは、おそらく犯罪とは全く無関係と考えて間違いないだろう。なにしろ、自分が持ち歩いていたガチョウが、純金製の鳥よりもさらにもっと値打ちがあることなぞ、つゆほども知らなかったようだからね。しかし、このことは、広告を見て本人が現われれば、きわめて簡単なテストをして確かめられると思うよ」

「それでは、それまでは手の打ちようがないのかね？」

「そうさ」

「それならば、ぼくはあとひとまわり往診してこようか。しかし夕方、広告に書いた時刻には、戻ってくるよ。こういう複雑な事件の解決を、ぜひ見届けておきたいからね」

「ぜひ、そうしたまえ。夕食は七時。たぶんヤマシギ[170]の料理だろう。ところで、近頃この手の事件がはやっているとすれば、ハドスン夫人にも、ヤマシギの餌袋をよく調べてくれと言わなくちゃあね」

わたしは、ある患者に手間どったため、ベイカー街[171]へ戻った時には六時三十分を少し回っていた。下宿に近づいた時、スコッチ帽子をかぶり、コートのボタンをあごの下で留めている背の高い男が、玄関のドアの上の明りとりからもれる半円形の明りに照らされて立っているのが見えた。わたしがちょうど玄関に着いた時ドアが開いたので、わたしたちは一緒にホームズの部屋へ通された。

「ヘンリー・ベイカーさんですね」ひじかけ椅子から立ち上がると、彼はいつものように、たちまち愛想よく、気楽な雰囲気で客を迎え入れた。「火の近くの椅子へどうぞ、ベイカーさん。今夜は冷えますから。お顔の色からしまして、冬より夏のほうが、調子がよいようにお見うけします。ああ、ワトスン、ちょうどまに合ったね。ベイカーさん、あれはあなたの帽子ですか?」

「はい、そうです。あれは間違いなく、わたしの帽子ですが」

ベイカーは、猫背の大男だった。ずっしりとした大きな頭で、幅広の知性的な顔は、あごのほうへいくと細くなり、先の尖った、白髪混《しらが》じりの茶色のあごひげへと続いていた。鼻とほおは少し赤くなっていて、握手のために差し出した手が、わずかに震えていたことから、わたしはホームズが推測した、彼の酒好きの癖《くせ》を思い出した。色あせた黒のフロックコートの襟《えり》を立て、前のボタンを全部かけ、細い手首をそでから突き出していたが、カフスもシャツもつけていないようだった。

彼は、言葉を一語一語ていねいに選び、低い声でとぎれとぎれに話した。全体的には、学問も教養もあるにもかかわらず、不運な人生を送っているという印象だった。

「この品は、数日前からお預かりしていました」と、ホームズは言った。「あなたのほうから、連絡先を広告してくださると思ったものですから。広告を、なぜ出されなかったのかと困っていました」

客は、きまり悪げに笑った。「なんと申しましても、金まわりが昔ほどよくないものでして」と、彼は述べた。「わたしを襲ってきた悪者たちに、帽子もガチョウも持って行かれたとばかり思っていましたものでね。取り戻せる望みもないのに、余分な金など使いたくはありませんでした」

「それは、ごもっともです。ところで、そのガチョウのことですが、止むをえずこちらで食べてしまいました」

「食べてしまったのですか！」客は興奮のあまり、椅子からなかば立ち上がりかけた。

「そう。そうしないと、いたんでしまって、もう誰の口にも入らないようになっていたでしょうからね。しかし、あの食器棚の上には、代りのガチョウが置いてあります。目方《めかた》もほとんど同じですし、全く新鮮ですから、これで代りにしていただけるだろうと思っています」

「はい、それでもちろん結構です。結構ですとも」ベイカー氏は、安どの息をもらした。

「もちろん、あなたのガチョウの、羽や足や餌袋などはとってあります。もし、お要り用でしたら……」

ベイカー氏は、いかにもおかしそうな笑い声をあげた。「それは、わたしの冒険のよい記念品になるかもしれませんが」と、彼は言った。「今は亡きわが友の遺体は、わたしにとってはもうなんの役にも立ちません。それよりも、お許しいただけるのでしたら、あの食器棚の上にのっている素晴らしいガチョウを頂戴《ちょうだい》してまいりたいものです」

シャーロック・ホームズは、ちらっとわたしの方を見ると、肩をちょっとすくめた。

「ここに、あなたの帽子とガチョウがあります」と、ホームズは言った。「ついでに、はじめのガチョウの入手先を教えていただけませんか？　ぼくは、鳥にかけてはちょっとした通《つう》ですが、あれほどよく育っているガチョウにはめったにお目にかかったことはありませんのでね」

「おやすいことです」すでに立ち

上がって新しいガチョウを小脇に抱えていたベイカーは言った。「博物館の近くにあるアルファ・インというパブ[172]に、わたしの仲間二、三人が常連として出入りしています。わたしたちは昼間、博物館にいます。今年は、その店の主人のウィンディゲイトという男が、ガチョウ・クラブというのを創ったのです。毎週、幾ペンスかずつ会費を払っておきますと、クリスマスにガチョウが一羽もらえるという仕組です。わたしは、きちんきちんと会費を納めたのですが、あんなことになってしまいました。あなたのおかげでほんとうに助かりました。なにしろ、スコッチ帽子をかぶっていたのではわたしの年齢には不似合いですし、威厳《いげん》も出ませんからね」ベイカー氏は、おかしいくらいにていねいな態度で、わたしたち二人に向かって、深々と頭を下げると、大またで部屋を出ていった。

「ヘンリー・ベイカー氏は、これで済んだ」客を送り出し、ドアを閉めると、ホームズは言った。「あの男が、この事件について何も知らないのは確かだ。ワトスン、お腹がすいているかね？」

「それほどでもないよ」

「それなら、夕食は夜食にまわすことにして、ほとぼりのさめないうちにこの手がかりを追ってみようよ」

「それがいいね」

身を切るような寒い夜だったので、わたしたちはアルスター外套《がいとう》(173)を着て、首にはスカーフを巻いた。外は、雲ひとつない夜空で、星が冷たく輝いていた。道行く人々の吐く息は、白い煙のようになり、まるでそれぞれが、ピストルを発射しているようだった。わたしたちは靴音をコツコツとひびかせて、医院地区のウィンポール街、ハーリー街を通り、さらにウィグモア街を抜けてオックスフォード街へ出た。そして、十五分後にはブルームズバリにあるアルファ・インにたどり着いた。それは、ホウバンへ通じる道の角の、小さなパブ(174)だった。

ホームズは、プライベイト・バーのほうのドアを押して中に入り、顔色の良い、白いエプロンをかけた主人に、ビールを二杯注文した。

「このビールも、お宅の店のガチョウと同じくらい上等なら、たいしたもんだがね」と、ホームズは言った。

「うちのガチョウですって！」主人は驚いたようだった。

「そうだよ。ぼくは今しがた、三十分前までここのガチョウ・クラブの会員のヘンリー・ベイカーさんと話をしていたのだがね」

「ああ！　そうか、わかったよ。しかし、だんな、あれはうちのガチョウっていうわけじゃありませんよ」

「ほう！　じゃあ、いったいどこのものなのかね」

「コヴェント・ガーデンの仲買人《なかがいにん》から、二ダース仕入れたやつでね」

「ほう？　あそこには知っている店もあるが、どこのかね？」

「ブレッキンリッジのところですがね」

「いや、それは聞いたことがなかったな。まあ、おやじさん、あんたの健康とこの店の繁盛のために、乾杯といこう。では、失礼しようか」

「さあ、お次はブレッキンリッジという男だ」凍りつくような寒気の中へ出ると、ホームズは、コートのボタンをかけながら続けた。「ねえ、ワトスン。鎖のこちらの端は、ガチョウというきわめてありふれたものだが、もう一方の端には、ぼくたちが無実を証明してやらなかったら懲役《ちようえき》七年の刑を受ける男がいることを忘れてはいけないのだ。しかし、もしかしたら、ぼくたちの調査のためにその男の有罪が確認されるという結果になるかもしれないがね。とにかく、いずれにしてもぼくたちは、警察が見逃した捜査の糸口をひょんなことから手に入れている。ひとつ、この糸を最後までたぐってみようじゃないか。さあ、南向け南、早足前進！」

　わたしたちは、ホウバン区を横切り、エンデル街を抜け、曲がりくねったスラム街を通ってコヴェント・ガーデン市場(175)へ出た。大きな店の一軒に、ブレッキンリッジの看板があがっていた。ほおひげをきちんと刈《か》りそろえた、鋭い顔で、いかにも競馬好きのように見える店の亭主が、小僧と二人で店を閉めているところだった。

「こんばんは。今日は冷えるね」ホームズが声をかけた。

仲買人は、うなずきながら、うさんくさそうにホームズを見た。

「ガチョウは売り切れのようだが」何もない、大理石板の売り台を指さして、ホームズは続けた。

「明日の朝なら、五百羽でも売るがね」

「それでは何にもならないのさ」

「じゃあ、あそこの、ガス灯がともってる店へ行けば少しはあるだろうよ」

「しかし、あんたの店のがいいって聞いてきたからね」

「誰にだい？」

「アルファのおやじさんさ」

「ああ、そうか。あそこへは、二ダース届けたよ」

「あれもすばらしい鳥だった。どこで仕入れたのかね？」

驚いたことに、この質問をされたとたん、仲買人は急に怒り始めた。

「だんな、いったい」と、彼は頭をぐっと反らせ、両手を腰に当てて言った。「何があるっていうんです。ひとつ、そいつをはっきりしてもらおうじゃないか」

「こんなにはっきりしていることはないよ。あんたがアルファ・インへ卸《おろ》したガチョウは、どこから仕入れたか知りたいだけさ」

「そんなことには答えられないね。さあ、もう帰ってもらおうか！」

「まあ、そう、たいしたことはないじゃないか。こんなつまらんことで、あんたがどうしてそんなに怒っているのか、わからないよ」

「怒っているって！　あんただって、こんなに次々にしつこく聞かれりゃ、怒りもしようってもんだよ。いい品物を仕入れて、きちんとその代金を払えば、取引きは終りだよ。それをだよ、あとになってから、『あのガチョウはどこに行ったか』とか、『誰に売った』とか、『いくらで売った』とか、小うるさく聞きにくる。まるでこの世の中には、ガチョウがあれだけしかいないような騒ぎぶりだ」

「しかし、ぼくは前にやって来た連中とは何の関係もないね」と、ホームズはかまわずに言った。「まあ、もし君が話してくれないっていうのなら、賭《か》けがだめになるだけのことだ。なんていったって、ぼくは食用の鳥のことになるといつだって賭けをするのでね。今度食べたガチョウも、いなか育ちだって五ポンド賭けてあるんだ」

「それじゃ、あんたの五ポンドは取られたよ。あれは町育ちだからね」仲買人はぴしっと決めつけた。

「そんなわけはないだろう」

「確かに、そうだよ」

「そりゃあ、信じられないね」

「するっていうと、あんたは、がきの頃からこの商売をやってるあっしよりも、鳥に詳しいとでも言うのかい。アルファ・インへ卸したやつは、みんな町育ちだよ」

「いくら言われたって、そりゃ、信じられないね」

「じゃあ、賭けるか？」

「ぼくが正しいんだから、君は金を巻き上げられるだけだね。まあ、強情を張るところなことはないっていう教訓のために、ソヴリン金貨を一つ賭けてもいいね」

仲買人は、気味悪く含み笑いをして、「ビル、帳簿《ちょうほ》を持っといで」と言った。

小僧は、小型の薄いノートと、手あかで汚れた背表紙のついた大きな台帳を持ってくると、吊りランプの下に並べて置いた。

「さあ、うぬぼれ屋さんよ」と、卸し屋は言った。「ガチョウはみんな売り切れだと思ったが、おかげで店をしまう前に、もう一羽売れ残っていることがわかったよ。ほら、こっちの小さいノートを見なよ」

「ほ、ほう」

「うちの仕入れ先名簿だよ。いいかい？　このページは田舎の仕入れ先が書いてある。名前のあとに書いてある数字は、こっちの大きい台帳のページ数だ。さあ、今度はこっちだ！　この赤インクで書いてあるページを見てみな。これは町の仕入れ先の名簿さ。ほれ、この三番めだ。読んでみるがいいや」

「ミセス・オークショット、[176]ブリクストン通り一一七——二四九ページ」と、ホームズは読み上げた。

「そう、そのとおりさ。今度はそれを、台帳のほうで当たってみな」

ホームズは、台帳の二百四十九ページを開いた。

「ほほう、これだな——。ミセス・オークショット、ブリクストン通り一一七、卵、ニワトリ、アヒルなどの卸し」

「それで、最後の記帳はどうなっているかい？」

「——十二月二十二日、ガチョウ二十四羽、七シリング六ペンス——」

「ほうら、どうだい。やっぱり、言ったとおりだろうが。それで、その下には何と書いてあるかな？」

「——アルファ・インのウィンディゲイト氏に、十二シリングで売却——」

「さあ、これでもあんたは、何か言うことがあるかい？」

シャーロック・ホームズは、ひどく悔しそうな顔つきをした。ポケットから一ソヴリン金貨を取り出すと、売り台の上に投げつけ、悔しくて口もききたくないというふうにその場を離れた。しかし、何ヤード（数メートル）か行ったところで、街灯の下で立ちどまると、ホームズ特有の、声を出さない笑い方で笑いころげた。

「あごひげをああいうふうに刈り込んでいて、ポケットから、スポーツ新聞の『ピン

ク・アン』[177]をのぞかせている男は、賭けの話で釣れると思っていいね」と、ホームズは言った。「あの男は、賭けでぼくから一本取ってやろうと思って、何もかもしゃべったのさ。たとえ百ポンド積んでも、普通ではこうは洗いざらい話してはくれないだろうね。ところで、ワトスン、われわれの調査もそろそろ大詰めに近づいたようだね。今夜すぐにオークショット夫人のところへ行くか、それとも明日に延ばすかが残された問題さ。あの、気むずかし屋のおやじが言ったことからすると、この件を気にしている者が、ぼくたちのほかにもいることは確かだね。とすれば、ぼくは……」

その時、今しがた出てきた店先で急

に大きなどなり声が聞こえてきたので、ホームズの言葉は遮《さえぎ》られた。

振り返ると、揺れ動く吊りランプの黄色い光の輪の中に、ネズミのような顔をした、小柄な男が立っていた。店の戸口には、仲買人のブレッキンリッジが立ちはだかり、頭をぺこぺこ下げる相手に向かい、ひどいけんまくで拳《こぶし》をあげていた。

「おまえもガチョウも、いい加減にしろ！」と、彼は叫んだ。「一緒に地獄まで行っちまえ。これ以上ばかげたことをしつこく言うなら、犬をけしかけるからそう思え。オークショットのおかみを、ここへ連れて来い。おかみになら返事をしてやろうじゃないか。しかし、おまえさんとガチョウとどういう関係があるっていうんだ。おれがおまえさんから、ガチョウを買ったとでも言うのか」

「しかしですよ、あのうちの一羽は、ぼくのものなのですよ」と、小柄な男は哀れそうに言った。

「それなら、オークショットのおかみにでも、聞いてみろよ」

「そうしたら、あなたに聞いてみろと言われたものですから」

「ふん、そんなことは、プロシアの王さまにでも聞いてみるんだな。もうたくさんだね。とっとと消え失せろ」彼がすごい勢いで飛びかかると、質問していた小男はさっと身をおどらせて、暗闇の中へ消えていった。

「ほほう！　これはブリクストン通りまで行かずに済むかもしれないね」と、ホームズがささやいた。「さあ、行ってみよう。あの男から何かをつきとめてやろうではないか」ところどころまだ明りがともる店先に群れる人混みを大またにすりぬけると、ホームズはすばやく、その小柄な男に追いつき、肩に手をかけた。小柄な男は、びっくりして振り返った。ガス灯の光に照らされた顔には、血の気が全くなかった。

「いったい、どなたです？　何のご用です？」小柄な男は、ふるえ声でたずねた。

「失礼ですが」と、ホームズはていねいに言った。「今あなたがあの店の主人にたずねておいでのことが、耳にはいりましたので。わたしがお役に立てるかと思いますが」

「あなたがですか？　いったい、あなたはどなたですか？　なぜこの件について知っているのです？」

「わたしは、シャーロック・ホームズです。ほかの人が知らないことを知っているのが、わたしの仕事です」

「しかし、このことについては、知っているはずはないでしょう」

「失礼ながら、何もかも知っていますよ。あなたは、ブリクストン通りのオークショット夫人が売りに出したガチョウの行方をつきとめようとなさっている。そのガチョウは、ブレッキンリッジという仲買人に売られ、そこからアルファ・インのウィンデイゲイト氏に売られた。そして、ガチョウ・クラブの会員の一人、ヘンリー・ベイカー氏へと渡った」

「ああ、あなたこそが、わたしがお会いしたいと思っていたお方です」小柄な男は両手をさしのべると、指をふるわせながら叫んだ。「わたしがこの件についてどれだけ関心をもっていたかは、とても説明しきれません」

　シャーロック・ホームズは、通りかかった四輪馬車(178)を呼び止めた。「それでは、このような吹きさらしの市場にいるよりも、暖かい部屋で話し合ったほうがよさそうですね」と、ホームズは言った。「しかし、その前に、わたしがお役に立ってさし上げようという方のお名前をうかがいたいですね」

男は、一瞬ためらって言った。「ジョン・ロビンスンです」と答えて、横目でちらりとこちらを見た。

「いえ、いえ、ご本名でお願いします」とホームズは、にこやかに言った。「偽名では、仕事が進めにくいものでしてね」

この見知らぬ男の、白いほおがさっと赤くなった。「それでは、実は」と、彼は言った。「わたしは本名をジェイムズ・ライダーといいます」

「そのとおりでしょう。そして、コスモポリタン・ホテルの案内係主任ですね。さあ、馬車にお乗りください。すぐに、あなたがお知りになりたいことは、みなお話ししますよ」

小柄な男は、自分が思いもかけない幸運にありつけるのか、それとも身に破滅が迫っているのかわかりかねて、恐怖と希望の入り混じった目つきで、わたしたちを見くらべて立っていた。そして、結局、彼は、馬車に乗りこんだ。三十分後には、わたしたちはベイカー街の居間に着いた。来る途中では誰も口を開こうとはしなかったが、わたしたちの新しい連れは、息づかいも荒く、手を握ったり開いたりしていた。それを見て、わたしは、彼が心のうちで興奮し、緊張しきっていることがよくわかった。

「さあ、着きましたよ」三人がそろって部屋に入ると、ホームズは明るく言った。

「このような気候のときは、火の傍がなによりです。ライダーさん、寒そうですね。さあ、どうぞ、その籐《とう》椅子にお座りください。あなたの、このちょっとした問題を片づける前に、ちょっとスリッパをはきかえますので。さあ、これでよしと。あなたは、オークショット夫人が売ったガチョウ群の行方をお知りになりたいのですね？」

「そうです」

「というよりは、特別なガチョウのことでしょう。あなたが関心があるのは、一羽のガチョウ、つまり尾に黒い縞がついている、白いものだと思いますが」

ライダーは興奮のあまり、ふるえ始めた。「ああ、そうなのです」と、彼は叫んだ。「それがどこへ行ったか、教えてもらえますか？」

「ここに来ましたよ」

「ここへ？」

「そう、あれは全く、すばらしい鳥でした。あなたが関心を持つのも、もっともなことです。なにしろ、死んでも卵を産むのですから――。今まで一度も見たことがないほど美しく光り輝く、小さな青い卵ですよ。わたしの、ここにある博物館に保管してあります」

客はよろよろと立ち上がると、右手で暖炉棚につかまった。ホームズは金庫を開けると、青いガーネットを取り出した。宝石は冷たい光を放ち、たくさんの面で光を放散して、まるで星のように光り輝いていた。ライダーは、宝石が自分のものだと言うべきか黙っているべきか迷って、顔をゆがめて見入り、立ち尽くしていた。

「勝負はあったね、ライダー」と、ホームズが静かに言った。「ほら、しっかりつかまっていないと、火の中へ落ちるよ！　ワトスン、手を貸して、椅子に座らせてくれたまえ。この男は、大きな犯罪をするだけの血の気はなさそうだ。ブランデーを少し飲ませてやって。そう！　それで少し、ひと心地がついてきただろう。なんとも情けない男だ」

ライダーは、少しの間ふらついて、今にも倒れそうだった。しかし、ブランデーでほおに赤みがさしてくると、座ったまま、自分を問いつめるホームズを、おびえた目で見つめた。

「ぼくは、事件の経過もおおよそわかっている。必要な証拠もすべて押さえているから、今さら君から聞き出さなければならないことは、もうほとんどないのだがね。しかし、この事件を完全なものにするために、幾つかの点について、はっきりさせておいたほうがよさそうだ。ライダー、君は、モーカー伯爵夫人のこの青い宝石のことは前から知っていたのかね？」

「キャサリン・キューザクから聞きました」彼は、かすれた声で答えた。

「なるほど——伯爵夫人のメイドだね。まあ、君より立派な連中でも、急にお金が入るという誘惑には負けることがあるから、無理もない。しかし、君のやり口は、悪質だったね。ライダー、君はどうも、悪人になる素質があるようだ。鉛管工《えんかんこう》のホーナーが盗みの前科があるのをいいことに、君は、彼に疑いがかかることを承知していた。そこで、何をやったのかな？　伯爵夫人の部屋に、ちょっとした細工を仕掛けたというわけだ。キューザクと共謀《きょうぼう》して、ホーナーが修理人として呼ばれるように仕組んだのだ。彼が帰ったあとで、宝石箱からお目当ての品を盗み出して、泥棒だと騒ぎ立て、気のどくな男は逮捕された。それから、君は……」

ライダーは、突然敷物の上にひざまずき、ホームズの膝《ひざ》にすがりついた。「どうぞ、お慈悲《じひ》をおかけください！」と、彼は金切り声をあげた。「わたしの父親のことを、お考えください！　母親のことも！　どれほど悲しむことでしょうか。これまで一度も、悪事をはたらいたことはありません！　もう二度と再び、このようなことはいたしません。誓います。聖書にかけても誓います。どうぞ、裁判所に引き立てられるようなことには、しないでください！　お願いです！　どうぞ、神かけてお願いします」

「椅子に戻りなさい」と、ホームズは厳しく言った。「今頃になって、頭を下げて罪を後悔するのもかまわないが、身におぼえのない罪で被告にされている、気のどくなホーナーのことを、考えたことはないのか」

「ホームズさん、わたしは高飛びします。この国を出ます。そうすれば、彼に対する疑いは晴れるでしょう」
「そうか！　まあ、その話はあとにして、事件の真相を話してもらおう。この宝石が、なぜガチョウの腹に収まっていたかだ。また、なぜ、そのガチョウが市場に出たのか？　すべて真実を話すことが、君の救われる道なのだ」
ライダーは、乾いた

唇をなめた。「全部、ありのままにお話しします。ホーナーが逮捕された時、こうなったら、いつ警察がわたしの身体や部屋を取り調べようと思うかわからないので、一刻も早く宝石をかたづけてしまったほうがいいと思ったのです。といっても、ホテルには安全な隠し場所はありません。それで、用事があるように見せかけて外出し、姉のところへ行きました。姉は、オークショットという男と結婚していて、ブリクストン通りに住んでいます。そこで、市場に出す鳥を飼っているのです。そこへ着くまでは、通りすがりの男がみな巡査や刑事に見えて、寒い晩でしたが、ブリクストン通りに着いた時には、顔じゅう汗びっしょりでした。どうしたのよ、真っ青な顔をしてと、姉がたずねましたが、ホテルで宝石泥棒騒ぎがあったので、びっくりしたのだと答えました。それから裏庭へ出て、これからどうすれば一番いいのかと、パイプで一服しながら考えていました。

　わたしには、前からモーズリという友だちがいました。彼は悪の道に入っていて、つい最近まで、ペントンヴィル刑務所[179]に入れられていました。いつだったか、わたしと会った時、彼は泥棒の手口やら、盗品の処分の方法を話したことがありました。彼の弱みを一つ二つ握っているので、彼が裏切るような心配はないと思いました。それで、すぐに彼の住んでいるキルバーンまで行き、秘密を打ち明けようと決心しました。あの男ならきっと、この宝石を金に換える方法も教えてくれるだろうと思ったのです。

しかし、どうやったら、彼のところまで無事にたどり着けるだろう？　ホテルからここまででもあんなに恐ろしかったのに。いつ、捕まって身体を調べられ、チョッキのポケットに隠している宝石が発見されてしまうかもしれない。わたしは壁によりかかり、わたしの足の周りを歩いているガチョウを見ていました。そのとき突然、どんな名探偵をもごまかせそうな名案が、頭に浮かんだのです。

何週間も前から、姉はクリスマス・プレゼントとして、よりぬきの上等のガチョウをわたしにくれると言っていました。姉は必ず約束を守る人ですから、今、そのガチョウをもらい、ガチョウに宝石を飲み込ませて、キルバーンまで運ぼうと考えたのです。わたしは、裏庭の小さな物置小屋のうしろへ一羽のガチョウを追い込みました。――尾に黒い筋がついている、白くて大きな、すばらしい鳥でした。それをつかまえて、くちばしをこじあけて、指をできるだけ喉の奥深くまで入れると、宝石を押し込んだのです。ガチョウが飲み込んだあとで触っていると、宝石が食道を通り、餌袋に落ちるのがわかりました。しかし、その鳥が羽をばたばたやりだしたので、姉が何事かと出てきました。それで、姉に話しかけようと振り返ったとたん、ガチョウは手を抜け出すと、仲間のほうへ逃げていってしまったのです。

『ジェム、あのガチョウに、何をしたの？』姉は聞きました。

『そう』と、わたしは答えました。『姉さんが、クリスマスに一羽くれるって言ってただろう。だから、どれが一番よく肥《こ》えているか、調べていたのさ』

『あら、あんたの分は、ちゃんと別によけてあるんだよ——ジェムの鳥って、みんなが呼んでいるさ。ほら、あそこにいる、大きな白いやつだよ。全部で二十六羽いるから、あんたの分が一羽、うちのが一羽で、残りの二ダースは売りに出すのさ』

『ありがとう、マギー。でも、どれでも同じことなら、ぼくが今つかまえていたやつがいいけどな』

『でも、あっちのは、たっぷり三ポンドは重いよ』と、彼女は言いました。『あんたの分と思って、特別に太らせたんだから』

『いや、いいんだ。ぼくはさっきのやつにしたいな。いまもらっていっていいだろう？』

『そうかい。そんなら、好きにおしよ』姉は、少し不機嫌に言いました。『それじゃ、あんたが欲しいのは、どれだい？』わたしは言ったのです。

『あの、ちょうど真ん中にいる、尾に黒い筋の入った、白いのだよ』

『ああ、わかった。それじゃあ、殺して、持っておいきよ』

そこで、ホームズさん、わたしは姉が言ったとおりにガチョウを殺して、それをキルバーンまで運びました。そして、モーズリにこのことを話しました。あの男には、こういう話は気安くできるのですよ。彼は息がつまるほど大笑いしました。そして、ナイフを手にして、ガチョウの腹を開いたのですが、もう、わたしはびっくりしてしまいました。宝石の影は、ひとかけらも見当たらないではありませんか。なにか、とんでもない間違いをしでかしてしまったとわかると、わたしはガチョウをそのまま放り出し、もう一度大急ぎで姉の家に戻り、裏庭に駆け込みました。しかし、そこにはもうガチョウは一羽もいなかったのです。

『マギー、鳥はみんな、どこへやったんだい？』と、わたしは叫びました。

『問屋に売っちまったよ、ジェム』

『どこの問屋へ？』

『コヴェント・ガーデンの、ブレッキンリッジの店だよ』

『尾に黒い筋のあるやつが、もう一羽、その中にいたかい？』と、わたしはたずねました。『ぼくがもらっていったのと、同じようなやつさ？』

『そう、いたね、ジェム。尾に黒い筋のあるのが二羽いてね、わたしも見分けがつかなかったよ』

さあ、これで、すべてわかりました。わたしは思いっきり走り、ブレッキンリッジという男のところへ駆けて行ったのですが、ガチョウは全部ひとまとめにしてすぐに売ってしまったあとで、売った先については、ひとことも教えてくれないのです。あなたも今晩、聞かれたでしょう。何度聞いても、返事はあの調子です。姉は、わたしの気が変になりかけているのではないかと、心配しています。まったく、わたしもそんな気がします。そして今――、今はもう、わたしは泥棒の烙印《らくいん》を押されてしまいました。自分のたましいを売って、つかもうと思った富には、まだ指一本触れていないのに！　ああ、神さま、どうかお助けください！」ライダーは、突然、両手で顔をおおうと、発作的に泣きだした。

　長い沈黙が続いた。聞こえるのは、ライダーの吐く荒い息と、シャーロック・ホームズの指先が、テーブルの縁を叩く音だけだった。やがて、ホームズは立ち上がり、ドアをさっと開いた。

「出て行きなさい！」と、彼は言った。

「は、はい！　ああ、ありがとうございます！」

「何も言わないでいい。出て行くがいい！」

　そして、それ以上、何も言う必要はなかった。階段を駆け降りる音、玄関のドアがばたんと閉まる音がして、一目散に走り去っていく足音が、通りから聞こえた。

「とにかく、ねえ、ワトスン」ホームズは、陶製《クレイ》のパイプ(180)に手を伸ばして言った。

「ぼくは警察の失敗の穴埋めをするために雇われているわけではないからね。ホーナーが有罪になるおそれがあるというなら、話は別だ。しかし、あの男は、ホーナーに不利になるような証言はしないだろうから、事件は不起訴になるに違いない。まあ、

ぼくは重罪を犯したようなものだが、一人の人間のたましいを救うことになるだろうからね。ライダーは、悪事を二度とははたらかないだろう。ひどく怯《おび》えて、震え上がっていた。しかし、彼を刑務所に送れば、常習犯になってしまうだろうからね。それに、今はクリスマスで、ゆるしの季節だ。ぼくたちは偶然のことで、きわめて珍しい、奇妙な事件に出会ったけれど、それを見事に解決できたということが、報酬なのさ。先生、すまないけれど、ちょっと呼びりんを鳴らしてくれないか。次のもう一つの仕事に取りかかるとしようではないか。もっとも、ヤマシギ料理だから、次の主役もまた鳥だけれどね」

まだらの紐

　この八年の間に、友人シャーロック・ホームズの探偵としての活躍《かつやく》について、わたしが記録した事件は七十余りにもなるが、それらに目を通してみると、その中には、多くの悲劇的な事件や、いくつかの喜劇的な事件、また、奇妙としか言えないようなものもたくさんあるが、ごく普通の事件というのは、一つもない。なぜならば、ホームズが探偵という仕事そのものを非常に愛していて、金儲《かねもう》けのことなど、全く考えず、珍しい事件や、非常に奇抜な事件でなければ、引き受けなかったからだ。しかし、なんといっても、今までの事件の中で、サリー州の名門、ストーク・モラン(181)のロイロット一家に振りかかった事件ほど、奇怪なものはないと思う。この事件は、わたしがホームズと知り合ってまもない頃におきた。その頃、わたしはまだ結婚していなかったので、ベイカー街で、ホームズと共同生活をしていた。この事件の記録は、もっと早い時期に発表することもできたのだが、その内容を秘密にしておくという約束をある婦人と交わしていたので、公表することを差し控えていた。ところが、その婦人が、先月、急に亡くなってしまったため、わたしは、事件の真相を発表したほうがいいだろうと考えた。というのも、グリムズビー・ロイロット医師の死については、真相に大幅な尾ひれがついた噂《うわさ》が世の中に広まってしまっていたからなのだ。

それは、一八八三年の四月初めの頃だった。ある朝、わたしが目を覚ますと、ホームズがもう洋服にきちんと着替えて、わたしのベッドの横に立っていた。ホームズはいつもは朝寝坊のほうなのに、マントルピースの上の時計は、まだ七時十五分過ぎを指している。わたしは驚いて、まばたきをしながら彼を見た。わたしは規則正しい生活をする習慣なので、恨めしそうな顔をしていたかもしれない。

「ワトスン、起こしてしまって申し訳ないね」と、彼は言った。「でも、今朝は皆、そういう運命なのだ。まず、ハドスン夫人が起こされて、次に彼女がぼくを起こし、ぼくが君を起こしたというわけさ」

「何事だい。火事かね?」

「違う。依頼人だ。若いご婦人が、どうしてもぼくに会いたいといって、来ているのだ。非常に興奮していてね。今、居間で待ってもらっている。こんなに朝早い時刻に、若い女性がロンドンをうろうろ歩き、寝ている人間を叩き起こすということは、よほど差し迫った事情があるに違いない。もし、これがおもしろい事件だったら、君はきっと、初めから立ち会いたいと思うだろうからね。そのことだけは、伝えておこうと思ったわけだ」

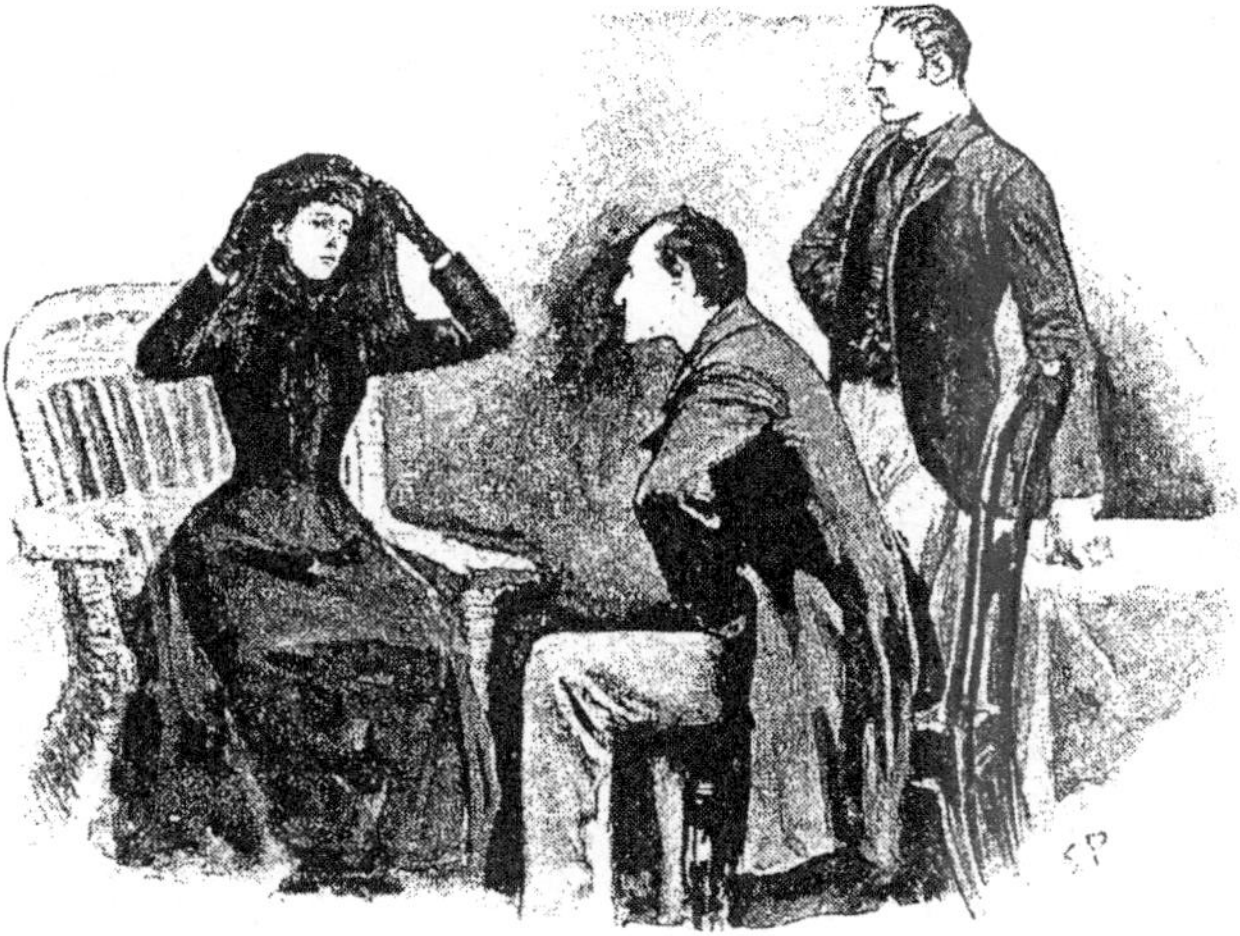

「それはありがたい。そういうことなら、なに一つだって聞き逃したくはないよ」

ホームズの事件調査に立ち会って、彼が難問を解決するときに見せる見事な推理をほめたたえることほど、楽しいことはない。ホームズは、直観のようにすばやく、しかも、いつも筋道の通った方法で、事件の謎を解いていくのだ。わたしは、大急ぎで服を着ると、二、三分で支度を整え、ホームズと一緒に居間へ降りて行った。わたしたちが入っていくと、窓ぎわに座っていた女性が立ち上がった。彼女は黒い服に身を包み、深くヴェールをおろしていた。

「おはようございます、マダム」ホー

ムズが、愛想よく言った。「わたしがシャーロック・ホームズです。そして、こちらは親友で、一緒に仕事をしているワトスン医師です。先生の前では、わたしに対するのと同じように、何も遠慮をなさらないでください。おや、ありがたいね、ハドスン夫人が、ちゃんと暖炉の火をおこしてくれている。さあ、どうぞ火の近くへおいでください。ふるえておられるように、お見受けしますので、温かいコーヒーを持って来させましょう」

「寒くてふるえているのではございません」と、女性は小声で答え、言われたように席を移した。

「と、おっしゃいますと？」

「恐ろしいからでございますの、ホームズさま。恐怖のためでございます」彼女は、そう答えると、ヴェールをあげた。気のどくなほどに取り乱していて、顔はすっかりひきつっていて青ざめており、まるで追いつめられた動物のように、落ち着きのないおびえきった目つきをしていた。顔や姿からすると、三十歳ぐらいと思われるのだが、髪の毛には白髪《しらが》が混じり、疲れのためか、やつれた表情をしていた。シャーロック・ホームズは、一瞬にしてすべてを見抜いてしまういつもの目つきで、彼女を観察した。

「こわがることはありません」そう言うと、ホームズは身をかがめて、彼女の腕を軽く叩きながら慰《なぐさ》めた。「すぐに、何事もうまくいくように、わたしたちが解決してさしあげられると思います。今朝の汽車でおいでになったようですね」

「それでは、わたしのことをご存じなのでしょうか」

「いいえ、違います。あなたの左の手袋の手のひら側に、往復切符の半券が見えましたから、朝早く出発なさったに違いない、と思ったのです。しかも、駅までは二輪馬車《ドッグ・カート》(182)で、ぬかるんだ道を揺られていらした」

その女性はひどく驚いて、あっけにとられたようにホームズを見つめた。

「一つもふしぎなことはありませんよ、マダム」と、ホームズは笑いながら答えた。「あなたの上着の左腕のところに、少なくとも七ヶ所、はねがあがっていました。しかも、ごく新しいものです。そんなふうにはねのあがる乗り物といえば、二輪馬車しかありません。それも、馭者《ぎょしゃ》の左側に座っているときにだけです」

「どんな理由でおわかりになったにしても、あなたさまのおっしゃることは、全くそのとおりでございます」と、彼女は言った。「わたしは六時前に家を出まして、二十分過ぎにはレザヘッド(183)に着き、ウォータールー駅への一番列車でやって参りました。わたしはもう、これ以上の緊張には耐えられないのです。もし、このようなことが続きますと、気が変になってしまいそうです。わたしには、誰も頼りにできる人がありません。もっとも、ただ一人だけは、わたしを心配してくれる人がいるのですが、彼は、あいにく力にはなりません。ホームズさま、あなたさまのお噂は、ファリントッシュ夫人からうかがっておりました。なんでも、夫人がたいへんお困りの時に、あなたさまがお助けくださったとか。ご住所も夫人から聞いて参りました。ああ、どうぞお願いでございます。わたしのことも、同じようにお助けくださいませ。せめて、わたしの周りにただよっております暗黒の世界に、一筋の光だけでも、与えてはいただけませんでしょうか。今のわたしには、あなたさまへのお礼をする力はございませんが、一、二ヶ月のうちには結婚する予定になっておりますので、そういたしますと、わたしの自由になるお金もできます。その時は必ず、ご恩に報《むく》いることができると存じます」

　ホームズは、自分の机のところへ行くと、その引き出しの鍵をあけ、彼が相談を受けた事件の小さな事件簿を引っ張り出した。

「ファリントッシュ」と、(184)彼は言った。「ああ、これだ。そうそう、思い出した。オパールの頭飾り《ティアラ》に関する事件だった。君と一緒に暮らす前の事件だと思うよ、ワトスン。あなたのお友達のときと同じように、あなたの事件にも、喜んで協力させていただきます。お礼のことですが、わたしにとっては、仕事そのものが報酬なのです。ですから、あなたのご都合がついた時点で、実際にかかった費用だけ、お支払いいただければ結構です。それではさっそく、事件の参考になりそうなことを何もかもお話しください」

「まあ！」依頼人は答えた。「実は、わたしの感じている恐ろしさと申しますのは、とても漠然としていて、はっきりした原因があるわけではございません。それに、他の方にとっては取るにたらないようなささいな点を、疑っているのかもしれません。ですから、わたしに助けや忠告を求められた彼でさえも、わたしの話を、神経質な女の空想としか思ってくださらないのです。はっきりそうおっしゃるわけではありませんが、慰めの言葉や目のそらし方で、それが、はっきり読み取れるのでございます。しかし、ホームズさま、あなたさまは、人の心の中の悪意を深く読み取ることのできる方だとうかがっております。あなたなら、わたしが、どのようにしてこの危険から抜け出すことができるかを、お教えくださると存じます」

「おっしゃることは、よくわかります、お嬢さん」

「わたしはヘレン・ストウナと申しまして、義理の父と一緒に暮らしております。義理の父の家柄は、イングランドでは最も古いサクソンの家系の一つでございます。サリー州の西の州境にありますストーク・モランのロイロット家の、最後の一人でございます」

「お名前は、よくうかがっております」と、ホームズはうなずきながら言った。

「この一族は、イングランドで一番裕福な家の一つだった時もございまして、所有地も、州境を越えて、北はバークシャー、西はハンプシャーにまで広がっておりました。

しかし、十八世紀に、遊び好きの当主が四代も続いたうえに、摂政時代には、賭《か》け事の好きな相続人も出て、一家はすっかり落ちぶれてしまいました。残ったものは、わずか二、三エーカーの土地と、二百年前に建てられた、古い家だけでした。その家さえも、何重にも借金の抵当として入っていたのです。先代の当主は、その屋敷で貧しい貴族として、惨《みじ》めな生活を送りました。ですが、わたしの義理の父、つまり、その当主の一人息子に当たります彼は新しい生活環境の中で自分の道を切り拓《ひら》かねばと考えて、親戚から学費を借りて、医師の資格を得ますと、インドのカルカッタへ行ったのでございます。そして、そこで、医者としての腕の良さと強い個性がさいわいして、開業医として成功をおさめておりました。ところが、家の中で何度も盗難事件がおこったため、ついかっとして、現地人の執事を殴り殺してしまいました。義理の父は死刑だけは危うく逃れましたが、かなり長い期間、辛い牢屋暮しをしなければならなかったようでございます。そのためか、ひどく失望して、非常に気難しい人間となって、イングランドへ戻って来たのでございました。

ロイロット医師はインドにおりました時に、わたしの母と結婚しました。母は、インドのベンガル砲兵隊勤務だったストウナ少将と死に別れ、若くして未亡人となっていたのでございます。母が再婚した時は、連れ子である双子の姉のジュリアとわたしは、まだ二歳でした。母にはかなりの財産があり、おそらく年収千ポンドより少ないということは、なかったはずです。これを母は、ロイロット医師に、みな譲《ゆず》ってしまったのです。でも、それは、わたしたちが義父と一緒に暮らしている間だけの話で、わたしたちが結婚するときには、それぞれに、一定の金額が毎年与えられるという約束になっておりました。わたしたちがイングランドへ戻ってすぐに、母は亡くなりました。八年前、クリューの近くでおきた鉄道事故[185]のためでございます。このことがあってから、ロイロット医師はロンドンで開業しようという計画をやめて、先祖伝来の屋敷、ストーク・モランへ、わたしたちを連れて戻り、そこで暮らすことになりました。母の遺産でわたしたちは充分に生活できましたから、何も困ることはないはずでございました。

　ところが、この頃から、義父に恐ろしい変化が現われました。ストーク・モランのロイロット家の当主が屋敷に戻って来たということで、近所の人も初めはとても喜んでくださいました。でも、義父は隣人と友人になったり、招いたり訪ねたりするのを嫌がり、家に引きこもってしまったのです。たまに外へ出ても、道で行きあった人たちと大げんかをするしまつです。もともと、ロイロット家の男たちは皆、躁病《そうびょう》に近いほどの狂暴な性格を持っていて、義父の場合には、熱帯地方の生活が長かったため、それがいっそう激しいものになったのではないかと思われます。恥ずかしいようなけんか騒ぎをたびたびおこしまして、そのうちの二度は、警察裁判所のお世話になりました。今では、村じゅうの人から恐れられていて、彼が通りかかると皆逃げ出すようにさえなってしまいました。と申しますのは、怒ると手がつけられないほど乱暴になるうえ、恐ろしく力が強いのでございます。

先週も、彼は村の鍛冶屋《かじや》を橋の上から川の中へ投げ込んでしまいました。わたしが、できる限りのお金を掻《か》き集めまして、相手に渡しましたので、どうやら表沙汰にならずに済みました。彼には、流れ者のロマのほかには、友達が一人もおりません。彼は、ロイロット家に残されたイバラにおおわれた数エーカーの土地に、ロマたちがキャンプをすることを許していました。そのお返しに、テントの中でもてなされたり、ときには数週間もの間、彼らと放浪の旅をすることもあります。また、彼はインドの動物が大好きで、[186]あちらの代理人から送ってもらったりしております。今はチーター一匹とヒヒ一匹とを庭で放し飼いにしておりますので、村の人たちからは、これらの動物も飼い主と同じように怖がられております。

今までお話ししたことで、気のどくな姉も、わたしも、あまり楽しい人生を送っていなかったことが、よくおわかりいただけたことと存じます。使用人も勤めたがりませんので、もう長いこと、家事などは、いっさい、わたしたちがやっておりました。姉は、まだ三十歳で亡くなりましたが、今のわたしのように、すでに髪は白くなり始めておりました」

「では、お姉さまは、お亡くなりになられたのですね」

「はい。ちょうど二年前のことでございます。わたしがお話ししたいのは、その姉の死についてでございます。おわかりいただけるとは思いますが、そんな生活を送っておりましたので、わたしたちは、同じ年頃で、身分も合う男性の方と、お目にかかる機会がほとんどございませんでした。それでも、母の妹で、ホノーリア・ウェストファイルという未婚の叔母が、ハロウ[187]の近くに住んでおりまして、そこにだけは、短いあいだ泊まりがけで行くことが、ときどき許されておりました。二年前のクリスマスに、姉のジュリアが叔母の家へ行き、海兵隊の予備役少佐[188]と知り合い、婚約することになりました。姉が戻り、婚約について父に知らせましたが、結婚については何の異論も唱えませんでした。ところが、結婚式まであと二週間という時に恐ろしいできごとがあり、わたしはたったひとりの身内を失うことになってしまったのでございます」

シャーロック・ホームズは、椅子《いす》に深く寄りかかり、目を閉じて、クッションに頭を埋めていたが、薄目を開けて、ちらっと依頼人を見た。

「どうぞ、その様子をできるだけ詳しくお話しください」と、彼は言った。

「たやすいことでございます。あの時のいまわしいできごとについては、何もかもはっきりと覚えております。わたしたちの領主館は、すでに申し上げましたように非常に古いもので、いま住んでおりますのは、横に張り出している一棟の建物だけでございます。この棟《とう》の寝室は、みな一階にあり、居間は、この建物の中央になっております。寝室は、一番めがロイロット医師、二番めが姉、そして三番めがわたしの順でございます。それぞれの寝室はへだてられていますが、共通の廊下側にドアがついております――わたしの説明で、おわかりいただけましたでしょうか」

「よくわかりました」

「三つの部屋の窓は、みな芝生に面しております。あの恐ろしい事件の夜、ロイロット医師は早くに自分の部屋に行っておりました。でも、眠っていないことは、わかりました。どうしてかと申しますと、義父の喫《す》う、強いインド産の葉巻の臭《にお》いがしていたからです。隣の部屋にいる姉は、いつもこの臭いに悩まされておりました。それで、その晩、姉は自分の部屋を出て、わたしのところへ来ると、しばらくの間、近づいてきた結婚式のことなどについて、おしゃべりをしておりました。十一時に、姉はわたしの部屋から出て行こうとして、ドアのところで立ち止まって、振り返ったのでございます。

『ねえ、ヘレン』と、彼女は言いました。『ま夜中に、誰かが口笛を吹いているのを聞いたことはない？』

『聞いたことはないわ』と、わたしは答えました。

『まさか、あなたが寝ている間に、口笛を吹くとは思わないけれど』

『そんなことは、絶対にないわ。だけど、どうしてそんなことを聞くの？』

『ここ二、三日、明け方の三時頃になると、いつも、低くはっきりした口笛が聞こえてくるのよ。わたしは眠りが浅いから、すぐに目が覚めてしまうの。どこから聞こえるかは、わからないのよ。でも、たぶん隣の部屋か、芝生かのどちらかからだと思うの。あなたも聞いたことがあるかどうか、たずねてみようと思って』

『わたしは一度も聞いたことはないわ。植え込みのところにいる、怪しげなロマのしわざじゃないかしら』

『そうねえ。でも、芝生の方からだとすれば、その音があなたに聞こえないのはおかしいわね』

『そうね。でも、わたしはぐっすり眠ってしまうほうだから』

『そう。とにかく、たいしたことじゃないわ』姉はわたしを見て笑うと、ドアを閉めました。そしてすぐにわたしは姉が鍵をかける音を聞きました」

「そうですか」と、ホームズは言った。「といいますと、あなたがたは、いつも夜になると、部屋に鍵をかける習慣があったのですか」

「はい、いつでもそうしておりますの」

「それはまたどうして」

「先ほどもお話ししたと思うのですが、医師がチーターやヒヒを飼っておりますので、鍵をかけておきませんと、安心できないのでございます」

「なるほど。では、先をお続けください」

「その夜、わたしは眠れませんでした。なにか悪い運命に襲われるような気がして、不安になったのでございます。先ほど申しましたように、姉とわたしとは双子です。二人の気持ちはいつも一緒で、とても微妙なものだということは、おわかりいただけると思います。その夜は、嵐でございました。風が吹き荒れ、雨は激しく窓を叩いておりました。すると突然、風と雨の音を突き破るように、恐ろしい女の悲鳴《ひめい》が聞こえてまいりました。わたしはすぐに、それが姉の声だとわかりました。わたしは、ベッドから飛び起きると、ショールをはおり、廊下へとび出しました。ドアを開けた時、姉が話していた、低い口笛を聞いたような気がしました。つづいてすぐに、何か、重い金属が落ちたようなガチャンという音がしました。廊下を走って行きますと、姉の部屋のドアの鍵がまわされて、扉がゆっくりと開き始めたのです。何がおこるのかと、恐怖におののきながら見つめていますと、廊下のランプの光に照らされて、戸口のところへ、姉が出てまいりました。姉の顔は、恐ろしさのあまりにまっ青で、助けを求めて両手を前に差し出し、全身は、酔っ払ったように、ゆらゆらと揺れているのです。わたしは駆《か》け寄り、両手で姉をかかえましたが、姉はそのとき膝《ひざ》の力が抜け、その場に倒れてしまったのでございます。ひどい痛みに、もだえているようで、手足は激しくふるえておりました。初め、姉には、わたしがいるのがわからないのではないかと思いましたが、わたしがしゃがみますと、突然、二度と忘れられないような恐ろしい声で叫んだのです。『ああ、ヘレン！　紐《バンド》よ！　まだらの紐《バンド》よ！』。ほかにも言いたいことがあったようで、医師の部屋の方を指さしていましたが、すぐにけいれん発作をおこして、話すこともできなくなってしまったのです。わたしはあわてて、大声で義父を呼びました。彼はガウンを着て、寝室から飛び出してくるところでした。意識のなくなっている姉のそばへ来ると、彼は姉の口にブランデーを流し込んだり、村の医師を呼びに行かせるなどいたしましたが、むだでございました。姉は意識が戻らないまま、次第に弱っていって亡くなりました。これが、わたしの愛しておりました、姉の恐ろしい最期なのでございます」

「ちょっと待ってください」と、ホームズは言った。「あなたのおっしゃった、口笛と金属音については、間違いありませんか？　確かにお聞きになったのですね？」

「そのことにつきましては、検死《けんし》の時に、州の検死官[189]にもたずねられました。その二つの音を聞いたことは、はっきり憶えています。けれど、嵐が吹き荒れていましたうえに、古い屋敷ですので、あちらこちらギシギシときしんでおりましたから、思い違いということもあるかもしれません」

「お姉さまは、洋服を着ておいでになりましたか？」

「いいえ、ねまき《ナイト・ドレス》でございました。右手にはマッチの燃えさしを、左手にはマッチ箱を持っておりました」

「ということは、何か妙なことがおこって、マッチの光であたりを見まわした、ということですね。これは重要なことです。それで、調べに来た検死官の結論はどうでしたか？」

「とてもていねいに、調べていらっしゃいました。なにしろ、ロイロット医師のふるまいは、この州では評判になっておりましたものですから。でも、死因につきましては、満足のいく結論は出ませんでした。わたしの見ましたとおり、部屋には、中から

鍵がかかっていたことは確かですし、窓にも、古いタイプのしっかりした鉄の棒のついたよろい戸があり、毎晩きちんと閉めておりました。周りの壁も、すみずみまでていねいに叩いてみましたが、異常な点は見つかりませんでした。床もしっかり調べましたが、結果は同じでした。煙突は太いのですが、四本の大きなつぼ釘《くぎ》が打ってあり、出入りできないようになっております。ですから、姉が亡くなった時、一人きりでいたことは確かでございます。体に暴力を加えられたような跡は何一つ残っておりませんでした」

「毒物については、いかがでしたか？」

「その点につきましては、何人もの医者が検査しましたが、何もわかりませんでした」

「それでは、ご不幸なお姉さまは、どうしてお亡くなりになったとあなたはお考えでしょうか」

「恐ろしさのあまりの、ショック死だったのではないかと思います。でも、わたしには、何が姉をそのように怖がらせたのかは、想像できないのでございます」

「その時も、植え込みの中に、ロマはいましたか？」

「はい。ほとんどいつでも、何人かはそこにおります」

「ほう、そうしますと、お姉さまがおっしゃった紐《バンド》――『まだらの紐《バンド》』という言葉から、何か思い当たることはありませんか？」

「そのことについては、ただのうわごとにすぎないのでは、と思いましたが、紐《ひも》ではなく、人間の一団《バンド》を意味していて、植え込みの中の、ロマのことを指しているのだろう、と思ったこともありました。姉が口にしました『まだら』という奇妙な形容詞は、おそらく、ロマたちが頭によく巻いている、水玉模様のスカーフを指しているのではないか、とも思うのですが、わたしにはよくわかりません」

ホームズは、納得できないというように、頭を横に振って言った。

「非常にむずかしい問題ですねえ」と、彼は言った。「とにかく、お話を続けてください」

「それから二年が経ちました。つい最近まで、わたしの生活は、前にもまして淋《さび》しいものでございました。ところが、一ヶ月前のこと、以前からお付き合いしておりました親しい友人から、結婚を申し込まれたのでございます。アーミテイジ――パーシー・アーミテイジというお方で、レディングの近く、クレイン・ウォーター(190)のアーミテイジ家の次男です。義父も、この結婚に反対ではありませんので、春のうちに結婚するつもりでおりました。そして、二日前のことでございます。建物の西側のほうで修理工事が始まり、わたしの寝室の壁に穴をあけられてしまったのです。そこで、わたしは亡くなった姉の部屋に移らざるをえなくなり、姉が寝ておりましたベッドで、休むことになりました。昨晩、姉の恐ろしい最期を思い浮かべながら横たわっておりますと、姉の死の前触れとなったあの低い口笛が、夜の静けさの中から聞こえてくるではありませんか。わたしの恐怖の身ぶるいをご想像ください。わたしは飛び起きて、ランプをともしましたが、部屋には何も変わった様子はありません。けれど、恐ろしくて、ベッドにもう一度入る気にはなりませんでした。わたしは、夜が明けるとすぐに着替えて、家を抜け出し、向かいのクラウン旅館で二輪馬車を雇うと、レザヘッドへ行きました。そして、そこから、あなたさまに助けていただこうと、それぱかりを願って、今朝ここへ伺ったのでございます」

「それは、賢いことをなさいました」と、ホームズは言った。「ところで、あなたはすべてをわたしにお話しになりましたでしょうか」

「はい、すっかりお話しいたしました」

「ストウナさん、まだ何かありませんか。あなたは義理のお父さまのことを、かばっておいでですね」

「まあ、それは、どういうことでございましょうか」

ホームズは、答える代りに、依頼人の膝の上に置かれた片方の手の、袖口の黒いレースの飾りをめくり上げた。すると、白い手首に、指の跡であろうと思われる、痛々しい五つの小さな青あざが見えた。

「ずいぶん、ひどい仕打ちに、あっておられるようですね」と、ホームズは言った。

女性は顔を赤らめ、あざのある手首を隠した。「彼は気が荒い人で」と、彼女は答えた。「おそらく自分の力の強いことも、わかっていないのではないかと思います」

それから長いこと、誰も口をきかなかった。その間じゅう、ホームズは、組み合わせた両手にあごをのせて、パチパチと音をたてて燃える暖炉の火をじっと見つめていた。

「これは、なかなかむずかしい事件です」彼は、やっと口を開いた。「これから、どうしたらよいのかを決める前に、細かい点について、いろいろと知っておきたいと思います。少しの時間もむだにはできません。もし、今日、ストーク・モランへわたしたちが行くとすると、義理のお父さまに見つからないで部屋を調べることができるでしょうか」

「たぶん大丈夫でございます。今日は何か大事な用事があって、ロンドンへ来ると申しておりました。おそらく、一日中るすにしておりますから、おじゃまをするものは、何もありません。わたしたちのところには、今は家政婦がおりますが、もうかなりの年ですし、少しぼんやりしていますから、お仕事に差し障りのないように遠ざけておくことは、簡単でございます」

「それはすばらしい。君も一緒に来てくれるだろうね、ワトスン」

「もちろんさ」

「それでは、二人で参ります。あなたは、これからどうされますか」

「ロンドンに出てまいりましたので、これから一つ、二つ、済ませたい用事がございます。でも、あなたがたのおいでに間に合うよう、十二時の列車で戻ることにいたしましょう」

「では、午後、早めにお伺いしましょう。わたしのほうも片づけなければいけない、ちょっとした仕事がありますので。お待ちになって朝食でもいかがですか」

「いいえ、もう、これでおいとまいたします。悩み事を全部お話ししましたら、いくぶん気が楽になってきました。では、午後にまたお目にかかれることを楽しみにいたしております」彼女は、厚い黒のヴェールを顔にかけると、静かに部屋を出ていった。

「ねえ、ワトスン。君はこの事件を、どう思うかね？」と、シャーロック・ホームズは椅子の背によりかかりながらたずねた。

「うん、ぼくには、非常に凶悪で、陰険《いんけん》な事件のように思えるのだが」

「全く凶悪で陰険きわまりないね」

「もし、あの女性が言ったとおりに、床にも壁にも何の変化もなく、そのうえ、ドア、窓、煙突からも通り抜けができないとすると、彼女の姉さんが変死したときは、一人でいたということになる」

「そうすると、夜中に聞こえてきた口笛や、死にぎわのあの変な言葉の意味をどう考えるんだね？」

「ぼくには、そこまでわからないよ」

「夜中に口笛が聞こえてきたこと、老医師とずいぶん親しげなロマの一団《バンド》がいるということ、彼にとっては、義理の娘が結婚しないほうが得であること、姉さんが死ぬまぎわに、紐《バンド》という言葉を残していること。それと最後に、ヘレン・ストウナ嬢が、金属の落ちるような音を聞いたということ。これは窓のよろい戸を留めてあった鉄の棒が元に戻った音なのかもしれないが。こういうことが一つにつながると、事件解決の糸口がつかめると思うのだよ」

「というと、ロマが何かしたっていうのかね？」

「それはわからないね」

「君の説明では、さっぱりわからないよ」

「そう、ぼくにも、まだわかっていないのさ。だから、今日、ストーク・モランまで行ってみる。これらの問題点が、どうにもならないものなのか、それとも、何か説明がつくものなのかを、自分で調べてみたいのだ。やや!? 何事だ！」

ホームズは突然大声で叫んだ。急にドアが乱暴に開いて、巨大な男が戸口に現われたからである。男は黒のシルクハットに、長いフロックコートを着て、足には膝までのゲートルをつけ、手には狩り用のむちを持つという、いかにも不釣り合いな服装をしていた。これは、何か専門職についているのか、農業にたずさわっているのか、わけがわからない姿だ。背がとても高く、シルクハットがもう少しでかもいにぶつかりそうだし、横幅のほうも、入り口いっぱいに広がっているように見えた。男は、しわだらけの、黄色く日焼けした顔でわたしたちを交互ににらみつけていた。その表情には悪意がみなぎり、落ちくぼんで怒りを帯びた目と、肉づきが薄くて高い鼻は、年とった荒々しい猛禽《もうきん》類を思わせた。

「どっちがホームズだ？」と、この怪物がたずねた。

「わたしですが。ところで、わたしのほうは、あなたを存じ上げないのですがね」と、ホームズは静かに言った。

「ストーク・モランのグリムズビー・ロイロット医師だ」

「ほう。お医者さんでいらっしゃいますか」ホームズはていねいに言った。「まあ、どうぞおかけください」

「そうはしておれん。わしの義理の娘が、ここにおったただろうが。わしはあいつを追って来たのだ。あいつは、あんたに何を言いおったのだ」

「今年は例年になく、お寒いようでございますが」と、ホームズは言った。

「あいつがおまえに、何と言ったかと聞いておるのじゃ！」年とった男は、怒って叫んだ。

「しかしながら、クロッカスの花は出来が良いと聞いております」ホームズは、落ち着いて続けた。

「なにっ！　とぼけておるな」訪問客は、一歩前へ出ると、狩り用のむちを振りまわした。「お前を知っているのだぞ。悪者め。おまえのことは百も承知《しょうち》だ。おまえが、あのおせっかい屋のホームズだろう！」

ホームズは、笑いを浮かべた。

「この出しゃばりめ！」

ホームズは、さらに笑った。

「ホームズ、スコットランド・ヤードのいばりくさった小役人め」

ホームズは、いかにもおかしいというように、くすくすと笑って言った。「いやあ、なかなか愉快《ゆかい》なことをおっしゃる。お帰りの際は、隙間風《すきまかぜ》が入りますから、ドアをしっかり閉めていただきましょうか」

「言いたいことさえ言ってしまえば、出て行くさ。よけいな手出しは、しないでくれ。ストウナの娘がここにいたことは、わかってるんだ。あとをつけていたんだからな！　わしを敵にまわすと、ひどい目に遭《あ》うぞ。見てろ」彼は、さっと前へ出て火かき棒をつかむと、日焼けした大きな手で、それをぐいと二つに折り曲げてしまった。

「わしにつかまらないよう

に、気をつけるがいい」彼は、そうどなると、火かき棒を暖炉の中に投げ込み、荒々しく部屋を出て行った。

「ずいぶん、好感をもてる男だね」ホームズは笑いながら言った。「ぼくは、体格はそんなにいいほうとは言えないけれど、彼がもうちょっとここにいてくれたら、ぼくの力もそんなには違わないというところを、見せてやれたのにね」と、言いながら、ホームズは鉄の火かき棒を拾い上げると、ぐっと力を入れて、元のようにまっすぐに延ばしてしまった[191]。

「それにしても、ぼくをスコットランド・ヤードの刑事課員と間違えるなんて、あきれたものだ。でもね、彼がここに来てくれたので、この事件はもっとおもしろくなったよ。それから、ぼくたちの弱々しい依頼人のお嬢さんは、あの乱暴者にあとをつけられていたことに気づいてないようだが、ひどい目に遭うことはないと思うよ。ところでワトスン、とにかく朝食の用意をしてもらおう。それから、ぼくは民法学博士協会《ドクターズ・コモン》に行って、今度の事件に役立ちそうな資料を探してくることにしよう」

午後一時近く、シャーロック・ホームズは外出から戻って来た。メモや数字が書きつけてある、青い紙を丸めて持っている。

「亡くなった奥さんの、遺言を見てきたのだ」と、彼は言った。「遺産の正確な価値を知るには、それらの投資先の、現在の価格を計算しなければいけなかったけれどね。奥さんが亡くなった時点では、総収入は、少なく見ても一年間に、千百ポンドは下らなかっただろう。今は、農産物関係の価格が下がっているけれど、それでも七百五十ポンドはあるだろうね。娘たちは、結婚すると、どちらもその中から年に二百五十ポンドをもらえることになっているんだ。だから、あの男にとっては、一人が結婚してもかなり痛手だけれど、二人とも結婚するということにでもなれば、収入はほとんどなくなってしまうわけだ。彼が娘の結婚を邪魔するはっきりした理由がわかっただけでも、ぼくの午前中の仕事は、むだじゃあなかったね。ワトスン、事は重大だよ。こうなったら、ぐずぐずしてはいられない。ぼくたちが事件にかかわっていることがあの男に知れてしまったからね。用意ができたら、辻馬車でウォータールー駅まで急ごう。ポケットにはピストルを入れておきたまえ。鉄製の火かき棒をねじ曲げてしまうような相手なら、イリー型二号のピストル[192]が役に立ちそうだ。あとは、歯ブラシがあれば充分さ」

　ウォータールー駅に行くと、レザヘッド行きの列車に運よく間に合った。レザヘッド駅からは、駅舎の旅館で小型の二輪馬車《トラップ》を雇って、美しいサリー州の小道を四、五マイル（七、八キロメートル）走った。よく晴れた、天気のよい日で、太陽はかがやき、綿のような雲が二、三個ふわりと浮かんでいた。木々や道端の生け垣は新緑の芽をふき始め、辺りには湿《しめ》った土の心地よい香りがただよっていた。春の訪れを告げる、このどかな景色と、これからわたしたちがかかわる、ぶきみな事件の捜査とは、なんと対照的なことであろう。ホームズは、馬車の前のほうの席に座った。彼は、腕組みをすると、帽子をふかぶかとかぶり、あごを胸に埋ずめて、ずっと考えごとをしているようだった。そして、突然、がばっと身を起こすと、彼は、わたしの肩を叩いて、草原の向こうを指さした。

「あそこを見てごらん」と、彼は言った。

木々の茂った大きな庭園が緩やかな斜面となって広がり、その一番上のところが小さな森になっていた。その森の、木々の間から、灰色の非常に古い館の切妻《きりづま》と高い屋根が見えた。

「ストーク・モランだね」と、彼は言った。

「へえ。あれがグリムズビー・ロイロット先生のお屋敷でがす」と、馭者《ぎよしや》が答えた。

「お屋敷の修理が行なわれているのさ」と、ホームズは言った。「あれが行こうとしている所だ」

「村はあっちのほうですが」と、馭者は、左側の少し離れたところに、屋根が幾つかかたまっているところを指さした。「あのお屋敷に行くなら、この柵を越えて、畑の

小道を歩いていったほうが近いでがす。ほら、あそこに女の人が歩いているところです」

「おや、あそこに見える女の人は、ストウナ嬢らしいね」と、ホームズは手をかざして見ながら答えた。「それでは、ここで降りることにしよう」

馬車を降りて料金を払うと、二輪馬車は、いま来た道を、レザヘッドへと引き返していった。

「馭者にはね、ぼくたちが建築技師かなにかで、ちゃんとした用事があってここへやって来たのだ、と思わせておいたほうがいいんだ。そうすれば、変な噂をたてられずに済むからね。こんにちは、ストウナさん。お約束どおり、参りましたよ」

今朝の依頼人は、喜びいっぱいの顔で駆

け出してきた。「おいでになるのを、今か今かとずっとお待ちいたしておりましたわ」彼女は、わたしたちと温かい握手を交わしながら言った。「事はうまくいっております。ロイレット（「ロイロット」とすべき誤植）医師はロンドンへ出かけておりますので、夕刻前には戻らないと思います」

「いえ、わたしたちは、もうロイロット先生と、光栄にもお近づきになりましたよ」ホームズが、手短に事の次第を話して聞かせると、ストウナ嬢は唇までまっ青になってしまった。

「まあ、なんということ！」と、彼女は叫んだ。「それでは、わたしのあとをつけていたのでございますね！」

「そのようですな」

「彼はとてもずる賢い人ですので、いつだって安心しておれません。戻ってまいりましたら、なんと申すでしょうかしら」

「用心しなければならないのは、彼のほうでしょう。なにしろ、ご自分よりもさらに賢い人間に自分がねらわれていると、わかったでしょうからね。今夜は、お部屋に鍵をかけて、彼を近づけないようにしてください。もし、乱暴なことでもするようでしたら、ハロウのおばさまのところへ送って行ってあげてもよろしいのですが。さあ、時間を有効に使いましょう。ちょっと調べたいことがありますので、お部屋へ案内していただきましょうか」

　屋敷は、苔がまだらに生えた、灰色の石造りだった。屋敷の中央にあたる高い棟の両側を、カニのはさみのように飛び出した、曲がった二つの棟がはさんでいた。左側の棟は、窓があちらこちら壊れたままで、板が打ちつけられ、屋根もところどころ抜け落ちてしまっていて、まるで、あばら家のようだった。中央の棟も同じぐらい荒れ果てていたが、右側の棟だけが、いくぶん手が加えられていてモダンになっている。窓にはよろい戸がついて、何本かの煙突《えんとつ》からは青い煙が出ていたので、ここで家族が生活していることがわかった。右端の壁の周りに足場が組まれていて、石壁には、大きい穴があいていた。しかし、わたしたちが訪れた時には、職人がいる様子はなかった。手入れの行き届いていない庭の芝生を、ホームズは、あちこちゆっくり歩きまわって、窓の外側をていねいに調べていた。

「これがあなたの寝室の窓で、真ん中がお姉さまのもの、そして中央の棟に一番近いのがロイロット先生の部屋ですね」

「そうです。でも、今はわたしが真ん中の部屋で休んでおります」

「工事の間だけということですね。ところで、あの端の壁ですが、そんなに急いで修理をしなければいけないようには思えませんが」

「はい、そのとおりでございます。きっと、わたしを部屋から追い出すためですわ」

「おや、それはなかなか参考になるご意見です。ところで、この棟の向こう側は長い廊下で、そこから三つの部屋に出入りできるようになっているわけですね。もちろん、廊下側にも窓はありますね」

「はい。でも、とても小さい窓ですの。人が通り抜けることはできませんわ」

「そうしますと、あなたがたが、夜、部屋のドアに鍵をかければ、廊下側からは誰も部屋に入れないわけですね。では、おそれいりますが、お部屋に入ってよろい戸を閉めてみていただけますか」

ストウナ嬢が言われたとおりにすると、ホームズはまず開いた窓をていねいに調べたのちに、よろい戸を、どうにかしてこじ開けようとしたが、結局開かなかった。掛け金をはずそうとしても、ナイフを差し込む隙間もない。ルーペで留め金を調べてみたが、これも丈夫な鉄でできていて、しっかりと石壁に取り付けられていた。「うーん」ホームズは、ちょっと困ったように、あごに手をやって言った。「ぼくの推理には、ちょっとした問題があるな。このよろい戸に掛け金がかかっていれば、ここからは誰も入れない。それなら、部屋の中を調べてみよう。何か手がかりをつかめるかもしれない」

横の小さい戸口から中へ入ると、白壁の廊下があり、三つの寝室が並んでいた。三番めの部屋は調べないでいい、とホームズが言うので、すぐに二番めの部屋、つまり、ストウナ嬢がいま使っていて、彼女の姉が不運な最期を遂げたという部屋へ入った。そこは、古い、いなかの屋敷によく見られる、低い天井と大きな暖炉がある飾りけのない小さな部屋だった。片隅に茶色のたんすが一つあり、もう一方の隅には、白いベッド・カバーが掛けてある狭いベッドが、そして、窓の左側には化粧台が置いてあった。その他には、籐製《とうせい》の椅子が二つと、部屋の中央に、真四角なウィルトンじゅうたん(193)んが敷いてあるだけだった。床や壁の板は虫の喰《く》ったカシの木で、この家が初めて建てられた時のもののように、古く色あせていた。ホームズは、椅子の一つを隅に引き寄せると、黙って座って、部屋のすみずみにまで目をやって、細かい部分を観察していた。

「あの呼びりんは、どこへつながっているのですか?」彼は、ベッドの横に垂れている、呼びりんの太い引き綱《づな》を指さしてたずねた。綱の先のふさは、枕の上にのっていた。

「家政婦の部屋へでございます」

「ほかのものに比べて、新しいように見えますが」

「はい、それは二、三年前につけたばかりでございますの」

「お姉さまが頼まれたのでしょうか」

「いいえ、姉がそれを使ったことはございませんでした。わたしたちは、自分のことは自分でしておりますから」

「そうですか。とすると、あのように立派な引き綱は要らないようですね。ちょっと失礼して、床のほうも調べさせていただきます」彼は、ルーペを持って四つん這《ば》いになると部屋中をすばやく這いまわり、床板の隙間を詳しく調べた。次に、周りの壁の板も念を入れて調べ終えると、ベッドに近づいて、それをしばらく見つめてから、うしろの壁を見まわした。そして最後に、呼びりんの綱を、ぐっと勢いをつけて引いてみた。

「おや、これは鳴らないですね」と、彼は言った。

「ベルが鳴りませんか?」

「そのとおりです。針金にもつないでありませんからね。これはおもしろくなってきた。この綱は、あの通気孔《つうきこう》の小さな穴のすぐ上の釘《くぎ》に結びつけられているのが見えるでしょう」

「まあ、どうしたことでございましょう。今までそんなこと、少しも気づきませんでしたわ!」

「全く、おかしなことだ」ホームズは、紐を引きながらつぶやいた。「この部屋に関しては、きわめておかしい点が幾つかあります。たとえば、通気孔の穴は、隣の部屋に通じています。同じ手間で、外から空気が入れられるというのに、そんなに間の抜けた建築屋がいるでしょうかね」

「あれも、近年にできましたの」と、ストウナ嬢が答えた。

「呼びりんと同じ頃ですか？」ホームズはたずねた。

「はい、あの時、数ヶ所にちょっとした改築をいたしました」

「それは、きわめて面白い工事だったようですね――鳴らない呼びりん、空気を取り入れられない通気孔。ストウナさん、もしよろしければ、一番奥の部屋を調べさせていただけますか」

グリムズビー・ロイロット医師の部屋は、義理の娘のものより大きかったが、家具は同じように飾りけがなかった。折りたたみ式ベッド、専門書が主に詰まっている木製の小さい本棚、ベッドのそばの肘掛《ひじか》け椅子、壁ぎわに置かれた簡素な木の椅子と丸テーブル、鉄製の大きな金庫――目に入ったものは、おおよそこのくらいだった。ホームズは、ゆっくりと歩きまわりながら、それぞれを非常に熱心に調べていた。

「この中には、何が入っているのですか？」金庫を叩きながら、ホームズはたずねた。

「義父の仕事関係の書類でございます」

「というと、中をご覧になったことがおありなのですね」

「数年前ですが、一度だけでございます。書類でいっぱいだったように覚えております」

「たとえば、この中でネコを飼っている、ということはありませんか？」

「いいえ。なぜ、そのようなことを、おたずねになりますのかしら」

「これをご覧ください」ホームズは、金庫の上に置いてある、小さな小皿のミルクを取りあげた。

「いいえ、ネコは飼っておりません。チーターとヒヒはおりますが」

「そうでしたね。まあ、そういえば、チーターはネコの大きくなったようなものですがね。でも、こんな小さな皿のミルクでは、とても満腹にはならないでしょうな。さて、あと一つだけ確かめておきたいことがあります」ホームズは、木の椅子の前にしゃがむと、シートを丹念に調べ始めた。

「ありがとうございました。だいぶわかってきました」彼は立ち上がると、ルーペをポケットにしまった。「ほう、ここにおもしろいものがあるぞ」

ベッドの端に掛けてある犬用の小さなむちに、ホームズは目を留めた。そのむちは、革紐の部分が丸く結んであって、輪になっているのだ。

「ワトスン、あれは何をするものだと思う？」

「普通のむちじゃないか。でも、なぜ、先が結んであるのかな」

「これはね、決して普通のむちではない。ああ、なんということだろうね。世も末だよ。頭のいい人間がその知恵を悪事に向ける時ほど始末の悪いことはないね。ストウ

ナさん、充分に見せていただきました。よろしければ、庭の芝生のほうへ出てみたいのですが」

　この調査を終えた時のホームズは、わたしが今までに決して見たこともないほど、厳《きび》しく暗い顔をしていた。わたしたちは、しばらくの間、芝生を行ったり来たりした。ストウナ嬢もわたしも、ホームズが自分から話しかけるまでは、彼の考えていることを邪魔しないようにしていた。

「ストウナさん、これは大切なことです」と、ホームズは口を開いた。「どんなことがあってもすべて、わたしの指示どおりにしていただかねばなりません」

「必ず、お考えどおりにいたしますわ」

「事はたいへん深刻ですから、少しの油断もできません。あなたの命は、あなたが、わたしの指示に従えるかどうかにかかっています」

「必ず、ご指示に従います」

「まず第一に、今晩は、わたしと友人のワトスンは、あなたの部屋で過ごすことにします」

ストウナ嬢もわたしも、驚いてホームズを見つめた。

「そうです。どうしても、そうしなければいけないのです。説明しましょう。あそこに、村の宿屋が見えますね」

「ええ、あれは、クラウン旅館です」

「おあつらえ向きだ。あなたの部屋の窓は、あそこから見えるでしょう?」

「そう思います」

「お父さまが戻られましたら、頭が痛いとかおっしゃって、ご自分の部屋に閉じこもってください。そして、夜、お父さまが部屋に入る音を聞いたら、窓の留め金をはずし、よろい戸を開けて、わたしたちへの合図として、ランプをそこに置いてください。そうしてから、必要なものだけを持って、今まで使っていた部屋に行っていただきます。修理中でしょうが、一晩ぐらいなら、なんとか過ごせるはずだと思います」

「簡単なことでございますわ」

「あとのことは、ご心配には及びません」

「でも、どうなさいますの?」

「わたしたちは、今晩あなたの部屋で過ごし、あなたを悩ませている音の正体をあばいてお見せしますよ」

「ホームズさま、きっとあなたには、もうすべてがおわかりなのでございますね」ストウナ嬢は、ホームズの服のそでに、手を置いて言った。

「まあ、そんなところです」

「では、姉の死の原因についても、お教え願えますでしょうか」

「それは、もう少しはっきりした証拠がそろってからお話しいたしましょう」

「それではどうぞ、わたしの考えが、正しいかどうかだけでもお答えくださいませ。姉は、何かの恐怖で、突然、亡くなったのでございましょうか？」

「いいえ、わたしにはそうは思えません。おそらく、それよりももっとはっきりした原因で、亡くなられたと考えております。では、ストウナさん、今はこれでおいとまします。ロイロット医師が戻って来て、わたしたちを見かけたりすれば、せっかくの調査も水の泡ですからね。それでは、さようなら。どうぞ気を落とさないで。わたしが、申し上げたとおりにさえなされば、あなたをおびやかす危険を、すぐに取り除いてさしあげます。どうぞ、ご安心ください」


ホームズとわたしは、クラウン旅館で、居間つきの寝室を簡単に予約できた。部屋は二階だったので、窓からは並木道の門と、ストーク・モラン領主館の人が住んでいるほうの棟を見渡すことができた。夕暮れ時になって、グリムズビー・ロイロット医師は馬車で帰って来た。手綱《たづな》を持っている少年の小さな姿の横に、彼の大きな体がぼんやりと浮かび上がった。少年が重い鉄の扉を開けるのにちょっと手間どっていると、彼のしゃがれたどなり声が、わたしたちのところまで聞こえてきた。怒って、少年に拳を振り上げている姿も見えた。二輪馬車が走り去り、数分後に、居間の一つにランプがともり、木々の間から突然光が射した。

「ねえ、ワトスン」迫り来る夕闇の中に一緒に腰をおろすと、ホームズは言った。「ぼくは今晩君を誘うのは、どうしようかと思っているのだよ。危険を伴《ともな》うことが、はっきりわかっているからね」

「ぼくでは助けにならないのかい」

「君がいてくれるだけで、とてもうれしいよ」

「それじゃあ、ぼくは絶対に行くさ」

「ありがとう。感謝するよ」

「危険を伴うと言っていたね。というと、君はあの部屋で、ぼくが見落としていたものを見てきたということだね」

「いいや、そうじゃないけれど、ぼくの推理のほうが、少し先を読んでいるのさ。君は、ぼくが見たものを、全部見ていると思うよ」

「あの呼びりんの引き綱のほかには、変なものはなかったように思うがね。とは言ってみても、あれが何のためのものなのか、ぼくには全く想像もつかないよ」

「君、通気孔も見ただろう？」

「見たさ。でも、二つの部屋の間に小さな穴があったからといって、そんなに奇怪なことだとは思わないがね。それに、あの穴は、ネズミが通るか通らないかというほど、小さいものじゃないか」

「ぼくはね、ストーク・モランへやって来る前から、きっと通気孔があるとにらんでいたのさ」

「なんだって！」

「そうさ。そうなんだよ。姉さんが、ロイロット医師の葉巻の臭《にお》いがする、と言っていたと、ストウナ嬢が話していたのを、君は覚えているかい？　そこで、すぐにぼくは、その二つの部屋はどこかでつながっているに違いない、と推理したというわけさ。しかも、それは、かなり小さいものでなければいけないんだ。そうでなければ、検死の時に、当然、問題にされていただろうからね。ぼくは、通気孔に違いないと思っていたよ」

「だけど、それがどうかしたっていうのかい？」

「そこだよ。これが引き綱と同時にできたというのは、ちょっと奇妙じゃないか。通気孔が作られて、引き綱が取り付けられ、そしてベッドの中で寝ていた女性が死んだんだ。君は、あやしいとは思わないのかい？」

「ぼくには、つながりがわからないよ」

「すると、君は、あのベッドがとても変わっていたのに気づかなかったのかい？」

「いいや」

「床に留め金で留められていたんだ。そんなふうに固定されているベッドなんて、今までに見たことがあるかね？」

「ないさ」

「姉さんは、自分のベッドを動かすことができなかった。ベッドと通気孔と引き綱は、いつでも変わらない位置にあったに違いない。そう、あれは呼びりんの引き綱なんかじゃない。ただのロープだよ」

「ホームズ！」わたしは叫んだ。「ぼくにも、どうやら、君の言おうとしていることがわかってきたみたいだ。ぼくたちは、仕組まれた恐ろしい犯罪を、なんとか食い止めようというわけだね」

「実に巧みで、実に恐ろしい。医者が悪事をはたらくと、第一級の犯罪者になるね。どきょうはあるし、知識もある。パーマーやプリチャードも、医者として優《すぐ》れた腕を持っていたのだ。今度の犯人は、その上をいっている。でも、ワトスン、ぼくたちは、そのまた上をいくつもりだよ。その代り、今夜は、ずいぶん怖い思いをすることになるだろうね。だから、今のうちに、静かに一服しておこうよ。二、三時間、何かよい気分にひたっておいたほうがよさそうだね」

九時近く、木立《こだち》の間の明りが消えて、領主館の方角はまっ暗だった。それから二時間がゆっくりと過ぎて、十一時の鐘《かね》が鳴った。ちょうどその時、急にわたしたちの目の前に一つの明るい光が見えた。

「あれは合図だ」と、ホームズは、さっと立ち上がって言った。「まん中の窓からの光だ」

出がけに、ホームズは宿の主人と、一言、二言、言葉を交わし、これから知人を訪ねるが、今晩はそちらで過ごすかもしれない、と説明した。その後すぐ、わたしたちはまっ暗な道へ出た。冷たい風が顔に吹きつけ、前方には黄色い一筋の光がかがやいて、陰《いん》うつな仕事に向かうわたしたちの道しるべとなった。

庭を囲んでいる古い塀はところどころ大きく崩れたまま手入れがされていないので、屋敷には、簡単に忍び込むことができた。植え込みの間を通り抜けると芝生に出たので、そこを横ぎり、窓から中へ入ろうとした。ちょうどその時、月桂樹《げっけいじゅ》のやぶの中から、うすきみ悪い、小さな子どものようなものが飛び出してきたかと思うと草むらにひっくり返り、四本の足をばたつかせた。そしてすぐに芝生を横ぎって、暗闇の中へ消えていった。

「ひゃあー！」と、わたしはささやいた。「見たかい？」

ホームズもわたしと同じように、一瞬驚いたようで、彼はその瞬間、わたしの手首をすごい力で握りしめた。それから、急に低い笑い声をもらすと、わたしの耳元に唇を近づけた。

「全く、とんだ家族だよ」彼はつぶやいた。「あれはヒヒだよ」

わたしは、ロイロットが変わった動物をペットにしているということを、すっかり忘れていた。そうだ、チーターもいるはずだった。とすれば、今にもわたしたちの肩にとびかかってくるかもしれない。ホームズと同じように、靴を脱いで寝室に入り込んだ時には、正直言って、わたしは思わず胸を撫《な》でおろした。ホームズは、そっとよろい戸を閉めると、ランプをテーブルの上に戻し、部屋じゅうを注意深く眺めた。すべて、昼間見たものと同じだった。やがて、ホームズはわたしに近づくと、手をトランペットのような形に丸めて、わたしの耳元で、やっと聞きとれるくらいの低い声で、再びささやいた。

「ほんのちょっとの音でも、ぼくたちの計画はふいになってしまう」

聞こえたということを示すために、わたしは、うなずいてみせた。

「明りを消して、座っていなければならない。通気孔から光がもれて、彼に見つかるといけないからね」

わたしは、再びうなずいた。

「眠っちゃいけないよ。君の命にかかわるのだ。その時に備えて、ピストルを用意しておいたほうがいい。ぼくはベッドのこちら側に座るから、君はあの椅子に座って」

わたしはピストルを出して、テーブルの端に置いた。

ホームズは、細くて長いステッキを持ってきていた。それを自分の手元に置き、その横にマッチとろうそくを置くと、ランプの火を消した。あたりはまっ暗闇になった。

この恐ろしい寝ずの番のことを、わたしはどうしても忘れられない。あたりはしんと静まりかえり、わたしのすぐ前、二、三フィート（約六〇～九〇センチメートル）以内のところにホームズが、わたしと同じように緊張しきって座っているのに、彼の息遣《いきづか》いさえ聞こえなかった。よろい戸は外の光を少しも入れず、わたしたちは、全くの暗闇の中で待っていた。外からは、ときどきフクロウなどの夜鳥の声が聞こえたし、一度は、部屋の窓のすぐ近くで、ネコの鳴き声のように長くひきずるような声がした。話のとおりチーターが放し飼いになっているのがわかった。十五分おきに鳴る、時を知らせる太くて響きのある教会の鐘の音が、遠くに聞こえた。その十五分間の、長いことといったらなかった。十二時、一時、二時、三時、わたしたちはじっと黙って座ったまま、何かがおこるのを待っていた。

突然、通気孔のほうでぱっと光が射したかと思うと、すぐに消えてしまった。する

と、油が燃える臭いと、金属がこげるような臭いが、強くただよってきた。隣の部屋で、誰かがランタン[194]に火をつけたのだ。人の動くけはいがしたが、また、前よりも静かになってしまった。けれども、臭いのほうは、いっそう強くなってきた。わたしは三十分間ほど、じっと耳をそばだてて座っていた。そのとき突然、別の音が聞こえてきた。それは、やかんから細く連続して噴き出してくる蒸気のように、滑らかで、穏やかな音だった。その音がしたとたんに、ホームズはベッドから立ち上がると、マッチをすり、呼びりんの綱を、ステッキで思いっきり叩いた。

「見たかい!?　ワトスン」ホームズ

は叫んだ。「見ただろう⁉」

ところが、わたしには何も見えなかった。ホームズがマッチで照らした時に、低くはっきりとした口笛を聞いたのだが、急に明るくなったものだから、闇に慣れた目にはまぶしくて、ホームズがあんなに思いっきり打ちのめしたものが何なのか、よくわからなかった。しかし、彼の顔が死んだように青ざめ、恐怖と、嫌悪感がみなぎっていることは読み取れた。

彼は打つのをやめると、通気孔をじっと見上げた。その時、夜の静けさを引き裂くように、この世のものとは思えないような、恐ろしい叫び声が聞こえてきた。叫び声は、だんだんに大きくなり、苦しみと、恐れと、怒りとが入り混じった、身の毛も逆立つような悲鳴に変わった。この悲鳴は村まで聞こえ、しかも、村はずれにある牧師館にまで届いたそうだ。寝ていた人が飛び起きてしまったほどだと、あとで村の人たちが語っていた。悲鳴は、わたしたちの心臓も凍《こお》りつかせるほどだった。わたしとホームズは、互いに見つめ合っていたが、やがて、その叫び声もこだまも聞こえなくなり、辺りは、再び静まりかえった。

「いったい何がおきたんだ？」わたしはあえぎながら言った。

「すべてが終わったということだよ」ホームズは答えた。「しかも、一番良い方法でね。ピストルは持ったかい？　ぼくたちも、ロイロット医師の部屋へ行ってみること

にしよう」
　ホームズは心配そうな顔つきで、ランプに火をつけて廊下を歩いた。部屋のドアを二度ノックしたが、中からは何の答えもなかった。ホームズは取っ手を回して中へ入った。わたしも、撃鉄《げきてつ》をおこしたピストルを手にして、すぐ後についていった。
　わたしたちの目の前には、何とも言えない、異様な光景が現われた。机の上には、おおいが半分かかったままのランタンが置いてあり、その明るい光が、半開きの鉄製の金庫を照らし出していた。テーブルの横の木の椅子に、長い灰色のガウンを着て、はだしで赤いトルコ・スリッパをはいた、グリムズビー・ロイロット医師が座っていて、ガウンの下から足首をむき出しにしていた。彼の膝《ひざ》の上には、昼間見た、短い柄の、長い革紐が付いたむちがあり、彼はあごを上にして、こわばった恐ろしい目つきで、天井の隅をにらみつけていた。そして、ひたいには、茶色がかったまだらのある黄色い紐《バンド》が、頭に強く巻きついているような形でのっていた。わたしたちが中に入っていっても、彼は黙ったまま、身動きもしなかった。

「紐だよ。まだらの紐さ」ホームズはつぶやいた。

わたしは一歩前へ出た。すると、頭の上の奇妙な飾りが動きだした。髪の毛の中から、ずんぐりしたダイヤモンド型の、先の尖った頭をした気持ちの悪いヘビが、ふくらんだ鎌首をもたげたのだ。

「沼毒ヘビ[195]だよ！」と、ホームズは叫んだ。「インドで、最も恐ろしいと言われているヘビさ。嚙《か》まれてから十秒以内に、彼は死んだのだ。暴力をふるえば、それがまた自分に振りかかってくるし、他人をおとしいれようと穴を掘る者は、みずからこれに落ちるのだ。とにかく、このヘビを住みかに戻すことにしよう。そして、ストウナ嬢を安全なところへ移してから、事件を州の警察へ知らせよう」

ホームズは、死人の膝の上から、犬用のむちをすばやく取ると、その輪をヘビの首にかけて、不快な場所から引き離し、ぐっと腕をいっぱいに伸ばして運ぶと、鉄の金庫の中に投げ込み、その扉を閉めた。

これが、ストーク・モランの、グリムズビー・ロイロット医師の死についての真相である。このあと、わたしたちは、恐怖に恐れおののいているストウナ嬢に、この悲しい知らせを教え、翌朝の列車で、ハロウに住んでいるやさしい叔母のもとへ送って行った。州の警察は、ゆっくりした捜査のあげくに、ロイロットは危険このうえない毒へビをペットにしてもて遊んでいるうちに、うっかり嚙まれて死んだ、という結論を出した。しかし、さらにこれらのことをくどくどと書いて、これ以上、話を長くすることはやめにしておこう。この事件で、わたしにはまだわからないことが二、三あったが、それは次の日、ロンドンへ帰る途中で、ホームズが説明してくれた。

「ぼくもね」と、彼は言った。「初めは全く間違った結論を出していたんだよ。このことで、データが充分にそろっていないところから結論を出すのが、どんなに危険であるかがよくわかったよ、ワトスン。近くにロマがいたこと、亡くなった姉さんが、マッチの光でちらっと見た恐ろしいものを説明しようとして、『紐《バンド》』という言葉を使ったこと。ぼくは、この二つの事実だけで、全く間違った方向に結論を出してしまいそうだったんだ。でもね、あの部屋の住人を襲う危険が、何であるかは別にして、窓やドアから入ってくることはありえないとわかった時、すぐに、先ほど出した結論を考え直したことは自慢してもいいと思うよ。それで、さっきも話したけれど、ぼくは、すぐにあの通気孔と、ベッドの上の呼びりんの引き綱に注目した。引き綱が見せかけだけのもので、しかも、ベッドは床に釘付《くぎづ》けになっている。そこで、引き綱は、通気孔を通って何かがベッドまで下りていく橋渡しをするのではないかと、思いついた。ぼくはすぐに、ヘビを思い浮かべた。そして、ロイロットがインドから動物を取り寄せているということを考え合わせて、ぼくの推理は、正しい方向に向かっていると思ったのだ。どんな化学検査によっても、検出されない毒を使うなどというのは、東洋での修業経験のある、賢くて残酷な男が、いかにも考えつきそうなことではないか。こんなに毒の回りが速いというのも、ロイロットにすれば都合がいい。ヘビの毒牙《どくが》が嚙んだ痕は、針で刺したような二つの小さな黒い傷痕だから、よほど観察力がある検死官じゃなければ、見つけられない。次に、ぼくは口笛について考えてみた。朝になって、被害者に見られないうちに、ヘビを呼び戻さなければいけないわけだ。たぶん、ぼくたちが見た小皿のミルクを使って、呼んだら帰ってくるようにしつけたのだろう。彼は、一番うまくいきそうな時を見はからうと、ヘビを通気孔に入れ、それが綱を伝わってベッドの上に行くようにしたのだ。だけど、すぐに嚙みつくかどうかは決まっていないからね。たぶん一週間ぐらいは、彼女も災難を逃れていたのだろうけれど、遅かれ早かれ、犠牲になる運命だったのだ。

ぼくはロイロットの部屋に入る前に、ここまでは結論を出していた。彼の椅子を見て、いつもそれを踏み台にしていたこともわかった。つまり、通気孔にヘビを入れるために、必要だったというわけだ。それから、金庫、小皿のミルク、先が輪《わ》に結んであるむち。どれを見ても、疑いの余地はない。ストウナ嬢が聞いたという、金属の落ちるような音というのは、父親が、あの恐ろしいヘビを金庫に戻して、慌てて扉を閉めた音だ。こういうふうに、一度考えを決めてしまってから、それを証明するために、ぼくがどんなことをしたかは、君も知っているだろう。君にも聞こえたと思うけれど、ヘビのたてるシュッという音を聞いて、すぐに明りをつけ、それを叩いたのさ」

「それで、ヘビは通気孔を通って逃げていったのだね」

「そして、その結果は、向こう側の部屋にいた、ご主人さまを襲うということになってしまった。ぼくのステッキが、二、三回は当たっているはずだから、ヘビは野性にかえって、初めに見た人間を、怒り狂って襲ったのだ。こうして、グリムズビー・ロイロット医師が死んだということについては、まぎれもなく、ぼくに責任がある。まあ、間接的にだけれどね。しかし、そのことで、良心がひどく痛むことはないと思うね」

技師の親指

わたしがシャーロック・ホームズと親しく付き合うようになってもう何年にもなるが、その間、彼が解決を依頼された事件のうち、わたし自身が持ち込んだものが二つだけある。ハザリ氏の親指事件と、ウォーバートン大佐の精神異常事件だ。この二つの事件では、後者のほうが、独創性豊かな鋭い観察者にとっては見事な活躍の場となったかもしれない。しかし、前者の事件のほうも、奇妙なはじまりで、細かい点では劇的な展開があり、あれほどすばらしい結果を見せてきたわが友人の推理方法を駆使《くし》する機会が少なかったとはいえ、記録に残しておく価値は、こちらの事件のほうが大きいのではないだろうかと、わたしは思う。事件については何度となく各新聞で報道されているけれども、こういう種類の記事の例にもれず、半段ほどのスペースに書かれた大筋を読んだだけでは、目の前で事実がゆっくりと展開して、新しいことを発見するつどに、完全な真実へと、一歩ずつ謎が解き明かされていく場合と違って、たいして感動しないのが普通である。当時、わたしはこの事件に強い印象を受けたが、あれから二年経った今でも、その印象は少しも薄れてはいない。

わたしがこれから手短にまとめて話そうとする事件がおきたのは、一八八九年の夏、わたしが結婚してまもなくのことだった。わたしは、元の開業医に戻り、ベイカー街にホームズを一人残してきたわけだが、その後も絶えず彼のもとを訪れ、ときには、そのあまりにも気ままなボヘミアン的生活を慎《つつ》しませ、わたしたちの家庭へ招いたりもした。わたしの患者も徐々に増え、たまたまパディントン駅にさほど遠くない場所に住んでいたので、駅員にも数人患者ができた。なかでも、苦しい長患《ながわずら》いを治してやった男は、飽きることなくわたしの腕前を宣伝して、少しでも耳をかたむけそうな患者がいると、わたしにかかるように努力してくれていた。

ある朝のこと、七時少し前に、わたしはメイドがドアを叩く音で目を覚ました。パディントン駅から二人の男が来て、診察室で待っているとメイドは告げた。経験上、鉄道事故で軽傷ということはほとんどないことを知っていたので、わたしはすばやく服を着て、階下へ急いで降りていった。下に降りると、例のなじみの車掌が診察室から出てきて、うしろ手にドアをぴったりと閉めた。

「連れてきやした」と、車掌は肩越しに親指でうしろを指しながら、小声で言った。

「彼は大丈夫ですよ」

「いったい何があったというのかね？」と、わたしはたずねた。彼の様子から、部屋に閉じこめたのは、何か得体の知れない動物か何かのような感じがしたからだ。

「新しい患者さんですよ」と、彼はささやいた。「あっしが自分で連れてきたほうがいいと思ったんでね。そうすりゃ、途中で逃げられねえ。無事にたどり着いたというわけですよ。先生、あっしはもう行かねえと。あっしも仕事がありやす、先生と同じようにね」そう言うと、この信頼すべき客引きは、わたしが礼を言うまもなく、帰ってしまった。

診察室に入ると、テーブルのそばに一人の紳士が腰をおろしていた。じみな混色《こんしょく》の毛織物[196]の背広を着ていて、柔らかい生地の帽子は、わたしの本の上に置いてあった。片方の手にはハンカチが巻かれていたが、一面に血がにじみ出ていた。二十五歳は越えていないと思われる若い男で、たくましい男らしい顔つきをしている。しかし、顔色はまっ青で、激しいショックに見舞《みま》われたのを気力を振りしぼってなんとか行動しているという印象を受けた。

「先生、こんなに朝早く起こしてしまって、申しわけありません」と、彼は言った。「夜中にひどい事故にあったものですから。今朝、汽車でパディントン駅に着いて、駅でどこかにお医者はいないかとたずねたところ、親切な方がここまでついてきてくださったのです。メイドさんに名刺を渡しましたが、サイドテーブルの上に置いていったようですね」

わたしは名刺を手に取って見た。「ヴィクター・ハザリ[197]、水力技師、ヴィクトリア街十六番のａ（四階）[198]」。これが、この朝の訪問者の名前と肩書きと住所だった。「お待たせして申しわけありません」と、わたしは診察の椅子に腰をおろしながら言った。「夜汽車で着かれたばかりですね。さぞ退屈なさったことでしょう」

「いや、わたしの夜は退屈どころではなかったですよ」と言って、彼は笑った。甲高い響きわたるような声で、椅子に反り返って、脇腹をゆすりながら、腹の底から笑うのだった。わたしは、医者としての直感で、これは危ないと思った。

「笑ってはいけません！」と、わたしは叫んだ。「気を落ちつかせて！」と言って、水差しの水を注いでやった。

しかし、これは何の役にも立たなかった。彼は、重大な危機が去った後で、気丈な人間を襲うヒステリックな発作にやられて、気が変になっていた。やがて、正気に戻ったが、疲れはてて、ひどく赤面した。

「お恥ずかしいところをお見せしてしまって」彼はあえぎながら言った。

「いやいや。これをお飲みなさい」水に少しばかりブランデーを落として飲ませると、血の気の失せた頬に赤みが戻り始めた。

「かなり良くなりました」と、彼は言った。「では、先生、わたしの親指を、いえ、親指のあったところを診ていただけませんか」

彼はハンカチをほどいて、手を差し出した。傷を見慣れていて、平気になっている

わたしでも、身ぶるいするようなものだった。四本の指が突き出ている隣の、親指があったところに、なんともおぞましい、まっ赤な、スポンジのようなものが見えた。親指は、根本から叩き切られたか、もぎ取られたようだった。
「これはひどい！」わたしは叫んだ。「ひどい傷だ。かなり出血したでしょう」
「そうです。出ましたよ。切られた時は気が遠くなって、長いこと気を失っていたと思います。意識が戻った時、まだ血が出ているのに気づいて、ハンカチの端で手首を強く縛って、小枝を挿入して締め上げたのです」

「すばらしい！　あなたは外科医になればよかった」

「これは水力学の問題で、自分のハタケというわけです」

「たいへん重く鋭いもので」わたしは、傷口を調べながら言った。「切られていますね」

「肉切り包丁のようなものです」と、彼は言った。

「事故にあったのですか？」

「いや、とんでもない」

「なんです！　それでは、殺すつもりで切りつけてきたというわけですか」

「本当に、殺そうとしたのです」

「なんと怖ろしい話だ」

わたしは、傷口をスポンジで拭《ぬぐ》ってから消毒をして、手当をし、ガーゼでくるんで、石炭酸消毒した包帯を巻いた。(199) 彼は椅子にもたれて痛みをこらえていたが、ときどき唇を嚙《か》んだ。

「いかがですか？」わたしは手当を終えて、たずねた。

「とてもいい！　ブランデーと包帯のおかげで、すっかり生き返った心地がします。だいぶまいっていましたが、なにしろ大変な目にあったものですから」

「そのことは、お話しにならないほうがいい。神経に障《さわ》りますよ」

「そう、今はやめましょう。いずれ警察には話さなければならないでしょうが、ここだけの話ですが、この親指の傷というはっきりした証拠がないとすると、わたしの話を信じてくれと言うほうが無理でしょう。なにしろ、途方もない話ですし、証拠になるようなものは、ほとんどないのです。たとえ、信じてもらえたとしても、ひどく漠然とした手がかりしか提供できないのですから、犯罪として裁かれるかどうかも疑問です」

「ほう！」と、わたしは叫んだ。「そういう事件を解決されたいとお思いなら、警察に行く前に、私の友人シャーロック・ホームズをお訪ねになったらいかがでしょうか」

「その方のことなら、耳にしたことがありますよ」と、相手は答えた。「もちろん、警察にも行かなければなりませんが、ホームズさんがお引き受けくだされば、こんなにうれしいことはありません。ご紹介くださいますか？」

「紹介するもなにも、今から彼のところへお連れしますよ」

「それは、ありがとうございます」

「馬車を呼んで、ご一緒しましょう。今から行けば、ちょうど一緒に朝食を食べられるでしょう。そうする元気はおありですか？」

「はい。全部話してしまうまでは、気も落ちつきませんし」

「それでは、使用人に馬車を呼ぶように言って、すぐ戻ってきます」わたしは階段を駆け上がって、妻に手短に事情を話すと、五分後には、知り合ったばかりの男と馬車に乗り、ベイカー街へと向かっていた。

シャーロック・ホームズは、わたしが思ったとおり、ガウン姿で、「タイムズ」の私事広告欄《アゴニイ・コラム》[200]を読みながら、居間を歩きまわっていた。口には、朝食前のパイプをくわえていたが、それには、嚙みタバコ[201]や昨日の吸いさしやら何やらをかき集めて、暖炉の隅でていねいに乾かしたものが詰まっていた。彼は、いつものように、ゆったりとした態度で愛想よくわたしたちを迎え入れ、新たにベーコン・エッグを注文して、たっぷりした朝食を共にしてくれた。食事を終えると、彼は、新しい知人をソファに案内して、頭の下に枕をあてがい、手の届くところに、水で割ったブランデーを置いた。

「ハザリさん、あなたがとんでもない経験をされたことは、よくわかります」と、彼は言った。「どうぞ、横になって、お楽になさってください。そして、できる限りお話しください。しかし、疲れたら話をやめて、そこの気付け薬を飲んで、元気を取り戻してください」

「ありがとうございます」と、わたしの患者は言った。「ですが、ワトスン先生に手当していただいて、生まれ変わったように元気になりましたし、おいしい朝食までいただいて、すっかり回復したように思います。貴重なお時間を無駄にしないためにも、

さっそく、わたしが経験した奇妙な出来事をお話ししましょう」
　ホームズは持ち前の熱心な鋭い本性をおおい隠して、気だるい、瞼《まぶた》のたれたような表情で、いつものように大きな肘掛《ひじか》け椅子に腰をおろした。一方、わたしはホームズの向かいに座って、ホームズと共に、ハザリ氏が詳しく話してくれた奇妙な出来事に、黙って耳を傾けた。
「まず知っていただきたいのは」と、彼は言った。「わたしには父母もなく、独身で、ロンドンで一人、下宿暮しをしているということです。職業は水力技師ですが、グリニッジにある有名なヴェナー・アンド・マシスン商会(202)で七年間見習いをして、かなりの経験を積んでいます。二年前、見習いの年季《ねんき》が明けた年に父が亡くなり、かなりの遺産が入りましたので、独立して仕事をしようと思い、ヴィクトリア街に事務所を構えたのです。

　誰でも、事業を始めてすぐの頃は惨《みじ》めな経験をするものでしょうが、わたしの場合は特にひどいものでした。この二年間は、相談が三件と小さな仕事が一件、仕事としてはたったこれだけでした。全部の収入を合わせても二十七ポンド十シリングです。毎日、朝の九時から夕方の四時まで小さな部屋で客を待っていたのですが、やがて気弱になってきて、仕事なんか永久に来ないのではないかと思うようになりました。

　ところが、昨日のこと、もう帰ろうと思っているところへ、うちの事務員が入ってきて、一人の紳士が仕事のことでお会いしたいと、待っていると言うのです。事務員が持ってきた名刺には、『陸軍大佐、ライサンダー・スターク』と印刷されていました。事務員のすぐうしろから、大佐自身が来たのを見ると、背は普通より少し高いくらいでしたが、異様にやせた人でした。あんなにやせた人間を見たことがありません。顔全体を削って鼻とあごを尖《とが》らせたようで、頬《ほお》の皮膚は突き出した頬骨にぴんと張っているのです。けれども、このやせ方は生まれつきのもののようで、病気のせいでない証拠には、目にかがやきがあり、足どりも軽く、態度も自信に満ちていました。じみでしたが、きちんとした身なりで、年の頃は、そう、三十代後半というところでしょうかね。

『ハザリさんですね？』と、彼はどことなくドイツ訛《なま》りの口調で言いました。『ハザリさん、あなたは仕事がよくできるだけでなく、思慮深く、秘密を守ってくださると聞いて伺いました』

こんな言われ方をすれば、若い男なら誰だっていい気持ちになるでしょう。わたしもそのとおりで、頭を下げました。『わたしのことをそのようにほめて紹介したのは、どなたですかね？』と、わたしはたずねました。

『それは、おそらく、今は申し上げないほうがいいでしょう。同じ方から、あなたがご両親のない独身で、ロンドンで一人暮しをされていることも聞いています』

『そのとおりです』と、わたしは答えました。『いや、失礼ですが、それとわたしの職業上の資格と、どういう関係があるというのですか。仕事のお話でいらっしゃったのでしょう?』

『もちろんそうです。ですが、わたしが的外れなことを言っているのではないことは、いずれおわかりになるでしょう。わたしは、仕事の依頼に伺ったのですが、絶対に秘密を守っていただくことが、ぜひとも必要なのです。よろしいですか、絶対秘密ですよ。それには、もちろん、家族と一緒に暮らしている人より、一人暮しの人のほうが適任というわけです』

『いったん秘密を守るとお約束したら』と、私は言った。『絶対に信頼を裏切るようなことはしません』

彼は、こう言うわたしをじっと見つめていましたが、あんなに疑念に満ちた、疑い深い視線に出会ったのは、初めてのように思えました。

『それでは、お約束いただけますね?』ようやく彼が口を開きました。

『ええ、お約束します』

『仕事の前も、その最中も、その後も、絶対に完全な沈黙を守ること。その件に関しては、何一つ話しても、書いてもいけません』

『それは、もう、お約束したことです』

『けっこうでしょう』彼は、突然立ち上がると、稲妻《いなづま》のように部屋を横切り、ドアを開け放ったのです。廊下には誰の姿も見えませんでした。『大丈夫だ』と言って、彼は部屋の中に戻ってきました。『雇い人は、とかく主人が何をしているか、知りたがるものですからね。これで、安心して話せます』彼は、わたしのそばまで椅子を引き寄せ、先ほどの疑わしそうな表情で、また、しげしげとこちらを眺めたのです。

そのやせた男の奇妙な仕草に、わたしは何か、恐怖に近い嫌悪感に襲われました。客を失っては大変という心配はあったものの、がまんを隠しておくことはできませんでした。

『どうかご用件をおっしゃってください』と、わたしは言いました。『わたしにとって、時間は貴重なので』最後の言葉は申しわけなかったのですが、つい、口から出てしまったのです。

『一晩仕事をしていただいて、五十ギニーではいかがでしょう？』と、彼は聞きました。

『たいへんけっこうです』

『一晩の仕事と言っても、一時間くらいと言ったほうが近いでしょう。歯車の調子が狂った水力打ち抜き機を調べてほしいだけのことなのです。どこが悪いか教えていただければ、あとで自分たちで直します。こういう依頼はいかがでしょうか？』

『仕事は簡単なようですし、報酬《ほうしゅう》もすてきです』

『そのとおりです。今晩、終列車で来ていただきたいのですが』

『どちらへ行けばよいのでしょう？』

『バークシャーのアイフォード(203)です。オクスフォードシャーとの州境に近い小さな町で、レディングから七マイル（一一キロメートル）足らずのところです。パディントン駅発で、あちらに十一時十五分くらいに到着する列車があります』

『けっこうです』

『わたしが、馬車でお迎えにあがります』

『それでは、駅からまた馬車で行くのですか？』

『ええ、わたしたちの家はいなかのほうにありましてね。アイフォード駅から、たっぷり七マイルはあります』

『それでは、真夜中までには着きませんね。そうなれば、汽車で戻ることはできそうにないから、一晩泊まらなければなりませんね』

『そうですが、仮寝台《かりしんだい》くらいは簡単に用意できますよ』

『それはずいぶんと厄介ですね。もっと都合のよい時間に行くということはできませんか？』

『こちらでは、遅く来ていただくのが一番よいと、判断したのです。お若く、無名のあなたに、一流の技師に見てもらえるほどの報酬をお払いするのも、こうした不便な点があってのことなのですよ。でも、もちろん、あなたがこの仕事を断りたいとおっしゃるなら、今からでも遅くはありませんよ』

わたしは、五十ギニーのことを考えて、それがあったらどれほど助かるかと考えました。『とんでもない』と、わたしは言いました。『喜んで、ご希望にそうようにしますが、どんな仕事をすればいいのか、もう少しはっきりとうかがえませんか』

『ごもっともです。秘密厳守の約束をさせたりして、ふしぎに思われるのも当然でしょう。わたしとしても、詳しい説明もせずに、仕事をしていただこうとは思っていません。絶対、誰にも盗み聞きされる恐れはないでしょうね？』

『それは絶対に大丈夫です』

『それでは、お話ししましょう。酸性白土《さんせいはくど》というのがたいへん貴重なもので、イギリスでも一、二ヶ所からしか産出しないことは、たぶんご存じでしょう？』

『そう聞いています』

『少し前のことになりますが、わたしはレディングから十マイル（一六キロメートル）足らずのところに小さな土地を……たいへん小さな土地を買い求めました。すると、運のよいことに、その土地の一部から酸性白土の層が出たのです。しかし、調べてみると、その層は比較的小さなもので、左右のとても大きな層をつなぐものだということがわかったのですが、その両方ともが隣人の土地にあるのです。この隣人は、自分の土地に、金鉱《きんこう》と同じくらい価値のあるものが埋まっていようなどとは、全く知りません。当然、わたしとしては、彼らが自分の土地の本当の値打ちに気づかないうちに、買い取ってしまいたいわけです。しかし、残念なことに、こちらにはそれだけの資金がありません。ですが、数人の友人にこの秘密を打ち明けたところ、自分の土地にある小さな層を極秘に掘って、それを売った金で隣の土地を買い取ればいいと言ってくれたのです。そんなわけで、しばらく前から掘っているのですが、作業の能率を上げるために、水力圧縮機《プレス》を備《そな》え付けました。先ほどもお話ししましたように、この圧縮機《プレス》が故障したので、この件についてご助言いただきたいわけです。しかし、どんなことがあっても、秘密にしておきたいのです。自分の家に水力技師を呼んだということが知れたりしたら、すぐに疑念を抱かせることになるでしょう。事実が明るみに出たりすれば、土地を手に入れることも、大儲《おおもう》けの計画も、駄目になってしまいます。そういうわけで、今夜のアイフォード行きの件は誰にも話さないと、お約束願ったのです。おわかりになっていただけますね？』

『よくわかります』と、わたしは言った。『だが、一つだけ、よくわからないのは、酸性白土を掘るのに水力圧縮機《プレス》がどんな役に立つのかということです。酸性白土は、砂利のように穴を掘って掘り出すのだと思いますが』

『ああ、そのことですか』と、彼は無頓着《むとんちゃく》に言いました。『われわれには独自の方法がありましてね。土をレンガのような形に圧縮して、なんだかわからないようにして、運び出すのです。だが、これは枝葉末節《しようまっせつ》のくだらぬことです。さあ、ハザリさん、これですっかり秘密を打ち明けたのですから、あなたをどれだけ信用しているか、おわかりでしょう』彼は、そう言いながら腰を上げました。『それでは、十一時十五分に、アイフォードでお待ちしています』

『必ず行きます』

『誰にも言ってはなりません』彼は、わたしを疑わしげにじっと見つめてから、冷たくて、湿り気のある手で握手して、急いで部屋を出て行きました。

さて、冷静になって考えてみますと、お二人にはおわかりのことと思いますが、突然、自分に依頼されたこの仕事に、すっかり動転してしまいました。もちろん、一方では、自分の仕事について請求できる額の、少なくとも十倍の報酬が得られるのだし、この注文がきっかけとなって、ほかの仕事が舞い込むかもしれないのですから、うれしくもありました。ですが、もう一方で、依頼人の顔つきや態度からは、不快な印象を受けましたし、酸性白土に関する説明では、わたしが真夜中に行かなくてはならない理由も、誰かに話すのではないかとひどく心配する様子も、納得のいかないものでした。ですが、わたしはそんな不安を吹き飛ばして、夕食をしっかりとり、パディントン駅へと馬車を走らせ、秘密厳守という命令を文字どおり守って、出発したのです。

レディングでは、列車を乗り換えるだけでなく、駅も別の駅に行かねばなりませんでした。でも、アイフォード行きの最終列車には間に合い、十一時過ぎには薄暗い、小さな駅に着きました。駅で降りたのはわたしだけで、プラットフォームには眠そうな目をしたポーターがただ一人、ランタンを手に立っているだけでした。でも、駅の木戸を抜けると、朝会った男が、向こう側の暗がりで待っているのが見えました。男は、一言も言わずに私の腕をつかむと、戸を開けてあった馬車に大急ぎで押し込みました。彼が両側の窓を閉め、駆者台《ぎよしやだい》との仕切り板をノックすると、馬車は全速力で走り出しました」

「馬は一頭でしたか？」ホームズが言葉をはさんだ。

「ええ、一頭だけでした」

「どんな色の馬だったかわかりましたか？」

「ええ、馬車に乗り込む時、側灯の明りで見えました。栗毛です」

「疲れた様子でしたか、それとも元気でしたか？」

「そう、元気で、つやつやしていました」

「ありがとう。話を中断させてしまって、許してください。どうぞ、その興味深いお話を続けてください」

「そうして、馬車は先を急ぎ、少なくとも一時間は走ったでしょう。ライサンダー・スターク大佐はたった七マイル（一一キロメートル）だと言っていましたが、わたしは、あの速度とかかった時間から見て、十二マイル（一九キロメートル）近くはあったと思います。大佐は、始終無言でわたしのそばに座っていましたが、何度かちらりと彼のほうをうかがって、彼が熱心にじっとわたしを見つめているのに気づきました。あのあたりのいなか道はひどい状態らしく、馬車は、激しく揺れたり、傾《かたむ》いたりしました。どんなところを走っているのかと、窓の外を見ようと

しましたが、窓には曇《くも》りガラスがはまっているため、時々、灯火のぼうっとした明りが通り過ぎるだけで、皆目見当がつきません。ときおり、退屈しのぎに思い切って話しかけてみても、大佐は短い答えをよこすだけで、会話はたちまちとぎれてしまうのです。しかし、ようやくでこぼこ道が終わり、馬車はこきみよい音を立てながら滑らかに砂利道を走ると、やがて止まりました。ライサンダー・スターク大佐が馬車から飛び降りたので、その後を追うと、大佐はわたしを目の前に開いていた玄関にさっと引っぱり込んだのです。まさに、馬車からそのまま玄関の中に入ったわけで、家の正面をちらっと見るひまさえありませんでした。玄関の中に入ったとたん、うしろで玄関のドアがバタンと閉まり、馬車が帰っていく音がかすかに聞こえました。

家の中は真っ暗で、大佐は小声で何やらぶつぶつ言いながら、手探りでマッチを探していました。すると、突然、廊下の奥のドアが開いて、金色の長い光が一筋、さっとこちらへ流れ出たのです。光は次第に広がって、ランプを手にした女性が姿を現わし、明りを頭上にかざして、顔を突き出すように、こちらをじっと見つめていました。美しい女性で、着ている黒っぽい服も、上からの光に映えるその光沢から見て、上等な生地であることがわかりました。彼女は、外国語で、二言、三言、何かたずねるような口調でしゃべりましたが、大佐がぶっきらぼうな声で一言答えると、婦人は手にしたランプを落とさんばかりに、驚いた様子でした。スターク大佐は婦人に歩み寄って、耳元で何かささやくと、彼女が出てきた部屋へと押し戻し、自分の手にランプを持ってわたしの方に戻ってきました。

『この部屋で、しばらくお待ちください』と言うと、大佐は別の部屋のドアを押し開けました。そこは簡素な家具のある静かな小部屋で、中央に丸テーブルが置かれ、その上にはドイツ語の本が数冊、散らばっていました。スターク大佐は、ランプをドアのそばの足踏みオルガンの上に置きました。『すぐに戻ってきますから』と言うと、大佐は暗闇に姿を消しました。

テーブルの上に置かれた本をちらっと見たところ、わたしはドイツ語は知らないのですが、そのうちの二冊は科学論文集で、残りは詩集だとわかりました。いなかの景色が少しでも見られるかと思い、窓際に歩み寄ってみましたが、オーク材のよろい戸が窓をおおい、しっかりとかんぬきがかかっていました。不思議なほど静まり返った家でした。廊下のどこかで古い掛け時計がカチカチと大きな音で鳴っているだけで、何もかもが死んだように静まり返っているのです。漠然とした不安が、忍び寄ってきました。ここのドイツ人たちは何者で、こんな人里離れた奇妙な場所に住んで、何をしているのだろう？　それに、ここはいったいどこなのだろう？　アイフォードから十マイル（一六キロメートル）ほど離れた場所だということは知っていましたが、駅の北なのか、南なのか、東なのか、西なのか、全く見当がつきませんでした。場所に関しては、レディングや他の大きな町にしても、半径七マイル（約一一キロメートル）以内にあるということなので、案外、それほどへんぴなところではないかもしれません。ただ、おそろしく静かだということからして、いなかにいるのは確かでした。わたしは部屋の中を行ったり来たりしながら、気持ちを引き立たせようと、鼻歌を歌ったり、五十ギニーの報酬がまるまる自分のものになることを考えていました。

突然、何の前触れもなく、完全な静けさを破って、部屋のドアがゆっくりと開きました。先ほどの女性が、廊下の暗闇を背にして戸口に立っていて、こちらのランプが、真剣な表情を浮かべた、その美しい顔を照らし出していました。ひと目見ただけで、彼女が恐怖におののいているのがわかり、その姿を見て、わたしの心臓も凍りつきそうになりました。彼女はふるえる指を立てて、声を立てないようにと合図をよこし、片言の英語で二言、三言ささやいては、おびえた馬のような目で、背後の暗闇を振り返るのです。

『お逃げなさい』と言う彼女は、懸命《けんめい》に声を抑えようとしているようでした。『逃げるのです。わたしここに居られない。あなたここでするのはよくない』

『しかし、マダム』と、わたしは言いました。『まだするべき仕事が済んでいません。機械を見ずに帰るわけにはいかないのです』

『待っても無駄です』と、彼女は続けました。『このドアを通れます。誰もじゃましません』そして、わたしが微笑みながら頭を振るのを見ると、彼女は遠慮などかなぐり捨てて、両手を固く握りしめ、部屋の中に一歩踏み込んできたのです。『お願いで

す！』彼女は小声で言いました。『手遅れにならないうちに、逃げなさい！』

だが、わたしは生まれつき強情なたちで、邪魔が入るとますます深入りしたくなるのです。わたしは五十ギニーの報酬のことや、退屈だった道中のことや、これから過ごすことになるだろう不愉快《ふゆかい》な夜のことを考えました。これらのことすべてが無駄になるのだろうか？　どうして、依頼された仕事もせず、当然もらえる報酬ももらわずに、こっそり逃げ帰る必要があるというのだろう？　この婦人はひょっとすると気がおかしいのかもしれない。そう思って、彼女の態度から言い知れぬ恐怖をいだいたにもかかわらず、わたしは頑固《がんこ》に首を横に振り続け、ここにいるつもりだと言い切ったのです。彼女が再度訴《うった》えかけようとした時、頭上でドアがバタンと閉まる音がして、階段のほうから足音が聞こえてきました。彼女は一瞬耳をそばだてると、絶望的な仕草で両手を広げ、現われた時と同じように音もなくさっと姿を消しました。

入れ替わりに姿を現わしたのは、ライサンダー・スターク大佐と二重あごのしわの間からチンチラウサギのようなひげをはやした背の低い太った男で、大佐はこの男をファーガスンだと紹介しました。

『この人はわたしの秘書兼マネージャーです』と、大佐は言いました。『ところで、このドアはさっき閉めたばかりだと思ったのだが。隙間風が入りはしませんでしたか』

『いえ、ご心配なく』と、わたしは答えました。『部屋が少し風通しが悪かったものですから、自分で開けたのです』

彼は疑わしげにわたしの方をちらっと見て、『では、さっそく仕事に取りかかったほうがよさそうですね』と言いました。『ファーガスンと二人で機械を見にお連れしましょう』

『帽子をかぶっていったほうがいいでしょうね』

『いや、家の中にあるのですよ』

『え？　家の中で酸性白土を掘っているのですか？』

『いや、いや、土を圧縮しているだけですよ。だが、そんなことはご心配なく！　あなたは、機械を調べて、どこが悪いのか教えてくれさえすればいいのだ』

わたしたち三人は、ランプを手にした大佐を先頭に、太ったマネージャーとわたしという具合に階段を登っていきました。古い屋敷の中はさながら迷路のようで、廊下や通路、狭いらせん階段や背の低い小さな扉が続き、その扉の敷居は何世代もの住人に踏まれてへこんでいるのでした。二階にはじゅうたんもなく、家具らしいものの姿も見えず、壁のしっくいがはげ落ちて、湿気が緑色の不健康そうなしみとなってにじみ出ていました。わたしはなるたけ無関心を装っていましたが、無視したとはいえ、先ほどの女性の警告を忘れたわけではなく、連れの二人には警戒の目を光らせていました。ファーガスンはむっつりとした無口な男に見えましたが、一言二言口にした言葉から、わたしと同じイギリス人であることだけはわかりました。

　ライサンダー・スターク大佐はやがて背の低い扉の前で止まり、鍵《かぎ》をあけました。扉の向こうは四角い小部屋になっていましたが、三人が同時には入れないほどの狭さでした。ファーガスンが部屋の外に残り、大佐がわたしを連れて中に入りました。

『われわれは、今』と、彼は言いました。『実際に水力圧縮機《プレス》の内部にいるわけで、誰かが機械を動かしでもしたら、それこそ大変な目に遭《あ》うことでしょう。この小部屋の天井がそのままピストンの下の面になっていて、それが降りてくると、何トンもの力でこの金属の床を押します。この外側にはその力を受ける細かい側部水管があって、よくご存じの方法で、その力を何倍にもして伝えるというわけです。機械はちゃんと動いているのだが、なんとなく動きがぎごちなくて、圧力がやや少なくなっているのです。お調べくださって、どうすれば直せるか教えていただきましょう』

　わたしは大佐からランプをもらって、機械を隅から隅まで調べました。本当に巨大な機械で、途方《とほう》もない圧力が出せる代物です。ところが、外側に回って運転用のレバーを押してみると、シューッという音が聞こえ、どこかで小さな水漏《みずも》れがあって、サイド・シリンダーの一つで水が噴出していることにすぐに気づきました。よく調べてみると、動力伝導用の連結棒《れんけつぼう》の尖端《せんたん》の周りに付いているゴム管の一つが縮んで、受け口との間に隙間ができていることがわかりました。明らかに、これが圧力が減った原因でしたので、わたしがそのことを大佐たちに指摘しますと、彼らはたいへん注意深くわたしの説明に耳を傾け、修理の仕方に関して幾つか実際的な質問をしてきました。わたしはよくわかるように説明してから、水圧機の部屋に戻って、自分自身の好奇心を満足させるために機械をよく見てみました。ちょっと見ただけでも、酸性白土の話が全くの作り話であることは明らかでした。土を圧縮するだけのために、これほど強力なエンジンを使うなんて、どう考えてもばかげた話です。壁は木製でしたが、床は大きな鉄製の槽《そう》になっていて、よく見ると、そこらじゅうに金属製の薄い膜《まく》のようなものが付いていました。身をかがめて、何なのかはっきり見ようと爪で引っかいていると、ドイツ語で低い叫び声が聞こえ、大佐の青白い顔がわたしを見下ろしていたのです。

『そこで、何をしているんだ？』と、聞いてきました。

わたしは彼の巧妙な作り話にまんまとだまされてしまったことに、腹を立てていました。『あなたの酸性白土に感心しているところです』と、わたしは言いました。『この機械が本当はどんな目的に使われているのかわかれば、もっと的確な助言ができると思うのですが』

そう言ってしまった瞬間、自分の口の軽さを後悔しました。大佐の表情がこわばり、灰色の目が意地悪げにきらりと光ったのです。

『いいだろう、この機械について何もかも教えてやろう』と言うと、彼は一歩うしろに下がって入り口の小さな扉をぴしゃりと閉め、鍵をかけてしまいました。わたしは扉に駆《か》け寄って取っ手を引いてみましたが、扉は固く閉まり、蹴《け》っても押してもびくともしません。

『おーい！』わたしは叫びました。『おーい！　大佐！　出してください！』

その時、静けさを破って突然物音が聞こえ、わたしは心臓が飛び出さんばかりにぎょっとしました。それは、がたんとレバーが落ちて、例の水漏れするシリンダーがシューシューいう音でした。大佐がエンジンを動かしたのです。床を調べた時に置いたランプはそのままでした。その光で、真っ黒い天井がぎしぎしとゆっくり降りてくるのが見えるのですが、一分もしないうちに自分の体が粉々に砕かれて、形もとどめぬ肉片になってしまうことは、誰よりもよく知っていました。わたしは悲鳴をあげて扉に体当りし、爪で鍵を引っかきました。外に出してくれと大佐に懇願《こんがん》してみても、ガタガタいうレバーの音が、容赦なくわたしの叫び声を呑み込んでしまうのです。天井はもう頭上一、二フィート（三〇センチから六〇センチ）ほどに迫り、手を伸ばすとざらざらした固い表面にさわれるくらいでした。その時頭をかすめたのは、どんな姿勢でいるかによって、死ぬ時の苦痛がずいぶん違うのではなかろうかということでした。うつ伏せになっていれば、背骨に圧力がかかることになるでしょうが、ぼきぼきと脊椎《せきつい》の折れるおそろしい音を考えただけで、身の毛がよだちました。逆に仰向けになったほうが楽かもしれない。だが、仰向けになって、真っ黒い影が自分にのしかかってくるのに直面する勇気があるだろうか？　もう立ってはいられないほど天井が迫ってきた時、ちらりと目に入ったものが、心に希望をいだかせました。

　先ほど申し上げたように、床と天井は鉄でできていましたが、壁は木製です。最後に周りをさっと見まわした時、二枚の壁板の隙間から黄色い光がもれていて、天井の圧力で小さな壁板がうしろに反り返るにつれ、それがどんどん広がっていくのが目に入ったのです。一瞬、死から逃れる出口があろうなどとは、とうてい

信じられませんでした。しかし、次の瞬間には、その隙間から身を投げ出し、なかば気を失って外側に倒れていました。壁板はその後また閉じましたが、ランプがつぶれる音に続いて、二枚の金属板がぶつかる音が聞こえた時には、自分の脱出が危機一髪だったことを知りました。

誰かが半狂乱《はんきょうらん》で手首を引っ張る気配で気がつくと、わたしは狭い廊下の石畳に倒れ、一人の婦人が、右手にろうそくをかざしながら、身をかがめて左手でわたしの手首を引っ張っているではありませんか。それは、わたしに警告を発してくれたあの親切な女性でした。わたしは愚《おろ》かにもその警告に耳を貸さなかったのです。『こちらへ！　こちらへ！』彼女は息を切らして叫んでいました。『すぐに、あの人たちがやって来ます。あなたがあそこにいないことがわかるでしょう。貴重な時間を無駄にしないで、さあ、来てください！』

今度は、とにかく、彼女の忠告を聞きました。わたしはよろよろと立ち上がると、彼女について廊下を走り、らせん階段を降りました。階段の下は広い通路になっていて、わたしたちがそこに出た時、走る足音と二人の人間が叫ぶ声が聞こえてきました。一人が何か聞いて、もう一人がそれに答えているようで、一方はわたしたちがいる階から、もう一方は下の階から聞こえてきます。案内してきた婦人は足を止めて、途方に暮れたように周りを見まわしました。それから、ドアを開けたのですが、中は寝室で、窓からは明るい月の光が射し込んでいました。

『ここからしか逃げられません』と、彼女は言いました。『高いですけど、飛び降りられるでしょう』

彼女がそう言ったとたん、廊下の向こうの端に明りが射し、ライサンダー・スターク大佐のやせた影がこちらに走ってくるのが見えました。片手にはランプを持ち、もう一方の手には、肉屋の大包丁のような凶器を持っているではありませんか。わたしは、あわてて寝室を横切ると、窓を開け放って外を見ました。月明りに照らされた庭は、なんと静かで美しくさわやかだったことでしょう。地面までの距離は三十フィート（九メートル）ほどあったでしょうか。わたしは窓枠によじ登ったものの、恩人の婦人と追手の悪党の間に交わされる言葉を聞いておかねばと思い、飛ぶのをためらっていました。彼女がひどい目に遭《あ》うようなら、どんな危険を冒しても、助けに戻ろうという覚悟でした。こんなことが頭をかすめているうちにも、大佐は戸口に姿を現わし、彼女を押しのけてこちらにやってきます。しかし、彼女は両手で大佐に抱きついて、引き戻そうとしました。

『フリッツ！　フリッツ！』彼女は英語で叫びました。『この前の時の約束を思い出して。もう二度とやらないと言ったでしょ。この人は秘密をもらさないわ！　ええ、黙っているでしょうよ！』

『気でも狂ったのか、エリーゼ!』彼は、彼女の腕を振り払おうと、もがきながら叫びました。『わたしたちを破滅させるつもりか。この男は全部見てしまったんだ。おい、通すんだ!』大佐は婦人を脇に突き飛ばし、窓に走り寄ると、重い刃物でわたしに切りつけてきました。わたしはもう逃げ出すつもりで、指を窓枠の溝《みぞ》に置き、両手を枠にかけてぶら下がっていたのですが、そこへ彼の一撃が加えられたのです。鈍い痛みを感じたと思うと、手の力が抜けて、下の庭に落ちていきました。

転落はしましたが、落ちてどこか怪我をしたということはありませんでした。そこで、わたしは立ち上がり、懸命に走って、茂みの中に転がり込みました。まだ危険から逃れられたわけではないと思ったからです。しかし、走るうちに、ひどいめまいを感じて、気分が悪くなってきました。ずきずきする自分の手を見て、初めて、親指が切り落とされ、傷口から血が流れているのに気づきました。わたしは必死になって指にハンカチを巻こうとしたのですが、突然耳鳴りがして、次の瞬間には気を失ってバラの茂みの中に倒れてしまいました。

どのくらい気を失っていたかはわかりませんが、かなり長い時間だったに違いありません。気がつくと、月は沈み、明るい朝の光が射し始めていたからです。衣服は夜《よ》露《つゆ》に濡《ぬ》れ、上着の袖口は親指の傷口から流れた血で染まっていました。その痛みで、すぐに前夜の冒険をあれこれと思い出し、まだ追手から逃げ切ってはいないのだと思って、はね起きました。しかし、驚いたことに、周りを見回してみても、家もなければ庭もないのです。街道わきの生け垣の隅に横たわっていたらしく、少し先に長い建

物があったので近寄ってみると、まさに前夜列車を降りた駅だということがわかりました。これで手のおそろしい傷がなかったら、あの恐怖の時間におきた出来事はすべて悪夢だと思ったことでしょう。

なかばもうろうとした状態で駅に入って行き、朝の列車のことをたずねました。一時間もしないうちにレディング行きの列車が来るということでした。昨夜着いた時と同じポーターが仕事をしていたので、ライサンダー・スターク大佐の名を聞いたことがあるかたずねてみましたが、彼はそんな名は聞いたことがないと答えました。ゆうべわたしを待っていた馬車を見たかい？　いいや、見なかったね、と彼は答えました。どこか近くに警察はないだろうかとたずねると、三マイル（五キロメートル）ほど行ったところにあるとのことでした。

弱って具合の悪いわたしには、とても行けそうな距離ではなかったので、ロンドンに戻ってから警察に届けようと決めました。着いたのは六時少し過ぎで、まず傷の手当をしてもらいに行ったところ、この先生がご親切にも、わたしをここに連れてきてくださったというわけです。事件についてはおまかせして、お言葉どおりにするつもりでいます」

わたしたち二人は、この異様な話を聞いたあと、しばらく黙って座っていた。やがて、シャーロック・ホームズは、分厚いスクラップ・ブックの一つを棚から取り出した。新聞の切り抜きが貼ってあるものだ。

「ここに、おもしろい広告がありますよ」と、彼は言った。「一年ほど前、どの新聞にも出ていたものです。読んでみますよ――『今月九日、たずね人、ジェレマイアー・ヘイリング、二十六歳、水力技師。午後十時に下宿を出て以来、消息を絶つ。服装はこれこれしかじか』とある。なるほど！　これが、前回に大佐が水圧機の修理を必要とした日付と考えていいでしょうね」

「とんでもないことだ！」わたしの患者は叫んだ。「これで、あの女性が言ったことがわかります」

「間違いないでしょう。完全にはっきりしているのは、大佐は危険きわまりない冷酷な男で、捕えた船の乗組員は一人たりとも生かしておかない典型的な海賊のように、誰にもその卑劣《ひれつ》な企みを妨害させまいと、固く決心していたということです。こうなれば、一刻の猶予《ゆうよ》もなりません。落ちつかれたならば、アイフォードに出かける準備をして、これからすぐにスコットランド・ヤードまで行きましょう」

　それからおよそ三時間後には、わたしたちはレディングから列車に乗り、バークシャーのその小さな村に向かっていた。一行は、シャーロック・ホームズ、水力技師、スコットランド・ヤードのブラッドストリート警部、私服刑事、それにわたしの五人だった。ブラッドストリート警部は座席にバークシャー州の陸地測量部地図(204)を広げ、コンパスでアイフォードを中心とした円を描くのに余念がなかった。

「ご覧なさい」と、彼は言った。「この円は村を中心に半径十マイル（約一六キロメートル）で描いてあります。ですから、目指す場所はどこかこの線の近くにあるはずです。十マイルと言われましたね？」

「馬車でたっぷり一時間はかかりました」

「そして、意識を失っている間に、同じ道筋で連れ戻されたと思われるのですね？」

「そうに違いありません。ぼんやりとですが、持ち上げられてどこかに運ばれた記憶もあります」

「一つよくわからないことがあるのですが」と、わたしは言った。「連中は庭で気を失って倒れているあなたを見つけたのに、なぜ生かしておいたのかということです。その悪党が女性の哀願にほだされでもしたのでしょうか」

「それは考えられません。あれほど冷酷な顔は、これまで見たこともありません」

「ま、いずれ近いうちに何もかもはっきりするでしょう」と、ブラッドストリート警部が言った。「さて、円は描けたわけだから、知りたいのは、この円のどこら辺りで目指す相手が見つかるかということですね」

「それなら指で示してあげられると思いますよ」と、ホームズが穏やかな口調で言った。

「え、ほんとですか？」警部が大声を出した。「もう自説を立てたのですか！　それじゃ、誰がその説に賛成するか見てみましょう。わたしは南だと思いますね。その辺りは家が少ないですから」

「わたしは東だと思います」と、わたしの患者が言った。

「わたしは西にしましょう」と、私服刑事が意見を述べた。「その辺りには、静かで小さな村が幾つかあります」

「わたしは北ですね」と、わたしは言った。「北には丘はありませんが、ハザリさんは馬車が坂を上ったことはなかったとおっしゃっていますからね」

「さて、見事に意見が分かれましたね」と、警部は笑いながら言った。「東西南北を一回りしてしまったわけだ。あなたはどれに決定票を入れられますかな？」

「皆さん、違いますね」

「しかし、みんなが違っているということはありえないでしょう」

「いや、そうなのです。わたしのはこの点です」ホームズは自分の指を円の中心に置いた。「やつらはここで見つかるはずです」

「しかし、十二マイルも馬車で走ったのは？」ハザリが驚きで息を切らして言った。

「六マイル（九・五キロメートル）行って、六マイル戻ったのだよ。これほど簡単なことはない。馬車に乗ったとき、馬は元気でつやつやしていたと言いましたね。十二マイルも走ったとしたら、そうはいきませんよね?」

「なるほど、やつらが考えそうな策略だ」ブラッドストリート警部が考え込んで言った。「この一味の正体は、もちろん、疑う余地もありません」

「そのとおり」と、ホームズが言った。「連中は大がかりなにせ金造りで、銀の代わりになる合金《ごうきん》を作るのにあの機械を使っていたのだ」

「巧妙な一味がにせ金造りをしていることは、かなり前からわかっていました」と、警部が言った。「半クラウンを何千枚と造っていたのです。レディングまでは追跡したのですが、それから先はわかりませんでした。行方のくらまし方から見ても、老練《ろうれん》家《か》ですよ。だが、今度はこのありがたいチャンスのおかげで、間違いなくやつらをつきとめられそうです」

しかし警部は間違っていた。この一味は法の手に落ちることとはならなかったのである。わたしたちがアイフォード駅に着いた時、近くの小さな森の背後から大きな煙の柱が立ち昇り、巨大なダチョウの羽のように辺りの風景をおおっていた。

「どこか火事かな?」列車が駅を出ていくと、警部がたずねた。

「ええ、そうです」と、駅長が答えた。

「いつ燃え始めた?」

「夜の間だと聞いていますが、どんどん燃え広がって、屋敷全体が炎に包まれていま

す」

「誰の屋敷だね？」

「ベッカー博士のお宅です」

「ちょっと」と、技師が口をはさんだ。「ベッカー博士というのは、長い尖った鼻をした、ひどくやせたドイツ人ではありませんか？」

駅長は愉快そうに笑った。「違いますよ。ベッカー博士はイギリス人ですし、この教区に博士ほど恰幅《かっぷく》のいい方はいませんよ。だが、あの家には紳士が一人逗留《とうりゅう》していましたね。患者さんだったと思いますが、外国人で、バークシャー産の上等な牛肉を少しばかり食べさせてもさしつかえないほど、やせていますよ」

駅長が話を終えるか終えないかのうちに、わたしたちは火事場の方向へと急いだ。道が低い丘を越えると、目の前に白塗りの広い大きな建物が見えたが、隙間という隙間、窓という窓からめらめらと火が燃え出て、前庭に停まった三台の消防車の努力も空しく、火の手を抑えることができないようだ。

「あの家です！」と、ハザリが激しく興奮して叫んだ。「砂利を敷いた馬車道もあるし、ぼくが倒れていたバラの茂みもある。あの二番めの窓から飛び降りたのです」

「まあ、とにかく、あなたは連中に復讐《ふくしゅう》したわけだ」と、ホームズが言った。「あなたが持っていた石油ランプが水力圧縮機《プレス》に押されて壊れ、木製の壁に火がついたことは間違いないでしょう。しかし、連中はあなたを追いかけるのに夢中で、その時火事には気づかなかった。さあ、しっかり目を開けて、この野次馬の中に昨夜の仲間がいないか見てください。もうとっくに、何百マイルも先に逃げてしまったとは思いますがね」

ホームズの懸念《けねん》は現実のこととなり、その日を境に、美しい女性についても、不気味なドイツ人についても、そしてむっつりしたイギリス人についても、全く消息が途絶えてしまった。火事のあった日の早朝、一人の農夫が、数人の人間と大きな箱をいくつか積んだ馬車が、レディングの方向に急ぐのに出会っているが、逃亡者たちの痕跡はそこでかき消えてしまい、ホームズの精巧《せいこう》な推理力をもってしても、彼らの居所については何の手がかりも見つからなかった。

消防夫たちは建物内部に奇妙な装置を見つけて非常に困惑していたが、三階の窓の敷居に切り取られたばかりの親指を見つけた時には、いっそう困惑の念を強くした。ともかく、日暮れも近い頃、彼らの努力がやっと功を奏《そう》して火の手を抑えることができたものの、屋根は落ちてしまい、建物全体が全くの瓦礫《がれき》の山と化し、私たちの不運な友人があれほどの犠牲を払った水力圧縮機《プレス》も、何本かの曲がりくねった円筒と鉄管を除いて、跡形もなくなっていた。大量のニッケルと錫《すず》が納屋に貯蔵《ちょぞう》されているのが見つかったが、硬貨は一枚も見当たらなかったことから、先ほど述べた大きな箱の存在を説明できるだろう。

水力技師が庭から気を取り戻した場所までどのように運ばれたかは、庭の軟らかい土がなかったら、永久に謎となったかもしれないが、土のおかげで簡単に説明がついた。彼は明らかに二人の人物によって運ばれたのだが、一人は非常に小さな足の持ち主で、もう一人は並外れて大きな足の持ち主だった。あらゆる点から見て、相棒より大胆でも残忍でもなかった無口なイギリス人が、あの婦人の手を借りて、気を失った技師を危険のない場所に運び出した可能性が高い。

「やれやれ」と、水力技師はロンドンに戻る列車の座席に座ると、もの憂《う》い顔で言った。「たいした仕事でしたよ！　親指はなくすし、五十ギニーの報酬はもらえない。いったい何を得たと言えるでしょう？」

「経験ですよ」と、ホームズは笑いながら言った。「経験というのは、目に見えないが、価値あるものですよ。それを言葉にしさえすれば、今後一生の間、すばらしい話し相手だという評判を得ることができるのですから」

花嫁失踪事件

セント・サイモン卿《きょう》(205)の結婚、そして、それに引き続きおこったふしぎな結末が、気のどくなこの花婿の属している上流社会で話題にのぼらなくなってから、すでにかなりの年月がたった。新しい噂話《うわさ》の種が次々におこり、もっとおもしろい話が出てきたので、四年前のこの物語については、すっかり忘れられてしまったようである。しかし、この事件の詳しい真実については、世間に知られていないし、わたしの友人シャーロック・ホームズが事件解決に大いに活躍しているので、わたしは、彼の事件記録を完璧なものにするためには、このふしぎな事件のあらましを紹介しておこうと思う。

それは、わたしが結婚する二、三週間前のことで、まだベイカー街でホームズと共同で部屋を借りている時だった。ある日、午後の散歩からホームズが帰って来ると、テーブルの上に、彼に宛てた手紙が一通置いてあった。わたしは、この日は、一日じゅう部屋に閉じこもっていた。というのは、天気が急に変わり、雨が降り出したからであった。秋風は強く吹き荒れていたし、そのうえ、アフガン戦争の記念にわたしの片方の下肢《かし》に入ったままのジザイル銃の弾のあたりが、ずきずきうずいていたからなのだ。わたしは安楽椅子にゆったりと腰かけ、もう一つの椅子に両足をのせて、その周りを新聞の山で埋めていた。だが、そのうちこの日のニュースにも飽きて、それを放り出すと、退屈して横になりながら、テーブルの上に置いてある大きな紋章と組み合わせ文字のついた封筒を見て、どこの貴族からの手紙だろうとぼんやり考えていた。

「ねえ、ずいぶん上流のかたから便りが来ているようだね」彼が入ってくるなり、わたしは言った。「朝、君に来た手紙といえば、たしか魚屋と税関の監視官《タイド・ウエイター》(206)からだったね」

「そうなんだ。このところ、ぼくへの手紙はほんとうにいろいろなところから来るのさ」と、笑いながら、ホームズは答えた。「それに、たいがいは、身分の低い人からの手紙ほど興味深いね。この手紙はどうやら、ありがたくない社交界からのご招待らしいね。社交界は人間を退屈させるか、嘘《うそ》つきにさせるかのどちらかだ」

彼は封を切ると、手紙にざっと目を通した。

「おや、これはなかなかおもしろいことになるかもしれない」

「招待状じゃなかったのかね？」

「うん、きちんとした仕事の依頼状だ」

「というと、君は貴族からも依頼されたのだね？」

「イングランドで、最も高い位の貴族だよ」

「それはよかった、おめでとう」
「ねえ、ワトスン。率直に言っておくけれど、ぼくにとっては依頼人の地位よりは、事件そのもののおもしろさのほうが、ずっと大切なのだ。でも、今度の新しい依頼は、事件そのものも充分に楽しめそうだよ。ところで、近ごろ君は、ずいぶん熱心に新聞を読んでいるようだね？」
「見てのとおりだよ」と、わたしは、隅《すみ》にできている新聞の山を指さして、退屈そうに答えた。「ほかにすることがないからなあ」
「それはちょうどよかった。情報を教えてもらえないかね。ぼくは犯罪記事と私事広告欄のほかは読まないから。しかし、私事広告の欄というものは、いつでもなかなかためになるものだよ。最近のニュースをそんなによく読んでいるのなら、君も、セント・サイモン卿と彼の結婚式についての記事を読んでいるだろうね？」

「そう、読んだよ。非常に興味深かった」

「それはおあつらえ向きだ。この手紙はセント・サイモン卿からのものだ。ちょっと読んで聞かせよう。君も新聞の山から、この件についてのあらゆる情報をぼくに教えてほしいね。手紙は、こういう内容だ。

シャーロック・ホームズ殿

あなたがかかわられたすべての事件に対する判断は、完全に信頼できると、バックウォータ卿(207)より承った。ついては、わたしの結婚式のおりに発生した、なんとも苦しい事件についてご相談したい。すでに、スコットランド・ヤードのレストレイド氏も調査中ではあるが、彼もあなたに協力をお願いすることに、異存ないという。いくらかは助けになってもらえるであろうとさえ、言っておられる。

本日午後四時にお伺いしたい。非常に重要な問題なので、もし、この時間に先約がおありでも、そちらは、後にまわしていただきたい。

敬具

ロバート・セント・サイモン

この手紙はグロウヴナ・マンションズから出したものだ。鵞《が》ペンで書いてある。それに、このお偉い方は気のどくに、右手の小指の外側をインクで汚してしまったようだね」ホームズは、手紙をたたむとそう言った。

「四時と書いてあったね。今は三時だから、一時間もするとおいでになる」

「ちょっとそれまでの間に、きみに助けてもらって、この件についてきちんと整理をしておこう。すまないけれど、新聞からこの事件関係の記事を探しだして、日付順に並べておいてくれたまえ。ぼくはその間に、依頼人の身元を調べておくことにする」

暖炉のわきの、参考図書が並べてある書棚から、彼は赤い表紙の厚い本(208)を取り出した。

「ここに出ていた」そう言いながら椅子に座ると、膝の上に本を広げた。「ロバート・ウォルシンガム・ド・ヴィア・セント・サイモン、バルモラル公爵の次男——ほう！　紋章、空色の地に黒い中帯、その上部に鉄菱《てつびし》三個。一八四六年生まれ。ということは、四十一歳で、結婚するには遅すぎるくらいだね。前内閣で植民地省次官を務める。父親の公爵は元外務大臣(209)。プランタジネット王家の直系で、母方はチューダー王家の血をひいている(210)。ああ、これでは何の参考にもならない。ワトスン、具体的な資料は君に頼るしかないね」

「見つけるのには、たいした手間はいらないよ」と、わたしは言った。「つい最近の事件だし、かなり印象に残った事件でもあったからね。君は他の事件を調べていたから、よけいなことに邪魔されたくないだろうと思って、話さなかったのさ」

「そう、『グロウヴナ・スクェアの家具運搬車にかかわるささいな事件』のことを言っているのだね。あれは完全に解決している。まあ、初めからわかりやすい事件だったよ。君の選び出した新聞を見せてもらおうか」

「これが最初の記事に違いないな。『モーニング・ポスト』紙の人物欄[211]に出ている。見てのとおり数週間ほど前の日付だけれどね。こう書いてある。

バルモラル公爵の次男ロバート・セント・サイモン卿は、アメリカ合衆国カリフォルニア州サンフランシスコ市のアロイシアス・ドラン氏の一人娘ハティ・ドラン[212]嬢と婚約され、近く結婚式を挙げる、という噂である。

これしか書いてないね」

「簡潔にして明瞭だ」やせた長い脚を、暖炉の方へ伸ばしながら、ホームズは言った。「同じ週の社交界新聞のひとつに、このことについての詳しい記事があったが、そう、これだ。

結婚市場では、いま採られている自由貿易主義が国産品に重大な悪影響を与えているようなので、早く保護政策を採らねばならないだろう。大英帝国の貴族の名家の支配権は、大西洋の彼方からの美しいいとこたちの手に渡りつつある。先週も、この可愛い侵略者が獲得した賞品一覧表に、重大な一例が加えられた。二十年以上もの間、小さな愛の神の矢を寄せつけなかったセント・サイモン卿が、カリフォルニアの大富豪の令嬢ハティ・ドラン嬢と、近く結婚することを正式発表したのである。優雅で印象深い顔立ちのドラン嬢は、ウェストバリ・ハウスでの宴会では注目の的であった。大富豪の一人娘なので、六桁の数字を超える巨額の持参金を持ってくるであろう、またゆくゆくは、父親の財産を相続することになるだろう、という評判も広まっている。一方のバルモラル公爵は、ここ二、三年の間に、やむをえない事情から手持ちの絵画を売りに出していることは、公然の秘密である。セント・サイモン卿の固有の財産といえば、バーチムア[213]の小さな所有地だけである。このアメリカ、カリフォルニア州出身の共和国の一員ハティ嬢は、この結婚で玉のこしに乗って、簡単に大英帝国の貴族の一員となるのだが、得をするのが女性だけでないことは、はっきりとしている」

「ほかに何かあるかな？」と、あくびをしながらホームズはたずねた。

「あるね、たくさん。『モーニング・ポスト』の記事によると、『結婚式はきわめて内輪で、ハノウヴァ・スクェアにあるセント・ジョージ教会[214]で行ない、特に親しい友人六名が招待されるだけで、式のあとは、ランカスタ・ゲイト[215]にあるアロイシアス・ドラン氏が購入した、家具つきの屋敷へ出席者一同で引き上げる』と、書いてある。その二日後というと、先週の水曜日になるけれど、その日の新聞には、結婚式が行なわれたことと、新婚旅行は、ピータズフィールドの近くのバックウォータ卿のところで過ごす予定という記事が、ごく簡単に載っている。花嫁がいなくなるまでの記事は、これだけだ」

「え、何が、どうするまでだって？」ホームズは、驚いてたずねた。

「花嫁が消えてしまうまで、さ」

「というと、いつ、姿が消えてしまったのかね？」

「結婚披露宴のさなかさ」

「とすると、これは思ったよりも、ずっとおもしろいことになりそうだ。それにしても、ずいぶんドラマティックな話だね」

「そう、ちょっとした驚天動地《きょうてんどうち》だね」

「式の前に花嫁がいなくなるということは、よくあることだし、新婚旅行中というのも、たまにはある。しかし、こういう消え方には、お目にかかったことがないなあ。細かい点を、もっと詳しく教えてくれたまえ」

「それなんだが、不完全なものしか見あたらないよ」

「われわれで、すこしは完全なものにできるかもしれない」

「これも同じように不完全なものだけど、昨日の朝刊のトップに出ていたから読んでみよう。『上流社会の結婚式における怪事件』という見出しがついている。


ロバート・セント・サイモン卿一族は、結婚式におきた奇妙で苦しい事件に、すっかり困りはてている。昨日、各社の新聞が短く報道したように、結婚式は、一昨日の朝、行なわれたのだった。その後、世間でささやかれていた奇妙な噂の真相を、今やっと確認することができたのだ。この噂を打ち消すために友人たちはずいぶん努力したようだが、事件はすでに世間の注目を大いに集めてしまっているので、知らないふりをし通すことはできないであろう。

ハノウヴァ・スクェアのセント・ジョージ教会での結婚式は、全くの内々だけで行なわれ、参列者は次のとおりだった。花嫁の父親アロイシアス・ドラン氏、バルモラル公爵夫人、バックウォータ卿、ユースタス卿（花婿の弟）、レイディ・クララ・セント・サイモン（花婿の妹）、それにレイディ・アリシア・ホイッティントン。

挙式後に、ランカスタ・ゲイトにあるアロイシアス・ドラン氏の屋敷に朝食が準備されていて、参列者は全員そちらへ行った。この時、名前はまだわかっていないのだが、一人の女性が現われて、ちょっとした騒ぎがあったようだった。この女性は、セント・サイモン卿に何かを請求する権利があると申したて、屋敷内へ入り込もうとしたが、押し問答のあげくに、執事と使用人とが、どうやら女性を追い返したようであった。さいわいなことに、この不快な騒ぎの前に花嫁は屋敷内に入っていて、他の人たちと朝食の席に着いた。しかし、急に気分が悪くなったと言い、自分の部屋に戻っていった。あまり長く席をはずしていたため、気にする人が出てきたので、父親が様子を見に行った。メイドにたずねたところ、花嫁は少しの間自分の部屋に戻り、コートと帽子を持つと、急いで廊下へ出ていったということだった。女性がそのような服装で屋敷を出て行くのを、使用人の一人は見かけたのだが、自分の女主人は宴席で他の人たちと一緒にいる、と思い込んでいたので、花嫁とは気がつかなかった、と話した。アロイシアス・ドラン氏は花婿と相談のうえで、すぐに警察に連絡することにした。現在、きわめて熱心な捜査活動が行なわれているので、この奇妙な事件も早急に解決される見込みである。しかしながら、昨夜遅くまで、姿を消した花嫁の行方は不明のままである。この事件の裏には犯罪がからんでいるという噂もあり、屋敷前で騒ぎをおこした女性が、嫉妬《しっと》か、別の何かの理由で花嫁の

失踪にかかわっているだろうと、警察がその女性を逮捕したとも伝えられている」

「それだけかね?」

「ほかの朝刊に、もうひとつ小さな記事が載ってる。これは参考になりそうだ」

「それはどういう記事かな?」

「例の、騒ぎをおこしたという女性――フローラ・ミラー嬢というのだがね、実際に逮捕されていたという記事だよ。彼女はアレグロ座(216)の踊り子で、数年前から花婿を知っていたようだ。ここにはそれ以上詳しくは書いてない。これで、新聞で報道された事件のあらましはわかったと思うがね」

「なかなか興味ある事件のようだ。これは、見逃せないね。ワトスン、ベルが鳴っているようだ。四時も二、三分まわっているから、その高貴なご依頼人のおいでに違いない。ワトスン、君も出かけないでほしいな。ぼくの思い違いを防ぐためにも、立会い人がいてくれたほうがうれしいからね」

「ロバート・セント・サイモン卿がお見えです」給仕の少年が、ドアを勢いよく開けて言った。鼻が高く、快活そうで教養ある顔つきの、顔色の青白い紳士が入ってきた。口の周りからは気難しさがただよっていた。大きくて落ちついた様子の目からは、常に人に命令し、かしずかれている生活を送っている身分であることが感じとれた。きびきびした態度をとってはいるが、なんとなくふけて見えたのは、少々猫背で、歩くときの癖《くせ》で、ちょっと膝《ひざ》を曲げるからであった。つばが巻き上がった帽子を取ると、髪の毛も生え際には白髪《しらが》が混じり、上の方は薄くなっていた。服装は、きざといっていいほどにこっていて、高いカラーと黒のフロックコート、白のチョッキに黄色い手袋、黒いエナメル革の靴に淡い色のゲートルといういでたちだった。彼は頭を左から

右へ回しながら、金ぶちの鼻めがねの紐《ひも》を右手で振って、ゆっくりと部屋へ入って来た。

「ようこそおいでくださいました、セント・サイモン卿」立ち上がると、ホームズは頭を下げながら言った。「どうぞ、そこの柳細工の椅子におかけください。こちらは友人で協力者のワトスン医師です。さあ、火にお近づきになって。お話をうかがいましょう」

「ホームズさん、おわかりとは思うが、実にやっかいな問題がおこって、全く途方に暮れているところなのだ。あなたはこのような事件を、幾つかすでに手がけておられるだろうが、わたしのような階級からのものはいないだろう」

「まあ、その点については、下降気味ですね」

「何とおっしゃられたかな？」

「この種の事件での最近の依頼人は、国王陛下でした」

「これは驚きである。思いもよらない。で、どこの国王だったのか？」

「スカンディナヴィアの国王です」

「というと、奥方がいなくなられた？」

「ご理解いただけるとは思いますが」と、ホームズは静かに言った。「わたしは、このたびの件に関しまして、秘密を守ることをお約束します。他の依頼人にも全く同じことなのです」

「そうだった。それはもっともだ。そこで、わたしのほうの事件だが、君の判断に役立つことは、すべて話すつもりでいるが」

「それは、ありがたいお言葉です。新聞に報道されたことはすでにみな承知しておりますが、それ以外のことは、何も存じません。新聞に載っていることは、正しいと考えてよろしいでしょうか。そう、たとえば、この花嫁の失踪の記事は？」

セント・サイモン卿は、さっとその記事に目を通した。「いかにも、ここに書いてあることに間違いはない」

「どういう判断をするにしても、さらに多くのデータがありませんと。正確な事実をつかむために、あなたに質問してもよろしいでしょうか」

「よろしい、何でもたずねなさい」

「ハティ・ドラン嬢に、初めてお会いになられたのはいつですか？」

「一年前に、サンフランシスコで出会った」

「アメリカをご旅行中にですね？」

「そのとおり」

「婚約は、その時になさったのですか？」

「いいや、違う」

「でも、親しくはなられたのでしょう？」

「彼女との交際は楽しかった。そのわたしの気持ちを、彼女は知っていたと思う」

「彼女のお父上は、大変な財産持ちと承っておりますが？」

「太平洋岸で、一番の富豪ということだ」

「何で、その財産をつくられたのでしょうか？」

「鉱山《こうざん》でだそうだ。数年前は一文無しだったのだが、金鉱《きんこう》を掘り当ててそれに投資して、みるみるうちに財産を築いたと言っていた」

「さて、そのご令嬢の——いや、奥さまのご性格については、どうお考えでしょうか？」

　依頼人は、鼻めがねの紐を振るのをやや速めると、じっと暖炉の火を見つめていた。

「そこのところなのだが」と、彼は言った。「ホームズさん。父親が金持ちになった時に、妻はすでに二十歳を過ぎていた。それまでは鉱山のキャンプを自由に走りまわって、森や山の中のあちらこちらで暮らしていた。そんなふうなので、学校の教師からというより、自然の中で教育されたと言ったほうがよいのであろう。つまり、イングランドで言うところのじゃじゃ馬娘(217)とでもいうか、野性的で自由奔放で、どんなことにもとらわれない、強い個性を持っているのだ。気性は激しく、そう、火山のようなところがあると言ってもよいだろう。決断もすばやいし、決心すればすぐに実行するタイプだ。しかし、次のことがなければ、わたしも名誉あるわが家名を彼女に名乗らせるようなことはなかったと思うのだが」（彼は、ちょっといかめしい咳払《せきばら》いをした）「心はこのうえなく美しい女なのだ。これと信じることには、とことん自分を犠牲にしても進むが、恥ずべきことは断固として拒否する」

「お写真をお持ちですか？」

「これを持っている」彼は、首飾りについたロケットを開けると、正面を向いた非常に美しい女性の顔を見せた。それは写真ではなくて、象牙《ぞうげ》の細密画《さいみつが》であった。つやつやした黒髪、大きな黒い目、優雅《ゆうが》な口元などが、もののみごとに描き出されていた。しばらくの間、ホームズはその肖像を熱心に見つめていたが、やがてロケットの蓋《ふた》を閉じると、セント・サイモン卿にそれを返した。

「その後、令嬢がロンドンにおいでになって、再びご交際されるようになったというわけですね？」

「そう、この前のロンドンの社交季節㉑⑧に、父親に連れられて上京した。そして、数回会い、婚約し、こうして結婚したわけだ」

「多額の持参金を持ってこられたとうかがっておりますが」

「かなりの持参金ではあるが、わが家の格式から見ればたいしたものではない」

「結婚なさったことは、既成の事実ですから、持参金はもちろん、あなたのもとに残されるのでしょうね?」

「そのことについては、まだ何も調べてはいない」

「それはそうでしょう。ところで、結婚式の前日には、ドラン嬢にお会いになられましたか?」

「会った」

「お元気でしたか?」

「このうえなく元気だった。これからの二人の生活について、ずっと話しておった」

「そうですか。それは非常に興味深いことです。それでは、結婚式の朝はいかがでしたか?」

「とても上機嫌であった。——少なくとも、式が終わるまではだが」

「と申しますと、式が終わってから、何か変わったことでもおありになったのですか?」

「実を言うと、その時に初めて、彼女の気性がはげしいことに気がついたのだ。しかし、この出来事はつまらないことなので、事件には何の関係もないし、話すには及ばないと思うのだが」

「そうおっしゃらず、みなお話しください」

「全く、子どもっぽいことだが、わたしたちが控え室に戻る途中で、彼女は花束を落

としてしまった。ちょうど最前列の公衆席の前を通っていた時で、花束はその座席の中へ落ちた。彼女はちょっと立ち止まったが、その公衆席の紳士が、花束を拾って彼

女に渡してくれたので、どうということもなかった。ところが、このことを後でわたしが話すと、彼女はすごくぶっきらぼうになったのだ。さらには、帰りの馬車の中では、このささいなことを気にかけて、愚《おろ》かしいほどに興奮しているようだった」

「なるほど！　公衆席に紳士がいたというお話でしたね。とすると、一般の人も何人か出席したということですか？」

「そのとおり。教会が開いている時に締め出すわけにはいかないのだ」

「その紳士が、奥さまのご友人ということはありませんか？」

「いや、それはありえない。わたしは一応傷つけないために紳士と表現したが、身分の低そうな男だった。どんな風体だったかも、ほとんど記憶に残らなかったくらいだ。しかし、話が横にそれてしまったような気がする」

「すると、セント・サイモン卿夫人は、結婚式からの帰りは、行く時ほどは元気がなかったということですね。お父上の家へ戻られた時には、奥さまはいかがしておられましたか？」

「彼女付きのメイドと話をしていた」

「メイドと言われますと？」

「アリスというアメリカ女で、妻は彼女と一緒にカリフォルニア州から来たのだ」

「気心の知れた使用人というわけですね」

「少し度を超えていると思うくらいだ。気ままにさせすぎているように、わたしには思えた。しかし、こういう点は、アメリカでは考え方が違うのではないかと思ったが」

「そのアリスとは、どのくらい話をされたのでしょうか？」

「ほんの二、三分くらいだろう。わたしは他のことに気をとられていたので、よく覚えてはいないが」

「どんな話をしておられたのか、お聞きとりになれませんでしたか？」

「セント・サイモン卿夫人は『がめられた』というようなことを言ったようだ。彼女はそういう俗語をよく使うが、わたしには意味がわからないね」

「アメリカの俗語は意味深長ですからね。それで、メイドとの話が終わると、奥さまはどうなさいましたか？」

「朝食が用意されている部屋へ行った」

「あなたとご一緒でしたか？」

「いいや、一人だった。そういう点は、彼女は非常に気ままにふるまうのだ。一同が席に着き十分も経った頃に、何か言いわけをすると、あわただしく席を立って部屋を出て行ったが、そのまま戻ってこないのだ」

「アリスというメイドの証言によりますと、奥さまは自分の部屋へ行き、花嫁衣装の上に長いコートを着て、帽子をかぶって出て行かれたということでしたね」

「そう、そのとおり。そして、そのあとハイド・パークへ、フローラ・ミラーと入っていくのを見た者がいる。その女はあの朝、ドランの家の前で騒ぎをおこした者で、すでに警察に捕まっている」

「そうでしたね。その若い女性とあなたさまとのご関係についても、少々詳しくうかがいたいのですが」

セント・サイモン卿は肩をすくめると、眉《まゆ》をぴくりとさせた。「あの女とは、この数年のあいだ、親しい間柄であった——非常に親しい間柄だったと言っても間違いではあるまい。アレグロ座に出ていたのだ。あの女にはよくしてやったので、不平を言われるすじあいはないはずなのだが、そのへんの女の嫉妬は、ホームズさんもおわかりになるだろう。フローラはかわいい女だが、かなり激しい性格で、わたしにすっかりほれこんでおった。わたしが結婚することを知ると、脅迫状のような手紙を数通よこした。結婚式を、あのように内々の形にしたというのも、教会で騒ぎがおきて、恥をかくようなことになるのを心配したうえでのことだ。わたしたちがドラン家に戻ると、すぐにあの女は玄関口へやって来て、中へ入ろうとしたり、わたしの妻についても口汚い言葉を浴びせ、脅迫をしているようであった。しかし、こんなこともあろうかと、使用人たちに指示を与えておいたので、すぐに外へ追い出されてしまった。女も、騒いでも無駄だと思ったらしく、黙って帰ったようだ」

「奥さまは、この件について、ご存じでしたか？」

「いや、さいわいに知らなかった」

「そして、あとでは、その女と一緒に歩いておられたというわけですか？」

「そのとおり。スコットランド・ヤードのレストレイドさんが心配しているのも、そこなのだ。つまり、フローラがわたしの妻を呼び出しておいて、恐ろしいワナでもしかけたのではないかというわけだ」

「そう、そういうことも考えられますね」

「あなたも、そうお考えかな？」

「いえ、わたしは、そういう可能性もあると申し上げたまでです。あなたご自身では、そういうことはありえないとお考えですね」

「フローラは虫も殺さない女だ」

「しかし、嫉妬が人間の性格をゆがめるということもあります。この件に関しての、あなたご自身のご意見もおうかがいしたいものです」

「それは困った。わたしは、あなたの意見を聞きに来たので、自分の考えを言いに来たわけではない。事実はみな、お話しした。だが、おたずねとあれば、お答えしよう。わたしとの結婚で、社会的にきわめて高い身分に急に変わるという昂《たか》ぶった気持ちが、彼女に興奮をひきおこして、ちょっとした精神障害がおこったのではないかと思えるのだが」

「といいますと、急に気が変になられたということですか？」

「まあ、そういうことだろう。彼女は、わたしから逃げたというのではなく、一般の人が皆、望んでも叶えられないような身分から逃げ出したと考えれば、そう説明するほかあるまい」

「なるほど、そういう仮定も考えられるでしょう」と、ホームズは言った。「さて、セント・サイモン卿、これで、必要なデータはおおよそ出そろったと思います。最後に一つ、朝食の席では、あなたは窓の外が見える席に座っておられたかどうか、おたずねしたいのですが」

「そう、わたしたちの席からは、道路の向こう側と公園が見えた」

「そうでしょうね。これで、おたずねすることもうないと存じます。のちほどご連絡申し上げます」

「もし運よくも、この問題を解決できたら、ということかな」立ち上がりながら、依頼人が言った。

「すでに、解決いたしております」

「何と申した？」

「すでに、解決したと申し上げたのです」

「では、妻はどこにおるのだ？」

「それは、すぐに見当がつきます」

セント・サイモン卿は頭を横に振った。「君やわたしよりももう少しましな頭でないと、それを解決するのは無理ではないかな？」彼はそう言うと、いかめしく、いかにも貴族らしい態度で一礼すると、出て行った。

「セント・サイモン卿が、ご自分の頭とぼくの頭脳を同等に扱ってくださるとは、全く光栄だね」笑いながらホームズは言った。「これで反対尋問も一段落したし、ウイスキー・ソーダを飲んで、葉巻を一服することにしよう。依頼人がこの部屋に入ってくる前から、ぼくはもう、この事件について結論を出していたのさ」

「すばらしいね、ホームズ！」

「これに似た事件記録を、ぼくは幾つか持っている。前にも言ったがね、これほどすばやいものは初めてだ。いま質問をしてみて、ぼくの推測が正しいと確信したよ。状況証拠は、ときには非常に役に立つことがあるものだよ。ソローの言葉を借りて言えば、『ミルクの中からマスが出てくる』ようなものさ(219)」

「君が聞いた話は、ぼくも、みんな同じように聞いているはずなのだがね」

「でも、君は前例を知らないだろう。ぼくには、その知識が大いに役に立っている。

何年か前に、アバディーンにも似た事件があったし、普仏戦争の次の年に、ミュンヘンでも全く同じ事件がおきている。これもその一連の事件の一つ——おやっ、レストレイドのおでましだ。こんにちは、レストレイド！　コップはその食器棚の上、葉巻はその箱の中にあるよ」

警部は水夫ジャケットにクラバットという船乗りのような服装で、手には黒いズック鞄を持っていた。彼はちょっとおじぎをすると、腰をおろし、勧められた葉巻に火をつけた。

「どうしましたか」と、ホームズは目を輝かせながらたずねた。「ずいぶん不満そうじゃありませんか」

「おもしろくないということですよ。セント・サイモン卿の結婚式事件ときたら、いまいましいといったらないですよ。この件については、完全にお手上げです」

「そうですか。驚きましたね」

「こんな複雑な事件は、誰だって聞いたことがないでしょうよ。どの手がかりも、こちらの指からするりと逃げていってしまう。今日だって、一日じゅう、追っかけどおしですよ」

「そのうえに、ずぶ濡《ぬ》れというわけですか」ホームズは、彼の水夫ジャケットの腕のところを触って言った。

「そうです。サーペンタイン池[221]をさらっていたもんですからね」

「おや、それはまたどうしてですか?」

「セント・サイモン卿夫人の死体がないかと思ったからですよ」

シャーロック・ホームズは、椅子の背によりかかって、いかにもおかしげに笑った。

「トラファルガー・スクェアにある噴水池《ふんすいいけ》のほうも探しましたか?」彼はたずねた。

「どうしてです? 何でそんなことを言うのですか?」

「夫人の死体が見つかる可能性は、どちらも同じ確率ですからね」

レストレイドは、怒ったようにホームズをにらみつけ、「あなたは、何でもご存じなんでしょうよ」と、どなり声で言った。

「いやいや、つい今しがた、詳しい事実を聞いたところでしてね。しかし、もうぼくの考えは決まっているのです」

「そうすると、サーペンタイン池は今度の事件には関係ないと、あなたはお考えなのですね」

「残念ですが、全くそのとおりです」

「それでは、そこからこういうものを見つけたのはどうしてか、説明していただきましょうか」彼はそう言うと、鞄から波模様の入った絹のウェディング・ドレス、白サテンの靴、花嫁用の花冠やヴェールを床にばらまいた。そのどれもが、水に濡れて変色してしまっていた。レストレイドは、真新しい結婚指輪を衣類の山の上にのせて言った。「ホームズ先生、この難問題をどうお考えになられますか」

「なるほどねえ！」ホームズは、タバコの紫煙をはき出しながら言った。「これをサーペンタイン池からさらい出したというわけですな」

「いや、公園の管理人が岸近くに浮いているのを発見しました。夫人の衣装だと確認したので、衣装がそこにあったのなら、死体もそう遠くないところにあるだろうと考えたんですがね」

「そのすばらしい推理法によれば、人間の死体は洋服だんすの近くにあるということになりますね。それで、このことからどのような結論を出しましたか」

「この失踪には、フローラ・ミラーがかかわっているに違いない」

「そう断定するのはちょっと、難しいと思いますがね」

「ほんとうに、そうなんですか」と、レストレイドはすこし苦しげに言った。「こう言っちゃあ何ですけどねえ、ホームズさん、あなたの推理だか推論だかは、実際問題として役に立たないんじゃあないですか。数分間に、二つも大きく間違った考えをしているんですから。このドレスから、フローラ・ミラー嬢が関係している証拠が見つかりました」

「ほう、どういうふうに？」

「このドレスにポケットがありましてね、そのポケットの中に名刺入れが入っていました。その中に、メモが入っていたんです。これです」レストレイドは、自分の前のテーブルの上に、そのメモを投げ出すようにして置いた。「読んでみますから、聞いてくださいよ。

『用意がととのいしだい姿を見せます。すぐ来てください。

F・H・M』

セント・サイモン卿夫人はフローラ・ミラー（頭文字がF・Mとなる）に呼び出されたのだと、わたしは初めからにらんでいたんです。あの女が、共犯者と組んで仕組んだことに、間違いないですよ。あの女の頭文字がついているこのメモを戸口のところで夫人にこっそり手渡して、自分たちに都合のいい場所へ、夫人をおびきだしたに違いありません」

「お見事ですね、レストレイド」ホームズは笑いながら言った。「実にすばらしいよ。ちょっと、それを見せてくれたまえ」彼は、つまらなさそうにメモを手にしていたが、急にそれに注目したかと思うと、満足げに小さく叫び声をあげた。「これは確かに重要です！」と、彼は言った。

「やあ！　あなたもそうお考えですか？」

「そう、そのとおり。心からおめでとうと言わせてもらいます」

レストレイドは誇らしげに立ち上がり、頭を低めてのぞき込んだ。「何をしているんですか、あなたは裏を見てるじゃありませんか！」

「いやいや、こちらが正しい面ですよ」

「そっちが表だって？　おかしいですよ、こちら側に、鉛筆で記入してあるんですよ」

「これはホテルの請求書の切れ端のようだが、ぼくにとってはきわめて興味のあるものなのです」

「それが何か役にでも立つっていうんですか。わたしだって見ていますよ。

『十月四日、部屋代八シリング、朝食二シリング六ペンス、カクテル一シリング、昼食二シリング六ペンス、シェリー酒一杯八シリング』

　ほら、これが何だっていうんです？」

「まあ、そうでしょうね。しかし、中でも一番といっていいほど重要なものなのです。そして、このメモもなかなか重要です。まあ、少なくとも頭文字のほうはね。とにかく、もう一度おめでとうと言わせてもらいますよ」

「どうも、無駄な時間を過ごしてしまったようだ」立ち上がりながら、レストレイドはそう言った。「なんといっても、暖炉の傍で座ったまま、奇妙な理論をひねくりまわしている先生より、足で探してまわるほうを信じますよ。ホームズさん、さようなら。どっちが先に事件を解決できるかは、見ていればわかりますよ」濡れた衣類を集めて鞄に戻すと、彼はドアのほうへと行った。

「レストレイド、一つだけヒントをあげておきましょう」競争相手の帰りがけに、ホームズはゆったりとした口ぶりで言った。「この事件の真相を教えましょう。セント・サイモン卿夫人というのは架空の人です。そういう人間は存在していないし、存在したこともないのです」

　レストレイドは、情けなさそうにホームズを見た。そして、わたしのほうを見て、軽く三回自分のひたいを叩くと、まじめそうに頭を横に振って、急いで帰っていった。

　ドアが閉まったと思うと、ホームズはさっと立って、コートをはおった。「外で動くことが大切だとか言っていた、レストレイドのお言葉も当たっている。ワトスン、だからぼくもちょっと出かけてくる。しばらく新聞でも見ていてくれたまえ」

シャーロック・ホームズが出かけていったのは、五時を回っていた。しかし、わたしが一人になって淋《さび》しいと思うまもなく、一時間もしないうちに、菓子屋の店員が非常に大きくて、平らな箱を持ってきた。彼は、連れの若者と一緒に箱を開けたので、わたしはひどく驚いた。この質素な下宿の食卓の上に、グルメ好みのちょっとした、温めないですむ夕食が並び始めた。冷たいヤマシギの一つがい、キジ一羽、フォアグラのパイ、それに、クモの巣がはりついた古い酒が数本である。豪華な料理を並べ終わった二人は、この料理代金の支払いは済んでいて、ここに届けてほしいと注文されたという説明をすると、まるでアラビアン・ナイトの魔法使いのように、さっと消えてしまった。

もうすぐ九時という頃に、シャーロック・ホームズが元気のよい足どりで、部屋へ戻って来た。きりりとしてまじめな顔つきだったが、わたしは彼の目のかがやきを見て、期待どおりの成果を得たことがわかった。

「さて、夕食の用意はできているね」と、手をすり合わせながら、彼は言った。

「客が来るらしいね。五人分を用意していったよ」

「そう、二、三人はやって来ると思うのだが。それにしても、セント・サイモン卿が

おいでになっていないとは、おかしい。あっ、いま階段を上がってくるのがそのようだ」

　到着したのは、まさにあの昼間の訪問者だった。彼の品のいい顔には、強い動揺の色がただよい、前の時よりも鼻めがねを勢いよく振りながら、あわただしげに入ってきた。

「わたしが頼んだメッセンジャーは行きましたね？」と、ホームズはたずねた。

「そう、手紙の内容を見て、非常に驚いているところだ。あの話は、確かな根拠がおありなのかな？」

「それは、きわめて確かなものです」

　セント・サイモン卿は、ぐったりと椅子に腰をおろし、手をひたいに当てた。

「一族の一人が」彼はつぶやいた。「このような恥ずかしいことになったと知ったら、公爵は何と言われるだろうか？」

「これは、純粋な災難ですから、恥ずかしいなどとお考えにはなりませんように」

「いや、あなたとわたしとでは立場が違う」

「誰にも罪はありません。ご夫人も、こうするほかには、やりようがなかったのではないでしょうか。もちろん、彼女の行動は、あまりにもとっぴすぎたとは思います。しかし、お母上もなく、こういう一生の大事にも、相談する相手がなかったことですし」

「いや、これは侮辱《ぶじょく》ですよ。公然たる侮辱です」と、セント・サイモン卿は指でテーブルをたたいて、言った。

「全く、たとえようもないほど、困難な立場に立たされた、お気のどくな女性です。どうぞ、大目に見てさしあげてください」

「いや、そんなことはできない。わたしは本当に怒っている。わたしは大変な恥をかかされたのだ」

「ベルの音が聞こえたようです」と、ホームズは言った。「そう、階段を上がってくる音が聞こえます。セント・サイモン卿、わたしがお願いしても、お許しはいただけないと思いまして、さらに有能な弁護人を頼んでおきました」彼はドアを開けて、一組の紳士と淑女を招き入れた。

「セント・サイモン卿」と、彼は言った。「ご紹介させていただきます。こちらはフランシス・ヘイ・モウルトン[222]ご夫妻です。ご夫人のほうは、すでにご存じの方とは思いますが」

　この、新しく入ってきた二人の客を見たとたんに、セント・サイモン卿は椅子からとび上がって目を伏せ、片手をフロックコートの胸に差し込んだまま立ちつくしてしまった。威厳《いげん》を傷つけられた男の図、とでも言ったらいいだろうか。女性のほうはすばやく一歩前へ出て、手を差し伸べた。しかし、彼は目を上げようとはしなかった。おそらくは、彼の決心を鈍らせないためには、そのほうがよかっただろう。彼女が必死に許しを願う顔を見たら、とても許さずにはいられなかっただろうから。

「ロバート、怒っていらっしゃいますわね」と、彼女は言った。「でも、それは当然のことですわ」

「言い訳など、してほしいとは思っておらぬ」と、厳しい口調でセント・サイモン卿は言った。

「無理もありませんわ。わたくしがあなたに悪いことをしたことも、出て行く前にお話しすべきだったことも、よくわかっております。ここにおりますフランクに再会しました時から、わたくしは気も動転しておりましたの。自分が何をして、何を言っているのかさえ、わからなくなってしまっていたのです。あの時、祭壇《さいだん》の前ですぐに気を失わなかったことのほうが、ふしぎなくらいでした」

「モウルトン夫人、あなたがご事情を説明なさる間、わたしと友人は席を外していたほうがよろしいのではありませんか？」

「いや、ちょっとよろしいでしょうか」と、会ったことのない紳士が言った。「わたしたちはこの件について、少々秘密にしすぎてしまったようです。わたしとしては、ヨーロッパとアメリカのすべての人に、この真相を聞いてほしいくらいの気持ちです」彼は背が低く、たくましく日焼けしていて、顔つきは鋭く、機敏な態度であった。

「それでは、さっそくでございますが、すべてをお話しいたします」と、夫人は言った。「ここにおりますフランクとわたくしは、一八八一年に、父の持っておりました鉱区のロッキー山脈近くのマックワイヤの鉱山キャンプ(223)で知り合いました。そして、わたくしたちは婚約いたしました。しかし、ある日のこと、父はすばらしい鉱脈《こうみゃく》を掘り当て、ひと財産をつくりました。このフランクが持っている鉱区は鉱脈が細くなり、ついには何も出なくなってしまったのです。父が金持ちになればなるほど、フランクのほうは貧乏になりました。父はとうとう、わたくしたちの婚約も取り消しにさせて、わたくしをサンフランシスコへ連れて行ったのです。フランクはあきらめず、わたくしを追ってサンフランシスコへやって来て、父にないしょでわたくしと会いました。父に見つかれば、怒り狂うに違いありません。このことは、わたくしたち二人の間だけのことにしておかなければいけなかったのです。フランクは、自分も財産をつくりに行って、父と同じくらい金持ちになって戻って来たら、求婚すると申しました。わたくしも、いつまでも彼を待つと約束し、彼が生きている限りは、他の誰とも結婚しないと誓いました。そうしますと、フランクは、『それなら、今すぐ結婚しよう。そのほうが、安心していられる。戻ってくるまでは、君の夫だと名乗りを上げたりはしないよ』と申しました。わたくしたちは相談しました。牧師に立ち会ってもらえるよう、彼がうまく取り計らってくれましたので、わたくしたちはそこですぐに結婚式を挙げました。そのあと、フランクは幸運を求めて出かけ、わたくしは父のもとへと戻りました。

　次にわたくしがフランクのことについて聞いたのは、モンタナにいるらしいということでした。その後、アリゾナへ行ったとか、さらにニューメキシコにいるということを風の便りに聞きました。そのあと、鉱山キャンプが原住民のアパッチ族(224)に襲われたという、長い新聞の記事を見て、その殺された人のリストにフランクの名前を見たのです。その時わたくしは、気を失ってしまいました。そして、その後何ヶ月もの間、病気になってしまいました。父はわたくしが肺病にかかったと思い、サンフランシスコの医者から医者へと、連れてまわりました。それから一年以上が経ちましても、フランクからは、全く何の音沙汰もありません。わたくしは、フランクは本当に死んだと、信じて疑わないようになりました。そんな時、セント・サイモン卿がサンフランシスコへおいでになられ、その後、わたくしたちがロンドンに参りまして、結婚のお話がまとまったのでございます。このことを父はたいへん喜んでおりました。でも、亡くなりましたフランクに捧げたわたくしの胸のうちは、この世のどんな男性も入り込むことはできないと、いつも思っておりました。

それにしましても、もし、セント・サイモン卿と結婚いたしましたなら、もちろん妻としての務めは、きちんと果たすつもりでおりました。愛情を意志の力で操ることはできませんが、行動は自分の意志で行なえます。セント・サイモン卿と一緒に祭壇の前に進みながら、わたくしはできる限りよい妻になろうと思っておりました。ところがです。ちょうど祭壇の手すりまで来て、ふとうしろを見ますと、最前列の公衆席にフランクが立って、わたくしを見ているのです。どうぞ、その時のわたくしの気持ちをご推察くださいませ。初めは、幽霊かと思いましたが、もう一度見ましても、やはりそこにはフランクが立っています。自分に会えたことがうれしいのか、悲しいのか、と目で問いかけながらわたくしを見つめていました。わたくしは、あの時によく気を失わなかったものだと思います。周りじゅうのものがぐるぐると回り、牧師の言葉はハチがうなっている音にしか聞こえませんでした。わたくしは、どうしたらよいのかわかりませんでした。式を中止にして、教会で騒ぎをおこしてよいものだろうか？　もう一回、彼をちらっと見ますと、彼はわたくしの考えていることがわかったようで、人さし指を唇に当てて、そのままにと合図してきました。そして、彼が紙切れに何か書きつけているのを見て、わたくしへのメモだとわかりました。祭壇から戻る時に、彼の前で、わたくしはわざと花束を落としました。彼は花束を拾いながら、わたくしの手にそっとそのメモを渡してくれました。メモには、合図があったら自分のところへ来てくれとだけ、一行で書いてありました。もちろんわたくしは、今となりましては、フランク何をさておいても、

に対する義務を果たすのが第一と思い、彼のいかなる指示にも従う決心をしました。

屋敷へ戻り、メイドにはすべてを話しました。カリフォルニアにいた頃から、メイドも彼と親しかったのです。彼女に口止めをして、二、三の品を持ち、コートを出しておくように命じておきました。このことを、セント・サイモン卿にお話しすべきだったとは存じます。けれども、卿のお母さまや、お偉い方々にお話しするのは、とても気がひけました。それで、このまま逃げて、あとから説明しようと決めました。わたくしがテーブルについて十分もしないうちに、道路の向こう側にいるフランクが、窓越しに見えました。彼はわたくしに手招きをすると、公園の中へ入っていきました。わたくしは部屋を抜け出ると、支度をして、彼の後に続きました。その時、誰か女性がやって来て、セント・サイモン卿について、なんだかんだと話しかけてまいりましたが、わたくしは気もそぞろでした。卿にも結婚前に、ちょっとした秘密がおありになったとかでした。でも、わたくしはなんとかその女性から逃げ出して、フランクにすぐに追いつきました。二人で一緒に辻馬車を拾い、ゴードン・スクェアに彼が借りている宿へ行きました。これが、何年間も待ちつづけた、わたくしのほんとうの結婚でございます。フランクはアパッチ族の捕虜《ほりよ》になりましたが、逃げ出してサンフランシスコへ来たのです。そして、わたくしが彼を死んだものとあきらめて、イングランドへ行ったと知りました。それで、後を追ってこちらへ来て、二回めの結婚をするあ

の朝に、とうとうわたくしにめぐり会えたのです」
「そのことは新聞で知りました」と、アメリカ人のフランクが説明した。
「新聞に名前と教会が出ていましたが、住所はわかりませんでした」
「そして、わたくしたちは今後のことを話し合いました。フランクはすべてを皆に打ち明けようとしました。でもわたくしには、とても恥ずかしくて、それはできません。父にだけは、無事に生きていると、二言、三言書き送り、これからは姿を隠し、もうどなたとも二度とお会いしないつもりでおりました。あの貴族や、貴族のご婦人の方々が、朝食のテーブルでわたくしの帰りを待っておられると考えただけで、恐ろしくなりました。そこで、わたくしの行方をわからなくしようと、花嫁衣装一式をまとめて、見つけられないような場所にフランクが捨ててきました。わたくしたちは、明日にはパリに向かって出発するところでございました。ところが、こちらにおいでのホームズさんとおっしゃる紳士が、どのようにしてわたくしたちの居場所を突き止められたのか、今日の夕方に訪ねておいでになられました。そして、わたくしの考えは間違いで、フランクのほうが正しく、いつまでも隠していることは、自分が悪いことをしたと認めるようなものだと、ご親切にも率直にお教えくださいました。そのうえに、セント・サイモン卿とわたくしたちだけで、話し合えるようにしてくださるということでしたので、さっそくこちらへお伺いいたしました。あなたを傷つけるようなことをいたしまして、本当に申しわけなく存じております。でも、どうぞわたくしを軽薄だとはお思いにならないでくださいませ」

セント・サイモン卿は、相変わらずのいかめしい態度のまま、この長い話を眉をひそめて、唇をきりっと結んでじっと聞いていた。

「失礼だが」と彼は言った。「わたしは個人の最大の秘めごとを、人前で話しあう習慣を持ち合わせてはいない」

「では、おゆるしいただけないのでございますか？　お別れの握手もいただけませんのでしょうか？」

「お望みとあれば、もちろんそれには応じるが」と言って、彼女の差し出した手を冷たく握った。

「いかがでしょうか」と、ホームズは提案した。「この親睦《しんぼく》夕食会に、あなたもお加わりになりませんか」

「それは無理な注文である」セント・サイモン卿は答えた。「わたしは、こうなったからには、それを黙って受け入れるほかはないが、だからといって、夕食の席を囲んでそれを楽しむという気分にはなれない。今夜はこれで失礼させていただく」彼はわたしたちに一礼すると、いばった足どりで部屋から出て行った。

「では、せめてあなたがたは、ご一緒していただけますね」と、シャーロック・ホームズは言った。「アメリカの方にお会いすることは、わたしにはうれしいことですよ、モウルトンさん。なにしろ、ずっと昔に、ある君主が愚かなことをやり、また、ある大臣がへまをしましたがね。わたしは、わたしたちの子孫がいずれ、同じ英国の国　旗《ユニオン・ジャック》と米国の星条旗を組み合わせた英米連合国の国旗をいただいた、一つの国家の国民となることを信じる者の一人です」

　客がみんな帰ったあとで、ホームズが言った。「この事件でおもしろかったのは、初めは一見まったくふしぎに思える事件も、非常に簡単に解決できる、ということが立証されたことだね。彼女の話を聞けば、これは本当に自然ななりゆきだと思える。ところが、たとえば、スコットランド・ヤードのレストレイドに言わせれば、これほどふしぎな結果は、ほかにないということになるだろうね」

「そうすると、君は初めから迷わなかったのかい?」

「初めから、二つのことははっきりしていたからね。一つは、あの女性がきわめて喜んで結婚式を挙げようとしていたこと。もう一つは、挙式から帰って二、三分のうちに、自分の結婚を悔やんでいるということだ。とすれば、彼女が何か考えを変えなければいけないことが、あの朝におこったということだ。それは何だったのだろう。家を出てからは、花婿と一緒だったのだから、誰かと話をしているはずはない。とすれば、誰かを見たのだろう? その誰かというのは、アメリカから来た人間に違いない。なぜなら、彼女はこの国に来て、いくらも経っていないので、その姿を見ただけで、人生の計画をすべて変えるほど強い影響を与えるような人間が、この国にいるとは考えられないからね。彼女はアメリカ人に会ったに違いないという考えには、こうやってたどり着いたのだよ。その次には、そのアメリカ人は何者なのだ? なぜ、彼女に対してあれほどの大きい影響力を与えたのだろう? それは恋人か夫かもしれない。彼女は少女時代を、荒らくれた環境の中で、いささか変わった生活を送っていたようだからね。ここまでは、セント・サイモン卿が話をする前に、ぼくにはわかっていた。

そして次にセント・サイモン卿の話で、公衆席の男のこと、花嫁の態度の変化、花束を落とすという平凡な方法で手紙の受け渡しを行なったこと、彼女が忠実なメイドに何か言っていたこと、そして、彼女が『がめられた』という意味ありげな言葉を使っていたことがわかった。――これは鉱山で働いている者の間で使われる隠語で、他人が先に取った採掘権を横取りするという意味なのだ。これでぼくには、事情が完全にわかったのさ。彼女は男性と一緒に逃げた、しかも男性は恋人か、あるいは前の夫――たぶん、前の夫だろう、と考えたのだ」

「しかし、どうやって、あの二人を見つけだしたのかね？」

「それは難しかったけれどね、友人のレストレイドが、ご本人はその価値はわからなかったようだったが、手がかりを教えてくれたのだ。あのメモの頭文字も、非常に有効な手がかりではあったけれども、もっと重要なのは、男が一週間以内に、ロンドンのどこかの一流ホテルで、支払いをしたことがわかったことなのだ」

「一流ホテルというのは、どうしてわかったのかね？」

「値段からだよ。一泊八シリング、シェリー酒一杯八ペンスというのは、きわめて高級なホテルに決まっている。こんな料金をとるホテルは、ロンドンにはそうたくさんはないね。二軒めに訪ねたノーサンバランド・アヴェニューにあるホテル(225)で宿帳を見せてもらうと、フランシス・H・モウルトンというアメリカ人が、前日までいたことがわかった。支払いの明細を見せてもらうと、あの請求書と同じ項目が記入されていた。彼あての手紙は、ゴードン・スクェアの二二六へ転送するように手配してあったので、そちらへ訪ねてみると、愛し合っておいでのご両人はご在宅だった。そこで、父親みたいにちょっと忠告して、お二人の立場を、世間の人に、ことにセント・サイモン卿に対してはっきりさせたほうが、すべての点でうまくいくのではないかと説得したわけさ。そして、あの二人にここでセント・サイモン卿に会うようにすすめ、君も知ってのとおりセント・サイモン卿のほうにも、こちらへおいで願うようにしたのだ」

「でも、結果はそんなによくはなかったね」と、わたしは言った。「セント・サイモン卿の態度は、そんなに寛大とは思えなかったよ」

「ねえワトスン」ホームズはほほえみながら言った。「求愛したり、結婚したりと、いろいろめんどうなことをしたあげくに、一瞬のうちに妻も財産もなくなったとしたら、君だっておそらく、そんなに寛大にはなれないだろうと思うよ。セント・サイモン卿にはお気のどくだったね。あのような立場に立つことは絶対にありえないぼくたちの運命を、ありがたいと思わなくてはいけないよ。ねえワトスン、椅子を引いて、ぼくのヴァイオリンを手渡してくれたまえ。このもの悲しい秋の夜をどう過ごすかという問題は、まだ解決していないからね」

緑柱石の宝冠

「ホームズ、」ある朝わたしは、張り出し窓から通りを見下ろしながら声をかけた。(226)「気が変になった男がやって来るよ。家の者があんな人間を一人で外へ出すなんて、嘆《なげ》かわしいなあ」

友人はものうげに肘掛《ひじか》け椅子から立ち上がると、部屋着のポケットに手を突っ込んだまま、わたしの肩越しに通りを見下ろした。よく晴れた、さわやかな二月の朝のことで、地面にはまだ前日の雪が深く積もっており、冬の日をあびて、きらきら輝いていた。ベイカー街のまん中は、乗り物が通ったためにシャーベット状の茶色い帯になっていたが、両端と歩道の端に積み上げられた雪は、降った時のままにまっ白だった。灰色の歩道は雪かきがされてきれいになっていたが、表面はまだ滑りやすく、危険だったので、いつもより歩いている人が少なかった。実際、メトロポリタン地下鉄ベイカー街駅(227)のほうからこちらに来るのは、奇妙なふるまいがわたしの注意をひいた、その紳士だけだった。

彼は五十歳くらいで、背が高く、太って、堂々とした様子で、大きなとても目立つ顔立ちの威厳《いげん》のある紳士だった。彼はじみだが、金のかかった服装をしていた。黒のフロックコートに、ピカピカのシルクハット、こぎれいな茶色のスパッツ、仕立てのよいパールグレイのズボンという格好だった。ところが、彼の行動は、威厳のある服装や容貌《ようぼう》には全くそぐわないものだった。彼は一生懸命走りながら、足に負担をかけたことがない人間が疲れたときにやるように、ときどきぴょんぴょん飛び跳ねていた。走りながら両手を上げたり下ろしたり、頭を振ったり、顔を異常にゆがめていたのだ。

「いったいどうしたんだろう？」わたしは言った。「家の番号を確かめながら歩いているね」

「ここへ来るんだと思うよ」ホームズは手をこすりながら言った。

「ここへ？」

「そうだ。ぼくに事件の依頼に来るのだと思うね。そんな兆候《ちょうこう》が見て取れるんだ。ほら！　言ったじゃないか」彼がこう言った時、例の紳士が、息せききってわれわれの家の入り口に突進し、家中に鳴り響くほど呼びりんの紐《ひも》を引いた。

まもなく男はわれわれの部屋に通されたが、まだはあはあ言いながら、奇妙な身振りを続けていた。だが、彼の目の中に悲しみと絶望があるのを見て、わたしたちの笑いはすぐに戦慄《せんりつ》と同情とに変わった。しばらくの間、彼は言葉を口に出すことができずに、頭がおかしくなる寸前の人間のように、体を揺らし、髪をかきむしっていた。

それが、突然立ち上がると、すごい勢いで壁に頭をぶつけだしたので、わたしどもはあわてて彼に飛びかかり、部屋の中央に引き戻した。シャーロック・ホームズは彼を安楽椅子に座らせ、自分も彼の横に座り、彼の手を軽く叩きながら、こんな時に一番適切だとわかっている、気楽な、慰《なぐさ》めるような調子でおしゃべりを始めた。

「ここにいらしたのは、何かご相談があったのではありませんか？」彼は言った。「急いでいらしたので、お疲れでしょう。落ち着かれるまでお休みください。それから、どんな細かい問題でもご相談に応じますよ」

男はしばらく胸を上下させ、はあはあ言い、激しい感情を抑えようとしていた。

それから、ハンカチでひたいをぬぐい、唇をきつく閉じて、わたしたちのほうに向き直った。

「あなたがたはわたしの頭がおかしいと思っているでしょう?」彼は言った。

「何かとても大きな問題を抱えておいでになることはわかります」ホームズは言った。

「そうなんです！　わたしの気を狂わせるほど、恐ろしい事件が、突然おこったのです。わたしは自分の人格に傷をつけたことのない人間ですが、社会的不名誉なら立ち向かいましょう。個人的苦悩なら誰にもあることです。しかし、これら二つが一度に、それもこんな恐ろしい形で現われたとしたら、気が狂ってもおかしくない。それにこれはわたし一人の問題ではないのです。この恐ろしい事件から抜け出す方法が見つからなければ、この国で一番高貴な方のご迷惑になります」

「どうぞ、落ち着いてください」ホームズが言った。「そして、あなたのお名前と、あなたに降りかかった災難についてはっきりと、お聞かせください」

「わたしの名前は」客は答えた。「たぶんご存じでしょう。スレッドニードル街にあるホウルダ・アンド・スティーヴンスン銀行(228)のアレクサンダ・ホウルダです」

たしかにその名前は、ロンドンのシティで二番めに大きな民間銀行の頭取《とうどり》として、わたしたちもよく知っていた。いったい何がおこって、このロンドンでも一流の市民を、こんなみじめな状況に追い込んだのか？　われわれは好奇心のかたまりとなって、彼がなんとか元気を出して、話し始めるのを待った。

「今は、時間が惜しい」彼は言った。「それだから、警部さんに、あなたの助けを求めるように言われて、ここへ急いで来ることにしたのです。この雪で馬車は速く走れないので、ベイカー街までは地下鉄で来て、そこからは走ってきました[229]。それで息がきれてしまったのです。ふだん運動をほとんどしないものですからね。もう大丈夫です。事実をできるだけ手短に、そしてはっきりとお話ししましょう。

　もちろんよくご存じでしょうが、銀行業で成功するには、得意先を増やし、預金者の数を増やすだけでなく、資金の有利な投資先を見つけることが大事です。最も有利な投資方法は、申し分のない担保のある貸付けです。ここ二、三年、こちらの方面で多くの取引きをしておりますが、貴族のお客様も大勢おいでで、絵画、蔵書、金銀食器を担保に大金をご用立てしています。

　昨日の朝、銀行の自分の頭取室におりますと、行員が名刺を持ってまいりました。そのお名前を見て、わたしはびっくりしてしまいました。それは、誰あろう、いやいや、あなたにも、こう申し上げておくだけにいたしましょう。世界じゅうの誰[230]もが知っている名前で、イングランドで最高の、最も高貴で、最も尊《とうと》いお名前の一つなのです。わたしはあまりの名誉に感きわまり、その方が部屋に入って見えた時、そのようにご挨拶申し上げようとしましたが、そのお方はいやな仕事は早く済ませたいご様子で、すぐに用件に入られました。

『ホウルダさん』あのお方はおっしゃいました。『君のところでは、お金を用立ててくれるそうだね』

『担保《たんぽ》がしっかりしていれば、ご用立ていたします』わたしはお答えしました。

『五万ポンド、どうしても今すぐに必要なのだ。友人に言えば、こんなお金の十倍の額を借りることもできる。だが、わたしはこれをビジネスとして、自分自身で済ませたい。君にも容易にわかることだが、わたしのような身分の者は、借りをつくることは賢明なことではないのだ』

『失礼ながら、期間はどのくらいでしょうか？』わたしはおたずねいたしました。

『来週の月曜日には大金が入るはずだから、その時には、君が正当と思う利子を付けて必ず全額お返ししよう。だが、その金は、今すぐ手に入れねばならない』

『これ以上何もうかがわずに、わたし個人の資産より喜んでご用立ていたしたいのですが』わたしは申し上げました。『負担がわたしにはいささか重すぎます。といって、銀行からお貸しするとなると、共同経営者に対する公正さのために、あなたさまの場合でも、事務的予防措置は取らなくてはなりません』

『それは、わたしも望むところだ』こう言うと、このお方は椅子の横に置いておいた四角い、黒のモロッコ革の箱を取り上げました。『緑柱石《りよくちゆうせき》の宝冠のことは、もちろん知っているであろうな?』

『はい、帝国の最も貴重な国宝の一つと聞いております』わたしは答えました。

『そのとおり』そのお方は箱をお開けになりました。その中には、柔らかい、肌色のベルベットに包まれるように、いま名称を言われたそのりっぱな宝物が入っていました。『大きな緑柱石が三十九ある』そのお方は申されました。『金の彫刻も値段のつけようがない、すばらしいものだ。宝冠の価値は、最低に見積もっても、わたしが申し入れた金額の二倍はある。担保としてこれを預けよう』

わたしは貴重な箱を両手で取り上げ、当惑した思いで、箱と高名な依頼人とを見くらべました。

『価値を疑っているのか?』かのお方はおたずねになりました。

『とんでもございません。ただ、ちょっと』

『担保として預けることが妥当かどうかを心配しているのか? それなら安心するがいい。四日以内に取り戻せる確かなあてがなければ、そうしようとは思わない。ただ形式的なことだ。担保は足りるか?』

『充分でございます』

『ホウルダ君、わかっていると思うが、君のことはいろいろ聞いたうえで、君を信頼していることを、こうやって示しているのだ。だから、この件に関して秘密をもらさず、うわさ話などするはずがないと、信じている。それに、何よりもこの宝冠をこのうえない注意を払って保管してくれるものと信じておる。言うまでもないことだが、もしいささかでもこれを損なうことがあったら、大きなスキャンダルになるだろう。宝冠全体が紛失するのはもちろん、傷がついても重大問題だ。この緑柱石に匹敵するものは世界中どこにもないから、補充は不可能なのだ。しかし、君のことは完全に信頼して、これを預ける。月曜日の朝、自分で引き取りに来るつもりだ』

急いでお帰りになりたいご様子なので、わたしはこれ以上何も申し上げませんでした。出納係を呼び、五万ポンドを千ポンド紙幣で五十枚お支払いするよう申し付けました。しかし、ふたたび部屋の中に一人になり、机の上の貴重な箱を眺めているうちに、自分に課せられた責任の大きさに、不安になりました。これは国宝ですから、何か間違いがあったら、大変なスキャンダルになることは確かです。預かったことをすぐに後悔しました。しかし、もうどうしようもありません。それで、自分用の金庫にしまって、仕事に戻りました。

夕方になると、このように貴重なものをオフィスに残していくのは、軽率に思えました。これまでにも銀行の金庫が破られたことがありましたから、このわたしの金庫だけが例外とは思えません。もしそんなことがおきたら、わたしの立場はどんなに恐ろしいものになるか！　そこで、これから数日間は勤めの行き帰りとも持ち運ぶことにし、片時もそばから離さないことにしました。こう考えて、わたしは馬車を呼び、宝冠を抱いてストレタム[231]の自宅に帰りました。二階の化粧室のたんすに入れ、鍵をかけてようやく息がつけました。

さて、ホームズさん、事態をよく理解していただくために、わたしの家のことを少しご説明いたします。馬扱い人と給仕は住み込みではないので、完全に除外していいでしょう。メイドが三人おりますが、長いこと働いてくれていますし、信用に関しては全く疑いの余地がありません。もう一人、ルーシー・パーといって、メイド見習いがおり、勤め始めてまだ数ヶ月です。でも、りっぱな推薦状を持ってきましたし、働きぶりにはいつも満足しています。たいへんきれいな娘で、好意を寄せる男たちが家の周りをときどきうろつくのが、彼女の唯一の欠点といえば欠点ですが、あらゆる面でいい娘だと思っています。

使用人については以上です。わたしの家族は小人数ですので、ご説明には長くはかかりません。わたしは、妻を亡くして独り身です。一人息子がいて、アーサーといいます。ホームズさん、この子にはがっかりさせられました。まったくの期待はずれです。わたしの責任であることは確かです。わたしが彼を甘やかしすぎたと、人は言います。確かにそのとおりでしょう。大切な妻に死なれた時、わたしが愛すべきものは彼だけだと思ったのです。彼の顔から一瞬でも笑みがなくなるのを見るのは耐えられませんでした。彼の望むことを一度でも駄目だと拒否したことはありません。お互いにとって、わたしがもっと厳しかったほうがよかったのかもしれない。ただ、よかれと思っただけなのです。

わたしはもちろん彼に仕事を継がせるつもりでしたが、あの子は実業には向いていません。無謀で、気まぐれで、本当のことを言って、彼には大金の扱いを任せられません。若い時に、貴族クラブのメンバーになりましたが、人には好かれるたちで、すぐに金持ちで、金のかかる趣味を持ったたくさんの人々と親しくなりました。トランプに大金を賭《か》けて遊ぶことを覚え、競馬に金を浪費して、ついには、賭博の借金を精算するために、わたしのもとにたびたび小遣いの前借りを頼みに来るようになったのです。あの子も一度ならず危険なつきあいをやめようとしたのですが、そのたびに友達のサー・ジョージ・バーンウェル[232]の影響で元に戻ってしまいました。

実際、サー・ジョージ・バーンウェルのような人間が、息子にこのような影響力を持つのはふしぎでもありません。息子が彼をよく家へ連れてきましたが、わたし自身も彼の魅力に満ちた物腰に逆らえませんでした。息子よりは年上で、世の中のことを隅々まで知っていて、いろいろなところへ行ったことがあり、何でも見たことがあり、話がうまく、おまけにハンサムなのです。しかし、冷静になって、彼の魅力が届かないところで彼のことを考えてみると、彼の皮肉たっぷりな口調、あの目つきから、彼はまったく信用できない人間であると確信しました。わたしはこう思っていますし、メアリ[233]も、一瞬で人の性格を見抜く女性の洞察力から、そう思っています。

さて、あとは彼女の説明だけです。彼女はわたしの姪《めい》ですが、五年前にわたしの兄が死に、彼女はたった一人になってしまったので、わたしが養女にし、それ以来実の娘のようにかわいがっております。彼女はわが家の太陽です。やさしくて、愛らしくて、美人。家を守るすばらしいマネージャーで主婦、それでいて、女性としてこのうえなくやさしく、もの静かで、穏やかなのです。彼女はわたしの右腕です。彼女なしでは何もできません。ただ、たった一つだけ、彼女はわたしの希望を聞きいれてくれません。息子は二回彼女に結婚を申し込みました。熱烈に愛していたからですが、そのたびに彼女は拒否したのです。もし息子を正しい道に引き戻すことができる人間がいるとすれば、それは彼女だと思っていました。結婚が彼の人生を変えたかもしれないと思っていましたが、しかし今となっては、ああ、もう遅すぎる。永久に手遅れなのです。

さて、ホームズさん、わが家のメンバーのことはおわかりになったと思いますので、わたしの不幸な話を続けましょう。

昨夜、夕食をすませ、わたしたちは客間でコーヒーを飲んでいました。そこで、わたしはアーサーとメアリに、依頼人の名前は伏せましたが、わたしが経験したこと、この家の中にある貴重な宝物のことを話しました。ルーシー・パーがコーヒーを運んできたのですが、その時は部屋を出ていて、中にはいなかったのは確かです。ただ、ドアが閉まっていたかどうかはわかりません。メアリとアーサーはとても興味を持って、有名な宝冠を見たいと言いましたが、わたしはそのままにしておいたほうがいいと思いました。

『どこにしまったのですか?』アーサーがたずねました。

『たんすの中だ』

『さてさて、夜の間に強盗に入られないといいのだが』彼は言いました。

『きちんと鍵をかけてある』わたしは答えました。

『古い鍵ならどれでもあのたんすに合うよ。子どもの頃、納戸《なんど》の食器棚の鍵であけたことがあるもの』

息子はよく口からでまかせを言うので、彼の言葉はあまり気にしていませんでした。ところが昨夜、彼はとても深刻そうな顔をして、わたしの部屋まで一緒に来ました。

『あの、お父さん』彼は目を伏せたまま言いました。『二百ポンド借りられないかな?』

『駄目だ。絶対に駄目！』わたしはぴしっと答えました。『金の件では、おまえに甘すぎた』

『これまでよくしてもらいました』彼は言いました。『でも、その金がないと、ぼくはクラブに二度と顔出しができなくなるんです』

『それも結構だろう』わたしは大声で言いました。

『それでも、ぼくが汚名を背負ったままクラブを辞めるのはいやでしょう』彼は言いました。『そんな不名誉には耐えられない。何としてもその金をつくらねばならぬのです。もし、あなたが貸してくれないなら、他の手段を考えなくてはなりません』

今月のうちで三度めの要求だったので、わたしはひどく腹を立てていました。『一ファージング[234]だってやるものか』わたしはどなりつけました。これを聞くと、息子は頭を下げ、一言も言わずに部屋を出て行きました。

彼が出て行ったあと、たんすの鍵をあけて、宝冠が無事であるのを確認し、もう一度施錠しました。それから、すべての戸締まりを確認するために、家じゅうを見まわることにしました。これは、いつもはメアリにまかせてあるのですが、昨夜は自分でしたほうがいいと思ったのです。階段を降りていくと、メアリがホールの横窓のところにおりました。わたしがそばへ行くと、窓を閉め、鍵をかけていました。

『お父さま』彼女はすこし動揺して言いました。『メイドのルーシーに今夜外出の許可を与えたのですか?』

『もちろんそんなことはしない』

『たったいま裏口から戻って来ましたの。誰かに会うために通用門まで行ってきただけだと思いますが、不用心ですからやめさせなくてはいけませんわ』

『明日の朝、おまえから注意してくれ。わたしからのほうがよければそうするが。戸締まりは全部大丈夫かい?』

『ええ、大丈夫です、お父さま』

『それじゃ、おやすみ』彼女にキスをし、自分の寝室に戻り、すぐに眠ってしまいました。

ホームズさん、事件に関係のありそうなことは何でもお話ししようとしていますが、はっきりしない点がありましたら、どうぞおたずねください」

「とんでもない、あなたの説明は非常にわかりやすいですよ」

「これから先は特にはっきりさせなくてはならないところです。わたしは眠りが浅いほうで、昨夜はとくに心配事があったので、ますます眠れなかったようです。そして、午前二時頃、家の中の何かの物音で目が覚めました。はっきり目が覚めないうちに、音はやんでしまいました。ただなんとなく、どこかの窓がそっと閉まったという感じが残りました。ベッドに寝たまま、聞き耳を立てていました。すると、びっくりしたことに、突然、隣の部屋でそっと動きまわる足音がはっきりと聞こえてきたのです。恐怖で胸をドキドキさせ、ベッドを抜け出し、化粧室のドアの隙間からのぞいてみました。

『アーサー！』わたしは大声で叫びました。『なんて悪党だ、おまえは泥棒だ！　宝冠に手をかけるとはなんてことだ』

わたしが寝る前に炎を細くしておいたガス灯は、そのままぼんやりと部屋を照らしていました。みじめなアーサーは、シャツとズボンだけという格好で、宝冠を手にしたまま、明りのそばに立っていました。彼は力いっぱい、その宝冠をねじ曲げようとしているようでした。わたしが大声をあげたので、息子は手から宝冠を取り落とし、死人のようにまっ青になりました。わたしは急いで宝冠を拾いあげ、調べてみました。金の台の一部が、そこについていた三個の緑柱石ともどもなくなっていました。

『このごろつきめ！』わたしは怒りで逆上して、叫びました。『おまえが壊したんだ。わしの名誉を傷つけて！　盗んだ宝石はどこだ？』

『盗んだですって？』息子も叫びました。

『そうだ、おまえは泥棒だ！』わたしは息子の肩をつかんで、揺さぶりながらどなりました。

『何もなくなってなんかいない。そんなはずはない』

『いいや、三個ない。おまえはありかを知っているはずだ。おまえは泥棒だけでなく、嘘《うそ》つきなのか？　おまえがもう一つねじとろうとするのを見ていたのだぞ』

『あなたのぼくを非難する言葉はもう充分だ』彼は言いました。『もうがまんできない。あなたはぼくを侮辱《ぶじょく》するほうを選んだのだから、この件についてぼくはもう一言も言いますまい。朝になったらこの家を出て、一人で生きていきます』

『警察の手にゆだねることになるぞ！』わたしは悲しみと怒りで半狂乱となり、叫びました。『このことは徹底的に調べるぞ』

『ぼくはもう何もしゃべらないぞ』息子の中にこんな激情があるとは思わなかったほどの激しさで、彼は言いました。『警察を呼びたいなら、何が見つかるかやらせてみるがいい』

この頃には、家じゅうの者が起きていました。なにしろ、怒りにまかせて大声をあげていましたので。メアリがまず最初にわたしの部屋に飛び込んできました。宝冠とアーサーの顔を見るや、彼女はすべてを悟り、悲鳴をあげると、床にくずおれました。メイドに警官を呼びにやり、すぐに調査を彼らにゆだねました。警部と巡査がやって来ると、むっつりと、腕組みしたまま立っていたアーサーは、自分を窃盗《せっとう》で訴えるつもりかとわたしにたずねてきました。傷つけられた宝冠は国宝であるから、事は個人の問題ではなく、公の問題になったのだから、すべてを法律に任せるつもりだとわたしは答えました。

『少なくとも』彼は言いました。『ぼくをすぐには逮捕させないでください。五分間だけ家の外に行かせてください。ぼくのためばかりでなく、あなたのためにもなるのです』

『そんなことを言って、逃げるのか。それとも盗んだものを隠すつもりだろう』わたしは言いました。そして、自分がどんなに恐ろしい立場に置かれているのかに気づき、息子にわたしの名誉だけでなく、それよりはるかに大事な方の名誉がかかっていることを思い出してくれるよう頼みました。おまえは国じゅうを揺るがすスキャンダルをおこそうとしていることを考えてくれとも頼みました。なくなった三つの宝石をどうしたかさえ言ってくれれば、そのスキャンダルを避けることができるのだとも言いました。

『自分が置かれた状況を直視しなさい』わたしは言いました。『おまえは現行犯で捕まったのだから、どんな自白をしても、罪を重くするということはない。緑柱石のありかを言って、おまえにできる償いをしたなら、すべてを許し、忘れよう』

『あなたの許しは求める人のために取っておきなさい』彼はわたしから顔をそむけ、

せせら笑いながら言いました。息子がこんなにかたくなになったのでは、わたしが何を言ってももう彼を動かすことはできないと思いました。こうなったら、とるべき道は一つしかありません。わたしは警部を呼び入れ、息子を引き渡しました。ただちに捜査が始められました。息子の身体検査だけでなく、彼の部屋も、宝石を隠しそうなところを家の隅々まで調べましたが、宝石の影も形もありませんでした。わたしたちがなだめても、おどしても、哀れな息子は口を割りませんでした。今朝、彼は留置場に連れていかれました。わたしは警察の手続きを済ませてから、事件解決のお願いをするために、こちらへ飛んでまいりました。警察は今のところ何もわからないとはっきり言っております。必要な経費はどれだけ使っていただいてもかまいません。すでに、一千ポンドの懸賞金《けんしょうきん》を出しました。ああ、どうしたらいいんだろう！　わたしは一夜にして、名誉と、宝石と、息子を失ってしまったのです。ああ、どうしたらいいのでしょう！」

彼は両手で頭をかかえると、体を前後に揺らしながら、悲しすぎてしゃべれない子どものように、うなった。

シャーロック・ホームズは、眉《まゆ》を寄せ、暖炉の火をじっと見つめたまま、しばらく口を開かなかった。

「お宅はお客が多いですか？」ホームズがたずねた。

「ほとんどありません。ただ、わたしの共同経営者が家族と一緒に来るとか、それからアーサーの友達がときどき来るくらいです。最近は、サー・ジョージ・バーンウェルが、四、五回みえました。それだけだと思います」

「あなたはお付き合いのために、よく外出されますか？」

「アーサーはよく出かけます。メアリとわたしは家にいます。わたしたちは出かけるのがあまり好きではありません」

「若い女性にしては、珍しいことですね」

「おとなしい性質なんです。それに、もうそんなに若くはありませんよ。二十四歳ですから」

「あなたのお話をうかがったところでは、今度の事件は彼女にとってもショックだったようですね」

「大変なものです。わたし以上かもしれません」

「お二人とも、息子さんが犯人だと信じているのですか？」

「わたし自身この目で、あの子が宝冠を握っているのを見ているのですから、ほかに考えようがないじゃありませんか？」

「わたしには、決定的証拠とは思えません。宝冠の他の部分も傷んでいましたか？」

「はい、ねじれていました」

「そうすると、息子さんはねじれを真っ直ぐに直そうとしていたとは考えられませんか？」

「ありがとう！　息子やわたしを慰めようとしてくださっているのでしょうが、それは難しい仕事です。彼はあそこで何をしていたのでしょう？　彼の目的がやましくないなら、どうしてそう言わないのですか？」

「そのとおりです。でも、もし犯人だったなら、どうして嘘をつかなかったのでしょう？　彼が黙っていることは、両方の意味があるように思えます。この事件にはおかしな点が幾つかあります。あなたの目を覚まさせた物音について、警察はどう考えていますか？」

「アーサーが自分の寝室のドアを閉めた時の音だろうということです」

「もっともらしい話だ！　それではまるで、これから罪を犯そうとする人間が、家じゅうの人間の目を覚まそうと、ドアをバタンと音をさせて閉めたみたいです。それから、宝石が見あたらないことについては、何と言ってますか？」

「羽目板《はめいた》を叩いたり、家具を調べたりして、まだ探しています」

「家の外も探していますか？」

「はい、警察は驚くほど熱心で、もうすでに庭を隅から隅まで調べました」

「さて、ホウルダさん」ホームズは言った。「この事件は、あなたや警察が最初に考えた以上に、はるかに奥が深いことがあなたにもおわかりになったのではありませんか？　あなたには簡単な事件に思え、わたしには非常に複雑なものに思えます。あなたの推理では事件はこういうことになります。息子さんはベッドから抜け出し、大きな危険を冒してあなたの化粧室へ行く。たんすを開け、宝冠を取り出す。満身の力で宝冠のほんの一部をねじりとり、どこかへ行って三十九個ある宝石のうち三つを巧妙に隠す。あまりに巧妙で、誰も発見できない。それから、残りの三十六個を持って、見つかる危険性が大いにある部屋にわざわざ戻ってきた。おたずねしますが、こんな推理が通りますか？」

「でも、ほかに考えようがないじゃないですか？」銀行家は絶望の身振りで叫んだ。「もし彼の動機にやましいところがないなら、どうして釈明しないのだろう？」

「それをはっきりさせるのがわたしたちの仕事です」ホームズが答えた。「それでは、ホウルダさん、もしよろしければストレタムへご一緒して、一時間ほど細かい点を調べてみたいのですが」

ホームズがぜひ一緒に行こうと言うし、わたしも話を聞くうちに興味と同情をかきたてられていたので、喜んで同行した。実を言うと、あわれな父親と同様に、ぼくも息子の犯行であるのは明らかだと思っていたのだが、ホームズの判断には大いに信頼を寄せていたので、息子が犯人であるという今の説明に彼が納得しないのなら、望みを持つ理由が何かあるのではないかと感じた。南の郊外に向かう間じゅう、ホームズはずっと黙りこくっていた。あごを胸にうずめ、帽子を目深にかぶり、じっと考え込んでいた。われわれの依頼人はかすかな希望を与えられ、元気を取り戻したようで、わたしと仕事の話をぽつぽつとしゃべるようになった。しばらく汽車に乗り、駅から少し歩くと、大銀行家の質素な邸宅であるフェアバンク荘に着いた。

フェアバンク荘は、道路から少し引っ込んだところに建つ、白い石でできた、かなり大きな、四角い家だった。二本の馬車道が、雪におおわれた芝生をはさんで、玄関から入り口を閉ざした大きな鉄扉に向かって延びていた。右手には小さな木の茂みがあり、きれいに刈り込んだ生け垣が両側にある狭い小道につながっていて、勝手口に導く、出入りの商人用の通路になっていた。左手には馬小屋に行く小道があるが、これはもう敷地内ではなく、めったに人は通らないが、一般の公道だった。ホームズはわたしたちを玄関に残したまま、正面から商人用通路を通り、裏庭から馬小屋へ続く道のほうへと、家の周りをゆっくりと歩いて行った。ホームズがなかなか帰ってこないので、わたしとホウルダ氏は食堂に入り、暖炉のそばでホームズの帰りを待った。二人が口もきかずに座っていると、ドアが開いて若い女性が入ってきた。普通よりやや背が高く、やせて、黒い髪と黒い瞳を持っていたが、肌がひどく青白かったので、その黒さがきわだって見えた。わたしはこんなに青白い女の顔を見たことがない。彼女の唇も血の気がなかったが、目は泣きはらして、まっ赤だった。わたしは、彼女がそっと部屋の中に入ってきた時、彼女の悲しみの大きさに胸を打たれた。それは、銀行家が今朝わたしたちに与えた以上のものだった。彼女は見るからにしっかりした、自分の感情をコントロールできる女性のようなので、ますます痛ましかった。彼女はわたしの存在など無視して、まっすぐ叔父のところへ行き、肩に手をまわし、女性らしくやさしく抱きしめた。

「お父さま、アーサーを釈放するよう、言ってくださったのでしょう?」彼女はたずねた。

「いいや、おまえ、事件は徹底的に調べてもらわなくてはならないのだ」

「でも、彼は絶対に無実です。女の直覚力をご存じでしょう。彼は悪いことなどしていません。ですから、そんなに厳しくなさっては、あとで後悔なさいますわ」

「それじゃ、あいつが無実ならどうして黙っているのだ?」

「わかりません。たぶんあなたに疑われ、腹を立てているのかもしれません」

「あいつが宝冠を手にしているのを見ているのに、どうして疑わずにいられるだろう?」

「でも、手にとって見ようとしていただけかもしれませんわ。ああ、お願いですから、彼が無実だというわたしの言葉を信じてください。事件は取り下げて、もう何もおっ

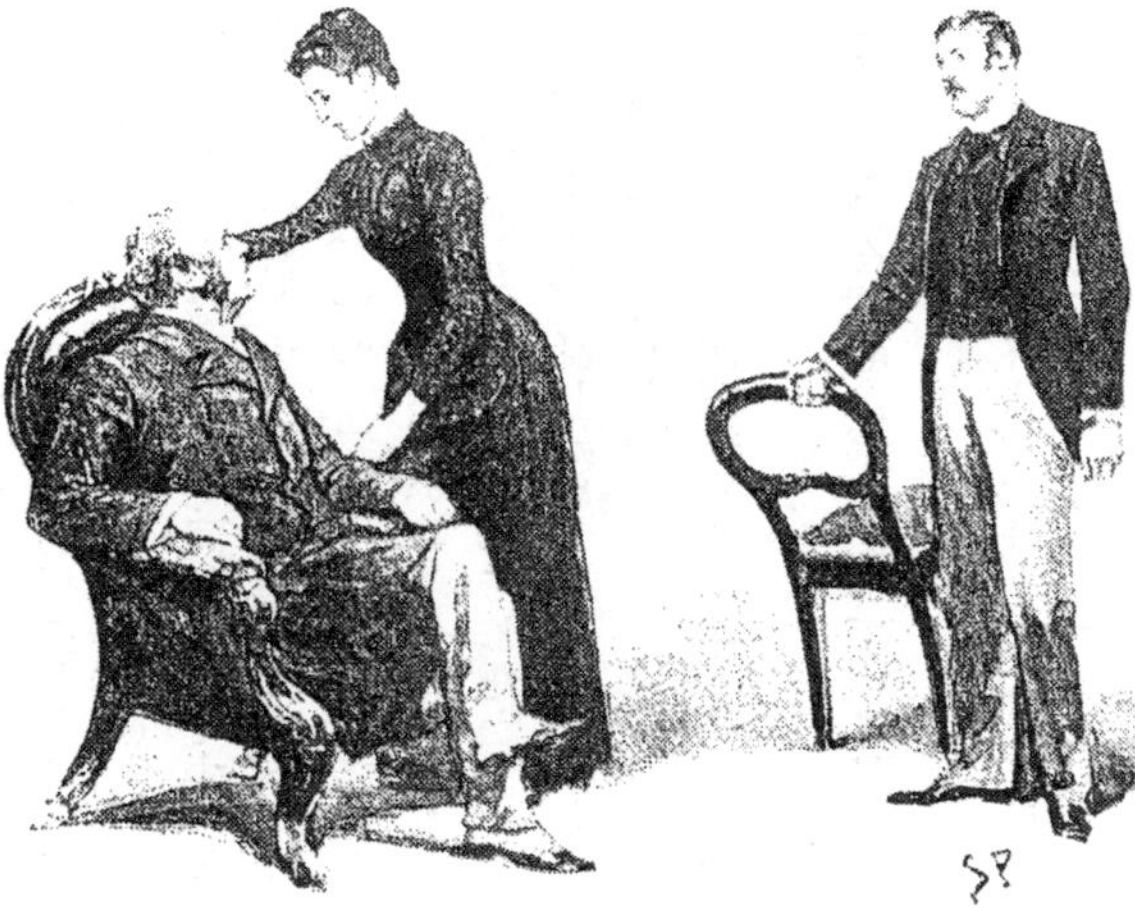

しゃらないで。あのアーサーが留置場にいるなんて、考えただけでも恐ろしい！」

「宝石が見つかるまでは絶対に取り下げはしない。絶対にだ、メアリ！　おまえはアーサーを思いやるあまり、この事件がわたしにどんなに恐ろしい結果をもたらすかがわかっていないのだ。事を穏便に済ますどころか、わたしはこの事件を徹底的に調査してもらうために、ロンドンからあるお方に来ていただいているのだ」

「こちらのお方ですか？」彼女はわたしのほうを振り向いてたずねた。

「いいや、この方の友人だ。今は馬小屋へ行って調べたいと言って、彼は一人で小道のほうに行っておられる」

「馬小屋の小道ですって？」彼女は黒い眉《まゆ》をあげた。「あんなところで何が見つかるというのでしょう？　ああ、こちらの方ですね。あなたは、わたくしが真実だと思っていること、いとこのアーサーが無実であることを、必ず証明してくださいますね」

「わたしもあなたと全く同じ考えです。きっと証明できると思います」ホームズは靴の雪を払い落とすために玄関マットのほうに戻りながら答えた。「メアリ・ホウルダさんですね。一つ、二つ、質問させていただけますか？」

「どうぞ、この恐ろしい事件をはっきりさせるのに役に立つのでしたらどうぞ」

「昨夜は何も聞かれませんでしたか？」

「叔父が大声で話し始めるまではなにも。叔父の声が聞こえてきたので、わたくしは下へ降りてきました」

「昨夜はあなたが戸締まりをなさったのですね。窓には全部鍵をかけましたか？」

「はい」

「その鍵は今朝も全部かかっていましたか？」

「はい」

「恋人がいるメイドがいましたね？　昨夜その恋人に会うために彼女が外出したと叔父上にお話しになったとか？」

「はい。それに、彼女は客間でコーヒーを出していましたので、叔父が宝冠の話をするのを聞いていたかもしれません」

「なるほど。そのメイドが外へ出て恋人に話し、二人で盗む計画をしたかもしれないとおっしゃるのですね」

「こんなあいまいな推理が何の役に立つのだ？」銀行家はもどかしそうに叫んだ。「アーサーが宝冠を手に持っていたと言ってるではないか」

「ちょっと待ってください、ホウルダさん。その点はあとで検討します。このメイドのことですが、メアリ・ホウルダさん。彼女が勝手口から戻るのを見たのですね？」

「はい。昨夜、ドアの鍵を確かめようとした時、そっと入ってくる彼女に会ったのです。相手の男性の顔も薄暗がりの中に見えました」

「誰だか知っていますか？」

「はい、もちろん。野菜を配達してくれる八百屋で、名前はフランシス・プロスパです」

「彼が立っていたのは」ホームズが言った。「ドアの左のほう、つまり勝手口を通り過ぎて、小道をもう少し行ったところですね？」

「はい、そのとおりです」

「そして、木の義足をつけていますね？」

何か恐怖のようなものが若い女性の、感情豊かな黒い瞳にうかんだ。「まあ、まるで魔法使いみたいだわ」彼女は言った。「どうしておわかりになったのですか？」彼女は笑いながら言ったが、ホームズのやせた、真剣な顔には笑いは浮かばなかった。

「さて、二階へ行きましょう」ホームズは言った。「たぶん家の外をもう一度調べるかもしれません。そうだ、二階へ行く前に下の窓を見ておいたほうがいいだろう」

彼は窓を一つずつ、すばやく見てまわったが、一度だけホールから馬小屋への小道を見渡す大きな窓のところで立ち止まった。この窓は開けてみて、敷居のところを彼の強力なルーペで念入りに調べていた。「さあ、二階へ行きましょう」ようやく彼は言った。

銀行家の化粧室は家具がほんの少しあるだけの小さな部屋だったが、灰色のカーペットが敷かれ、大きなたんすと長い鏡が置いてあった。ホームズはまずたんすのところへ行き、鍵をじっと見つめた。

「どの鍵を使って開けていたのですか？」彼はたずねた。

「息子が言ったとおり、物置部屋にある食器棚の鍵です」

「今お持ちですか？」

「化粧台の上にあるのがそれです」

シャーロック・ホームズは鍵を取り上げ、たんすをあけた。

「音がしない錠ですね」彼は言った。「これではあなたが目を覚まさなかったのも無理はない。この箱の中に宝冠が入っているのですね。拝見しましょう」彼は箱を開け、王冠を取り出すと台の上に置いた。それは宝石芸術の極致を示すもので、三十六個の緑柱石は今までに見たこともないほど美しかった。宝冠の片側はねじ曲がり、三個の宝石がのっていた一角がもぎ取られていた。

「さて、ホウルダさん、」ホームズが言った。「この一角は、不幸にも盗まれた一角と対《つい》になっているところです。恐れ入りますが、もぎ取ってみてください」

　銀行家はぞっとしたように後ずさりした。「そんなことはできません」彼は言った。

「それならわたしがやろ

う」そう言うとホームズはいきなり宝冠を持つ手に力を入れたが、宝冠はびくともしなかった。「すこし曲がったような気がするが」ホームズは言った。「わたしは指先に特別力があるほうだが、これをもぎ取るにはものすごく時間がかかるでしょう。普通の人にはできないことだ。もしわたしがこれを壊せたとしたら、どんなことがおこると思いますか？　ピストルを撃った時のような、大きな音がすると思います。これだけのことがあなたのベッドから数ヤード（約九〇センチ）のところでおこっているのに、あなたは何も聞かなかったとおっしゃるのですね？」

「どう考えればいいのかわたくしにはわかりません。さっぱりわかりません」

「いや、すこしずつわかってきますよ。メアリさん、あなたはどうお考えになりますか？」

「叔父と同じく、途方にくれますわ」

「あなたが息子さんを見た時、彼は靴とかスリッパははいていなかったのですね？」

「はい、身につけていたのはズボンとシャツだけです」

「ありがとう。今回の調査ではたいへん幸運に恵まれました。それなのに、もしこの事件を解決できなかったら、それは全くわたしどもの責任です。ホウルダさん、お許しをいただいて、家の外を調べたいと思います」

ホームズの希望で、彼は一人で出かけた。不必要な足跡がつくと仕事がやりにくくなるからと説明していた。一時間かそこらホームズは調べまわっていたが、ようやく足に雪をいっぱいつけて戻ってきた。顔つきからは何もうかがい知れなかった。

「ホウルダさん、これで見るべきものは全部見ました」彼は言った。「あとは家に帰って続けることにします」

「でも、ホームズさん、宝石はどこにあるのですか？」

「言えません」

　銀行家は苦しみから両手をもみ合わせた。「ああ、宝石は二度と戻らないのだ！」彼は叫んだ。「それから、わたしの息子は？　あなたは希望をくださったのに？」

「わたしの考えは少しも変わりません」

「それじゃ、昨夜わたしの家でおこったこの悪だくみはいったい何なのです？」

「明朝九時から十時の間に、ベイカー街のわたしの家をお訪ねいただければ、もっとはっきりさせることができると思います。宝石を取り戻すという条件のもとに、わたしはあなたから全権を委任されているわけですね。それに、費用にも制限はないのですね？」

「宝石を取り戻すためなら全財産を投げ出してもかまわない」

「結構です。明朝までにしっかり事件を調べておきます。それでは失礼します。ただ、夕方までにもう一度こちらに伺うことになるかもしれませんが」

事件に関するわたしの連れの考えはもう決まっているのは明らかだったが、どんな結論かは全く見当もつかなかった。家に帰る途中、何回かこの点について彼から聞き出そうとしたが、そのたびに他の話題にそらされてしまうので、ついにあきらめた。ベイカー街の部屋に帰り着いたのは三時前だった。彼は自分の部屋に急いで戻り、また数分でよく見かける浮浪者の格好をして降りてきた。てかてか光ったみすぼらしいコートの襟《えり》を立て、赤いスカーフを首に巻き、すり切れたブーツをはくと、彼は完璧に浮浪者だった。

「これでいいだろう」彼は暖炉の上の鏡を見ながら言った。「ワトスン、君も一緒に行けるといいのだが、そうもいかないだろう。ぼくは事件の手がかりの跡をぴったりつけているのかもしれないし、追ってもつかまえられない鬼火を追いかけているだけかもしれない。どちらかは、もうすぐわかるだろう。二、三時間で戻ると思うよ」サイド・ボードの上においてあった骨付き肉からロースト・ビーフを一片切り取ると、二枚の輪切りのパンの間にはさんでサンドウィッチをつくった。この粗末な食事をポケットに突っ込んで、彼は冒険に出かけた。

彼が戻ったのはわたしがちょうどお茶を終えた時だった。見るからに上機嫌で、横にゴムが入った古いブーツを片方、手にぶらさげていた。それを部屋の隅に放り投げると、自分でお茶をいれて飲んだ。

「通りがかりにちょっと寄っただけなんだ」彼は言った。「すぐにまた出かけるよ」

「どこへ？」

「ウェスト・エンドの向こう側へだ。帰るまでにはちょっと時間がかかるかもしれない。遅くなるといけないから、寝ずに待っていないでくれたまえ」

「どんなぐあいだね？」

「ああ、まあまあだ。何も不満はない。あれからストレタムへ行ってきたんだが、家には寄らなかった。これはとてもおもしろい事件だ。大体のところはわかった。だが、

ここでのんびり報告をしている場合じゃないんだ。このみすぼらしい衣装を脱いで、元のご立派な自分に戻らなくては」

彼の様子から、口で言うよりも調査の結果に満足しているのはわかった。目はきらきらしているし、いつもは血色の悪い頬に赤みさえさしていた。彼は急いで上にあがっていき、二、三分後に玄関のドアがバタンと閉まるのが聞こえ、彼が再び性分に合った捜査に出かけて行ったことがわかった。

真夜中まで待ったが帰ってきそうになかったので、わたしは自分の部屋に引き下がった。彼が夢中になって追跡しているときは、何日も続けて戻ってこないのは珍しいことではなかったので、彼が遅くても驚かなかった。彼が戻ったのが何時だか知らないが、翌朝食事をしに下へ行くと、彼が片手にコーヒーカップを持ち、もう片方に新聞を持って、きちんと身支度して、このうえなく元気な様子で座っていた。

「お先に失礼しているよ、ワトスン」彼が言った。「覚えているだろうが、今朝はあの依頼人が早くやって来ることになっているからね」

「やあ、もう九時過ぎだ」わたしは答えた。「彼が来たんじゃないかな。呼びりんが鳴ったような気がしたけれど」

それはまさしくわれらが知人の銀行家だった。わたしは彼の変わりようにびっくりしてしまった。彼の顔はもともと広くて大ぶりだったが、それがやつれ、頬がこけていた。髪の毛もすこし白さを増したようだった。彼は疲れて、無気力な様子で入ってきたが、それは昨日の朝狂ったように飛び込んできた時よりずっと痛々しかった。彼はわたしがすすめた肘掛け椅子にぐったりと座り込んだ。

「こんなひどい試練を与えられるとは、いったいわたしは何をしたというのだ」彼は言った。「たった二日前まではわたしはこの世に心配事など何もない、幸せで、裕福な人間だった。それが今は独りぼっちの、名誉を傷つけられた老人だ。悲しみは続くもので、姪のメアリがわたしを見捨てて出て行ってしまった」

「あなたを見捨てたですって？」

「そうです。今朝彼女のベッドは寝た形跡がありませんでした。彼女の部屋は空っぽで、玄関ホールのテーブルの上にわたし宛の手紙がありました。昨晩わたしは彼女に言ってしまいました。怒っていたからではなく、悲しさのあまりなのですが、もし彼女が息子と結婚してくれていたら、こんなことにならなかっただろうにと言ったのです。そんなことを言ったのは軽率でした。手紙のなかに、そのことに触れたところがあります。

『親愛なる叔父様へ——今度のことはわたくしのせいです。わたくしがもし別の行動をとっていれば、こんな恐ろしい不幸はおこらなかったでしょう。そんな気持ちを胸にしたままで、あなたのもとでしあわせに暮らすわけにはまいりません。あなたさまとは永遠にお別れしなければならないと思います。わたくしのこれからのことは貯えもありますから、どうぞご案じくださいますな。また、何よりもわたくしを探さないでください。無駄ですし、わたくしのためになりません。この世にあっても、死んでも、永遠にあなたを愛するメアリより』

ホームズさん、この手紙はどういう意味でしょうか？　自殺を暗示しているのでしょうか？」

「いいえ、そんな類《たぐい》のことではありません。たぶんこれが最善の解決策でしょう。ホウルダさん、あなたの災難も終りに近づいたようです」

「えっ、ほんとうですか！　ホームズさん、何かわかったんですか？　わかったんだ！　宝石はどこなんです？」

「宝石一個につき一千ポンドは高すぎると思いますか？」

「一万ポンドでも払う」

「そんな必要はありません。三千ポンドで充分です。報酬も少々いただきます。小切手帳はお持ちですか？　ペンはここにあります。四千ポンドとしてください」

銀行家はぼうっとした顔をして、言われたとおり小切手を書いた。ホームズはテーブルのところへ歩いていき、宝石が三つついた金の小さな三角形を取り出し、テーブルの上に投げ出した。

依頼人はうれしさのあまり悲鳴をあげて、それをつかみとった。

「やってくれた！」彼はあえぐように言った。「助かった！　助かりました！」

彼は悲しみ方も激しかったが、今の喜び方も激しかった。彼は自分の手に戻った宝石をいとおしむように胸に抱きしめた。

「ホウルダさん、あなたはほかに借りがありますよ」シャーロック・ホームズはかなり厳しい調子で言った。

「借りですか！」彼はペンを取り上げた。「金額をおっしゃってください。お支払いしますよ」

「わたしに借りがあるわけではありません。あのりっぱな若者、あなたのご子息に、あなたは謙虚にわびなくてはなりません。今度の事件におけるあなたのご子息のふるまいは、もしわたしに息子ができて、彼がそうふるまってくれたら誇りに思うようなみごとなものでした」

「それじゃ、アーサーが盗んだんじゃないんですか？」

「昨日も言いましたが、もう一度言います、彼ではありません」

「ほんとうですか！　それでは、彼のところへすぐに行って、真実が明らかになったと教えてやりましょう」

「彼はもうすでに知っていますよ。すべてが明らかになってから、彼に面会に行きました。彼は自分からは話そうとしなかったので、わたしが彼に語って聞かせて、彼はそれが正しいことを認めざるをえませんでした。それから、まだはっきりしていなかった二、三の細かい点について教えてくれました。だが、あなたの今朝のこの知らせを持っていったら、彼も口を開くかもしれない」

「それでは、奇怪な事件はいったいどういうことなのですか、教えてください！」

「そうしましょう。どうやって真相に達したか、段階を追って説明しましょう。まず最初に、わたしにとって一番言いにくいこと、あなたにとっては聞くのが一番辛いことから申します。サー・ジョージ・バーンウェルとあなたの姪メアリの間にはある取決めがあったのです。二人は今頃一緒に逃げていますよ」

「わたしのメアリが？　そんなはずはない」

「残念ながら、はずがないどころか、事実なのです。あなたも息子さんも、あなたの家庭に出入りさせたあの男の正体を知らなかった。あの男はイングランドでも最も危険な人間の一人なのです。ギャンブルで身をほろぼした男、本当にひどい悪人、思いやりも良心もない男です。あなたの姪ごさんは、こういう男だとは何も知らない。だから、この男が彼女の耳に誓いの言葉をささやいた時、こんなことはこの男はそれまでに百回もやったことだが、彼女は自分だけが彼の心を動かしたのだと思い込んだのです。彼が何を言ったかは悪魔のみ知るだが、彼女はついに彼の言いなりに動く彼の道具となり、ほとんど毎晩、彼とこっそり会っていたのです」

「そんなこと信じられない、信じない！」銀行家は顔から血の気がなくなり、大きい声で叫んだ。

「それでは、あの夜あなたの家でおこったことをお話ししましょう。あなたの姪ごさんは、あなたが自室へ行かれたと思い、部屋を抜け出て階下に行き、馬小屋への小道に面した窓ごしに恋人と話をしたのです。男の足跡が雪の上にしっかり残っていましたので、あの男は長いことそこに立っていたのでしょう。彼女は男に宝冠の話をしました。それを聞いて男の黄金に対する邪悪な欲望に火がついたのです。そして、彼女を無理やり自分の意思に従わせたのです。彼女があなたを愛していたのはまちがいありません。ただ、女性の中には恋人への愛がそれ以外のものへの愛情を消し去ってしまう人がいるものですが、彼女はこの類《たぐい》の女性だったと思います。彼女が男の指示を聞き終わるか終わらないうちに、あなたが降りてくるのを見て、彼女は急いで窓を閉め、使用人の一人が、義足の恋人とこっそり会っていたと告げたのです。これはすべてまったく本当のことでした。

あなたのご子息アーサーは、あなたと話し合ったあと寝室にさがったものの、クラブの借金のことを考え、よく眠れなかったのです。そして真夜中に彼の部屋の前を忍び足で通り過ぎる音を聞いたのです。そこで、彼は起き上がり、部屋の外をのぞいてみると、いとこのメアリが廊下をこっそり歩いて、あなたの化粧室に入り込むのを見てびっくりしてしまいました。驚いたあなたの息子さんは、あわてて何かを適当に着て、この奇妙なできごとのなり行きを見届けるために、暗闇の中で待っていました。やがて、彼女は部屋から出てきました。廊下のランプの光で、彼女があの貴重な宝冠を手に持っているのが見えました。彼女が階段を降りて行ったので、あなたの息子さんは恐怖でふるえながら、廊下を走り、あなたの部屋のドアのそばのカーテンのうしろに滑り込みました。そこからなら下のホールでおこっていることが見えたからです。彼はいとこがこっそり窓を開け、外の暗がりの中にいる誰かに宝冠を手渡し、それから窓を閉めると、カーテンのかげに隠れている彼のすぐそばを通り過ぎて、急いで自分の部屋に戻るのを見ました。

彼女がこの場にいるかぎり彼は何も行動をおこすことができなかった。そんなことをしたら、自分の愛する女性のしたことをみんなに知らせることになる。そんな恐ろしいことはできなかった。だが、彼女が行ってしまうと、このことがあなたにとってどんなに致命的な災難であるか、宝冠を取り戻すことがどんなに大事なことであるかに気づいたのです。彼は、ちょうど靴《くつ》をはいていなかったのですが、はだしのまま階

段を駆け降り、窓を開けると雪の中に飛び出し、小道を駆け出しました。月明りの中に人の姿が黒く見えました。サー・ジョージ・バーンウェルは逃げようとしましたが、アーサーが捕まえ、格闘になり、あなたの息子さんが宝冠の一方を、彼の敵がもう一方をつかんで、二人で引っ張りあいになったのです。とっ組み合ううちにアーサーが

サー・ジョージを殴り、目の上に怪我を負わせました。そして、不意にパキッという音がしたと思うと、宝冠が自分の手の中にありました。それで急いで家に駆け戻り、窓を閉め、階段を上がり、あなたの部屋に入ったのです。とっ組み合っているうちに宝冠がねじ曲がってしまったのに気づいて、真っ直ぐに戻そうと努力していた時にあなたが入ってきたのです」

「そんなことがありうるだろうか？」銀行家はあえぐように言った。

「そして、彼があなたから心のこもった感謝が聞けると思ったその時に、あなたは彼をののしり、彼を怒らせたのです。彼は彼の思いやりなど受ける価値のない人間であるメアリのことを話さずに、事件の真相を説明することができなかったのです。そして、彼はより騎士道にかなった道を選び、彼女の秘密を守ることにしたのです」

「ああ、それであの娘は宝冠を見て悲鳴をあげ、気絶したのだ」ホウルダ氏は叫んだ。「ああ、わたしは何もわかっていない、なんという愚《おろ》か者だったのだろう。だから、息子は五分間だけ外に行かせてくれと言ったのだ！　あの子は宝冠を取り合った場所になくなった宝石が落ちていないか見に行こうとしたのだ。わたしはなんとひどい誤解をしていたのか！」

「わたしはあなたの家に着くと」ホームズは言葉を続けた。「雪の中に調査の助けになる痕跡が残っているのではないかを探すため、すぐに家のまわりを念入りに調べました。前の晩から雪は降っていないし、厳しい冷え込みだったから足跡は残っているものと考えていました。まず出入り商人用の通路を歩いてみましたが、そこはめちゃめちゃに踏み荒らされて、見分けがつかなくなっていました。しかし、もう少し先、勝手口を過ぎたあたりに、女が男と立ち話をしていた跡があった。その男の片方の足跡が丸かったので、彼が木の義足をつけていたことがわかりました。二人に邪魔が入ったことも見てとれました。女が急いでドアのところへ駆け戻っているのです。爪先の跡が深く残り、かかとの跡がほんの少ししか残っていないことからわかります。木の義足をつけた男はしばらく待っていてから立ち去っています。その時、これがあなたのお話にあったメイドとその恋人だと思いましたが、あとで調べてみてそれが正しいことがわかりました。それから庭をまわってみましたが、警官が踏み荒らしためちゃめちゃな跡しか見当たりませんでした。しかし、馬小屋への小道にたどりつくと、目の前の雪の上には、長くて複雑な物語が書き残されていました。

靴をはいた男の足跡が一往復しており、また別の一往復している足跡、これを見つけた時はうれしかったですね、はだしの男のものでした。あなたのお話から考えて、後者はあなたの息子さんのものであることをすぐに確信しました。最初の足跡は行きも帰りも歩いているが、もう一つの足跡は急いで走っているし、ところどころ靴の跡の上に残っていることから、明らかに息子さんがもう一人の男の後を追いかけていっている。足跡をつけていくとホールの窓のところに出ました。そこで靴をはいた男は待っている間に、雪をきれいに払いのけていました。今度は反対のほうへ、小道を百ヤード（約九〇メートル）ほど歩いてみました。そこで靴をはいた男はうしろ向きになり、そのあたりの雪はまるで格闘でもあったようにぐちゃぐちゃでした。それに血まで数滴落ちていて、わたしの考えが正しいことを証明していました。それから靴をはいた男は小道を走っていきますが、そこにも少し血が落ちていたので、怪我をしたのは靴をはいたほうだということがわかります。小道のはずれで公道に出ると、舗道《ほどう》は雪が片づけられていたので、足跡の手がかりはここで終りでした。

　しかし、家の中に入り、あなたも覚えていらっしゃるでしょうが、ホールの窓の敷居と枠をルーペを使って調べたところ、誰かがそこから出入りしたことがすぐにわかりました。誰かが入って来る時に濡れた足を置いてつけた足跡がはっきりと残っていました。これで前の晩に何がおきたかわかってきました。男が窓の外で待っていると、誰かが宝物を持ってきた。それをご子息が目撃し、彼は泥棒を追いかけ、争いになった。二人はお互いに宝冠を引っ張り、一人の力ではとうていできない損傷を二人の力が合わさったために宝冠に与えてしまった。ご子息は宝冠を取り返して家に戻ったが、もぎとられた断片は敵の手に残してきてしまいました。ここまではわかりました。わからないのは、その男は何者か、彼に宝冠を渡したのは誰かということでした。

ありえないことを取り除くと、残ったものがどんなにありそうもないことでも、それが真実である[235]というのが、わたしの昔からの信条です。そこで、宝冠を下へ持ってきたのがあなたでないことはわかっています。するとあとは姪ごさんとメイドが残ります。しかし、メイドだとすると、ご子息がメイドの代りに罪をかぶっている理由は何でしょう？　そんなことをする理由は何もありません。しかし、息子さんはいとこを愛していましたから、彼女の秘密、それが不名誉なものであればあるほど、その秘密を守るためであるなら、りっぱに説明がつきます。あなたが彼女を窓のところで見かけていること、宝冠を再び目にして気絶したことなどを思い出すと、わたしの推測は確信になりました。

　では、彼女の共犯者は誰か？　それは明かに恋人です。それ以外に彼女があなたに感じている愛情と感謝の気持ちより重要なものは考えられません。あなたがたはあまり外出されないし、交遊関係も限られたものです。しかし、その中にサー・ジョージ・バーンウェルがいました。彼は女性関係で悪い評判のある男だと前から聞いていました。あの靴をはき、なくなった宝石を持っているのは彼に違いありません。彼はアーサーに見つかったことは知っていましたが、自分は安全だとのんきに考えていたでしょう。アーサーが何か言えば、それは自分の家族の名誉を傷つけることだったからです。

さて、次にわたしがどんな手段を取ったかは、分別のあるあなたにはおわかりでしょう。わたしは浮浪者の格好をしてサー・ジョージの家に行き、彼の使用人となんとか近づきになり、彼の主人が前の晩に頭を怪我して帰って来たことを聞き出し、最後に六シリング出して、主人が脱ぎ捨てておいた靴を買い取りました。この靴を持ってストレタムまで出かけ、雪の上の足跡とぴったり合うのを確かめました」

「そういえば、昨日の夕方、汚らしい格好をした浮浪者を小道で見かけましたよ」ホウルダ氏が言った。

「そのとおり。あれはわたしです。探し求める男はわかりました。それで家に戻り、着替えをしました。これからがなかなか微妙なところです。スキャンダルを避けるためには告訴はできませんし、相手はずるい悪党ですからこの件でわたしたちが動けないことを見抜いているでしょうから。わたしは彼に会いに行きました。もちろん、最初彼はすべてを否定しました。でも、わたしがおこったことの一部始終を話して聞かせると、わたしをおどそうとして、壁から護身用《ごしんよう》の仕込み杖《つえ》をとりました。しかしわたしには彼がどんな人間かわかっていましたので、彼が杖を打ち下ろす前にピストルを頭につきつけてやりました。これで彼は少し話を聞く状態になりました。彼が持っている宝石一つにつき千ポンド払おうと提案しました。これを聞くとあの男は初めて悔しそうな様子を見せました。『何てこった！　三個六百ポンドで売ってしまった！』わたしは告訴しないことを約束して、売った相手の住所をなんとか聞き出しました。すぐにそこへ出かけ、値段をさんざん掛け合って一個千ポンドでようやく買い戻したのです。それからご子息に会いに出かけ、すべて解決したことを伝えました。

たっぷり大変な一日の労働を終え、ようやくベッドに入ったのは午前二時頃でした」

「イングランドを大スキャンダルから救った一日です」銀行家は立ち上がりながら言った。「ホームズさん、何とお礼を申し上げたらよいかわかりませんが、あなたのご恩は忘れません。聞きしに勝るお見事な腕前でした。さて、急いで息子のところへ行き、今度の不当な扱いをわびたいと思います。それからあわれなメアリのことは胸にこたえます。あの娘の居場所はあなたの腕前でもわからないでしょうな」

「これだけは言えると思います」ホームズが答えた。「彼女は、サー・ジョージ・バーンウェルがいるところならどこにでもいます。彼女の罪が何であれ、やがて彼らが充分すぎる罰《ばつ》を受けることもまた確かなことです」

ぶな屋敷

「芸術のために芸術を愛する者にとってはね」シャーロック・ホームズは「デイリー・テレグラフ」紙[236]の広告面を放り出して言った。「最高の喜びは、最も重要でない、そして最もつまらないものから得られることが多いものさ。ワトスン、君はよくこの真理を理解してくれたようだね。君が記録してくれている、そしてこう言わざるをえないのだが、しばしば脚色してくれる、ぼくたちのささやかな事件簿の中では、ぼくが目立つ働きをした有名な事件とかセンセーショナルな裁判よりも、事件自体はつまらないけれども、ぼくの専門分野である推論と論理的組み立てを働かせる余地のある事件のほうを重視してくれていてうれしいよ」

「けれども、ぼくの書くものがセンセーショナルだと非難されていないわけでもないようだな」わたしはほほえみながら言った。

「君が間違っているとすれば、おそらく」ホームズは火ばしで真っ赤な燃え殻《がら》をはさんで、長い桜材のパイプに火をつけて言った。彼が思索にふけるよりも議論をしたい気持ちのときには、陶製のもの[237]でなく、こちらのパイプを使うことがよくあった。

「君が間違っているとすれば、おそらく、書くものに色をつけたり、肉をつけたりしようとすることだよ。原因から結果を厳格に推理するという、事件の中で唯一注目に値することだけを記録することを仕事にする代りにね」

「記録を残すうえで、ぼくは君を充分に正当に取り扱っていると思うけれど」わたしはちょっと冷たく答えた。わが友の変わった性格のなかでも、目立った特徴として一度ならず目についたうぬぼれに腹が立ったからだ。

「いいや、これは自己中心とかうぬぼれから言ってるんじゃないんだ」彼は、いつもそうなのだが、わたしの言葉よりも気持ちを読んで、言った。「ぼくが自分の芸術のために充分な正義を要求するのは、それが個人的なものではなく、——ぼく自身を超《ちょう》越《えつ》したものだからなのだ。犯罪はいくらでもある。が、正しい推理はまれなのだ。だから、君が力を入れて書かねばならぬものは、犯罪そのものではなく、その正しい推理なのだよ。君は、一連の講義であるべきものを、物語シリーズに格下げしてしまった」

これは春の初めの寒い朝のことだった。わたしたちは朝食のあと、ベイカー街の使い慣れた部屋の気持ちよい暖炉の火をはさむように座っていた。濃い霧《きり》が灰褐色《はいかっしょく》の家々の間に舞っており、向かいの家の窓は厚い黄色の霧の輪を通して、黒ずんだ、輪郭のはっきりしないしみのように見えた。食卓の上はまだ片づけてなかったので、部屋のガス灯の火が白いテーブル・クロスを照らし、陶器や金属製の食器をきらきら輝かせていた。シャーロック・ホームズはその朝ずっと口をきかずに、各種の新聞の広告欄に次々と目を通していた。そして、とうとう探すのをあきらめ、ふきげんな気分で、わたしの文学的欠点について講義し始めたのだった。

「それと同時にだね」彼は長いパイプをふかして、暖炉の火を眺めていたが、しばらく休んでからまた話し始めた。「センセーショナルだという非難は君にはあたらない。君が親切にも関心を持ってくれた事件のなかの多くのものが、法律的意味における犯罪をまったく扱っていないからだ。ボヘミア王を助けたささやかな事件、メアリ・サザランド嬢の奇妙な経験、唇の捩《ねじ》れた男の事件、花嫁失踪事件は法律のわく内に入らないものだ。し

かし、センセーショナルなことを避けようとして、ややもすると平凡すぎてしまったようだね」

「結果はそうだったかもしれないけれど、方法はユニークでおもしろいものだったよ」とわたしは答えた。

「やれやれ、ねえ君、一般大衆がね、ある人物の歯を見ても織物工《おりものこう》だと見抜けないし、左の親指を見ても植字工《しょくじこう》だとわからないような不注意な一般大衆が、分析と推理の微妙な色合いのことなどを気にかけるだろうか！　けれども、君が書くものが平凡だからといって、ぼくは君を非難できないよ。偉大な事件の時代は過ぎ去ったのだ。人間は、少なくとも犯罪者は、冒険心と独創性をなくしてしまった。ぼくのささやかな職業にしても、なくした鉛筆を探したり、寄宿学校出の若い女性たちに助言を与える機関になりさがってしまったよ。そして、ついに最低の底に達してしまったようだ。今朝受け取ったこの手紙がどん底だと思う。読んでみたまえ！」彼はくしゃくしゃにまるめた手紙をわたしに投げてよこした。

差出し地はモンタギュー・プレイスで、前夜の消印で、次のような内容であった。


ホームズ様、わたくしは今、住み込みの家庭教師の勤め口を紹介されていますが、引き受けるべきか断るべきかについて、是非ともあなたさまにご相談いたしたく存じます。明日十時三十分にお伺いいたしますので、ご迷惑でなければよろしくお願いいたします。

敬具

ヴァイオレット・ハンタ

「この若いご婦人を君は知っているのかね?」わたしはたずねた。

「いいや」

「もう十時半だ」

「そうだね、ベルが鳴っている。彼女だろう」

「君が思っているよりおもしろいことになるかもしれないよ。あの青いガーネットの事件のことを覚えているかね?　最初はたんなる思いつきのように見えたけれど、あれほど大きな事件に発展したではないか。今回もそうかもしれないよ」

「まあ、そう願いたいものだね!　しかしぼくたちの疑問もまもなく解けるだろう。間違っていなければ、その問題の人物がやって来たようだよ」

彼がこう言っていると、ドアが開き、若い女性が部屋に入ってきた。身なりはじみ
(238)だけれど、きちんとしていた。明るく、頭のよさそうな顔つきで、チドリの卵のようにそばかすがあった。世の中を一人で生きてきた女性にみられる、きびきびした物腰

だ。

「おじゃまして申しわけございません」わたしの友人が立ち上がって迎えると、彼女は言った。「でも、わたくし非常に奇妙な体験をいたしまして、それにわたくしには助言をしてもらえる両親もいかなる種類の親戚もおりません。それで、たぶんあなたさまなら、どうすべきか教えてくださると思ったものですから」

「どうぞおかけください、ハンタさん。あなたのお役に立つことでしたら、喜んで何でもいたしましょう」

ホームズはこの新たな依頼人の態度や話し方に好感を持ったようだ。彼はいつもの探るような目で彼女を眺めてから、まぶたを伏せ、指先を合わせて、彼女の話をじっくり聞こうと椅子に身を落ち着けた。

「わたくしは五年間家庭教師をしておりました」彼女は言った。「スペンス・マンロウ大佐のお宅でしたが、二ヶ月前、大佐は突然ノヴァ・スコウシャのハリファックス(239)に転任なさることになり、お子さまを連れてアメリカ大陸へ行ってしまわれましたので、わたくしは失業ということになりました。職を求める広告を出したり、求人広告に応募したりしましたが、いずれもうまくいきませんでした。そのうち貯えたわずかなお金も少なくなり、どうしたものかととほうにくれておりました。

ウェスト・エンドにウェスタウェイという有名な女性家庭教師紹介所がございまし

て、わたくしは週に一度くらい、自分に合ったものがないかを見るためにそこを訪ねておりました。ウェスタウェイというのはこの紹介所の創始者の名前で、今の経営はストウパ[240]さんがなさっています。ストウパさんは小さな事務室にいて、職を求める女性たちは待合室で待っております。そして、一人ずつ彼女の部屋に案内されます。ストウパさんが帳簿《ちょうぼ》を見て、それぞれにふさわしい仕事がないかを探してくださるのです。

それで、先週紹介所に出かけ、いつものように彼女のオフィスに案内されましたが、ストウパさんは一人ではありませんでした。顔をひどくにこにこさせ、たるんだあごが幾重《いくえ》にも重なって喉《のど》までかぶさっている、たいへん太った男性が彼女の横に座り、鼻めがねをかけて、部屋に入ってくる女性を熱心に見ておりました。わたくしが入っていきますと、その男の方は椅子から腰をうかせ、急いでストウパさんのほうを向きました。

『おお、ぴったりだ』その人が言いました。『これ以上の人は望めない。すばらしい！すてきだ！』すっかり夢中になっているようで、このうえなく愛想よく両手をこすりあわせていました。非常に気楽そうな方で、眺めていてほんとに楽しい気持ちになりました。

『あなたは仕事をお探しですね？』その人はたずねました。

『はい、そうです』

『家庭教師ですね？』

『はい』

『給料はどのくらい希望されますか？』

『前の勤め先のスペンス・マンロウ大佐のお宅では、月に四ポンド頂戴しておりました』

『おやおや！　それはひどい、搾取《さくしゅ》だ！(241)』その人はとても憤慨《ふんがい》したように、太った両手をあげて叫びました。『こんなに魅力的で、教養のあるご婦人に、そんなに少ない給料しか払わないとは！』

『わたくしには、お考えになっていらっしゃるほどの教養はございません』わたくしは申しました。『フランス語が少々と、ドイツ語も少し、それから音楽と絵画は――』

『まあまあ！』その人は大きな声で言いました。『それは問題ではない。要は、あなたに淑女としての立居ふるまいが身についているかどうかだ。簡単に言ってそれだけです。もしあなたにそれが備わっていないとすれば、やがてこの国の歴史の中で大事な役割を果たすことになる子どもを育てるにはふさわしくないということになる。また、備わっているならば、どこの人間があなたに三桁以下の給料でお願いしますと言えましょう。わたしだったら、あなたには手始めに年に百ポンドお払いしますよ』

おわかりになりますでしょう、ホームズさま。わたくしは貧乏ではございますが、今回の話はうますぎて信じられませんでした。ところがその紳士は、たぶんわたくしの顔に不審な気持ちがあらわれていたのでしょう、札入れを開き、一枚の札を取り出しました。
『それから、これもわたしのやり方だが』彼は、白い顔をくしゃくしゃにして、目をきらきら光る糸のように細め、非常に感じのよい笑顔を見せながら言いました。『引き受けてくださるご婦人には、前金として給料の半分を渡しているのです。そうすれば、旅費や身支度の費用にまに合うと思ってのことですよ』
　こんなに魅力的で、思いやりのある方に会ったことはないように思われました。商店にも借りがありましたので、前金はとても助かります。ではございますが、話全体が何か不自然で、はっきり契約してしまう前に、もう少し詳しく知りたいと思いました。

『失礼ですが、どちらにお住まいですか?』わたくしはたずねました。

『ハンプシャーです。素敵ないなかですよ。ウィンチェスターから五マイル(八キロメートル)の、ぶな屋敷に住んでいます。とても美しいところで、お嬢さん、屋敷もすばらしい、古い邸宅です』

『それで、わたくしの仕事はどのようなものでしょう? お聞かせ願えればさいわいですが』

『子どもが一人います。六歳になるいたずらっ子でね。あの子がスリッパでゴキブリをやっつけるところをあなたに見せたいものだ。ばしっ! ばしっ! ばしっ! まばたきする間に三匹はやっつけている』彼は椅子に寄りかかり、先ほど同様に目をぐっと細めて笑いました。

子どもの遊びの性質にしては変わっていると驚きましたが、父親の笑う声を聞いて、じょうだんを言っているのかもしれないなと思いました。

『それでは、仕事は、一人のお子さまのお世話をするだけでよろしいのですか?』わたくしはたずねました。

『いや、いや、それだけではありませんよ。お嬢さん』その方は声を大きくしました。

『あなたは分別のある方だからわかっていると思うが、家内があれこれと小さいことをあなたに指図すると思うが、それに従ってほしい。指図といっても、淑女としてふさわしくないようなことはお願いいたしません。ごむりではないでしょうな？』

『喜んでお役に立ちたいと思いますわ』

『そうですか。例えば、ドレスです！　わたしたちは衣類にうるさい人間でしてね。うるさくても、心はやさしいのですがね。わたしたちが選んだドレスを着てほしいと頼んだとしても、われわれのうるささに逆らったりしないでしょうな？』

『はい』わたしは答えましたが、この申し出にはとても驚きました。

『それから、たとえば、ここに座ってとか、あそこに座ってと指示しても、あなたの気にさわらないでしょうな？』

『はい』

『それと、こちらに来ていただく前に髪をぐんと短く切るようにお願いしても？』

わたくしは自分の耳が信じられませんでした。ホームズさま、ご覧のようにわたくしの髪の量は少し多めで、色はかなり珍しい栗色です。芸術的だと言われたものです。ですから、こんな無造作なやり方で犠牲《ぎせい》にすることなどとてもできません。

『申しわけございませんが、それはいたしかねます』わたくしは答えました。その人は小さな目でわたくしを熱心に見つめておりました。わたくしが答えると、その顔が一瞬曇《くも》るのがわかりました。

『これは絶対に必要な条件です』その方は言いました。『これはわたしの妻の好みでしてね。婦人の好みというもので、お嬢さん、おわかりでしょう。これは尊重しないとね。どうしても髪は切れないとおっしゃるのですね？』

『はい、それは絶対いたしかねます』わたくしははっきりと答えました。

『なるほど、それではわかりました。ストウパさん、ほかの点ではあなたは全く申し分ありませんのに残念です。それでは、ストウパさん、ほかのご婦人方と会うことにしよう』

ストウパさんは、わたくしたちが話している間じゅう、どちらにも話しかけず、忙しそうに書類を調べていましたが、この時わたくしを見た顔がすごく不快そうで、私が断ったために高額の手数料を手に入れ損ねたのかしらと、気をまわしてしまいました。

『お名前をまだ登録しておきますか？』彼女はたずねました。

『はい、できればお願いいたします、ストウパさん』

『そうですか。でもこういう最高の勤め口をお断りになってしまうのですから、無駄だと思いますね』彼女は厳しい口調で言いました。『わたしどもはこういう就職口はもう他に見つけてさしあげられないと存じますね。ではごきげんよう、ハンタさん』

彼女は机の上のベルをならし、わたくしは案内係のあとについて部屋を出ました。

それで、ホームズさま、下宿に戻りますと、食器棚にはほとんど何もないうえに、テーブルの上には二、三枚の請求書がのっているのを見まして、わたくしはとんでもなく愚かなことをしてしまったのではないかと考え始めたのでございます。結局、あの人たちが変わった好みを持っていて、奇妙なことに従うように求めたとしても、少なくともそれに対してお金を払おうと言っているのです。年に百ポンドもの収入がある女性家庭教師はこの国にはほとんどおりません。それに、この髪がわたくしの何の役に立つというのでしょう？　髪を短く切って、かえって美しくなった人はたくさんいます。わたくしもそうなるかもしれません。翌日には、わたくしは間違いをしたと思い始めました。そしてその次の日は、絶対そうだと確信いたしました。プライドを捨てて、就職斡旋所《あっせんじょ》に戻り、あの就職口がまだ残っているかたずねようかと思った時、あの紳士からこの手紙が来たのでございます。ここに持っておりますので読んでみます。

ウィンチェスター近郊　ぶな屋敷にて

親愛なるハンタさま。ストウパさんがご親切にも住所を教えてくださいましたので、あなたのご決心に変わりがないかうかがいたく、お便りいたします。あなたのことを妻に話しましたら、非常にのり気で、是非あなたに来てほしいと申しております。わたしたちの気まぐれであなたにおかけするご迷惑の代償《だいしょう》として、三ヶ月三十ポンドあるいは年百二十ポンドお支払いするつもりでいます。気まぐれと言っても、それほどきびしいことをお願いするものではありません。家内は鋼鉄のような青色の独特の色合いが好みで、あなたに午前中は屋敷内でこの色のドレスを着てほしいのです。しかし、わざわざそういうドレスを買う必要はありません。娘のアリス、彼女は今フィラデルフィアにいますが、彼女のその色のドレスがあります。あなたにピッタリだと思われます。次に、指定されたところに座ったり、言われたことをするという件ですが、これはなんら不都合をおかけしないと思います。あなたの髪の件ですが、先日お目にかかった短い間にも、その美しさに感嘆を抑えられなかったくらいですから、まことにお気のどくとは思いますが、この点は譲歩できません。それで、給料を値上げすることにより、あなたが失うものに対する償いとなることを望んでおります。あなたの仕事のうちで、子どもに関することは非常に気軽にお考えください。どうぞおいでください。汽車の時刻をお知らせくだされればウィンチェスターまで馬車でお迎えにあがります。

敬具

ジェフロ・ルカースル

こういう手紙を受け取ったばかりでございます。ホームズさま、わたくしは引き受けようと決めております。ただ、最終的に行動に移る前に、この件をあなたさまにご検討いただきたいと思ったのでございます」

「なるほど、でもハンタさん、もう決心しておられるなら、今さら問題はないのでは？」ホームズは笑いながら言った。

「お断りしたほうがいいとはお思いになりませんか？」

(242)「はっきり申し上げて、これが自分の妹だったら、応募してほしくない就職先ですね」

「それはいったいどういう意味でしょうか、ホームズさま？」

「いや、わたしには判断の材料がありません。わからないのです。たぶんあなたご自身に考えがおありになるのではありませんか」

「はい。考えられるのはこうではないかと存じます。ルカースルさんはとても親切で、良い人のようにみえます。ですから、彼の奥さまが気がふれていて、彼は妻を精神病院に連れていかれるのを恐れ、事をそっとしておこうとしている。そして、発作を抑えるために、妻の思いつきをあらゆる方法で満足させようとしているのだということではないでしょうか」

「それはありえますね。実際、現状では、それが一番妥当な解釈でしょう。しかし、どちらにしても若い女性にふさわしい家庭のように思えませんね」

「でもお金です、ホームズさま、お金のことでございます！」

「そう、もちろん、給料は良い、良すぎますね。それがわたしを不安にするのです。四十ポンドで人を雇える時に、どうして百二十ポンド払わなくてはならないのか？何か深い理由が背後にあるはずです」

「あなたさまに状況をお話ししておけば、あとでお力が必要になった時にわかっていただけると思ったのでございます。あなたさまがわたくしのうしろにいてくださると思うと、とても心強く感じます」

「では、どうぞそうお考えになって先方へお出かけなさい。ここ何ヶ月の間におきた事件のなかでは、あなたの小さな事件が最もおもしろいものになりそうですよ。いくつか目新しい特徴がみられます。もし疑問を感じたり、危険だと思ったら、――」

「危険ですって！　どんな危険を予想していらっしゃるのですか？」

ホームズは重々しく頭を振った。「どんな危険かわかれば、もうそれは危険ではないのです」彼は言った。「ただ、昼夜をとわず、いつでも電報をいただければ、わたしは助けに駆けつけます」

「そのお言葉で充分でございます」彼女は元気よく椅子から立ち上がった。不安はすべて顔から拭《ぬぐ》い去られていた。「これで安心してハンンプシャーに出向けます。すぐ

ルカースルさんに手紙を書いて、残念ですが今晩髪を切り、明日ウィンチェスターへ参ることにします」ホームズに感謝の言葉を述べ、わたしたちに別れを告げると、彼女は勢いよく出て行った。

「少なくとも、」彼女が速い、しっかりした足取りで階段を降りていくのを聞きながら、わたしは言った。「彼女は自分で自分の身を守ることのできる若い女性のようだね」

「それが必要になるだろうよ」ホームズは深刻そうに言った。「間違いなく、近いうちに彼女から連絡を受けることになると思う」

わたしの友人の予言はまもなく現実になった。この二週間、わたしの気持ちはしばしば彼女にとんだ。あの孤独な女性が迷いこんだのは、どういう奇妙な人生の横道なのだろうかと考えていた。法外な給料、奇妙な条件、簡単な仕事、すべてがふつうでないことを指し示していた。思いつきか、企みか、あの男は博愛主義者なのか、悪人なのか、わたしには全くわからない。ホームズはといえば、眉《まゆ》を寄せ、ぼんやりと三十分も座り続けている姿がよくみられたが、わたしが話題にすると、手を振って相手にしなかった。「材料だ！　材料！　材料！」彼はいらいらと声をあげた。「粘土がなくてはレンガを造れない！[243]」だが最後はいつも、自分の妹だったら引き受けさせるような仕事ではないとつぶやいていた。

　ある晩遅く、ついに電報が来た。わたしはちょうど自分の部屋にさがろうと考えていた時で、ホームズはよく夢中になるいつもの徹夜の研究にとりかかろうとしていたところだった。こういう夜は、レトルトや試験管の上にかがみこんでいるホームズを残して、わたしは眠ってしまうが、翌朝朝食に降りていくと、同じ格好をしている彼を発見するということがよくあった。彼は黄色の封筒を開き、電文《でんぶん》を読む[244]と、わたしのほうに投げてよこした。

「ブラッドショー時刻表[245]で列車を調べてくれたまえ」彼はこう言うと、化学実験に戻った。

　電文は簡単で、せっぱつまったものだった。

明日正午、ウィンチェスターのブラック・スワン・ホテルにおいで乞う。来てね！　もうだめです。　　　　ハンタ

「いっしょに行ってくれるかね？」ホームズはちらっと見あげて、言った。

「行きたいよ」

「それでは、調べてくれたまえ」

「九時半発がある」わたしはブラッドショーの時刻表にざっと目を通しながら言った。

「ウィンチェスター着が十一時半だ」

「それがちょうどいい。とすれば、アセトンの分析[246]は後まわしにしたほうがよさそうだ。明日の朝は最高の体調でいたいからね」


翌日の十一時には、わたしたちは昔のイングランドの首都[247]に近づいていた。ホームズはずっと各種の朝刊を読みふけっていたが、ハンプシャーの州境を過ぎると、新聞を投げ出し、景色を楽しみ始めた。まったく理想的な春の一日だった。空は明るい青色で、点々と小さなふわふわした雲が浮かび、西から東へ漂っていった。太陽は明るく輝いていたが、空気には人の活力をふるいたたせる、さわやかな冷たさがあった。

オールダショット[248]周辺のなだらかな丘までずっと、田園風景が続いている。農場の建物の赤や、灰色の屋根が明るい新緑の間から頭をのぞかせていた。

「なんてさわやかで、美しいのだろう」ベイカー街の霧の中から出てきたばかりのわたしは、情熱を込めて叫んだ。

　しかしホームズは、重々しく頭を振った。

「ところがね、ワトスン、」ホームズは言った。「ぼくのような考え方をする人間は、あらゆることを自分の専門に照らし合わせて眺めてしまうという、やっかいなところがあるのを君も知っているだろう。たとえば、ここに点在する家々を見て、君ならその美しさに感動するだろうね。でも、ぼくが見ると、家々が孤立しているということ、そしてそこで犯罪が行なわれても発覚していないだろうということしか感じないのだ」

「なんということを！」わたしは声をあげた。「誰がこの美しい、古い家屋敷と犯罪を結びつけるだろう？」

「こういう屋敷を見ると、ぼくはある恐怖を感じるんだ。ぼくはね、ワトスン、経験から言うのだが、ロンドンの最下級の一番汚い小路より、のどかで美しい田園のほうが、もっと恐ろしい罪の記録を秘めているものなのさ」

「おどかさないでくれたまえ！」

「いや、理由ははっきりしているさ。都会では、法律がなしえないことを世論の力が補ってくれる。どんな汚い小路でも、いじめられた子どもの叫び声とか、酔っ払いが殴る音が聞こえれば、隣近所の同情や憤慨《ふんがい》を呼ぶ。そして、正義を行なう組織がすみずみにまで行きわたっているから、一言訴えれば、その組織が動き始め、あっというまに犯罪は法廷にひきだされ、裁かれる。けれども、これらの孤立した家々を眺めてみたまえ。それぞれ自分の畑の中に建ち、その中の人間は、法律のことなどまるっきり知らない無知な者がほとんどだ。こんなところで残忍な行為、隠れた悪事が年々歳々行なわれながら、誰も知らないということがあるのだ。われわれに助けを求めてきたご婦人が、ウィンチェスターで暮らすというなら、ぼくは何も心配しない。ウィンチェスターから五マイル（八キロメートル）も離れたいなかだから危険なのだ。しかし、彼女の身が危ないわけでないのは、はっきりしている」

「そうだ。われわれに会いにウィンチェスターに来られるのなら、逃げ出すことも可能だというわけだね」

「そのとおりさ。彼女には自由があるのだ」

「それでは、いったい何が問題なのだろう？　君はどういう解釈をしているのかね？」

「七通りの解釈を考えてみたけれど、どれもこれまで知りえた事実に基づいたものだ。しかし、どれが正しい解釈かは、われわれを待ち受けている新たな情報を得なければわからない。さて、あれが大聖堂の塔だから、もうすぐハンタさんの話が聞かれるよ」

『ブラック・スワン』はハイ・ストリートにある有名な宿で、駅からすぐのところだった。そこで、ハンタ嬢がわれわれを待っていた。彼女は部屋を予約していて、そのテーブルには昼食が用意されていた。

「おいでいただき、本当にうれしく存じます」彼女は心から言った。「お二人のご親切には感謝いたしております。わたくし、本当にどうしていいかわからなくて。お二人からご助言をたまわれば、このうえなくさいわいでございます」

「さあ、何がおこったのかお話しください」

「はい、急いでお話ししなければなりません。ルカースルさんには三時までに戻ると約束いたしましたので。今朝、町へ行く許可をもらったのですが、もちろんどういう目的かはお話ししてございません」

「すべてを、順序立ててお話しください」ホームズは暖炉の火のほうに長くて細い下肢を伸ばし、落ち着いて話を聞く態勢になった。

「まず初めに、ルカースル夫妻から実際に虐待されたということは一度もないということを申し上げておきます。そう言っておくほうがあの方たちに対して公平だと思います。ただ、わたくしにはあの方たちを理解できないのでございます。なにか心が落

ち着かないのです」
「何を理解できないのですか？」
「あの方たちがなぜそういう行動をとるのか、その理由です。実際におこったことをお話しいたしましょう。こちらに到着すると、ルカースルさんが迎えにきてくださり、二輪馬車でぶな屋敷へ連れていってくださいました。あの方のお話のとおり、その屋敷の環境は美しいものでしたが、屋敷そのものは美しくはございませんでした。大きな四角い石造りで、白い石灰塗料が塗ってありますが、しみだらけで、湿気と風雨のため汚れがすじになっておりました。家の周りに土地があり、三面は森、あと一面が野原で、サウサンプトン街道に向かって下り坂になっております。この街道は玄関から約百ヤード（九一メートル）のところをカーブして通っています。建物の前の土地は屋敷のものですが、周りの森はサザートン卿の禁猟地の一部になっております。玄関の扉のすぐ前にあるぶなの木立が屋敷の名前の由来でございます。

ルカースルさんみずから馬車を走らせて連れていってくださいましたが、あの方は相変わらず愛想がおよろしく、その夕方奥さまと坊っちゃまに紹介されました。ホームズさま、ベイカー街のあなたのお部屋でお話しした時に、わたくしが推測いたしましたことは、全くはずれておりました。ルカースル夫人は気など違ってはおられません。奥さまは無口で、顔色がお悪い婦人です。ご主人よりずっと若くて、三十歳は越えていないでしょう。ルカースルさんのほうは四十五は過ぎていらっしゃるでしょう。お二人の話からわかったのは、お二人は結婚して七年くらいで、ルカースルさんの最初の奥さまは亡くなっておいでで、先妻との間にできたお子さんはお嬢さまお一人で、そのフィラデルフィアに行ってらっしゃいます。ルカースルさんがこっそり話されたのですが、お嬢さまが出て行っておしまいになったのは、義理のお母さまをどうしても好きになれなかったからということでございます。お嬢さまは二十歳を過ぎておいかでしょうから、若い奥さまとの関係が気まずいものだったことは想像できます。

　ルカースル夫人はお顔もそうですがお心のほうも血の気が少ないようでございます。奥さまについての印象は良くも悪くもございませんでした。存在感がないのです。奥さまがご主人と小さな息子さんを心底愛しておられることはすぐにわかりました。薄い灰色の瞳はたえず二人の間を行ったり来たりして、どんな小さな要求もとらえ、できるなら先回りしてこたえようとしているのです。ルカースルさんも、ぶっきらぼうで騒々しいやり方ですが、奥さまに親切でした。全体においてお二人は幸せなご夫婦のようでした。ただ、奥さまは、何か秘密の悲しみを持っておいでのようでございます。ひどく悲しい顔つきで、しばしば深い物思いにふけっておいでいらっしゃいます。一度ならず泣いていらっしゃるところもお見かけしたことがございます。それで、坊っちゃまの性格のことで心を悩ましておいでなのではと、ときどき考えました。それは、これほどまでに徹底的に甘やかされた、意地の悪い子どもに会ったことがなかったからです。年のわりに体は小さく、頭が不釣り合いに大きいのです。毎日、発作のようにいたずらをするか、ふきげんで陰気にしているかのどちらかです。自分より弱い生き物を痛めつけることが楽しみの一つのようで、ネズミとか、小さな鳥や昆虫を捕まえる計画に、すばらしい才能をもっておいでです。でも、ホームズさま、坊っちゃまの話をするのはよしましょう。とにかく、子どもはわたくしの話とはあまり関係ありませんから」

「一部始終お聞きしたいですね」わたしの友人は意見を述べた。「あなたには関係あると思えることも、そうでないこともです」

「大切なことはすべてお話ししたいと思います。お屋敷のことでわたくしがすぐに感じた不愉快なことは、使用人の、使用人といいましても夫婦者が二人いるだけですが、態度や行動でした。トラという名前で、髪やほおひげには白髪がまじり、いつもお酒の匂いをさせている、粗雑で、やぼな男です。わたくしがお屋敷に来て以来二度、トラがすごく酔っ払ったことがございましたが、ルカースルさんは全く気にされていないようでした。トラの奥さんは非常に背が高く、丈夫そうな女性です。気むずかしい顔をしていて、ルカースル夫人と同じくらい無口で、奥さま以上に無愛想です。本当に不愉快な夫婦なのですが、さいわいなことにわたくしはほとんど子ども部屋か自分の部屋におりますので、あまり会わずにすみます。この二つの部屋はお屋敷の隅のほうにあり、隣り合わせになっています。

ぶな屋敷に参りましてから二日間は、何事もなく過ぎました。三日め、ルカースル夫人が朝食のすぐ後においでになり、ご主人に何かささやかれました。

『ああ、そうだね』ルカースルさんはこう言うと、わたくしのほうを向いて言いました。『ハンタさん、わたしたちの気まぐれを聞いて、髪まで切ってくださり、感謝しています。髪を切ったことで、あなたの外見がほんの少しでも損なわれたということはありませんよ、保証します。さて、鋼青色のドレスがあなたにどんなによく似合うか見せていただこうか。ドレスはあなたの部屋のベッドの上に用意してあります。さあ着てみせてください』

部屋に用意してあったドレスは、独特の色合いの青色をしていました。材質はなかなか良いもので、毛織物のようでしたが、明らかに誰かが以前に着たことがあるのがはっきりわかりました。わたくしの寸法を測って作ったとしても、これほどぴったりとはできなかったでしょう。ドレスを着たわたくしを見て、ルカースル夫妻はすこしおおげさすぎるのではないかと思われるほど喜んでおられました。お二人は客間でわたくしを待っておられましたが、その部屋はとても大きくて、お屋敷の表側を全部占めていて、床まである大きな窓が三つあります。椅子が一つ、中央の窓のそばに、窓に背を向けて置かれていました。その椅子に座るように言われました。ルカースルさんは部屋の反対側を行ったり来たりしながら、これまでに聞いたこともないような、とてもおかしな話を次から次へとなさるのです。どんなにおもしろかったことか、わたくしは笑い疲れるほど笑いました。でも、ルカースル夫人は明らかにユーモアを解さない人で、ほとんど笑わず、膝の上に手を置いて、顔には悲しげな、心配そうな表情を浮かべて座っておられました。一時間ほどして、ルカースルさんは突然、日課の授業を始める時間だから、ドレスを着替えて、子ども部屋のエドワードのところへ行くようにとおっしゃいました。

二日後にも、同じことが全く同じ状況で行なわれました。再びわたくしはドレスを着替え、再び窓のそばに座り、再びルカースルさんが話すおかしな話に心から笑い転げました。彼はおかしな話については膨大な材料を持っていて、話し方もまねのできないほど見事なものでした。それから、わたくしに黄表紙の通俗小説を渡し、ページの上にわたくしの影が落ちないようにと椅子を少し横にずらし、声を出して読んでくれとおっしゃいました。ある章の途中から読み始めましたが、十分ほど読みますと、突然文章の途中で止めて、ドレスを着替えるようにとおっしゃいました。

ホームズさま、この変わったふるまいにいったいどんな意味があるのか、わたくしがどれほど興味をひかれたかは、容易におわかりいただけると存じます。お二人はわたくしの顔が窓の方を向かないように注意していたことに気づき、背中のうしろで何がおこっているのか、見たくてたまらなくなりました。最初そんなことは不可能に思えましたが、すぐに方法を考えつきました。わたくしの手鏡がこわれていたことから、よい考えがうかびました。そこで、その鏡の小さな破片を一つハンカチの中に隠しておいたのです。次の機会に、笑いながらわたくしはハンカチを目にあて、あまり苦労せずに背後の様子をすっかり見ることができたのです。正直申しまして、わたくしは

がっかりいたしました。何もなかったのです。
　少なくともそれがわたくしの第一印象でした。でも、もう一度眺めた時、サウサンプトン街道に男の方が一人立っているのが見えました。背の低い、ひげをはやして、灰色のスーツを着ていました。わたくしの方を見ているようでございました。その道は幹線道路ですので、いつも人が行き来しております。でも、この男性は屋敷の境の柵によりかかり、熱心に見つめておりました。わたくしはハンカチをおろして、ルカースル夫人のほうを見やりました。すると夫人は探るような目つきでわたくしをじっと見ておりました。何もおっしゃいませんでしたが、わたくしが手に鏡を持って、自分のうしろを見ていたことを見抜かれたと確信しております。夫人はすぐに立ち上がりました。

『ジェフロ、』奥さまはおっしゃいました。『道のところに、ハンタさんをぶしつけに見つめている男の方がおりますわ』

『あなたのお友達ではありませんか、ハンタさん?』ルカースルさんはたずねました。

『いいえ、この辺りに知人はおりません』

『やれやれ、なんとぶしつけな! うしろを向いて、あの男に向こうへ行くように身振りで示してください』

『放っておかれたほうがよいのではございませんかしら?』

『いやいや、この辺りをうろつかれたくないね。どうぞ振り向いて、こんなふうにあの男を追い払ってください』

わたくしは言われたとおりにいたしました。そのとたん、夫人がブラインドをさっと降ろしました。それが一週間前のことで、それ以来わたくしは窓の前に座ることも、青いドレスを着ることもございませんし、街道にあの男の方を見ることもありませんでした」

「どうぞ続けてください」ホームズは言った。「あなたのお話はとてもおもしろくなりそうだ」

「まとまりがないと思われるかもしれませんし、お話しするできごとのあれこれの間には何の関連もないということになるかもしれません。わたくしがぶな屋敷に来た最初の日に、ルカースルさんは台所のドアのそばにある小さな物置小屋にわたくしを連れていきました。その建物に近づくと、鎖《くさり》のガチャガチャいう音と大きな動物が動き回る音が聞こえてきました。

『ここからのぞいてごらんなさい！』ルカースルさんは二枚の羽目板の間の隙間《すきま》を示しました。『りっぱでしょう？』

わたくしはのぞいてみました。二つのぎらぎら光る目と暗闇の中にうずくまっているぼんやりした姿が見えました。

『怖がらなくてもいいですよ』ルカースルさんはわたくしがあまりびっくりしたので、笑っておっしゃいました。『カルロといって、わたしが飼っているマスチフ種の犬です。わたしの犬とはいっても、実際は昔からいる馬扱い人のトラだけがこれを扱える人間なのですよ。食事は一日一回で、それもあまりたくさんはやらない。そうすると、あれはカラシのようにいつもピリピリしているからね。トラは毎晩カルロを放すから、哀れなのはカルロの牙にかかる侵入者さ。だから、夜はどんな理由があっても絶対外へ出ないでくださいよ。命にかかわりますからね』

この警告は決しておどしではございませんでした。それは二日後の夜のことでございます。わたくしは午前二時頃、なんとなく寝室の窓から外を眺めておりました。月の美しい夜で、屋敷の前の芝生は一面銀色に光り、まるで昼間のように明るく見えました。わたくしは景色の美しさにうっとりとして立っていましたが、その時ぶなの木の陰で何かが動いているのに気づきました。それが月明りの中に浮かびあがると、何だかわかりました。それは、巨大な、子牛くらいもある大きさの犬でした。黄褐色で、あごの肉が垂れ、黒い鼻で、骨がごつごつしていました。その犬は芝生をゆっくり歩いて横切ると、反対側の闇の中に消えていきました。あの恐ろしい、もの言わぬ番人は、わたくしの心をぞっとさせました。押入り強盗でもこれほどには恐ろしくないのでは、と思うほどでした。

ところで、わたくしはとても奇妙な経験をいたしました。ご存じのように、わたくしはロンドンで髪を切り、それをぐるっと束《たば》ねてトランクの底に入れてまいりました。ある夕方、坊っちゃまがおやすみになったあと、自分の部屋の家具を点検して、身の回りの小さなものを整理し直して、気晴らしをすることにいたしました。部屋には古い整理たんすがあり、上二つの引き出しはからで、鍵がかかっていませんでしたが、一番下の引き出しは鍵がかかっていました。上の二つの引き出しにとりあえず下着類を入れましたが、まだ片づけたいものがありまして、そうなりますと三番目の引き出しが使えないのは不便でございます。それで、うっかり鍵がかかったままにしているのではと思い、自分の鍵の束をとりだして、試してみることにしました。運よく一番最初の鍵が合いましたので、引き出しを開けてみました。すると、その中にはあるものが一つ入っているだけでした。何が入っていたかは、あなたがたにはとても想像できないことと思います。なんとそれは、束ねたわたくしの髪なのでございます。

わたくしはそれを手に取り、調べてみました。独特の色合いといい、量といい、わたくしの髪です。でも、そんなことは絶対にありえないと考え直しました。わたくしの髪がこの鍵のかけてあった引き出しに入っているはずはないでしょう？　ふるえる手でトランクを開け、中のものを取り出し、底から今度は自分の髪を引き出しました。二つの髪の房を並べてみました。二つはそっくりだったのです。こんなふしぎなことってあるでしょうか？　わたくしはとほう

にくれましたが、これがどういう意味なのかつかめませんでした。ふしぎな髪の房を元に戻し、ルカースル夫妻にはこのことはお話しいたしませんでした。あの方たちが鍵をかけたところを開けて、悪いことをしたと思ったからです。

ホームズさま、もうお気づきかもしれませんが、わたくしは生来ものごとをよく観察するたちでございます。それで、家全体の見取り図は、すぐに頭にしっかりはいっていました。お屋敷には人がまったく住んでいないらしい棟が一つありました。トラ夫妻の住居への入り口のドアの向かい側に、その棟へ入るドアがあるのですが、いつも必ず鍵がかかっていました。でも、ある日、階段を上がっていくと、ルカースルさんがそのドアから鍵束を手に出てこられましたが、わたくしがいつも見慣れている、丸々と太って陽気な人とは別人のようなお顔つきでした。頬はまっ赤で、ひたいは怒りでしわくちゃで、激しい感情からこめかみには静脈が浮かんでいました。ルカースルさんはドアに鍵をかけると、わたくしに話しかけるどころか、見もしないで、わたくしの横を急いで通り過ぎていかれました。

このことはわたくしの好奇心をかきたてました。そこで、そのあと、坊っちゃまと庭を散歩したおり、お屋敷のあの棟の窓を眺めることができるほうへ回ってみました。窓は一列に四つ並んでいて、三つは汚れているほかはこれといったことがなく、四番めの窓はよろい戸がおりていました。明らかに誰も住んでいません。ぶらぶら行ったり来たりしながら、ときどき窓のほうを眺めていますと、ルカースルさんがいつものとおり愉快《ゆかい》で陽気な様子で、わたくしのほうに近づいていらっしゃいました。『やあ！　わたしが挨拶もしないで通り過ぎても礼儀を知らない人間だと思わないでくださいよ、お嬢さん。仕事のことで頭がいっぱいだったもんでね』

わたくしは怒っていないと答えました。『ところで』わたくしは言いました。『あそこに空いた部屋がたくさんあるようですね。一つはよろい戸がおりています』

『写真がわたしの趣味の一つでしてね』ルカースルさんはおっしゃいました。『あそこに暗室があるんですよ。でも、まあ！　なんて観察力の鋭いお嬢さんなんだろう。こんなお嬢さんがいるなんて考えてもみませんでしたよ、こんなこと誰が考えるものですか』彼は冗談めかして言いましたが、わたくしを見る目の中には冗談のかけらもありませんでした。そこには疑惑、そして困惑が読み取れましたが、冗談などまったくありませんでした。

さて、ホームズさま、あのひと続きの部屋には何かわたくしが知ってはならないことがあるとわかったとたん、わたくしはそこに行ってみたくてたまらなくなりました。たんなる好奇心ではありません。それもあることは認めますが、むしろ義務感でした。わたくしがあそこに入っていけば何か良い結果があらわれるだろうという気持ちです。女の本能ということを言いますね。たぶんこういう感情は女の本能からくるのでしょう。とにかく、そう感じたのです。そして禁じられた扉を通り抜ける機会をじっとうかがっていました。

そして、昨日ようやく機会が訪れました。ついでに申し上げておきますが、ルカースルさんのほかに、トラと彼の妻もあの空き部屋に関係があるようです。トラが黒い、大きな洗濯袋を持って、あのドアを通るのを一度見たことがありました。このところ彼はお酒をたくさん飲んでいて、昨日の夜はひどく酔っていました。そして、わたくしが二階へ上がると、ドアに鍵が残っていました。彼が忘れていったに違いありません。ルカースル夫妻は下にいましたし、坊っちゃまも一緒です。またとない機会です。わたくしは鍵をそっとまわして、ドアを開け、中へすべりこみました。

中に入ると、壁紙も敷物もない、狭い廊下が真っ直ぐのびていました。ずっと先で直角に曲がっていました。角を曲がるとドアが三つ、一列に並んでいて、最初と三番めのドアが開いていました。どちらも中は埃《ほこり》だらけで、陰気《いんき》な、空っぽの部屋でした。一つの部屋には窓が二つ、もう一つの部屋には一つありましたが、埃が厚く積もっていて、夕方の明りが窓を通してぼんやりと光っていました。真ん中の部屋のドアは閉まっていて、外側には鉄製のベッドの幅広い棒を横に渡して、その一方の端は壁に付いている環と南京錠《なんきんじょう》で留めてあり、もう一方の端は丈夫な綱で結びつけてありました。ドア自体にも鍵がかかっており、鍵は残っていませんでした。このバリケードでふさがれたドアの部屋と、外から見てよろい戸がおりていた窓の部屋は明らかに同じです。でも、ドアの下からかすかに光が見えているので、部屋の中が真っ暗でないことがわかりました。明らかに上から光を採り入れる天窓があるのです。廊下に立ったまま、あの不吉なドアを眺め、どんな秘密がこの奥にあるのか考えていると、突然部屋の中で足音が聞こえ、ドアの下から見えるかすかな細い光が動いて、影が行ったり来たりしているのがわかりました。それを見てわたくしは、何ともいわれのない、激しい恐怖が体の中にわきあがってきました、ホームズさん。ぴんと張っていたわたくしの神経が急にぷつんと切れてしまい、わたくしは向きを変えると、いちもくさんに走り出しました。何か恐ろしい手がうしろからのびて、洋服のすそをつかもうとしているかのように、走りました。廊下を突進し、ドアから飛び出し、外で待っていたルカースルさんの腕の中に一目散に飛び込んでしまいました。

『そうだったのですね』あの方は笑いながらおっしゃいました。『あなただったのか。ドアが開いているのを見た時、あなたに違いないと思いましたよ』

『まあ、びっくりしました！』わたくしはあえぎながら言いました。

『お嬢さん、お嬢さん！』ルカースルさんは考えられないくらい優しく慰《なぐさ》めてくださいました。『何に驚いたんですか、お嬢さん？』

でも、あの方のお声はすこし甘すぎました。やりすぎです。わたくしはルカースルさんに対し、強い警戒心を抱きました。

『人の住んでいない棟のほうへ行くなんて馬鹿でしたわ』わたくしは答えました。『でも、あそこはこんなかすかな明りしかなく、ひどく寂しくて、気味が悪く、わたくしは恐ろしくなって、走って出てきたのです。あそこは怖いくらいに静かですわ！』

『それだけですか？』あの方はじっとわたくしを見つめて、おっしゃいました。

『まあ、どうしてでしょう？』わたくしはたずねました。

『あのドアに鍵をかけるのはなぜだと思うかな？』

『さあ、わたくしには全くわかりません』

『あそこに関係ない人間を締め出すためですよ。わかりますか？』ルカースルさんはこのうえなく愛想よく笑ったままです。

『もし知っていましたら、そんなことはけっして……』

『それでは、もうわかっただろう。またあそこに足を踏み入れることがあったら』ここで突然笑いが消え、怒りで口をゆがめ、悪魔のような顔でわたくしをにらみつけました。『あなたをマスチフのところへ放り出しますよ』

わたくしは恐ろしくて、それから何をしたか覚えていません。あの方の脇を走り抜け、自分の部屋に飛び込んだことはまちがいありません。気がついた時にはベッドの上で、ブルブルとふるえておりました。そして、ホームズさま、あなたさまのことを考えました。何か助言がなくてはもうこれ以上あそこで暮らしていけません。恐ろしいのです。お屋敷も、ご主人も、奥さまも、使用人も、それに坊っちゃまさえも、あの方たちみんなが怖いのです。あなたに来ていただければ、すべてうまくいくだろうと思いました。もちろん、わたくしはお屋敷から逃げ出してもいいのです。でも、わたくしの好奇心も、恐怖と同じくらい強かったのです。わたくしの心はすぐに決まりました。あなたに電報を打つことにしよう。わたくしは帽子をかぶり、上着を着て、お屋敷から半マイル（八〇〇メートル）ほどの郵便局へ出かけました。そして戻ってきた時

は、気分が落ち着いておりました。入り口に近づいた時、犬が放してあるのではないかと心配で恐ろしい気分になりました。でもその夕方はトラがぐでんぐでんに酔っていたことを思い出しました。荒っぽい生き物を扱えるのはお屋敷じゅうで彼一人だけで、解き放してみようとする者などおりません。わたくしは無事に部屋にすべりこみ、ホームズさまにお目にかかれる喜びで、その夜は遅くまで寝つかれませんでした。今朝になって、ウィンチェスターへ出かけるお許しは簡単にもらえたのですが、三時までに戻らなくてはなりません。ルカースルご夫妻はよそから招待されていて、夜遅くまでお留守になるので、お坊っちゃまのお世話をしなくてはならないのでございます。さて、わたくしの冒険はすべてお話しいたしました。ホームズさま、すべてがどういう意味なのか、何よりもどうすべきかを教えていただければありがたく存じます」

ホームズとわたしは、魔法にかかったようにこの奇妙な話にじっと耳を傾けていた。話が終わると、わたしの友人は立ち上がり、ポケットに手を入れ、ひどく深刻な表情を浮かべて、部屋の中を行ったり来たりしていた。

「トラはまだ酔っ払っていますか？」彼はたずねた。

「はい。奥さんがルカースル夫人に、自分の手に負えないと言っているのを聞きました」

「それは結構。そしてルカースル夫妻は今夜は外出しているのですね？」

「はい」

「しっかりした錠《じょう》のついた地下室がありますか？」

「はい、ワインの貯蔵室があります」

「これまでのあなたの行動は、勇敢で、賢明なものでした、ハンタさん。もう一つがんばってみませんか？　あなたが非常にすぐれた女性だと思わなければ、このようなことはお願いしません」

「やってみますわ。どういうことでしょう？」

「わたしとワトスンの二人で、今夜七時までにぶな屋敷に参ります。ルカースル夫妻はそれまでには出かけてしまうでしょう。それからトラも、正体なく酔っ払っているでしょう。そこで、騒ぎ立てるとしたら、トラ夫人が残るだけです。何か口実をつくって彼女を地下室に行かせて、鍵《かぎ》をかけて閉じ込めてくださると、事はかなり楽になります」

「やってみましょう」

「すばらしい！　それでは事件を徹底的に眺めてみましょう。もちろん、可能な説明は一つだけです。あなたは誰かの身代りになるためにあそこに連れてこられたのです。そして、その本人はあの部屋に閉じ込められている。それは明らかだ。この囚われ人が誰かというと、それはアリス・ルカースル嬢に間違いない。確か、アメリカへ行ってしまったということですね。あなたが選ばれたのは、背の高さや、体型、髪の色が彼女に似ていたからに違いない。彼女の髪はおそらく何らかの病気にかかった時に切ってしまったのでしょう。それで、あなたの髪も犠牲にならざるをえなかったというわけです。全く奇妙なきっかけで、あなたは彼女の髪の束を見つけた。通りにいた男は、間違いなく、彼女の友人、おそらくは婚約者でしょう。あなたは彼女のドレスを着て、彼女にそっくりだった。そんなあなたは、彼が見かけるたびに笑っていたし、その後のあなたの身振りから、ルカースル嬢は充分に幸せで、彼の愛情などもう必要としていないと思い込んでしまったのに違いありません。夜には例の犬が鎖から放されていて、彼女と連絡が取れないようにされている。ここまでは明白です。この事件で一番重要なのは、子どもの性格です」

「いったいそれがどんな関係があるというのだね？」わたしは思わず叫んでしまった。

「ワトスン、君は医者として、子どもの性格を理解するために、親のほうを研究するということはいつもしていることだろう。だったら、逆もまた有効だとは思わないかね。ぼくは、子どもを研究することで、親の性格を洞察するための第一歩を踏み出すことがしばしばだった。あの子どもの性格は、異常なほど残酷だ、単に残酷であるための残酷さだ。この性質を、いつも笑顔の父親から受け継いだ——わたしはそうだと思っている――にしろ、あるいは母親からにしろ、彼らにつかまっているあの不幸な女性にとっては不吉なしるしだ」

「あなたのおっしゃるとおりだと存じます、ホームズさま」われわれの依頼人は叫んだ。「いろいろなことを考え合わせると、あなたのおっしゃることが正しいと確信いたします。ああ、一刻も早く、あのお気のどくな方をお救いいたしましょう」

「われわれの敵は非常にずる賢い男だから、用心しなくてはいけません。七時までは何もできません。その時間にはあなたのところにいるでしょう。そうすればふしぎなことの解決はすぐです」

われわれは道端の酒場に馬車をあずけ、約束どおりに、七時ちょうどにぶな屋敷に到着した。木々は夕陽を浴びて、暗い葉が磨かれた金属のように光り、屋敷の場所を示していた。ハンタ嬢が、玄関で笑顔をうかべて立っていなくても、屋敷の場所を知らせるのに充分だった。

「首尾はどうですか？」ホームズはたずねた。

どこか地下からドスン、ドスンという音が大きく聞こえてきた。「あれは、地下貯蔵室のトラのおかみさんです」彼女は言った。「ご亭主のほうは台所の床の敷物の上でいびきをかいていますわ。これが彼が持っていた鍵です。ルカースルさんが持っているものと同じものです」

「あなたはまったくうまく準備しましたねえ！」ホームズは感激して叫んだ。「さあ案内してください。この悪事をすぐに終わらせましょう」

わたしたちは階段を上がり、ドアの鍵をあけ、廊下を進み、ハンタ嬢が話してくれたとおりのふさがれたドアの前に立った。ホームズは綱を切り、横に渡してあった鉄棒をとりのけた。それから、鍵をいろいろためして、錠をあけようとしたが、どれも合わなかった。内側からは何の音もしなかった。この沈黙にホームズの顔が曇った。

「間に合わなかったわけではないと思うが」ホームズは言った。「ハンタさん、あなたはここにいらしてください。さて、ワトスン、肩で押して、突入できるかやってみよう」

その扉は古くて、今にも倒れそうなものだったので、われわれ二人が力を合わせるとすぐにこわれてしまった。二人して中になだれこんだが、中には誰もいなかった。わらぶとんの小さなベッド(249)が一台と、小さなテーブルに、籠《かご》いっぱいのリネンの他には家具も何もなかった。天窓が開いていて、監禁されていたはずの人の姿はなかった。

「ここでは何か悪事が行なわれていたのだ」ホームズが言った。「そいつはハンタさんの考えを察知して、犠牲者を運び出してしまったのだ」

「だが、どうやってだい？」

「天窓からだ。どうやったのか見てみよう」ホームズは身軽にぶらさがって、屋根に

出た。「ああ、やっぱり」彼は叫んだ。「軒に立てかけた、軽くて長いはしごの先がここにきている。こうしたのだ」

「でも、そんなはずはありませんわ」ハンタ嬢が言った。「ルカースル夫妻がお出かけになった時には、はしごはそこにはありませんでした」

「彼は戻ってきて、仕掛けたのですよ。彼は頭が良くて、危険な男なのですよ。階段のほうから聞こえてくるのは彼の足音でしょう。ワトスン、ピストルの用意をしたほうがいいよ」

ホームズが言い終わらないうちに、一人の男が部屋の入り口に姿を現わした。とても太った、がんじょうそうな男で、手には太い棒を握っていた。この姿を見るとハンタ嬢は悲鳴をあげ、壁にはりついてしまったが、ホームズはさっと飛び出して、彼と向かい合った。

「この悪党め」彼は叫んだ。「おまえの娘はどこだ?」

太った男は周りを見渡し、開け放たれた天窓を見上げた。

「聞きたいのはこっちだ」そいつは叫んだ。「この盗人《ぬすっと》たちめ! スパイで泥棒だ! つかまえたぞ。もうこっちのものだ。痛い目にあわせてやる!」そいつはくるりと向きを変え、ドタドタと階段をいっしょうけんめいに駆け降りていった。

「犬を放しに行ったのだわ」ハンタ嬢が叫んだ。

「こっちにはピストルがある」わたしは言った。

「正面のドアを閉めたほうがいい」ホームズが叫び、われわれはそろって階段を駆け降りた。玄関ホールに着くか着かないうちに犬のほえる声が聞こえ、それから断末魔《だんまつま》の悲鳴が聞こえてきた。聞くだけで身震いするほど恐ろしい、犬がものをくわえて、振り回す音がした。その時、顔をまっ赤にして、初老の男が、手足をふるわせながら横のドアからよろよろと出てきた。「大変だ!」その男が叫んだ。「誰かが犬を放しやがった。二日も餌《えさ》をやってないのによ。早く、早く、間に合わねえ」

ホームズとわたしは飛び出して、家の角をまわった。トラはうしろからついてきた。巨大な、腹をすかせた獣が、ルカースルの喉もとに自分の黒い鼻づらをめりこませて

いた。ルカースルは地面に倒れ、もだえ苦しんでいた。駆け寄りながら、わたしは銃でその獣の頭を撃ちぬいた。それは倒れながらも、鋭く、白い歯はしっかりとたるんだ喉もとにくらいついていた。ようやくそれを引き離し、われわれはルカースルを屋敷に運び入れた。彼は生きてはいたが、むごたらしい姿だった。客間のソファに横たえ、酔いのさめたトラにルカースル夫人に知らせに行かせると、わたしはルカースルの痛みを軽くするのにできるだけのことをした。わたしたち全員が彼の周りに集まっていると、ドアが開き、背の高い、やせた女性が部屋に入ってきた。

「トラさんの奥さん！」ハンタ嬢が叫んだ。

「そうよ、ハンタさん。ご主人さまが帰宅なさって、あんたがたのところへ行く前にわたしを出してくれたのよ。ああ、あんたがやろうとしたことをわたしに言ってくれていりゃあね。そうすれば、無駄な骨を折らなくてもすんだのに」

「なるほど！」彼女をじっと見つめて、ホームズは言った。「この件についてはおかみさん、あなたが一番よく知っているようだ」

「ええ、知っていますとも。知っていることは喜んでお話しします」

「それでは、座って、話を聞かせてください。わたしには、正直言って、まだよくわからない点がいくつかあります」

「すぐにはっきりさせてあげますよ」彼女は言った。「地下室から出られさえすればもっと前にそうできたのですがね。この件がもし警察裁判所で裁かれることがあるなら、わたしはあなたの味方ですよ。それから、アリスお嬢さまの味方でもあることを覚えていてください。

お嬢さまは旦那さまが再婚して以来、このお屋敷で幸せだったことはありません。軽く扱われ、何事にも口を出す権利がありませんでした。それもお友達の家でファウラさんに会うまではそれほど悪くはなかったのです。わたしの知る限りでは、お嬢さまは遺言でご自分の財産がありましたが、とてもおとなしく、辛抱強い方でしたので、財産については何も言わず、父親にまかせておいででした。旦那さまは娘が自分と一緒にいる間は心配ないと思っておられました。ただ、法的な権利をもつことになる夫が出現する可能性が出てくれれば、それを防がなければならないと考えたのです。お嬢さまが結婚しようが、しまいが、旦那さまがお嬢さまの財産を自由に使うことができるという書類に署名させようとしたのです。お嬢さまが署名をしないと、しつこく責めて、お嬢さまはついに脳熱をわずらわれ、六週間というもの死の淵をさまよわれました[250]。ようやく回復されましたが、すっかりやせ衰え、美しい髪も切られてしまいました。それでもお嬢さまの恋人は心を変えるようなことはありませんでした。ファウラさんはこのうえなくお嬢さまに誠実でした」

「ああ、そうだったのか」ホームズは言った。「この話で、事態がかなりはっきりしました。ここから先は推理できる。それからルカースル氏はこの監禁《かんきん》という手段をとったんだね?」

「はい、そうです」

「そして、しつこくつきまとう、不愉快なファウラ氏を追い払うために、ロンドンからハンタさんを連れてきたのだ」

「そのとおりです」

「しかし、ファウラ氏は良い船乗りだけあって、辛抱強い人間だったので、屋敷を見張り、あなたに会った。お金かなにかをにぎらせて、話し合って、二人の利害は同じであることを説得するのに成功したというわけだね」

「ファウラさんは話し方のとてもやさしい、気前の良い紳士でしたよ」トラのおかみさんはすまして言った。

「そして、彼は、あなたのご亭主にどんどん酒を飲ませて、ご主人が外出したらすぐにはしごを用意するように指示したのだ」

「そうです。そのとおりです」

「トラさん、あなたにはお詫びをしなくてはならない」ホームズは言った。「あなたのおかげで、わからなかったことがすべてはっきりしました。さて、土地の外科医とルカースル夫人が来たようだ。ワトスン、われわれはハンタさんに付き添ってウィンチェスターへ戻ったほうがよさそうだね。わたしたちのロークス・スタンディ（合法的立場）も怪しくなったようだからね」

　さて、こうして玄関の正面にぶなの木のある不吉な屋敷の謎は解決した。ルカースル氏は命は取り止めたが、まったく廃人となり、彼の献身的《けんしんてき》な妻の世話によってようやく生きていた。彼らは今も古くからの使用人と一緒に暮らしているが、ルカースル氏の過去を知りすぎているので、くびを切るわけにもいかないのだろう。ファウラ氏とルカースル嬢は、脱出した日の翌日、特別許可証により[251]サウサンプトンで結婚した。ファウラ氏は現在、政府から任命されてモーリシャス島に赴任している。ヴァイオレット・ハンタ嬢に関しては、わたしの期待に反して、わが友ホームズは彼女が自分の扱う事件の中心でなくなるや、彼女に関心を示さなくなった。彼女は現在、ウォールソールの私立学校の校長になっている。[252] きっとかなりの成功をおさめているにちがいない。

注・解説

リチャード・ランセリン・グリーン（高田寛訳）

『シャーロック・ホームズの冒険』注

⇩本文該当ページを示す

『シャーロック・ホームズの冒険』の初版は、ジョージ・ニューンズ社から一八九二年十月十四日に、部数は一万部で出版された。米国における初版は、ニューヨークのハーパー・アンド・ブラザーズ社から、その翌日に（部数は四五〇〇部で）出版された。外地版（英国における第二版）は、ロングマンズ・グリーン社から一八九四年四月、この出版社が出していたコロニアル・ライブラリーの中の一冊として出版されたのが最初である。

なお、当注ではいくつかの項目において、小林・東山による注を追加し、〔　〕で示した。

《ボヘミアの醜聞》注

初出は、「ストランド・マガジン」誌第二巻（一八九一年七月号）六一～七五頁で、シドニー・パジェットによる十枚の挿絵付きであった。米国での初出は、同誌ニューヨーク版（一八九一年八月号）及びS・S・マックルーア新聞連盟傘下の各新聞紙上であり、掲載の日付は一八九一年七月十一日から同年十月十八日までまちまちで、木版画の挿絵付きであった。原題の"A Scandal in Bohemia"に対し、異題は以下のとおりである。"A Scandal of Bohemia"（「シカゴ・インター・オーシャン」紙）、"A Bohemian Scandal"（「ニューオリンズ・デイリー・ピキューン」紙）、"Woman's Wit（女性の機知）"（「バルティモア・ウィークリー・サン」紙）、"The King's Sweetheart（国王の愛人）"（「ボストン・サンデイ・グローブ」紙）。

原稿が執筆されたのはロンドンのアッパー・ウィンポール街二番およびモンタギュー・プレイス二十三番で、一八九一年四月三日に発送されている。

本文について

原稿および出版された各版を校合した。原稿の一三～一九頁の筆跡（「右手には立派な家具を備えた広い居間があり、……」から「ホームズが犯罪の専門家になったということは、科学界にとっては一人のすばらしい理論家を、演劇界にとっては一人の名優を失ったということに相当するのだ」までの部分）は、別人のものである。これまで出版された全ての版で、この物語は三つの部分に分けられている。「ストランド・マガジン」誌の初出の際にはⅡ、Ⅲの数字が、またニューンズ社版（一八九二年）、マレイ社版（一九二八年）ではⅠ～Ⅲまでの数字が与えられている。しかし、こうした構成をとっているのは、《ボヘミアの醜聞》だけであり、このオックスフォード版では、こうした区分けは省かれている。

《ボヘミアの醜聞》の原稿における、別人の筆跡に関しては、二つの文章がテキサス州オースティンの図書館に存在する。一つはジョン・ディクスン・カーが書いたもので、原稿は全てアーサー・コナン・ドイルの筆跡で書かれている、としている。もう一つはエイドリアン・コナン・ドイルによって書かれたもので、この別人の筆跡はアーサー・コナン・ドイルの妹のロッティのものである、と述べている。カーは以下のように述べている。

サー・アーサー・コナン・ドイルは、ストーニーハースト校時代に、二種類の筆跡を身につけていた。一つはよく知られている筆跡、もう一つは手を休めたい時に現われる、ごつごつした筆跡である。このごつごつした筆跡は、学生時代に書かれた手紙に見受けられる。彼の母親は、このごつごつした筆跡に対して非常に批判的であった。彼は母親に対して、いかにしてこうした筆跡を身につけたかを説明している。実際に彼のごつごつした筆跡は、ノーウッドに住んでいた頃に書かれた手紙や、ノートでも見受けられるかもしれない。数多くのドイルの筆跡を調査してみて、私は《ボヘミアの醜聞》の原稿に存在する、別人の筆跡のように見える部分も、実はアーサー・コナン・ドイル自身が書いたのだと、確信をもって結論づけることができる。――ジョン・ディクスン・カー

一方、エイドリアン・コナン・ドイルは、一九六二年四月三十日付の手紙（テキサスにある「コナン・ドイル分書館」がコピーを作成してくれたことに、謝意を表する）で、以下のように述べている。

《ボヘミアの醜聞》の自筆原稿中、五、六頁ほどが――しかも原稿の中ほどの――私の父の筆跡ではないことに、あるいはお気づきのことと思います。この筆跡は、父の妹のロッティのものであることをお知らせしたほうがよろしいでしょう。彼女は父が原稿執筆に疲れた際に、口述筆記を務めたのです。これは滅多になかったことで、現在家に残されている原稿を見ても、父の妹が口述筆記を務めたのは、僅かに一～二頁分の例が二つあるのみです。

《ボヘミアの醜聞》の自筆原稿は、一九四六年にニューヨークのスクリブナー書店用にデ

ヴィッド・ランドールが入手し、のちにキャロル・A・ウィルスンが購入し、さらにその後フレデリック・A・ダネイの有するところとなった。現在（一九五九年以降）は、テキサス州オースティン、ヒューマニティ・リサーチ・センター内のエラリー・クイーン・コレクションのものとなっている。

題名について

当初は"A Scandal of Bohemia"が、この物語の題名であった。《緋色の習作》で言及のあったアンリ・ミュルジェ（一八二二〜六一）の『ボエーム生活情景』（一八四八年）が、題名および雰囲気に影響を与えているかもしれない。

1　アイリーン・アドラーに対して、ホームズが、恋愛に似た感情を持っていたというわけではない

アイリーン・アドラーは、バイエルン国王ルードヴィッヒ一世（一七八六〜一八六八）の愛人だった、ローラ・モンテスことマリア・ドロレス・ギルバート（一八一八〜六一）か、もしくはナポレオン三世（一八〇八〜七三）の愛人であったエリザベス・アン・ハワード

（一八二二～六四）をモデルに描かれたものと思われる。 ⇩15

2　この世で最も完成した推理観察機械

アーサー・コナン・ドイルの脳裏には、チャールズ・バヴェッジ（一七九一～一八七一）が発明した計算機械のことが浮かんでいたのだろう。 ⇩15

3　いまは亡きアイリーン・アドラー

彼女の死因については、物語中では明らかにされていない。 ⇩16

4　一連の奇妙なできごと――……わたしの結婚が二人を遠ざけていたのである

ここでワトスンのいう結婚とは、（《四つのサイン》に登場する）メアリ・モースタンとの結婚である。 ⇩16

5　コカイン

〔現代では麻薬に指定されているが、ホームズの時代には新しい健康飲料としてもてはやされていた。コカコーラにも、当時のものにはその名のとおり、コカインの原料になるコカの葉が含まれていた〕 ⇩16

6　トレポフ殺人事件の調査にオデッサへ招かれて行った

おそらくは一八七八年一月二十四日、無政府主義者に狙撃されたフョードル・フョードロヴィッチ・トレポフ将軍（一八一二〜八九）のことを、暗に示しているのだろう。 ⇩17

7　トリンコマリー

トリンコマリーはセイロン（スリランカ）島の北東にある要塞都市で、天然の大きな港がある。ここを海軍の基地として使う目的で、英国は一七九五年にこの地を領有した。 ⇩17

8　アトキンスン兄弟の奇怪な悲劇を解決した

アトキンスンという名前は、おそらくリンカーンシャー州ボストン選出の国会議員だったH・J・アトキンスンから採ったものであろう。 ⇩17

9　ガソジーン

初期のソーダ・サイフォンである。丈夫なガラス製の、二つの丸い玉が太いガラス管で上下につながっていて、全体が金網で覆われている。 ⇩18

10　ヨードフォルム

ヨウ素化合物で、化学的にはクロロフォルムと似通った性質を持ち、青味を帯びた黄色の固体で、消毒作用を持つ。初版本では、綴りが誤って、"idioform"となっていた。　⇩20

11　**硝酸銀**

患部を焼いて治癒を促すための外用薬として用いられる。　⇩20

12　**聴診器**

心臓の鼓動を計るために用いられる。「医者は聴診器を、自分の帽子の中に入れて持ち歩くのが常であった」（W・J・ケアンズの記事、一九五一年五月二十四日付「デイリー・テレグラフ」紙）。　⇩20

13　**さきほどの配達**

〔当時のロンドンの中心部では、郵便配達は、朝七時から一時間おきに、一日十一〜十二回行なわれており、ロンドン市内の投函ならその日のうちに配達された〕　⇩22

14　**半クラウン**

十進法導入以前の貨幣で、二シリング六ペンスの価値があった〔現在の約三〇〇〇円にあたる〕　⇩23

15 大陸地名辞典
ヨーロッパ大陸の地名をアルファベット順に並べた、地名辞典。 ↓24

16 エグロウ、エグロニッツ
二つとも架空の地名である。 ↓24

17 エグリア
ボヘミアの辺境の町。今日ではヘプ（Cheb）という名前で知られている。 ↓24

18 カールスバート（Carlsbad）
カルロヴィ・ヴァリ（Karlovy Vary）は鉱泉で名高い町。 ↓24

19 小型のりっぱな四輪馬車《ブルーム》
ブルームは、屋根の付いた四輪馬車。 ↓25

20 ぼくのボズウェルがそばにいてくれないと、お手上げだからね
ジェイムズ・ボズウェル（一七四〇～九五）は、サミュエル・ジョンソンの伝記作者で

ある。⇩25

21　アストラカン
上質の羊毛。カスピ海沿岸の州およびロシアの都市の名前に由来する。⇩26

22　カッセル＝フェルシュタイン大公、ウィルヘルム・ゴッツライヒ・ジギスモント・フォン・オルムシュタイン陛下
名前も地名も、架空のものである。⇩30

23　プラハ
かつてはボヘミアの、そして現在はチェコ共和国の首都である。⇩30

24　ワルシャワ
当時はロシアの都市であり、かつてはポーランド王国の、現在はポーランド共和国の首都である。⇩30

25　あるユダヤ教ラビ
〔ラビはユダヤ教の聖職者で、司教のほかに教師や裁判官などの役もこなした〕⇩31

26 スカラ座
ミラノにある歌劇場。 ↓31

27 ワルシャワ帝室オペラのプリマドンナ
当時のワルシャワは、ロシア帝国の一都市だった。 ↓32

28 スカンディナヴィア国王の第二王女、クロチルド・ロトマン・フォン・ザクセ－メニンゲン姫
「クロチルド」は、イタリア国王の娘で、ナポレオン王子の妻。〔スカンディナヴィアはノルウェーやスウェーデンを含むが、スカンディナヴィア国という国は架空である〕 ↓34

29 ランガム・ホテル
ポートランド・プレイスにあり、一八六三年から六五年にかけて建てられた。一九四〇年に空襲による被害を受け、一時ＢＢＣの別棟として使用されていたが、現在は昔同様ホテルとして営業している。〔同ホテルは《四つのサイン》《フランシス・カーファクス姫の失踪》にも登場する〕 ↓35

30　**白紙の委任状**
自由裁量、資金的に無制限、の意。
⇩36

31　セント・ジョンズ・ウッドの、サーペンタイン小路にあるブライオニー荘
セント・ジョンズ・ウッドは、芸術家や作家達がロンドンの中でも好んで居住した地域。「サーペンタイン小路」とは架空の名前で、ハイド・パークにあるサーペンタイン池から採ったのであろう。

⇩36

32　キャビネ判
写真のキャビネ判は、一八六六年に肖像写真に初めて用いられ、六八年までには広く普及するに至った。〔大きさは約一六・五×一二センチ〕
⇩36

33　チャブ式の錠
チャブ・アンド・サン商会（一八一八年創立）によって作られた錠。
⇩39

34　お礼に二ペンスとハーフ・アンド・ハーフの混成ビール一杯
ハーフ・アンド・ハーフは二種類の酒類を混ぜたもの。
⇩40

35　シャグ・タバコ
このタバコは一番質の劣る、固くて強い煙草の葉から作られ、主に下層階級の労働者が喫うもの。

⇩40

36　ゴドフリー・ノートン
この名前はおそらく、キャロライン・エリザベス・サラ・ノートン（一八〇八～七七）の夫であったジョージ・ノートン閣下（一八〇〇～七五）をふまえたものであろう。

⇩40

37　イナー・テンプル法学院
イナー・テンプルは、四つある法学院の一つである。

⇩40

38　リージェント街のグロス・アンド・ハンキーの店
店の名は架空の名前である。〔リージェント街は、リージェント公園から南下する「し」の字型の美しい街路で、ジョン・ナッシュの設計による。両側に高級店が並んでいる〕
⇩42

39　エッジウェア通りのセント・モニカ教会
おそらくはハクストン・スクェアにあるローマ・カトリックのセント・モニカ教会から、

名前を採ったのであろう。 ↓42

40　半ギニー

元来は十シリング六ペンスの値打ちのある金貨であり、のちには貨幣単位として扱われる。 ↓42

41　四輪馬車《ランドー》

ランドーは座席が二つの四輪馬車で、幌がてっぺんで前後に分かれるように出来ていた。名前はこの型の馬車を初めて製作した、ドイツの町の名前に由来する。 ↓42

42　半ソヴリン

十シリングの値打ちのある金貨。 ↓43

43　この時は、十二時二十五分前だったからね

一八八五年当時、結婚式は午前中に挙げられるよう法律によって定められていた。しかし、一八八六年五月に法律が改正されて、午後三時までの挙式が認められるようになった。しかしこの法の改正は、ローマ・カトリック教会での結婚式には適用されなかった。 ↓43

44　ターナー夫人

ここは本来、「ハドスン夫人」と書かれるべき箇所であろう。　↓46

45　非国教会

〔英国国教会に属さないキリスト教会。英国国教会の牧師に変装することは、当時、法律で禁じられていた〕　↓48

46　アルスター外套

アルスター外套は裾の長い、ゆったりとしたオーバーコートで、フリース（厚手の羊毛の織物）かざっくりした地の布地で出来ている。　↓54

47　ダーリントンの替え玉事件

ダーリントンはダラム州南部の都市で、最初の旅客鉄道（一八二五年開通）の終着駅が置かれた。〔《ダーリントンの替え玉事件》も次注の《アーンズワース城事件》も、ワトスンにより発表されていない、いわゆる「書かれざる事件」である〕　↓57

48　アーンズワース城

架空の名前である。　↓57

49　チャリング・クロス駅

サウス・イースタン鉄道のロンドンでの終着駅で、トラファルガー・スクェアの近くに位置する。 ↓61

《花婿失踪事件》注

初出は、「ストランド・マガジン」誌第二巻（一八九一年九月号）二四八〜二五九頁で、シドニー・パジェットによる七枚の挿絵付きであった。米国での初出は、同誌ニューヨーク版（一八九一年十月号）及びS・S・マックルーア新聞連盟傘下の各紙上であり、掲載の日付は一八九一年九月五日から同年十月四日までまちまちで、木版画の挿絵付きであった。

原稿が執筆されたのは、ロンドンのアッパー・ウィンポール街二番およびモンタギュー・プレイス二十三番で、一八九一年四月十日に脱稿している。現在の原稿の所在は不明である。

題名について

「人違い（a case of mistaken identity）」という、ごく普通の言葉を変形させたものである。

エドガー・アラン・ポーが、デュパンに盗まれた手紙の行方を追わせる際に、相手に自分の意をさとられぬよう、「緑色の眼鏡」をかけさせたことも、作者の頭にあったのかもしれない。「僕は自分の眼が弱くて困るといい、眼鏡をかけなければならないことをこぼして、眼鏡の下から慎重にかつ念入りに、部屋中を隈なく観察した」(『盗まれた手紙』一八四四年)

50　ダンダス家の別居事件

名前はおそらく、一八三一年五月に起きたダンダス誘拐事件から採ったのだろう。この事件は、二代目メルヴィル子爵の甥であるフィリップ・ダンダス少佐が、十七歳の少女を誘拐した廉《かど》で有罪とされたのである。

↓73

51　「デヴォンシャー公爵夫人」のように

トーマス・ゲインズボロー(一七二七〜八八)が一七八三年に描いた、五代目デヴォンシャー公爵だったウィリアム・キャベンディッシュの妻、ジョージアナ・スペンサー(一七五七〜一八〇六)の肖像画について触れたものである。

↓75

52　メアリ・サザランド

この名前は、同じモンタギュー・プレイス二十三番に部屋を借りていた、ジェーン・サザランドか、サザランド公爵夫人メアリ（一八四八〜一九一二）――彼女は三代目サザランド公爵ジョージ・グランヴィル・ウィリアム・レヴスン－ガウワー（一八二八〜九二）の二人目の妻だった――から採ったのであろう。

⇩75

53 金ボタンの制服姿の少年給仕（the boy in buttons）

給仕の少年を、"the boy in buttons"と呼ぶのは、その制服の襟元からウエストの部分まで小さなボタンが並んでいたことに由来する。ウィリアム・ジレットは舞台劇『シャーロック・ホームズ』（一八九九年）で、この給仕の少年を「ビリー」と名づけた。のちにアーサー・コナン・ドイルも、給仕の少年にこの名前をつけた。

⇩76

54 ホズマ・エンジェル

「ホズマ」という名前は、アメリカ起源の名前である。アメリカ人の彫刻家に、ハリエット・グッドヒュー・ホズマー（一八三〇〜一九〇八）という人物がいた。また、フレデリック・ルシアン・ホズマー（一八四〇〜七九）は、アメリカの賛美歌の作詞者であった。さらにアラスカのセント・イライアス山の探検行に筆頭助手を務めたE・S・ホズマーという人物がいた。

⇩78

55 ウィンディバンク（Windibank）

チャールズ一世の時代に大臣を務めたサー・フランシス・ウィンディバンク（Windebank、一五八二〜一六四六）から採ったものであろう。 ⇩78

56 フラシテン

絹、または綿で作られた生地で、ビロードに似た外観をしている。 ⇩82

57 ボルドー

ボルドーは南西フランスの港町であり、フランスにおける最大のワイン生産地の中心にあたる。 ⇩86

58 キングズ・クロスに近い、セント・セイヴィア教会

ロンドンのサウスウォーク（ロンドン橋を渡った、テムズ河南岸一帯）に、この名前の教会がある（当時ロンドンには、同じ名前の教会が十二あった）。しかし物語の中での記述からすると、パンクラス通りにあるセント・パンクラス・オールド教会か、ユーストン通りにある新古典様式のニュー教会を指しているものと思われる。 ⇩87

59 セント・パンクラス・ホテル

正確には、セント・パンクラス駅の上のミッドランド・グランド・ホテル（一八七二年

開業）である。このホテルは一九三五年に閉鎖された。↓87

60 クロニクル新聞
正確には「デイリー・クロニクル」紙。↓90

61 カンバーウェル区の、ライアン・プレイス三十一
架空の地名である。↓91

62 ハーグ
オランダの首都。↓92

63 金製のアルバート型の時計鎖
太い環のついた、時計用の鎖。ヴィクトリア女王の夫君であった、アルバート殿下（一八一九～六二）が愛用したことで一般に知られ、のちに彼の名前を採ってこう呼ばれるようになった。↓96

64 バルザック
オノレ・ド・バルザック（一七九九～一八五〇）はフランスの小説家。↓96

65　バリウムの重硫酸塩

硫酸水素バリウムを指す。この化学物質は一八四三年、J・J・ベルゼリウスによって初めて作られた。水によって分解し、実用的価値はない。

↓98

《赤毛組合》注

初出は「ストランド・マガジン」誌第二巻（一八九一年八月号）一九〇〜二〇四頁で、シドニー・パジェットによる十点の挿絵付きであった。米国における初出は、同誌ニューヨーク版（一八九一年九月号）及びS・S・マックルーア新聞連盟傘下の各紙上で、掲載の日付は、一八九一年八月八日付から同年十二月六日付とまちまちで、木版画の挿絵付きだった。

執筆はアッパー・ウィンポール街二番およびモンタギュー・プレイス二十三番で、一八九一年四月二十日に発送されている。原稿の現在の所在は不明である。

66 あの非常に単純な事件

即ち《花婿失踪事件》のことである。この物語は「ストランド・マガジン」誌の編集部が物語の原稿順を取り違えたため、この《赤毛組合》が掲載された次の号に掲載された。

↓114

67 ジェイベズ・ウィルスン (Jabez Wilson)
「ジェイベズ」は、旧約聖書のヤベツ (Jabez) に由来する名前である。 ↓115

68 フリーメイスンの会員だということ
フリーメイスンの会員は、秘密裏に集まり、中世の石工組合の慣例と道具をもとにした、半ば宗教的な儀式を行なう。一七一七年に、ロンドンにフリーメイスンの総本部が設立され、十九世紀末にはイングランド全土に、およそ二千もの地方支部を数えるまでになった。アーサー・コナン・ドイルはポーツマスの第二五七フェニックス支部のフリーメイスン会員だった。 ↓117

69 レバノン
ペンシルヴァニア州の郡および郡庁のある町の名前である。 ↓119

70 エズィカイア・ホプキンズ (Ezekiah Hopkins)
エズィカイアという名前は、(旧約聖書イザヤ書の) ユダの王ヒゼキヤ (Hezekiah) に由来する。 ↓119

71　フリート街ポープス・コート

おそらくはテンプル法学院とフリート街を結ぶマイター・コートか、フリート街からは離れているが、コーンヒルのポープス・ヘッド・アレイのことであろう。〔フリート街はストランドの東につながる道路で、かつては新聞社が多かった〕 ↓120

72　モーニング・クロニクル

一七六九年に創刊され、一八六二年に廃刊になった新聞の名前。 ↓120

73　一八九〇年四月二十七日だから、ちょうど二か月前になるね

十月九日の組合の解散の二か月前は、当然のことながら一八九〇年四月二十七日ではありえない。この日付は六か月前の日曜日になる。であるから、実際には八月とするところだったと思われる。おそらくは「八月」を意味する“Ag.”の表記が、「四月」を意味する“Ap.”と読み間違えられたのだろう。 ↓120

74　ヴィンセント・スポールディング

聖ヴァンサン・ド・ポール（St. Vincent de Paul）〔フランスのカトリック聖職者〕にちなんだものであろう。 ↓122

75 ダンカン・ロス

「ダンカン」「ロス」はいずれも、シェイクスピアの『マクベス』の登場人物の名前である。 ↓129

76 大英百科事典

ここではおそらく第九版（一八七五〜八九年刊）を指すのであろう。 ↓131

77 フールスキャップ判

〔横四十センチ、縦五十センチほどの大きさの紙。道化師（フール）の帽子（キャップ）を描いたスカシが入っていたことから、この名がついた〕 ↓132

78 ウィリアム・モリス

この名前は芸術家・作家・印刷業者であったウィリアム・モリス（一八三四〜九六）と同一である。 ↓136

79 セント・ジェイムジズ・ホール

ロンドンのコンサート・ホール。一八五七年に建てられ、一九〇五年に取り壊された。 ↓140

80　サラサーテ
パブロ・マルティン・メルトン・サラサーテ・イ・ナバスケス（一八四四〜一九〇八）は、スペインのヴァイオリニスト。

⇩140

81　金色の玉三つ
質屋のマークである。

⇩142

82　ストランド
〔トラファルガ広場からチャリング・クロス駅の北を通って、東のフリート街へ通じる幹線道路。ホームズ愛好のレストランのシンプスンもこの通りの南側にある〕
⇩142

83　黒体文字
文字の印刷が確立した初期に用いられた、ゴシック体やジャーマン体の活字文字。ローマン体と比較して非常に黒っぽく見えるため、こう呼ばれるようになり、転じてこの字体で印刷された本をこう呼ぶようになった。

⇩146

84　二輪馬車《ハンサム》

ハンサムとは、駅者が車体の後方の上部に座り、一頭立てでひかれる二輪馬車（キャブリオレ）をいう。名前はこの型の馬車をデザインし、特許を取ったＪ・Ａ・ハンサム（一八〇三〜八二）に由来する。 ↓148

85 警察官のピーター・ジョウンズ
文脈の流れからすると、彼は《四つのサイン》に登場する、アセルニー・ジョウンズと同一人物である。 ↓148

86 ショルトー殺しとアグラの財宝事件
《四つのサイン》の事件を指す。 ↓149

87 ナポレオン金貨
二十フランの価値のある金貨で、一八〇三年から一五年にかけてナポレオン一世によって鋳造されたのが最初である。 ↓154

88 そのランタン
ブルズ・アイ・ランタンとも呼ばれる。細い筒状の遮光板が回転して、光を遮るように出来ている。 ↓154

89 ギュスターヴ・フローベールが、ジョルジュ・サンドに書き送っているとおり、「人はむなしく、仕事がすべて（L'homme c'est rein ―― l'oeuvre c'est tout）」だよ正しくは"L'homme n'est rein, l'oeuvre tout !"（人間は無であって仕事こそが全て）。〔サンドはフランスの女流作家で、ショパン、リスト、ミュッセ、フローベールらと愛の遍歴を重ねた〕

⇩
163

《ボスコム谷の惨劇》注

初出は、「ストランド・マガジン」誌第二巻（一八九一年十月号）四〇一〜四一六頁で、シドニー・パジェットによる十枚の挿絵付きであった。米国での初出は、同誌ニューヨーク版（一八九一年十一月号）及びS・S・マックルーア新聞連盟傘下の各新聞紙上であり、掲載の日付は一八九一年十月十七日から同年十一月一日までまちまちで、木版画の挿絵付きであった。原題の“The Boscombe Valley Mystery”に対し、異題は“The Mystery of Boscombe Valley”（「セントルイス・ポスト－ディスパッチ」紙）がある。

原稿が執筆されたのはロンドンのアッパー・ウィンポール街二番およびモンタギュー・プレイス二十三番で、一八九一年四月二十七日に発送されている。原稿の現在の所在は不明である。

90　**ボスコム谷**

ハンプシャー州のボスコム渓谷の名前を採ったものである。この渓谷は、ボーンマス近郊の村で、海岸沿いの保養地でもあるボスコム・スパ近くの狭い渓谷である。「鉄分を幾らか含んだ鉱泉は、峡谷の底近くにある茅葺きの小綺麗な小屋に湧いている」（『ブラックのハンプシャー案内』一八八一年）。 ↓167

91　パディントン駅

パディントンはグレイト・ウェスタン鉄道のロンドン終着駅で、建物はアイザンバード・キングダム・ブルーネル（一八〇六～五九）の設計により、一八五〇年から五四年にかけて建設された。 ↓167

92　グレイの丈の長い旅行用外套とぴったりした布製の帽子

シドニー・パジェットは挿絵を描く際に、この描写を長いケープと鹿射ち帽と解釈し、シャーロック・ホームズに余りにも有名な鹿射ち帽を被らせることにした。 ↓168

93　ロス

ロスはワイ川沿いの市《いち》の立つ町で、ヘレフォードからは南東十二マイル、グロースターの北西十八マイルに位置する。 ↓170

94　ジョン・ターナー

おそらくはユーゴラ・ロックの強盗事件に加担したとして、一八六三年七月に逮捕された山賊の一人、ハーリイ・マーンズが名乗っていた偽名「トーマス・ターナー」をふまえてのものであろう。 ⇩170

95 ハザリー農場
「ハザリー」とは、グロースターシャー州にある土地の名前である。 ⇩170

96 向こうの植民地
一九〇〇年に（オーストラリア連邦として）自治領となるまでは、オーストラリアは六つの独立した植民地に分かれていた。 ⇩170

97 巡回裁判
巡回裁判はイングランド及びウェールズで判事が自分の受け持ち区を回り、陪審員も参加して刑事事件を取り扱うために、周期的に開かれる裁判である。 ⇩172

98 「クーイー」（Cooee!）という叫び声
または“Cooey”とも綴る。元来は、オーストラリア原住民の合図の声だったが、入植者達が真似をするようになったものである。 ⇩178

99 **ポケット判ペトラルカ詩集**
フランチェスコ・ペトラルカ（一三〇四～七四）はイタリアの詩人である。一八九一年初頭、『フランチェスコ・ペトラルカ叙情詩選』（サイフェイル訳）と、メイ・オルデン・ウォードの『ペトラルカ――生涯と作品のスケッチ』の二冊の本が出版されている。

↓182

100 **ストラウド渓谷**
市の立つ町であるストラウドの名前を採ってつけられた渓谷で、グロースターの南九マイル、テムズ・アンド・セヴァーン運河沿いに位置する。

↓182

101 **現場に行くかどうかは全く気圧次第です**
気圧は気圧計か晴雨計で計る。

↓183

102 **晴雨計はどうかな？　二十九インチか**
気圧は三十インチ以上の長さを持つ、垂直に立てた、密閉されたガラス管の中での、水銀柱の高さで示される。「二十九インチ」は、雨天を意味することになる。

↓183

103 **ヴィクトリア州**

オーストラリア南東部に位置する、当時の英国の植民地州（現在は州である）で、行政の中心はメルボルンだった。植民地州となったのは一八〇四年だったが、一八五一年まではニュー・サウス・ウェールズに属していた。

↓187

104　黄表紙本

黄表紙本とは、安い（六ペンスか一シリング）絵入りのカバーが付いて、表紙にはほとんどの場合黄色い紙が使われていた本のことを指す。

↓189

105　バーミューダ造船所

バーミューダ諸島の一つであるアイルランド島には、海軍造船所がある。英国北米戦隊籍の軍艦の修理は、この造船所で行なわれていた。

↓193

106　むち紐

鞭を作るために用いる、きつく撚《よ》られた紐。

↓196

107　ルーペ

ホームズの小道具として広く知られている。

↓198

108
BALLARAT
バララットは、ヴィクトリア州第二の都市であり、メルボルンからは鉄道で七十四マイルの距離にある。一八五一年八月二十五日、この地で金が発見された。
↓204

109
騎兵（troopers）
“trooper”は一八二五年に創設された騎馬歩兵で、脱走した囚人の対処に当たった。彼らはサーベル、カービン銃、馬上短銃で武装していた。
↓210

110
「もし神の恩寵がなければ、汝もこうなるのだ、シャーロック・ホームズよ」
プロテスタントの殉教者であった、ジョン・ブラッドフォード（一五一〇頃～五五）が口にした言葉を言い換えたものである。
↓215

《オレンジの種五つ》注

初出は「ストランド・マガジン」誌第二巻（一八九一年十一月号）四八一～四八八頁で、シドニー・パジェットによる六枚の挿絵付きであった。米国の初出は、同誌ニューヨーク版（一八九一年十二月号）及びS・S・マックルーア新聞連盟傘下の各新聞紙上であり、掲載の日付は一八九一年十一月七日から同年十一月二十一日までまちまちであり、木版画の挿絵付きであった。原題の"The Five Orange Pips"に対し、異題は次の二つである。"Adventures of Five Orange Pips（五つのオレンジの種の冒険）"（新聞連盟下の各紙）、"The Story of Five Orange Pips（五つのオレンジの種の物語）"（「セントルイス・ポスト－ディスパッチ」紙）。

原稿が執筆されたのはロンドンのモンタギュー・プレイス二十三番で、一八九一年五月十八日に発送されている。原稿の現在の所在は不明である。

111　「パラドールの部屋」の事件

おそらくはフランスの作家であり、またアメリカにおけるフランス大使館員でもあった、ルーシエン・アナトール・プレヴォスト－パラドール（一八二九～七〇）についての言及かと思われる。↓220

112 家具問屋の地下に豪華なクラブをかまえていた「しろうとこじきクラブ」の事件

おそらくは「チェンバース・ジャーナル」誌一八九〇年九月二十日号に掲載された、「パリ：職業乞食団の存在」か、「カッセル・サタデイ・ジャーナル」誌一八九〇年十月一日号に掲載された、「乞食のための養成所」――これはロンドンの「托鉢修道会」の記念館を採りあげた記事である――のどちらかの記事に着想を得たものであろう。↓220

113 「消えた英国の三檣帆船ソフィー・アンダスン（Sophy Anderson）号」の事件

ウィリアム・クラーク・ラッセルの小説『バラ号のジョーンズ船長』――この物語は「ストランド・マガジン」誌一八九一年五月号に掲載された――で採りあげられている、ノヴァ・スコシアのウィンザー所属のバルク型帆船マーサ・M・スタッブス号での出来事に着想を得たものであろう。↓220

114 ウファ島でのグリス・パタスン一家の奇怪な冒険

この名前は、W・G・グライス－ハッチンソン大尉の名前に由来するものであろう。彼は保守党（アイルランド自治法案に反対する、連合論者派）に所属し、バーミンガムのアストン・マナーでの、一八九一年三月二十日の補欠選挙で、予期せぬ勝利を収めた。ウファ島というのは架空の存在。

⇩220

115　カンバーウェル毒殺事件
カンバーウェルは南ロンドンの地名である。一八八八年に起きた、カンバーレイの毒殺事件かもしくは一八八九年に起きた、リヴァプールの毒殺事件を暗示しているのであろう。

⇩220

116　九月も下旬の、秋分の強い風
春の彼岸嵐は三月の春分の日前後に、秋の彼岸嵐は九月の秋分の日前後に吹く強い風を言う。

⇩220

117　ホーシャム
サセックス州の町で、ロンドン・ブライトン・アンド・サウスコースト鉄道が通っている。

⇩223

118　パンクしないゴム・タイヤ

これは細い固形ゴムで作られたタイヤを指しているのであろう。この種のタイヤは、J・R・ダンロップが空気タイヤを一八八八年に発明するまで、自転車のタイヤとして使われていた。 ⇩225

119 南北戦争の時には

アメリカの南北戦争（一八六一～六五）を指す。 ⇩225

120 フッド将軍

ジョン・ベル・フッド（一八三一～七九）は、南北戦争当時の南部連合の将軍で、アトランタ方面作戦の指揮を執った。彼の率いる軍勢は、ナッシュヴィルの戦いで全滅した。 ⇩225

121 リー将軍が降伏すると

ロバート・エドワード・リー（一八〇七～七〇）は、ゲティスバーグの会戦で南軍が敗れた後、南軍の最高司令官の地位に就いた。 ⇩225

122 ポンディシェリ

ポンディシェリはインド南東沿岸にある都市で、マドラスの南西四十八マイルに位置する。

227

123 フォーダム

この名前はニューマーケット近郊のフォーダムか、ニューヨーク州ウェストチェスター郡のフォーダムから採ったものであろう。後者はセント・ジョン・カレッジがあり、一八四四年から四九年にかけてエドガー・アラン・ポーが住んでいた所である。

228

124 ダンディー

テイ川河口にあるスコットランドの港町で、エディンバラの北四十二マイルに位置する。

234

125 ポーツダウン・ヒルの要塞

ポーツマス近郊のポーツダウン・ヒルの守備を固めている、赤煉瓦造りの五つの要塞。

234

126 フェアラム

ポーツダウン・ヒルのふもとの町で、ポーツマスの港からはちょうど北西の方向に位置する。

235

127　ウォータールー駅

ウォータールー駅は、ロンドン・アンド・サウス・ウェスタン鉄道の、ロンドンでの終着駅であり、一八四八年に開業した。

⇩241

128　ショルトー兄弟

《四つのサイン》に登場する、ジョン・ショルトー少佐の双子の息子、バーソロミューとサディアス・ショルトー兄弟のことである。

⇩243

129　キュヴィエがたった一本の骨を見て、その動物の全身像を完全に描くことができたようにね

ジョルジュ・レオポルド・クレティアン・ダゴベール・キュヴィエ男爵（一七六九〜一八三二）はフランスの博物学者・解剖学者であった。

⇩243

130　アメリカ百科事典

ここで言及されている百科事典は、アルヴィン・J・ジョンソン編の『新ユニヴァーサル百科事典』（一八七五〜七七年）――『ジョンソン・ユニヴァーサル百科事典』（一八九三〜九五年）と銘うって後に再刊された――のことであろう。

⇩245

131 クー・クラックス・クラン
『ジョンソン・ユニヴァーサル百科事典』によると、この名前は「ライフル銃の撃鉄を起こす音に似せてつくったもの」とされている。 ⇩248

132 ウォータールー橋
ウォータールー橋はジョニー・レニーが設計し、(一八一一年から一七年にかけて)架橋工事が行なわれた。元々は「ストランド橋」と呼ばれていたが、ウォータールーの戦いを記念して改名された。 ⇩251

133 テムズ河沿いのエンバンクメント
ヴィクトリア・エンバンクメントのことで、ウェストミンスターからブラックフレイアーズまで、テムズ河沿いに延びている道である。 ⇩253

134 アルバート・ドック
正式にはロイヤル・アルバート・ドック(一八八〇年完成)で、テムズ河の北方のプライストウ湿地を切り開いて造成された。 ⇩256

《唇の捩《ねじ》れた男》注

初出は「ストランド・マガジン」誌第二巻（一八九一年十二月号）六二三〜六三七頁で、シドニー・パジェットによる十枚の挿絵付きであった。米国の初出は、同誌ニューヨーク版（一八九二年一月号）及びS・S・マックルーア新聞連盟傘下の各新聞紙上で、掲載の日付は一八九一年十二月五日から同年十二月二十日までまちまちであり、木版画の挿絵付きであった。原題の"The Man with the Twisted Lip"に対し、異題は"The Strange Tale of a Beggar（乞食の奇妙な物語）"（「フィラデルフィア・インクワイラー」紙）がある。

原稿が執筆されたのは、サウス・ノーウッドのテニスン・ロード十二番で、一八九一年の八月第二週までには書き上げられている。原稿の現在の所在は不明である。

135 アイザ・ホイットニー

アイザ（Isa）とはアメリカ人の名前か、ユダヤ人の名前である。

⇩
261

136 セント・ジョージ神学校

架空の学校名。

↓ 261

137 アヘンがもたらす夢と感覚の世界を描いた、ド・クインシーの作品

トーマス・ド・クインシー（一七八五〜一八五九）の『アヘン常用者の告白』（一八二二年、一八五六年改訂）のことである。

↓ 261

138 アヘンチンキ

アヘンチンキは阿片をアルコールに漬けたもの。〔アヘンは空想力を高める薬だと信じられ、英国全土にアヘン常用が広まった。一九二〇年に毒性薬物法が制定されるまで、取締りはなかった〕

↓ 261

139 アッパー・スウォンダム・レイン

架空の名前。

↓ 264

140 安物衣服の店《スロップ・ショップ》

スロップ・ショップとは、水夫相手に既製服（スロップ）や寝具類を売る店を指す。

↓ 265

141 **ジン飲み屋**
正しくはワインを売る店か、酒屋である。ジン飲み屋は、十八世紀の社会現象であった。ある時は七〇四四軒ものジン飲み屋が存在し、人々は一ペニーでジンを飲むことができた。しかし一七三五年のジン取締法の施行以降、ジン飲み屋は次第に廃れていった。

↓265

142 **六月十九日、金曜日**
一八八九年六月十九日は水曜日だった。

↓267

143 **あの店の経営者の、水夫あがりのごろつきインド人**（rascally Lascar）
“Lascar”（ウルドゥー語では“Lashkar”）とは、東インド出身のインド人水夫を指す。当時、ロンドンの阿片窟を経営していたのは、中国人がほとんどだった。

↓272

144 **杉屋敷**（The Cedars）
屋敷の名前としては、ありふれたものである。

↓273

145 **「ワトスン、君には沈黙という、すばらしい才能があるね」**
この言葉は、ロバート・ルイス・スティーヴンソンの一節から採ったものである。

↓274

146 キャノン街駅
一八六六年に開業した、サウス・イースタン鉄道の終着駅である。〔一八六六年に造られた〕 ⇩276

147 キャピタル・アンド・カウンティ銀行
キャピタル・アンド・カウンティ銀行は、大手の手形交換組合銀行で、本店はスレッドニードル街三十九番にあった。一九一八年にロイズ銀行と合併した。 ⇩276

148 フレスノ街
フレスノ街とは架空の街の名前である。 ⇩276

149 ヒュー・ブーン (Hugh Boone)
この名前は、アメリカの開拓者であったダニエル・ブーン（一七三四〜一八二〇）から採ったものと思われる。 ⇩281

150 絹モスリン
モスリンのように織られた絹織物を指す。 ⇩288

151 八つ折り判
〔全紙の八分の一の大きさ。一五・二四×二二・八六センチ〕

↓293

152 分析的推理
〔こみいった事柄を、一つ一つの部分に分解し、それぞれを細かく検討したうえで、全体についてのはっきりした考え方を見つけ出す推理法〕

↓294

153 大きめの青いガウン
作品によって、ホームズの着るドレッシング・ガウンの色は違っていて、矛盾がある。《青いガーネット》では紫色と、また《空き家の冒険》(『シャーロック・ホームズの帰還』所収)では鼠色であるとされている。ホームズが着たドレッシング・ガウンは、ネヴィル・セントクレアのものを借りたのだ、と考えることもできよう。

↓297

154 チャリング・クロス
トラファルガー・スクェアの東の地域の名前。

↓299

155 グラットストーン鞄

ウィリアム・エヴァート・グラッドストーン（一八〇九〜九八）の名前を採った、革製の小さな旅行鞄。または両開きの革製トランクを指す。⇩299

156　**チェスターフィールド**

チェスターフィールドはダービーシャーの町で、シェフィールドの南十二マイルに位置する。⇩307

157　**お金《ドル》**

〝ドル〟とは俗語でクラウン銀貨（五シリング）を指すが、ここでは一般的な意味合いでの小銭を指す。⇩308

《青いガーネット》注

初出は「ストランド・マガジン」誌第三巻（一八九二年一月号）七三〜八五頁で、シドニー・パジェットによる八枚の挿絵付きであった。米国における初出は、同誌ニューヨーク版（一八九二年二月号）及びS・S・マックルーア新聞連盟傘下の各新聞紙上であり、掲載の日付は一八九二年一月九日から同年二月十四日までまちまちであり、木版画の挿絵付きであった。原題の"The Blue Carbuncle"に対し、異題は"The Christmas Goose that Swallowed the Diamond（ダイヤモンドを呑み込んだクリスマスの鵞鳥）"（「フィラデルフィア・インクワイヤー」紙）がある。

原稿が執筆されたのはサウス・ノーウッドのテニスン・ロード十二番で、一八九一年十月最終週に脱稿している。原稿の現在の所在は不明である。

158 六つの事件

〔《ボヘミアの醜聞＊》《花婿失踪事件＊》《赤毛組合》《ボスコム谷の惨劇》《オレンジの

種五つ》《唇の捩れた男*》を指す。*をつけたものは法律的には犯罪と関係がない」 ↓316

159 傷痍軍人組合員《コミッショネア》

「コミッショネア」とは、“Corps of Commissionaires”に所属している人を指す。この団体は一八七九年、クリミア戦争で負傷し廃兵となった者達に、雇用の機会を与えようとエドワード・ワルター大尉が組織したもので、本部はストランドのサドリンガム・マンションにあった。 ↓317

160 山高帽（billycock）

てっぺんが丸く、固い（或いは柔らかい）フェルト製の帽子、ボウラー・ハットとも呼ぶ。一八五〇年にこの帽子を考案したウィリアム・コックの名前にちなんでこう呼ばれた。 ↓317

161 この市には、ベイカーという人間は何千人もいるし、ヘンリー・ベイカーという人間だって何百人もいるだろう

一八九一年版のロンドン郵便住所録には、世帯主としてベイカーという名字の者は一〇三人、ヘンリー・ベイカーという名の人間は七人記載されている。しかしこの他にも、当時のロンドンには大勢の間借り人が存在した。 ↓319

162 **餌袋**

もしくは嗉《そ》嚢《のう》。食道の一部がポーチのように広がった部分で、家禽類に見られ、餌は消化前に一時ここに蓄えられる。一部の専門家によれば、ガチョウにもヤマシギにも餌袋はないという。

↓326

163 **モーカー伯爵夫人の、青いガーネット（carbuncle）**

モーカー伯爵は、一〇七一年、ウィリアム征服王にイーリで頑強に抵抗したヘリウォード・ザ・ウェイクに味方した貴族である。

「カーバンクル（carbuncle）」（ラテン語で「小さな石灰」を意味する“carbunculus”に由来する）はカボション・カット（盛り上がった半球形の意で、石の底の部分をくりぬいて、石の色を映えるようにする）を施した、ガーネットを指す宝石商の用語である。

↓327

164 **この世に二つとない、すばらしい宝石**

青いカーバンクルは、確かに二つとはない品である。というのはガーネットは赤、白、黄、緑、茶、紫、黒の色のものはあるが、青のガーネットは決して存在しないのである。

↓327

165 **ホテル・コスモポリタン**
架空のホテルの名前。

↓327

166 **ジェイムズ・ライダー**
おそらくは一八九一年三月三十一日、デンマーク王立地理学会の席上で、グリーンランドの東海岸地帯への探検計画の概要を語った、ライダー中尉の名を採ったのだろう。

↓328

167 **モロッコ革の小箱**
モロッコ革（漆でなめした山羊の革）でおおわれた小箱のこと。〔モロッコ革は、モロッコ特産のなめし皮。毛皮の毛と脂とを取り除いて、やわらかにしてある〕
↓328

168 **中国南部の厦門《アモイ》川の沿岸で発見されたもので**
中国でガーネットが発見されたことはなく、また厦門川も存在しない。

↓331

169 **四十グレイン**
宝石は普通、カラットという重さの単位が用いられる。一英国カラットは、三・一六三トロイ・グレインである。であるから、「ブルー・カーバンクル」の重さは、十二・六二英国カラットということになる。

↓331

170 ヤマシギ（woodcock）
“woodcock”とは、シギの類の鳥を指す。
↓332

171 スコッチ帽子
帽子のてっぺんにふさ飾りのついた、ウール地の青くて丸い、扁平な帽子。
↓332

172 博物館の近くにあるアルファ・インというパブ
ここで言う博物館とは、大英博物館のことである。このパブとは、グレイト・ラッセル街四十九番にあり、大英博物館の正面入り口の前、ミュージアム街との角に位置する「ミュージアム・タヴァーン」か、ミュージアム街二十七番の「プラウ・タヴァーン」のことであろう。

↓336

173 アルスター外套
〔厚手の布地で作られた、ゆったりとした外套。ベルトが付いていることもある。注46参照〕
↓337

174 プライベイト・バー

〔パブは酒場の他に軽食堂・旅館を兼ねたものもある一種の社交場。一八三〇年頃から内部を仕切って、パブとサルーンに分けるようになった。サルーンはすこし上等で、同じ酒でもやや高価。ホームズは、サルーンに入ったのであろう〕
⇩337

175　コヴェント・ガーデン市場

コヴェント・ガーデン市場は、（一九七三年まで）ロンドンにおける果物と花を扱う市場であって、ここではガチョウを求めることはできなかった。鳥肉は、いくらかはスミスフィールドの中央市場（食肉市場）でも扱われていたが、大半の鳥肉はリーデンホール市場で扱われていた。

⇩338

176　オークショット

サリー州レザーヘッドの北東四マイルに位置する、オークショット駅から採ったものである。

⇩342

177　スポーツ新聞の「ピンク・アン」

「ピンク・アン」とは、「スポーティング・タイムズ」紙（一八六五年創刊、一九三一年廃刊）のお馴染みの呼び名だった。

⇩343

178 四輪馬車

「グロウラー」と呼ばれた、馭者席が馬車の前にある密閉型のロンドンの四輪馬車。

⇩346

179 ペントンヴィル刑務所

カレドニアン通りにあるモデル監獄で、一八四〇年から四二年にかけて建設された。

⇩352

180 陶製《クレイ》のパイプ

〈《花婿失踪事件》《赤毛組合》《バスカヴィル家の犬》にも登場し、考えごとをするときにホームズが愛用した〉

⇩356

《まだらの紐》注

初出は、「ストランド・マガジン」誌第三巻（一八九二年二月号）一四七～一五七頁で、シドニー・パジェットの手になる九点の挿絵付きであった。米国での初出は、同誌ニューヨーク版（一八九二年三月号）及びS・S・マックルーア新聞連盟傘下の各紙紙上で木版画の挿絵入り。掲載紙によって、掲載の日付は一八九二年二月十三日から同年十一月二十日までと、ばらつきがある。"The Spotted Band（斑点の紐）"（一九〇五年八月二十日「ニューヨーク・ワールド」紙）との異題もある。

サウス・ノーウッドのテニスン・ロード十二番の家で執筆され、一八九一年十月の最終週までには脱稿している。

原稿について：原稿の一五～一六頁は、筆耕の手になるものであるが、アーサー・コナン・ドイル自身による訂正がある。かつてこの原稿は、デ・スーザン伯爵のコレクションのひとつであった。一九三四年三月二十六日に、ロンドンのサザビーズで競売にかけられ（出品番号四九）、八十二ポンドで落札された。一九三五年には、スクリブナーズ書店からシカゴの業者に売却されている。現在の所在は不明である。原稿では、ヘレン・ストウナと彼女の姉の名前は、ヘレン及びジュリア・ロイロットになっていた。

181　ストーク・モラン　↓361
実在しない地名。

182　二輪馬車　↓365
おおいのない二輪馬車で、横向きの客席が二つ背中合わせになっている馬車。

183　レザヘッド　↓365
レザヘッドはモール川沿いの小さな町。〔サリー州北部にあり、物語では、ストーク・モランはここから馬車で二十分のところにあった〕

184　オパールの頭飾り《ティアラ》に関する事件　↓366
〔「書かれざる事件」の一つで、ホームズがまだベイカー街に越す以前の事件〕

185　クリューの近くでおきた鉄道事故
クリューはチェシャーの町で、ロンドン・アンド・ノース・ウェスタン鉄道の主要な接続駅がある。一八八二年九月三十日、ここで列車の衝突事故があり、多数の怪我人が出た。しかしアーサー・コナン・ドイルの脳裏にあったのは、一八九一年五月一日にノーウッド・ジャンクションの駅で起きた事故のことだったかもしれない。 ⇩369

186 インドの動物が大好きで
チーターはインド原産の動物であるが、ヒヒはアフリカとアラビアにしかいない。 ⇩370

187 ハロウ
ハロウ・オン・ザ・ヒルは、ロンドン郊外の地域であり、ロンドンの北西十マイルに位置する（名高いパブリック・スクールの所在地でもある）。 ⇩371

188 海兵隊の予備役少佐
海軍に籍を持つ軍人で、実際の軍務に服していない者は、俸給が半額に減額された。英国海兵隊は砲兵部隊と、軽歩兵部隊から構成されていた。 ⇩371

189 州の検死官
英国の各州に最初の検死官が任命されたのは、一二七五年のことであった。検死官は終身制で、彼らの義務は検死の際に、不自然な死に方をした者の遺体を調べて、死因を探る

ことである。 ⇩376

190 レディングの近く、クレイン・ウォーター

クレイン・ウォーターとはヴァージニア・ウォーターのこと。〔レディングはバークシャー州の州庁所在地。鉄道の接続駅がある。《白銀号事件》《ボスコム谷の惨劇》《技師の親指》《六つのナポレオン》に登場する〕 ⇩379

191 ホームズは鉄の火かき棒を拾い上げると、……元のようにまっすぐに延ばしてしまった

鉄製の火掻き棒を曲げるのには、相当の腕力が必要であるが、曲げられた火掻き棒を元に戻すには、さらに強い腕力を必要とする。実際には、一度曲げられた火掻き棒を、完全に元どおりに戻すことはできない。 ⇩386

192 イリー型二号のピストル

正しくはウェブリー二号である。「当時イリーの薬莢は、どの拳銃に使える弾であるかを表示した、ラベルの貼られた箱に詰めて売られていた。『イリー型二号』というのは、弾の入った箱には大きな字で『イリー』と書かれていて、その下に小さく『ウェブリー二号用』と書かれていたのを、混同したところから生じたものであろう。 ⇩387

193　ウィルトンじゅうたん

毛足が厚い絨毯地に、U字型に植え込まれているブリュッセル絨毯の一種。〔ジャカード織機で織った、模様入りの厚地のじゅうたん〕

↓393

194　ランタン

ランタン（ダーク・ランタン）はブルズ・アイ・ランタンとも言う。金属製の遮光板が回転して、炎が点いたままでも光を遮って暗くすることができる。

↓407

195　沼毒ヘビ

「沼毒ヘビ」というのは、架空の名前。実在するヘビではコブラが最も似ている。

↓410

《技師の親指》注

初出は「ストランド・マガジン」誌第三巻（一八九二年三月号）二七六〜二八八頁で、シドニー・パジェットによる八枚の挿絵付きであった。米国での初出は、同誌ニューヨーク版（一八九二年四月号）及びS・S・マックルーア新聞連盟傘下の各紙上であり、掲載の日付は一八九二年四月三日から同年同月三十日までまちまちだった。原題の“The Engineer's Thumb”に対して、“A Strange Adventure（奇妙な冒険）”（「バルティモア・ウィークリー・サン」紙）の異題が存在する。

原稿が執筆されたのは、サウス・ノーウッドのテニスン通り十二番で、一八九一年十一月十一日までには書き上げられている。原稿の現在の所在は不明である。

196 混色の毛織物
ヒースのような色合いに織られた服地のこと。

⇩
419

197　ヴィクター・ハザリ
ハザリという名前は、《ボスコム谷の惨劇》では農場の名前として登場している。しかしここでこの名前が使われたのは、第一次グラッドストーン内閣で大法官を務めた（一八六八〜七二）ハザリ卿（ウィリアム・ペイジ・ウッド、一八〇一〜八一）に由来するものであろう。

⇩419

198　ヴィクトリア街十六番のa（四階）
ヴィクトリア街十六番は、実在の住所である。
⇩420

199　石炭酸消毒した包帯
消毒のために用いられる、石炭酸を染み込ませた包帯のことを言う。
⇩422

200　「タイムズ」の私事広告欄《アゴニィ・コラム》（the agony column of The Times）
「アゴニイ・コラム」とは、「タイムズ」紙の私事広告欄である。
⇩424

201　嚙みタバコ（plug）
〝plug〟とは煙草を棒状か塊に固めたもの。
⇩424

202 グリニッジにある有名なヴェナー・アンド・マシスン商会
架空の会社名。
↓
426

203 バークシャーのアイフォード
レディングの南東四マイル半に位置するトゥワイフォード村のことである。
↓
430

204 陸地測量部地図
縮尺一マイル一インチの陸地測量部地図である。グレイト・ブリテン及びアイルランドの公式測量地図は、一七九一年に陸地測量部の長官の命令によって作成が開始された。
↓
451

《花嫁失踪事件》注

初出は「ストランド・マガジン」誌第三巻三八六〜三九九頁（一八九二年四月号）で、シドニー・パジェットによる八点の挿絵付きであった。米国における初出は、同誌ニューヨーク版（一八九二年五月号）及びS・S・マックルーア新聞連盟傘下の各紙上で、木版画の挿絵付きだった。掲載紙によって掲載の日付は、一八九二年三月十二日付から同年五月二十九日付と、ばらつきがある。異題としては、以下のような題名が挙げられる。"The Story of the Missing Bride（消えた花嫁の物語）"（「フィラデルフィア・インクワイラー」紙）、"The Adventures of a Nobleman（貴族の冒険）"（「セントルイス・ディスパッチ」紙）、"Adventures of a Noble Bachelor（独身の貴族の冒険）"（「アトランタ・コンスティテューション」紙）。初期の版では、誤って「九」の番号を付けられている——発表順では「十」の番号を付けられるべきところを——ものもある。

原稿はサウス・ノーウッドのテニスン通り十二番で書かれ、一八九一年十一月十一日までに書き上げられた。現在の原稿の所在は不明である。

205 セント・サイモン
この名前は、おそらくはド・セント・サイモン公爵（一六七五～一七五五）から採られたのだろう。
⇩ 461

206 税関の監視官《タイド・ウエイター》
タイド・ウェイターとは、テムズ河へ到着した外国船に乗り込んで、検査を行なう税関の監察官の呼び名である。
⇩ 462

207 バックウォータ
貴族の名前としては架空のものである。
⇩ 464

208 赤い表紙の厚い本
紋章に関する記述もあることから、この本はデブレットの『絵入り貴族年鑑』（一八六三年創刊）か、『赤本：宮廷及び上流社会登録簿』（一八四九年以降、毎年出版）のいずれかであろう。
⇩ 465

209 外務大臣（Secretary for Foreign Affairs）

または“The Secretary of State with responsibility for Foreign Affairs”。外相（Foreign Secretary）とも言う。一八九一年当時、外務大臣は総理大臣だったソールズベリー侯爵が兼任していた。 ↓465

210 プランタジネット王家の直系で、母方はチューダー王家の血をひいている
こうした血統を語りうる公爵家は、ただビューフォート公爵家あるのみである。 ↓465

211 「モーニング・ポスト」紙の人物欄
「モーニング・ポスト」紙は、当時の主要紙の一つだった（一七七二年に創刊され、一九三七年に「デイリー・テレグラフ」紙に併合された）。 ↓466

212 ハティ・ドラン
ハティはハリエットの短縮形である。 ↓466

213 バーチムア
架空の地名。 ↓467

214 ハノウヴァ・スクェアにあるセント・ジョージ教会

セント・ジョージ教会（一七二四年創設）――建物はジョン・ジェイムズの設計である――は、上流階級の人々が、結婚式を挙げる際に選んだ教会である。 ↓468

215 ランカスタ・ゲイト
ランカスタ・ゲイトは、ハイド・パークの北にある、上流階級の人々の住む一角。 ↓468

216 アレグロ座
実在しない劇場かミュージック・ホールの名前。 ↓472

217 じゃじゃ馬娘（a tomboy）
お転婆娘、はねっかえり娘の意。 ↓476

218 ロンドンの社交季節
〔五、六、七月の三ヶ月間〕 ↓477

219 状況証拠は、……ソローの言葉を借りて言えば、「ミルクの中からマスが出てくるようなものさ」
つまり、牛乳屋が牛乳を水増ししていた証拠になるのである。この言葉は、『森の生活』(一八五四年)の作者である、アメリカの博物学者であったヘンリー・デイヴィッド・ソロー(一八一七~六二)の日記を引用したものである。 ⇩485

220 普仏戦争の次の年
一八七二年のこと。 ⇩486

221 サーペンタイン池
一七三〇年代からハイド・パークにある大きな池で、ランカスタ・ゲイトからすぐ近くにある。 ⇩487

222 フランシス・ヘイ・モウルトン
〔489ページの手紙にある「F・H・M」は、この名の略〕 ⇩495

223 マックワイヤの鉱山キャンプ(McQuire's camp)
“McQuire”はアイルランド系の名前であるが、綴りが間違っている。アーサー・コナン・ドイルはこう綴るのが好きだったが、“Maguire”または“McGuire”と綴るのが正しい。(スティーブンソンは『続・新アラビア夜話』で“M'Guire”と綴っている)。 ⇩496

224 原住民のアパッチ族

アパッチ族は、勢力のある好戦的な部族で、アリゾナ、ニューメキシコの両州にまたがって生活していた。最後に降伏したのは、一八八六年のことだった。

↓497

225 ノーサンバランド・アヴェニューにあるホテル

ノーサンバランド・アヴェニューには当時、大きなホテルが三軒あった。グランド・ホテル、ヴィクトリア・ホテル、そしてメトロポール・ホテル。これらのうち、一番最後に名前を挙げたメトロポール・ホテルが、一番可能性が高そうである。

↓505

《緑柱石の宝冠》注

初出は、「ストランド・マガジン」誌第三巻（一八九二年五月号）五一一～五二五頁で、シドニー・パジェットによる九枚の挿絵付きであった。米国における初出は、同誌ニューヨーク版（一八九二年六月号）及びS・S・マックルーア新聞連盟傘下の各新聞紙上であり、掲載の日付は一八九二年四月十六日から同年同月二十四日までまちまちで、木版画の挿絵付きであった。原題の"The Beryl Coronet"に対して、異題には"The Mystery of the Beryl Coronet（緑柱石の宝冠の謎）"（「シンシナティ・コマーシャル・ガゼット」紙、"The Story of the Beryl Coronet（緑柱石の宝冠の物語）"（「サンフランシスコ・エグザミナー」紙）がある。

原稿が執筆されたのは、サウス・ノーウッドのテニスン通り十二番で、一八九一年十一月十一日までには書き上げられている。現在の原稿の所在は不明である。

226　**張り出し窓から通りを見下ろしながら**
ベイカー街には、張り出し窓のある建物はなかった。

↓509

227 メトロポリタン地下鉄ベイカー街駅

ベイカー街駅は、メトロポリタン地下鉄道の主要駅（一八六三年開業）であり、同時にセント・ジョンズ・ウッド鉄道の終着駅でもあった。

↓509

228 スレッドニードル街にあるホウルダ・アンド・スティーヴンスン銀行

スレッドニードル街にはイングランド銀行があり、またアーサー・コナン・ドイルの取引銀行だったキャピタル・アンド・カウンティ銀行の本店もこの街にあった。

↓512

229 ベイカー街までは地下鉄で来て、そこからは走ってきました

この言葉は、ベイカー街二二一Bが地下鉄ベイカー街駅から、少し離れた所にあることを暗示しているものかもしれない。

↓513

230 イングランドで最高の、最も高貴で、最も尊いお名前の一つ

おそらくは当時の英国皇太子のアルバート・エドワード、のちのエドワード七世か、彼の長男でクラレンス公並びにエイヴォンデール公の称号を持っていたアルバート・ヴィクター王子（一八六四〜九二）を暗示しているのだろう。

↓513

231 ストレタム

ストレタムは「ロンドンの南の郊外」で、ラドゲイト・ヒルの南西七マイルに位置する。 ⇩517

232 サー・ジョージ・バーンウェル (Sir George Burnwell)

おそらくは「自分の親方に二度の盗みを働き、ラドロウで自分の叔父を殺した」(『パーシイの遺品』一七六五年) ジョージ・バーンウェル (George Barnwell) の名前を採ったものであろう。 ⇩518

233 メアリ

アーサー・コナン・ドイルは、この《緑柱石の宝冠》で自分の名前アーサーを銀行家の息子に、母親の名前を姪に与えている。 ⇩519

234 ファージング (farthing)

ファージング ("fourthing"に由来する) は旧ペニーの四分の一で、流通する最小単位の貨幣だった (一九六〇年十二月三十一日まで流通していた)。 ⇩522

235

ありえないことを取り除くと、残ったものがどんなにありそうもないことでも、それ

が真実である

出典はアーサー・コナン・ドイルの『エヴァンジェリン号の運命』である。〔ホームズの推理の原則として最も有名なこの同じ句が、他の作品《ブルース・パーティントン設計書》《白面の兵士》にも書かれている〕

↓553

《ぶな屋敷》注

初出は、「ストランド・マガジン」誌第三巻（一八九二年六月号）六一三〜六二八頁で、シドニー・パジェットによる九枚の挿絵付きであった。米国における初出は、同誌ニューヨーク版（一八九二年七月号）及びS・S・マックルーア新聞連盟傘下の各新聞紙上であり、掲載の日付は一八九二年六月十一日から十月九日までまちまちで、木版画の挿絵付きであった。異題は以下のとおりである。"Adventures of the Copper Beeches（ぶな屋敷の冒険）"（「セントルイス・ポスト・ディスパッチ」紙）、『銅のズボン（原文ママ）』（「ミネアポリス・ジャーナル」紙）〔原題の"The Copper Beeches"に対し、「ミネアポリス・ジャーナル」は"The Copper Breeches"と打ったのである。誤植であったのは言うまでもない〕。

原稿が執筆されたのは、サウス・ノーウッドのテニスン通り十二番で、一八九一年十二月末日までには書き上げられた。原稿の現在の所在は不明である。

《ぶな屋敷》の話の筋を提供したのは、アーサー・コナン・ドイルの母親であった。

236 「デイリー・テレグラフ」紙

「デイリー・テレグラフ」（一八五五年創刊）は、アーサー・コナン・ドイルが購読していた新聞で、一八八三年と一八九〇年に彼からの手紙が掲載されている。

⇩559

237 陶製のもの

陶製のパイプには、パイプの軸の長いものも短いものもある。長いものは、チャーチワーデン・パイプとして知られているものがある。

⇩559

238 チドリの卵のように

斑点のあるチドリ（足の長い、水の中を渡り歩いて餌を取る鳥の一種）の卵は、ウィルキー・コリンズの『月長石』の中でも言及されている。

⇩563

239 ノヴァ・スコウシャのハリファックス

ハリファックスはカナダ東部の主要な港であり、カナディアン・パシフィック鉄道の終着駅にして、ノヴァ・スコウシャ州の首都である。

⇩564

240 ストウパ

おそらくは、地層を掘削する鉱夫の意。

⇩565

241 それはひどい、搾取だ！（sweating–rank sweating）
ひどい搾取であるの意で、長時間労働の過小支払いを指す。「人使いの荒い店（sweat shops）」「過酷な労働（sweat labor）」という使われ方をする。〔当時の住みこみ家庭教師の平均年収は約五十ポンドだった〕 ⇩566

242 これが自分の妹だったら、応募してほしくない就職先ですね
紛れもなく本当の気持ちだったろう。というのは、アーサー・コナン・ドイル自身の三人の姉妹は、家庭教師をしていたからである。 ⇩573

243 粘土がなくてはレンガを造れない！
或いは「わらがなければ」であろう。〔旧約聖書にある〕煉瓦を固めるために必要な藁なしに煉瓦をつくることを強いられた、エジプトのイスラエル人の故事をふまえたものと思われる。 ⇩576

244 黄色の封筒を開き、電文を読む
当時電報は、黄色、ピンク、もしくは緑色の封筒に入れられて配達されていた。 ⇩576

245 ブラッドショー時刻表

ブラッドショー――正式には『ブラッドショーの鉄道・蒸気船航行総案内』というのだが――は、英国になくてはならぬ存在である。ブラッドショー鉄道案内は、ジョン・ブラッドショー（一八〇一～五二）が一八四一年十二月に創刊し、一八四二年六月から一九六一年六月まで毎月発行された。 ↓576

246 アセトンの分析

正しくは化学化合物の「ケトン類」で、アセトン（ジメチル・ケトン）はその中でも、最も構造が単純な化合物である。液体として無色透明なのは、酢酸に由来するものである。 ↓577

247 昔のイングランドの首都

ウィンチェスターは、サーリックの治世下の西サクソン王国の首都であり（五二〇年頃以降）、エグバートの治世下のイングランド王国の首都（八二七年より）であった。 ↓577

248 オールダショット

オールダショットはハンプシャー州の町で、ここには軍隊の駐屯地がある（一八五四年から五五年にかけて造成された）。 ↓578

249　わらぶとんの小さなベッド
小さなみすぼらしいベッドを言う。 ↓602

250　脳熱をわずらわれ、六週間というもの死の淵をさまよわれました
脳熱、というのは小説家が使う仕掛けである。〔脳熱は、百年ほど前に実際に使われた病名であって、現在の精神病分類でいえば「心因反応」であり、熱は出ない〕 ↓607

251　特別許可証により
結婚特別許可証とは、カンタベリー大主教の承認によって許可されたもので、教区に居住することを必要とせずに（普通許可証の場合は、これが必要とされる）、いつでもいかなる場所でも、結婚式の儀式を執行することを可能にするものである。 ↓608

252　ウォールソールの私立学校の校長になっている
ウォールソールはバーミンガムの北東八マイルに位置する、市《いち》のたつ町である。 ↓609

解説

『シャーロック・ホームズの冒険』が初めて出版されたのは、一八九二年十月のことだった。しかし、この探偵の人気と評判は、この本が出版される前、最初のシャーロック・ホームズ物語が、「ストランド・マガジン」誌一八九一年七月号に掲載されてからすぐに、確たるものとなっていた。この成功は突然に訪れ、それでいて持続性のあるものだったから、アーサー・コナン・ドイルはたちまちのうちに有名作家となった。「ストランド・マガジン」にホームズ物語を発表する前、彼はすでに歴史小説『マイカ・クラーク』（一八八九年）を出版し、もう一つの歴史小説『白衣の騎士団』を書き上げていた。これに力を得て、彼は小説を書くことにより多くの時間をあてるために、サウスシーで開業医を続けることをあきらめようと考えていた。こうした考えは一年以上もの間、議論の対象となっていたが、一八九〇年十一月にベルリンから帰って来た後には、彼の決心は揺るぎないものになっていた。彼がベルリンに出かけたのは、ロベルト・コッホ博士の肺病の治療法に関する講義を聴講することが目的だった。彼はベルリンで当初の目的を果たすことはできなかったが、ハーレイ街の皮膚科医マルコム・モリス博士と出会う機会に恵まれた。これが彼の未来を決することになった。ドイルは時間給で、ポーツマス眼科病院で視力矯正《きょうせい》を担当していたことがあった。そこでモリス博士は、ロンドンで眼科の専門医として身を立てるように勧め、そうすれば収入も確保され、なおかつ文学に時間をさくこともできるだろうと忠告した。「六か月ウィーンで勉強して」眼科医としての最新の知識を身につけさえすれば、後は簡単に事が運ぶ、とモリス博士は語った。

ドイルは直ちにこの忠告に従った。彼は一八九〇年十一月十九日にロンドンに戻り、その三日後にポーツマスに帰った。そして同じ月の末までに、家族にサウスシーを去るつもりであることを告げた。十二月十二日には、彼が名誉幹事を務めていたポーツマス文芸・科学協会主催の送別晩餐会《ばんさんかい》が開かれた。そして十二月十八日に、彼はブッシュ・ヴィラ一番の扉を永遠に閉じたのだった。それから彼は妻のルイーズとともにバーミンガムへ行き、友人達と過ごした。クリスマス・イヴには、当時ヨークシャー州北西部の村マッソンギルに住んでいた、彼の母もやって来た。

この年の大晦日《おおみそか》に、彼はウィーンに向けて出発した。ウィーンに着いたのは、翌一八九一年一月五日のことだった。ホテルに数日滞在した後、彼と彼の妻はウニヴァーシタッツ・シュトラッセのペンション・バンフォートに下宿し、ほどなくクランケンハウスへと通い始めた。しかし、自分のドイツ語の、専門用語に関する知識が不充分であることを悟り、ウィーン滞在のほとんどの時間は、ウィーンの上流社会でのお付き合いやスケート、そして執筆に——ウィーン滞在中の最初の三週間は、ほとんど短編小説「ラッフルズ・ホーの出来事」の執筆に充てられていた——費やされた。この小説はアルフレッド・ハーンズワース（一八六五～一九二二）、のちのノースクリフ卿が発行していた大衆紙「アンサーズ」に掲載された。三月九日、彼はサマーリングへ向かうためにウィーンを発ち、ヴェネチア、ミラノと回り、パリで数日過ごし——パリ滞在中に『眼球の屈折力および水晶体の遠近調節力、ならびにその異常』（C・M・クルーヴァー訳、一八八六年、エディンバラ刊）の著者であるエドモンド・ランドル教授と会っている——ロンドンへ戻ったのは、一八九一年三月二十四日のことだった。

シャーロック・ホームズの登場する短編小説、という発想がドイルの脳裏に浮かび、最初のシリーズは彼がロンドンにいる間に執筆された、という事実はきわめて意味深長である。彼は貸家を求めて、以前ロンドンに出てきた際に、一時的に部屋を借りたことのある、大英博物館界隈を探した。そして博物館の裏手、ラッセル・スクウェアに通ずるモンタギュー・プレイス二十三番に、満足のいく部屋を見つけた。ドイルは年齢三十一歳、自分自身を眼科医としており、家族構成は妻のL・コナン・ドイル（三十三歳）、彼らの娘でまだ幼子のメアリ（一八八九年生）の三人であった。ドイル一家が借りていたのは、居間や予備の寝室も付いた一続きの部屋であったから、他の下宿人達とは没交渉だった。しかし食事の際には、近所のレストランへ出かける時以外は、共有の食堂を使ったものと思われる。

ハーレイ街の近くに、診療所を開くための部屋を探すには、なお数日を要した。しかし四月一日から、ドイルはアッパー・ウィンポール街二の、正面の部屋と共同使用の待合室を借りることができた（一年の賃料は百二十ポンドであった。またアッパー・ウィンポール街は、当時も現在も、ウィンポール街とデヴォンシャー・プレイスの間の、独立したハウス・ナンバーを持つ街である）。待合室を共有していたのは、内科学士ジェームズ・ドネランで、ドイルの前に診察室を借りていたのは、歯科医アルフレッド・ハートであった。新しく借りた診療所での第一日目、家具を整えたり、ロイヤル・ウェストミンスター眼科病院で署名する前に、彼は《ボヘミアの醜聞（A Scandal in Bohemia、最初は"A Scandal of Bohemia"という題だった）》の執筆にとりかかった。当時の彼の手帳を見ると、物語がどのくらいの速さで仕上げられていったかがわかる。最初の作品である《ボヘミアの醜聞》が、彼の著作権代理人だったアレクサンダー・ポーロック・ワット（一八三四〜一九一四）宛発送されたのは、四月三日のことであった。四月十日には《花婿失踪事件》を脱稿している。そして四月二十日に《赤毛組合》がワット宛発送され、《ボスコム谷の惨劇》の発送は、四月二十七日のことだった。

こうした一気呵成《いっきかせい》の勢いは、彼が五月四日に病気になって寝込まなければ、まだまだ続いていたはずである。五月十八日までには彼は仕事に復帰し、この日に連作短編の第五作にあたる、《オレンジの種五つ》を発送している。また彼は「もやい綱を切って」、文筆一本で生活を立てていくことを決意していた。彼が選んだのは、サウス・ノーウッドのテニスン通り十二番の家だった。この家の家賃は年八十五ポンドだった。六月末までに、彼とその妻、娘でまだ赤ん坊のメアリの三人は、新しい家へ引っ越した。七月には彼は、『町を越えて』という題の短編小説の執筆にかかりきりだった。そして六つのシャーロック・ホームズ短編物語の最後に当たる、《唇《くちびる》の捩《ねじ》れた男》は八月初めに発送されている。

　連載ものの短編小説は、雑誌にとって中心的存在であった。しかしドイルは、短編小説の続き物を書くに際し、つねに同じ二人の登場人物を使えば、新しい分野を開拓できるだろうと感じていた。「ティット・ビッツ」誌のインタヴュー（一九〇〇年十二月十五日号掲載）で、彼は以下のように述べている。すなわち、従来の雑誌の連載物のやり方は間違っているのではないか、という考えが浮かんだ。というのは、第一回目の連載を読み損なった読者は、もうこの物語の世界からははじき出されてしまうからである。そこで彼は、そうはならない連載物の形態について考えた。そのためには、まず第一にそれぞれの短編は、一話完結の形である必要がある。そうすれば読者に、連載中の途中の一つの物語であっても、読んでもらうことができる。「それでいて、物語の世界を引っ張っていく登場人物の存在によって、一つの物語は前の物語とも、そして次に来る物語ともつながっているのです。この点では、私は革命家でした。その後他の人が試みても、成功を収めることのできなかった、この方式の創始者と呼ばれるべきなのは、誰あろうこの私である、と申し上げてもさしつかえないと思います」

シャーロック・ホームズの手法を考案する際に、ドイルが着想を得るためのよりどころとしたのは、エドガー・アラン・ポー（一八〇九〜四九）と、エミール・ガボリオ（一八三五〜七三）の諸作品だった。時に彼は、彼らの作品をあまりに忠実になぞったために、まるで彼らの作品を引用しているかの様相を呈することもあった。

ガボリオの主だった作品は、一八六〇年代末に発表され、一八八〇年代半ばには探偵小説の真の父親にして、偉大なる唱道者であると広く認識されていた。『ルルージュ事件』（一八六六年）、『ルコック探偵』（一八六九年）といった、ガボリオの作品の英訳版は一八八一年以降、ヴィゼテリー社からペイパーバックとして出版され、広く行きわたっていた。そしてドイルは、《緋色の習作》の執筆を始める前から、ガボリオの大半の作品を読んでいた。当時探偵小説は、ガボリオの名前ときわめて密接に結びつけられていたから、彼の模倣者達は「ガボリオ流派」に属する、という呼ばれ方をした。

ドイルはガボリオの作品からは、「扇情的」「合理的」な要素を学んだ。しかし彼が技術を学んだのは、エドガー・アラン・ポーの作品からだった。自分の作品の構想や考案を纏めるために、ドイルは何度もポーの作品を読み返した。ポーのデュパンは、かつては犯罪者であって、のちにパリ警察庁の初代特捜班の主任捜査官を務めた（一八一二〜二七）、フランソワ・ウージェーヌ・ヴィドック（一七七五〜一八五七）の『回想録』（一八二八年）を基にして書かれ、探偵達より洗練された人物として描かれている。デュパンは常に、彼の友人である物語の語り手の眼を通して描かれる（これはシャーロック・ホームズ物語に不可欠な要素である)。彼は論理的分析と推理を用い、小説の世界での「論理的推理」の偉大な提唱者であり、また最初の「安楽椅子探偵」であった。

探偵としてのシャーロック・ホームズは、偉大なる先駆者達にきわめて多くのものを負っている。しかし、単にそこだけを判断の基準にすると、彼は探偵としてはいささか力不足かもしれない。最初の六つの短編小説は、犯罪が構成要素の一つではあるが、犯罪小説ではない。探偵は物語の中で欠くことのできない存在ではあるが、真の探偵小説でもない。実際には幻想小説であり、おとぎ話なのである。そしてこの六編の偉大な点は、ガボリオやポーの方法を応用し、発展させたことにあるのではなく、その時代の精神や雰囲気、様式が物語の中に溶け込んでいることにある。つまり、オリヴァー・ウェンデル・ホームズ(一八〇九〜九四)の逸話風のとりとめのない語り口、ジョージ・メレディス(一八二八〜一九〇九)に由来する、頻繁に用いられる直喩、オスカー・ワイルド(一八五四〜一九〇〇)の華麗ではあるが脆い耽美主義、そしてロバート・ルイス・スティーヴンソン(一八五〇〜九四)のユーモアと洗練、他のドイルの作品よりもシャーロック・ホームズ物語の最初の六短編が人気を博したのは、こうしたものの存在であった。この六つの短編によって、いくらかは偶然に、またいくらかは意図的に、ドイルは作家としての名声を獲得した。ドイルの作品中の登場人物であるシャーロック・ホームズとドイル自身の学識という二つの要素は完全に融合し、本来は全く異質の要素が結びつくことで、他に類を見ない、ある種の合金ともいうべき様相を呈するに至った。

もしドイルが同時代の文芸作品から学ぶことがあったとすると、それは「ティット・ビッツ」や「アンサーズ」、「カッセルズ・サタデイ・ジャーナル」といった、当時の大衆週刊誌だったろう。こうした週刊誌類は、彼に物語の着想や筋立てについての材料を提供する存在だった。また毎週短く纏められた情報や奇妙な出来事、逸話等が掲載されていた。その中には、変装して乞食になった取材記者の話や、換気孔から蛇が出てきて驚かされた男の話、船のクランクで危うく圧死するところだった技師の物語、ダイヤモンドを餌袋に呑み込まされた鳥の話等があった。いわば獲物の多い、きわめて肥沃な狩猟場だったのである。こうしたものが物語の材料として使えると考えた者は、他にはほとんど存在しなかったが、ドイルにとっては全てがお馴染みの存在だった。これは当時、シャーロック・ホームズ物語がなぜあれほど当たったのか、その理由の一端を充分に説明するものであろう。つまり読者にとってシャーロック・ホームズ物語は、一風変わった世界へのいざないだったのである。ドイルの作家としての弱点は、シャーロック・ホームズ物語を執筆する際には、長所となった。彼は浅薄なものを価値あるものへと作り替えた。うわべを飾ることが、うってつけだった。さらに矛盾だらけの、ありそうもない構想の物語を書くことができた。このようにして書かれた物語のいくつかは、英語で書かれた最も忘れ難い物語となった。これらの物語は、時にとても実際には起こりそうもないと、読者に疑念を抱かせるすれすれのところまで行ったこともないではない。しかしその過程で、これらの物語は伝説としての性質を帯びていったのである。

ドイルは『シャーロック・ホームズの冒険』を献呈する対象として、エドガー・アラン・ポーの思い出に、或いはポーの名前とともにエミール・ガボリオを選びえたはずである。しかし彼はそうする代りに、この本をジョウゼフ・ベルに捧げた。シャーロック・ホームズのモデルが、このジョウゼフ・ベルであることが一般に知られるようになったのは、『シャーロック・ホームズの冒険』が出版される数か月前のことだった。シャーロック・ホームズの、依頼人の仕事や職業をたちまちのうちに見抜いて相手を驚かす能力は、ベルの手法を採り入れたものだとドイルは述べている。ドイルは自分の創造した探偵が、先駆者達の探偵と異なるのは、この点にあると感じていた。ホームズの才能は、謎についての手がかりを求めるだけではなく、さらにその上を行っていた。彼に与えられた才能は、ベルだけに由来するものではなく、また彼だけの専門領域というわけでもなかった。しかしそれでも、ベルはシャーロック・ホームズが論じられる際には、必ず引き合いに出される存在となり、ホームズの特異の能力は、全て彼に帰せられるようになった。しかし、神話はやがて現実の前に薄らいでいく。この後に書かれた、五十編以上のシャーロック・ホームズ物語の中で、ホームズは輝かしく魅力的な過去により、常に光り輝く存在だった。一方その創造にかかわる伝説はしばしば、単にある人気作家の作品中の広く愛された登場人物が、作者のエディンバラ時代の旧師をモデルに創造したものにすぎないと見なされるようになった。

ジョウゼフ・ベル（一八三七〜一九一二）は、エディンバラの外科医の息子で、エディンバラの高等学校、並びにエディンバラ大学を卒業した。彼は手術助手から身を起こし、後にエディンバラ王立診療所の首席外科医兼顧問外科医の地位に就いた。また、二十三年間にわたって、「エディンバラ・メディカル・ジャーナル」誌の編集を担当し（一八七三〜九六）、外科に関する二冊の著作を著わした。彼は卓越した開業医であり、教え子達には懐かしい先生だった。しかし彼の名が不朽のものとなったのは、何といっても一八七七年から七九年にかけて、彼の授業を受けたドイルに拠るところが大である。

ドイルはウィーンに赴く際に、「ストランド・マガジン」誌の創刊号を持って行ったかもしれない。しかし、ウィーンから戻って来るまでは、この雑誌を見たことがなかった可能性のほうが高い。彼がウィーンから戻って来て、「ストランド・マガジン」一八九一年三月号を入手したのは確実である。というのはこの号には、彼の「科学の声」という小説が、掲載されていたからである。この小説は前の年に書かれ、英国の「フィガロ」誌に送られたが、没になった。その後ドイルはこの原稿を、自分の著作に関する業務を委任した、著作権代理人のA・P・ワットの許へと送った。そしてこの原稿は、一八九一年一月二十四日付で、「ストランド・マガジン」の編集長の採用するところとなった。

この「科学の声」に続く、「ストランド・マガジン」に掲載された、ドイルの作品の原稿の受領にも、何らかの混乱が存在したようである。ドイルの手帳に残る記録によって、

《ボヘミアの醜聞》の原稿がA・P・ワットの許に送られたのは、一八九一年四月三日だったことがわかっている。ワットはこの原稿を、「ストランド・マガジン」編集部へと送り、原稿に残されている日付印が示すところでは、編集部が受領したのは一八九一年四月六日のことであった。《花婿失踪事件》と《赤毛組合》の原稿は、ワット宛別々に送られているが、ワットはこの二作の原稿を一緒にして、「ストランド・マガジン」編集部へ送った可能性が高い。このために作品の順番が取り違えられて、「ストランド・マガジン」への掲載が、ドイルの執筆の順とは違ってしまった（《赤毛組合》には《花婿失踪事件》についての言及があるが、《花婿失踪事件》が《赤毛組合》に先立って発表された物語であるかのような言い回しなのは、このためである）。四番目の作品はこのすぐ後に続き、それからドイルが病気になったため、空白期間がある。しかし一九〇〇年の「ティット・ビッツ」のインタヴューの中で、ドイルは最初に書き上げたのは四作品というよりは、三作品であったかのような言い方をしている。その中で彼は、自分の診療所で患者が来るのを待っている間に、これらの物語を書いたと説明している。「このようにして、私は三つの物語を書き上げました。この三編はのちに短編集として出版された、『シャーロック・ホームズの冒険』に収録されました。編集者はこの三編を気に入ってくれ、と言うよりはすっかり夢中になってくれて、続編を書いてくれと要望してきました。その後求めに応じて、次々と続編を書き継いでいって、とうとう私は十二編のシャーロック・ホームズ物語を書き上げたのです。この十二編は一冊の短編集に纏められて、『シャーロック・ホームズの冒険』に

なりました」(「ティット・ビッツ」一九〇〇年十二月十五日号)

一八九〇年の「ストランド・マガジン」の創刊に際し、ニューンズに力を貸し、一九三〇年(この年はドイルの没年でもある)まで、「ストランド・マガジン」の編集長だった、ハーバート・グリーンハウ・スミス(一八五五~一九三五)が、この間の事情について述べたものが三つある。しかしその内容は少しずつ異なっている。

おそらく一連の事実の流れは、次のような経過を辿ったはずである。つまり、最初の《ボヘミアの醜聞》の原稿は、特に何も論評されることなく採用される運びになった。続編の《花婿失踪事件》、《赤毛組合》の原稿が送られて来て、初めてシャーロック・ホームズ物語の特質、構成の独自性が、充分に認識されるに至ったのである。それからスミスとニューンズはドイルと接触し、続編を書くよう依頼したのに違いない。原稿料は、最初約二十五ポンドだったが、後の作品については三十五ポンドに上げられた。ドイルは常に連載を考えに入れてはいたが、もし版元から続編を書くよう催促されなかったら、ホームズ物は四編だけで打ち止めのつもりでいたのかもしれない。五番目の物語は、彼が病気から回復した後の五月に書かれている。しかし彼は七月中はずっと、『町を越えて』の執筆にかかりきりになっていた。六番目の物語が送られたのは、八月になってからだった。であるから、この間ホームズ物語の執筆を迫られた形跡はなかった。

四月末の時点では、スミスの手許には四つのホームズ物語があり、彼はこの四編で連載を始めることができた。連載は七月号から開始され、連載のタイトルは『シャーロック・

ホームズの冒険』とされ、その下に「その一――ボヘミアの醜聞」と短編の題が挿入された。次の月でも、同じ形式が用いられ、「その二――赤毛組合」とされ、これが六番目の作品の掲載まで繰り返された。最初の六編の連載が、「ストランド・マガジン」誌上で始まった後の一八九一年十月時点での、グリーンハウ・スミスとニューンズからの、続編執筆の圧力は、執拗なものとなっていた。彼らの要求は、最初は拒絶された。母親宛の一八九一年十月十四日付の手紙で、ドイルは「『ストランド・マガジン』は、ホームズ物の続編執筆をひたすら嘆願しています」と書いている。同じ手紙の中で彼は、もし「ストランド・マガジン」側が、物語の長さには関係なく一編につき五十ポンドを支払う、というのであれば自分の決心を考え直すかもしれない、とも書いている。「ストランド・マガジン」側は、彼の言葉を受け入れた。十月末までに、ドイルは二つのシャーロック・ホームズ物語の新作《青いガーネット》と《まだらの紐》を書き上げた。また母親宛の手紙で、三番目の新作の見通しが立っていると書いている。「というわけで、残りをどうするかという問題に煩わされることはないでしょう」。

母親の制止がなかったら、彼はホームズを殺してしまうという脅しを実行したかもしれない。次の連載のためにホームズの命を救ったのは、母親の影響力、そして何よりも彼女の、誘拐された少女が別人に変装させるために髪を切られる、という物語の提案であった。

一八九一年十月に、新社屋へ引っ越した「ストランド・マガジン」の編集部が、続きの六編のホームズ物を書くことに、ドイルが同意したことでどれだけ安心したかは、想像に難くない。そして一八九一年十二月号の「著名人の生涯に於ける各年代の肖像」に、ドイルが登場した際に、このことについての言及が見られる。

新たに書かれた六編は、前のシリーズに引き続き「ストランド・マガジン」に掲載されたが、見出しが前のシリーズとは違っていた。連載のタイトル"The Adventure of"が個々の作品の番号の後に付けられ、「その七――青いガーネットの冒険（The Adventure of the Blue Carbuncle)」といった形をとることになった。この見出しの相違は、第一・第二シリーズをはっきりと区別だてるものであり、単行本に纏められる際には、目次の表記が不揃いになるという問題が生じるはずだった。ニューンズは、単行本を出す際には「ストランド・マガジン」の紙型をそのまま使い、同じ大きさの紙を用い、同じ斜めにカットされた厚いカバー紙を掛けたが、目次の頁は作らなかった。その代りに彼は、連載のタイトル"The Adventure of"を、第一シリーズの作品名に被せた。その結果は、充分に満足のいくものとはならなかった。第一シリーズの六《ママ》作品の表記は以下のとおりである。

「ボヘミアの醜聞の冒険（The Adventures of a Scandal in Bohemia)」
「赤毛組合の冒険（The Adventure of the Red-headed League)」
「花婿失踪事件の冒険（The Adventure of a Case of Identity)」
「ボスコム谷の謎の冒険（The Adventure of the Boscombe Valley Mystery)」
「五つのオレンジの種の冒険（The Adventure of the Five Orange Pips)」
「唇の捩れた男の冒険（The Adventure of the Man with the Twisted Lip)」

今日、シャーロック・ホームズ物語が掲載された雑誌の主たる重要性は、掲載時に描かれた挿絵にある。「ストランド・マガジン」に、シャーロック・ホームズ物語が掲載された当初、挿絵を描いたのはシドニー・エドワード・パジェット（一八六〇〜一九〇八）だった。彼の果たした役割は、ディケンズの作品の挿絵を描いたフィズ（ハブロット・ナイト・ブラウン）や、ルイス・キャロルの作品の挿絵を描いたサー・ジョン・テニエルに通じるものがある。決定的なホームズ像を確立する挿絵を描いたのは、シドニー・パジェットだった。そして彼の描いた数々の挿絵は、今もなお我々にとってはお馴染みの存在である。と言うのは、シャーロック・ホームズ物語が掲載された、「ストランド・マガジン」はたくさんの部数が印刷され、また復刻版が作られてもいるからである。

シドニー・パジェットが挿絵の依頼を受けたのは、おそらく間違いからであった。と言うのは、「ストランド・マガジン」の挿絵の担当者は、挿絵を彼の弟であるワルター・パジェット（一八六三〜一九三五）に依頼した、と信じていたからである。シドニー・パジェットの挿絵には、芸術家的なところはなかったが、その流儀は物語にふさわしかった。そして今日では、シドニー・パジェットが作りあげたホームズ像を、改善できる画家がどれだけ存在するか、想像することすら難しいのである。彼は広く一般的なシャーロック・ホームズ像を確立した。特に今日、ホームズ像に不可欠の存在となった鹿射ち帽と旅行用のケープを、ホームズに与えたのは彼の業績である。ホームズが鹿射ち帽を被り、旅行用のケープを着た姿を、パジェットが描いたのは、《ボスコム谷の惨劇》の挿絵が初めてだった。挿絵の中に描かれている家具調度品類や、ベイカー街の部屋の情景は、（登場人物の着ている衣服と同様）パジェット自身が持っているものを基に、描かれたものであった。また彼の友人や身内の人間が、登場人物のモデルを務めた。ホームズは彼の弟が、ワトスンはロイヤル・アカデミー校時代の同期生だった、アルフレッド・モーリス・バトラーが、それぞれモデルを務めた。また、別の登場人物の風貌は、義理の兄弟のスティーブン・マーティンの容貌を基にしている。

しかしながら、ドイルの頭の中にあったホームズの風貌は、パジェットが描いたものとは異なっていた。「ティット・ビッツ」誌上のインタヴュー（一九〇〇年十二月十五日号掲載）で、ドイルは次のように述べている。「私自身のシャーロック・ホームズ像は――つまり、私が自分で想像していたシャーロック・ホームズ、という意味ですが――パジェット氏が『ストランド・マガジン』で描いてくれたものとは、全く違ったものでした。しかし私は、彼の描いてくれた挿絵の出来栄えに、大変満足しています。また、彼が描いてくれたホームズの風貌には、充分納得しておりますし、今ではパジェット氏が描いたホームズ像こそ、本当のホームズ像なのだ、とも考えております。しかし私の頭の中では、ホームズは画家氏の描いたものよりもっと尖った鼻をして、鷹のような、そしてアメリカ・インディアンに似た風貌の人物だったのです。しかし前にも申し上げましたが、私はパジェット氏の絵の出来栄えに大変満足しています」。

米国においてシャーロック・ホームズの短編を最初に世に出したのは、サミュエル・シドニー・マックルーア（一八五七〜一九四九）であった。彼は一八八六年に、新聞連盟を結成していた。マックルーアは自伝の中で、自分がアーサー・コナン・ドイルの名前を聞いたのは、一八八九年に訪英した際に、アンドリュー・ラングに会いに、セント・アンドリュースへ出かけた時のことだった、としている。ラングはロングマン社の原稿閲読者であり、マックルーアにロングマン社が『マイカ・クラーク』を出版する予定である、と語ったという。マックルーアは当時を回想して、次のように述べている。「スコットランドからの列車の中で、私は駅の売店で買った『犯罪小説《シリング・ショッカー》』を読んだ。読み終えると同時に、今後は新聞連盟の連載用に、ドイルの作品を求めていこうと決心した」。彼の思い出はこの後、短編小説の版権を買うところまで飛んでしまう。と言うのは、彼が短編小説の版権を買えたのは、一八九一年の四月か五月以前ではありえないからである。「私はコナン・ドイルの著作権代理人であるワット氏から、シャーロック・ホームズ物語の、最初の十二編の短編の版権権利を、一作品につき十二ポンド（六十ドル）で買った」。そして彼は、当時は連盟傘下の新聞が、自分のところに掲載するための小説の校正刷りや、記事を求めて押し寄せてきていた、と説明している。そして各紙の販売部数や支払い能力に応じて、掲載に際しての異なる固定料金を設定したと述べている。連盟に加わっていた新聞各紙の許には、全作品の写しが送られ、写しを貰った新聞社は、ある一定の期間中に作品を掲載することができた。シャーロック・ホームズの短編は、その長さから新聞掲載用の作品としては、問題を含んでいた。「通常連盟が提供する小説は、だいたい五千語程度のものだった。しかし、シャーロック・ホームズ物の一編の長さは八千語か九千語あったのだ。各新聞の編集者からは、その長さについての不満が山のように寄せられた。この苦情の山は、最初のシャーロック・ホームズ物語の短編十二編の掲載が終わる頃まで続いた。そして連載が終わりに近づいた頃、今度は各新聞の編集者から好意的な評が寄せられるようになった。読者が強い興味を持ち始めたのである」（S・S・マックルーア『我が自伝』一九一四年）

新聞連盟は大きな利益を上げたが、ドイルも損をしたわけではなかった。彼は自作の売り込みの名人でもあった。「リピンコット・マガジン」誌に《四つのサイン》が掲載された後、ドイルはある英国の地方紙の編集者から、《四つのサイン》を連載物として再掲載できるかどうかをたずねられた。彼はリピンコット社に連絡を取り、ある一定期間の経過後には《四つのサイン》に関する、一切の権利が彼のものとなり、彼がどうにでもできることを確認した。そこで彼は、見込みのありそうな新聞社のリストを作り、各紙の編集者宛に手紙を書いて、シャーロック・ホームズ物語を再録しないかと提案したのである。この時の経験は、後になって生きることになった。と言うのは、各紙への再録はホームズの名を紹介する役割を果たし、またその後シャーロック・ホームズの名は、一躍有名なものになったから、ドイルからの提案を拒絶した、多くの新聞の編集者は、自らの過ちを悟らされることになったのである。

ドイルの自作の売り込みは、作品の中でも明らかである。短編第一作〈《ボヘミアの醜聞》を指す」には、《緋色の習作》と《四つのサイン》への直接的なほのめかし（但し、《四つのサイン》へのほのめかしは、「ストランド・マガジン」の編集者によって削除された）がある。『シャーロック・ホームズの冒険』に収められた各短編中には、短編のうちのどれかについての、或いは《緋色の習作》か、《四つのサイン》についての言及があるものがほとんどである。作品中での、自作の売り込みだけにとどまらず、ドイルは実際に自腹を切って、『シャーロック・ホームズの冒険』の広告を出すことまでしている。英国での『シャーロック・ホームズの冒険』の初版本は、一八九二年十月十四日に発売された。部数は一万部で、十二月の終わりまでには八千部が売れていた。ドイルはさらに踏み込んで、翌一八九三年一月九日付の手紙で、A・P・ワットに次のように書き送っている。

ニューンズはちっとも広告を出しません。二十五ポンドを同封します。これでお金の続く限り、週に二回、「デイリー・テレグラフ」「デイリー・ニューズ」「スタンダード」「ペル・メル」の各紙に広告を出して下さい。

広告は、簡単に、以下のようでいいでしょう。

初版一万部まもなく完売

『シャーロック・ホームズの冒険』

著

A・コナン・ドイル
〔金縁、挿絵一〇四枚入、六シリング〕
サザンプトン街　ニューンズ社刊

広告が効いたのか、本自体の人気によるものか（『シャーロック・ホームズの冒険』の単行本は、大量の部数が刷られた「ストランド・マガジン」の合本版と、競合しなければならなかった）、初版本は間もなく完売した。そして一八九三年には、五千部の刷り増しがされ、さらに翌年にも五千部刷り増しがされた。米国版はこれほど売れなかった。新聞連盟は、作者には有利ではあったが、求心力のある組織ではなく、しかも物語を掲載するかどうかは、各新聞の編集者の気まぐれに、大いに左右されたのである。この当時の米国では、シャーロック・ホームズの名前は人口に膾炙するところではなく、米国版の『シャーロック・ホームズの冒険』初版本は一八九二年十月十五日にハーパーズ社から発売されたが、部数は四千五百部にとどまった。しかし徐々に売り上げは伸び、のちになって『シャーロック・ホームズの回想』として纏められる続編が、「ハーパーズ・ウィークリー」誌に連載されるようになってから、シャーロック・ホームズの人気は高まっていった。

最初のシャーロック・ホームズ物語の短編の発表は、偶然にも英国と米国との間に、新しい著作権に関する条約が締結されたのと、時を同じくしていた。この条約の締結は、二国間での野放しの海賊版の横行に、終止符を打つものであった。しかしながら著作権の保護がされなかった短編が三編あった。そのため米国におけるシャーロック・ホームズ物語の短編の最初の出版は、『ラッフルズ・ハウの出来事』への併録という形になった〔この海賊版に併録されたのは、《赤毛組合》と《ボスコム谷の惨劇》の二編であった〕。そしてその後は単独に、或いは別の作品と合わせて出版された。こうした海賊版は、ドイルに財政的に利益をもたらしはしなかった。しかし海賊版は――《緋色の習作》や《四つのサイン》の海賊版も出版されていた――新聞連盟所属の各新聞紙上への短編の掲載よりも、シャーロック・ホームズの名前を広めることになったのである。

『シャーロック・ホームズの冒険』は、批評家にも好評だった。『シャーロック・ホームズの冒険』の献呈を受け、またシャーロック・ホームズの創造に、あずかって力があったとされるジョウゼフ・ベルは、「ブックマン」誌一八九二年十二月号に批評を書いている。ベルはシャーロック・ホームズの性格設定に、強い感銘を受けているが、ドイルを「天性の語り手」と賞賛してもいる。「彼は非常に込み入っていて興味深い、素晴らしい物語の筋立てを産み出す才能の持ち主である。そしてきびきびとした、要点をおさえた正しい英語で、物語を書き進めていく。彼の物語の最大の美点は、不必要な語句が全く見られない点である」。続けて「ドイルは、簡潔な表現がいかに快いものであるかを、またあるゆることは冗長なものになりがちであることを心得ている。だから夕食とコーヒーの間にゆったりと座って読むことのできる、また読み終わるまでに、物語の初めのほうを忘れるといったことが起こらない物語を書くことができたのである」。

この本に影響を与えた人物（彼もまた、エディンバラのジョウゼフ・ベルを知る人物だった）も、賞賛の言葉をドイルに送った。一八九三年四月五日付のドイル宛の手紙で、ロバート・ルイス・スティーヴンソンは、ドイルが自分の作品に対して好意的な評価をしてくれたことに謝意を表している。「さて、今度は私の番です。貴兄の大変に独創的な、またきわめて興味深いシャーロック・ホームズの冒険譚に対して、私からの賛辞を受けていただけるものと希望しております。私が歯痛に悩まされている時に、読みたいと思う文学作品です。この本を手にした時、実は私は胸膜炎を患っていたのですが、それでもとても楽しく御高著を読ませていただきました。しばしの間、御高著は治療薬としても有効であったことは、医学を学ばれた貴兄にとりまして、興味あることと思います。たったひとつだけ、心に引っ掛かることがあります。これが我が旧友、ジョー・ベルなのでしょうか」（『ロバート・ルイス・スティーヴンソン書簡集』一八九九年刊）

他の批評も、概して好意的なものであった。「スピーカー」誌一八九二年十一月二十六日号に掲載された評を、一例として挙げよう。この批評では、まず、「無比の存在であるシャーロック・ホームズ」について触れ、「この種の作品としては、最上の出来」であるとして、フランスだけがガボリオを産んだわけではないことの証明である、と述べている。

のちに驚くほどの模倣者を産むことになりはしたが、それほど陳腐ではなかった評に、「ナショナル・オブザーヴァー」誌一八九二年十月二十九日号に掲載された、「シャーロック・ホームズの真実」と題する評がある。この評の筆者は、「本誌の特別寄稿家」で、この人物は最近発表された、もっと名高い物語を考えにいれたうえで、この有名な科学的探偵の「できることなら、もっと重大でスリルに富んだ事件の物語を」求めている。彼はシャーロック・ホームズに以下のように語らせている。つまり、自分はドイル氏の剽窃のお蔭で不愉快な思いをしており、また、『シャーロック・ホームズの冒険』は、自分の専門家としての経歴中「あまりに下らぬ小事件を集めた」誤伝版であると言う。

シャーロック・ホームズの迫真性は、読者も批評家も等しく強い印象を受けた特質だった。その当初から、シャーロック・ホームズ譚は明らかに、パロディやパスティーシュの執筆に、ごく自然に力を貸していたように思われる。「ティット・ビッツ」の読者投稿欄(「ティット・ビッツ」は、「ストランド・マガジン」宛送られてきた手紙を掲載していた)では、ホームズを実在の人物として扱う傾向にあった。同誌一八九二年一月二十三日号の同欄は、シャーロック・ホームズが「本当に実在する人物か、そうではないのか」を知りたいとする、「バトンズ〔給仕の意〕」からの手紙の返事を掲載している。編集者は、次のように答えている。「我々がシャーロック・ホームズ氏と、個人的面識がないのは事実であります。しかし我々は同氏に関する、多くのものを読んでおりますから、もし当編集部に関係する不思議な事件が起きた場合には、何としてでもシャーロック・ホームズ氏の所在を突き止め、その事件の調査をしてもらう決意であります。もし、かような人物は存在しない、ということを認めざるをえない時がやって来るようなことがあれば、我々の失望は甚だしいものでありましょう」

「サタデイ・レヴュー」誌一九〇五年五月六日号で、マックス・ビヤボーム（一八七二〜一九五六）はE・テンプル・サーストン作の上流社会を題材にした、スリラー劇の『ジョン・シルコート議員』を論評する際に、ホームズの名前を引き合いに出している。ビヤボームは自分が年齢を重ねていくと、若い読者は自分のシャーロック・ホームズに対する思いには、共感してくれなくなるのではないかと考えた。「私がまだ、物事に感じやすい年頃であった頃に、シャーロック・ホームズは突如として世間に現われた。それ以来、彼は私の人生の一部を成し、彼を自分の人生から排除することは金輪際できない相談だろうと思う。今でも彼のことを考えずに、ベイカー街を通ることはできない。（中略）シャーロック・ホームズに対する私の感情は、決して崇拝といった類のものではない、実際、彼が私の心をとらえて離さぬ秘密の一つは、彼がいつでも私を楽しませてくれることにある」

T・S・エリオット（一八八八〜一九六五）も、シャーロック・ホームズ譚の魅力に取り憑かれた一人である。彼は一体なぜそうなったのか、訝っている。シャーロック・ホームズ譚の最も偉大な点は、「我々が彼について語るときは、必ずと言っていいほど彼が実在の人物である、という幻想にはまり込むところにある」と彼は述べている。ホームズはドイル以上に実在感のある人物であり、さらにホームズの迫真性は全く特異なものなのである。彼は幾多の批評に曝されているが、それでいて抜群の探偵としての名声を誇っている。そして読者は、他のどんな探偵よりも、ホームズを選ぶのであると。

ヘスケス・ピアスン（一八八七～一九六四）は同様の見解を述べている。「ワトスンが記録した、到底ありえない推理の中にすら、真の幻想が存在する。彼は巨像の如く、世界を跨ぐ存在」ではあるが、常に現世の存在である。「ホームズはあまりに魅力的なので、そのありそうにないことすら、彼に似つかわしいものとなった。人は彼を批判はするが、必ず彼に戻るのである。我々は彼の欠点ですら、彼の美徳と同様に愛する。なぜなら、ホームズは我々の懐かしい親友であるからだ」

エドマンド・ウィルソン（一八九五～一九七二）によれば、シャーロック・ホームズ譚における想像力と文体は、他の推理作家とは範ちゅうを異にするものだ、と言う。「私の主張は、シャーロック・ホームズ譚はつつましいが、決して下品な水準ではない文学である、というものだ」と彼は述べている。彼はホームズ譚は、主だった登場人物達が作者の手を離れて、彼ら自身の命を持つようになった「御伽話」（ドイル自身もこの言葉を使った）だ、としている。彼の説くところでは、ホームズは瓶から出てきた聖霊だった。つまり、ポーやスティーヴンソンから借りてきた幾つかの要素に、魔法をかけてつくられた産物であった。しかしドイルは、そこに彼自身の空想味を加えた――読者は何か「不吉なもの」を感じることがあったかもしれないが。ホームズ譚は、「抑え切れぬ喜劇的雰囲気」の漂う叙事詩となった。

『シャーロック・ホームズの冒険』は、コナン・ドイルのどの作品と比較しても、空想的雰囲気に富んだ作品と言えるだろう。書かれた時代を反映する本として、『宝島』や『間違った箱』、『ドリアン・グレイの肖像』、『ボートの三人』と肩を並べる存在である。夢、喜劇、そして幻想が渾然一体となっている。コナン・ドイルの最高傑作で、最初から強烈な存在であるため、読者は後の物語の欠点を見落としてしまう。おそらく、コナン・ドイルの作家としての絶頂の作品である、と言えるだろう。

訳者あとがき

『シャーロック・ホームズの冒険』を全訳したのは、敗戦から現在までに刊行されている成人向けの邦訳に限っても、阿部知二・鮎川信夫・大久保康雄・鈴木幸夫・中田耕治・延原謙・河田智雄・中尾明・久米穣など多数にのぼり、これらの先人の業績を見ると私どもの新訳も屋上屋を架す感があるが、シャーロッキアンの訳としていささかでも新味を出したいと心がけた。

翻訳を終えた機会に、この巻の特色について述べてみたい。『シャーロック・ホームズの冒険』は、三つの点で特異である。第一は、「ホームズ物語」の中では最初の短篇集であること、第二に、九冊におよぶ「ホームズ物語」単行本の中では傑作が最も多く含まれていること、第三は、著者ドイルの深層心理（無意識）が最もあらわに露呈されていること、である。訳者は、『ホームズ物語』を単なる推理・冒険小説ではなく、推理小説の形を借りてドイル家の内情を暴露・告白した作品群だと考えている。

これらの特徴を理解するためには、本書の成り立ちの歴史的背景を知っておく必要があろう。

著者サー・アーサー・コナン・ドイル（一八五九～一九三〇）は、英国のスコットランドにあるエディンバラ市に一八五九年に生まれ、一八七六年秋にエディンバラ大学医学部に入学した。一八八一年八月に卒業すると、船医になってアフリカに航海した後、一八八二年九月にポーツマス市のサウスシーで全科医を開業した。初めは食事もできないほど貧乏だったが、しだいに収入も増えて年収三〇〇ポンドほどになり、一八八五年八月六日には、亡くなった若い患者の姉だった二歳年上のルイーズ・ホーキンスと二十六歳で結婚。翌年に最初のシャーロック・ホームズ物語である《緋色の習作》を書き、一八八七年十二月に二十五ポンドの原稿料で買い取られてウォード・ロック社の『ビートンのクリスマス年刊』に掲載されたが、ほとんど反響がなかった。しかし、これを読んだ米国のリピンコット社から続篇の執筆を依頼されて、一八九〇年に《四つのサイン》を書いた。

ロンドンへ移って眼科医を開業しようと考えたドイルは、一八九一年十月五日から同年三月九日までウィーンのフックス教授の下に眼科学の卒後研修のために留学。帰国後の四月一日に、ロンドンのアッパー・ウィンポール街二に眼科医院を開業した。その一方で、同一の主人公と助手とを登場させて、品のよい推理短篇小説を連載するという、かねてからの構想のもと執筆を行なった。その原稿を、グリーノー・スミスの編集による、新しく発刊された月刊誌「ストランド・マガジン」にA・P・ワットが売り込んでくれたので、一八九一年七月号から毎号に連載することになった。この雑誌は、日本の「文藝春秋」のような内容でイラストもふんだんにそえられていた。この連載が爆発的な人気を呼び、一八九二年六月に載せた《ぶな屋敷》までのちょうど一年間にわたる十二作をまとめて一八九二年に出版したのがここに訳出した単行本『シャーロック・ホームズの冒険』である。

ドイルの父チャールズ・アルタモント・ドイルは、エディンバラ市に勤める設計技師・日曜画家だったが、アルコール症に陥り、組織再編計画によって一八七六年六月に公務員を退職し、年金一五〇ポンドを受けることになった。その三年後、ドイルが二十歳で医学部二年生だったとき、四十一歳だった母メアリと一緒になって、この父を精神病院に入院させた。そして、父は精神病院に入院したまま十四年後の一八九三年十月十日にダンフリーズのクライトン王立病院で六十四歳で亡くなっている。父の病気によって家計が苦しくなったことは想像に難くない。もともと貧しかった家計を補うために、母メアリは借家の一部を他人に貸して下宿料を稼ぐことにした。一八七五年からドイル家に下宿したのは、ドイルの六歳年上の先輩医師ブライアン・チャールズ・ウォーラー（一八五三〜一九三二）であった。このことについて、ドイルは自伝の中でウォーラーの名にも触れず、わずかに一言「母は大きな家を共用する方策をあみだしていたが、これはある点では母を楽にした（eased）ろうけれど、そのほかの点ではみじめ（disastrous）にもした。」と、記しているだけである（延原謙訳『わが思い出と冒険』二八ページ）。後に述べるように、「みじめに」という一語が意味深長なのである。ドイルの父が退職したのち一八七七年から一八八二年にかけての六年間、なぜか、このウォーラーが自分の部屋代だけでなしに、ドイル家が借りていた家賃全額を家主に支払っている。

ウォーラーは派閥争いに破れて大学の病理学教授になり損なったので、一八八二年に故郷のマッソンギル村に戻った。その年の末に、エディンバラから四十四歳のメアリと、ドイルの幼い妹三人がこのマッソンギル村に引っ越してきて、ウォーラーの家のすぐ隣の家に移り住んだ。メアリは、一九一七年まで三十五年間そこで暮らし、ドイルはルイーズとの結婚式を一八八五年八月六日にこの村の教会で挙げた。

ドイルは、父の病気と、ウォーラーのことを、自伝『わが思い出と冒険』の中で必死に隠そうとしている。ウォーラーについては一言も触れず、母のことさえも僅か十一か所で軽く触れているだけである。父の病気については「父の健康はますます損なわれてきたので、やむなく退職して回復期患者療養所《ナーシング・ホーム》へはいらざるを得なかった。そしてそこで息をひきとったわけであるが……」（前掲書、三九ページ）とぼかして記しているが、長い間その実態は不明のままだった。ところが、第二次世界大戦の後にビグネルウッドのドイルの別荘が売りに出され、そのときに父が書いた日記帳が世に出てしまった。その中に病院らしい建物のスケッチが描かれていたので、英国のシャーロッキアン、マイクル・ベイカーがエディンバラ周辺の精神病院を調べて、ついにそれがモントローズ王立精神病院のサニサイド・ビルディングのスケッチであることをつきとめた。ドイルの言う「ナーシング・ホーム」とは、実は精神病院だったのである。そこに残っていたカルテから、ドイルの父の病気がアルコール症とてんかんであることが初めてわかった。ウォーラーは、《緋色の習作》に出てくるウィンウッド・リードその他をドイルに教えたりして、文学の手ほどきをした人物であり、自伝に数十ページをさいても当然なくらいの大きな影響を与えた人であった。ドイルが彼に一言も触れていないのはきわめて不自然という他ない。触れてはならない、何か不都合なことがあったのではないか、と思うのが当然であろう。

父が精神病院に長期入院して不在だった間に、母メアリは十四歳年下のウォーラー医師と恋愛関係になったらしい。それとも、経済的に困っていたメアリ一家をウォーラーが義侠心・博愛心から家賃を肩代わりして援助しただけなのか。真相は今となってはわからないが、一九九四年に私どもがマッソンギル村を訪ねて村人に面接した結果では、二人の間には明らかに恋愛関係があったとのことであった。ウォーラー家の家政婦をしていた九十二歳の女性がまだ健在で、話を聞くことができたが、それによると、ドイルの妹の一人は、メアリの夫チャールズ・アルタモントの子ではなく、名前もウォーラーと同じく、ブライアン・メアリ・ジュリア・ジョセフィン・ドイル（一八七七〜？）であった。つまり、今様に言えば、メアリの婚外恋愛の結果だったというわけである。

性に厳しいヴィクトリア朝社会にあっては、これは大変なスキャンダルであり、いまや有名人になったドイルにとっては何としてでも隠しておきたい家庭の不祥事であったに違いない。家庭でパーティーをするときにグランド・ピアノが客の目に触れると、その脚が見えてしまう。人々は脚（レッグ）という単語から人間の脚を連想し、その付け根にある性器をも連想する。それはみだらなことであり、許されないので、ピアノの脚にズボンをはかせて直接見えないようにした、という笑い話が残っているくらい性道徳に厳しい時代だったから、ドイルの困惑も相当のものだったであろう。

ドイルの無意識が最も明白に描き出されているのは《花婿失踪事件》である。同一家屋に住んでいる父が他人に化けて娘をだまし、結婚を申し込むなどという、およそあり得ないストーリーをなぜドイルが書いたのだろうか。ストーリーを読ませることなど度外視して、著者が何か訴えたい、吐露したいものをかかえていたのではないか。この作品の原題(A Case of Indentity)のアナグラム(Deity of a Incest)「近親相姦の神性」が作品の父と娘の結婚をやゆしていることを考え併せると、他の作品群の表題と比べて、一つだけ何やら異質を感じさせるこの原題も、ドイルがいたずら半分に考案したような気もしてくる。《花婿失踪事件》では、母親が十五歳も年下のウィンディバンクと再婚したことについて、メアリ・サザランド嬢はホームズにこう話している。「いい気持ちはいたしませんでした。」これは、ドイルの母親メアリと十四歳年下の男ウォーラーとの仲を、ドイルがどう感じているかを告白した言葉に他ならない。ヒロインの名前も、わざわざドイルの母親と同じメアリにして、読者の注意を喚起して、これが実はドイル家の実態であることを暴露・告白しているのだ。メアリ・サザランドが「遺産として年に一〇〇ポンド入ります」と言うのも、ドイルの妻ルイーズが年に利息一〇〇ポンドの持参金をもってきたのと金額が符合している。

ウィンディバンクがメアリ・サザランドの母親と結婚したように、ウォーラーもまたドイルの母メアリと実質上の結婚をし、さらにウィンディバンクがメアリ・サザランドに結婚をもちかけたように、ウォーラーはドイルの姉アンネットにも恋している。もっとも、このほうは、アンネットが父親のアルコール症とてんかんを遺伝疾患だと誤解して、自分は結婚できない身だと思い込み、ポルトガルのリスボンへ出稼ぎに行ったので、ウォーラーは失恋したのであったが。《花婿失踪事件》の最後に、ホームズが狩猟用のむちでウィンディバンクをむち打とうとする場面がある。むちは、当時の英国では性的快楽のシンボルであり、首相だったグラッドストーンでさえもむち打つための専用のいわゆる「売春婦」を二人住まわせていたというくらいに、むち打ちが流行していた。この作品が、性と関係していることをドイルは暗示したのである。

ここまで読んでこられた読者は、これがあまりにもこじつけた見解であるという感じを抱かれるかもしれない。しかしながら、母がマッソンギル村で暮らしたのは事実であり、ドイルが母メアリとウォーラーとを憎んでいて、罰したいと考えていた証拠が五つもあることを付け加えたい。

第一は、「ホームズ物語」にメアリという女性が九人登場するが、全員が悪人か不幸である。あなたが作家になったときに、自分の実母の名前を作中の不儀の女につけるかどうかを考えてほしい。短篇第一作、《ボヘミアの醜聞》のワトスン家のそこつなメイドの名もメアリだ。《緑柱石の宝冠》のメアリは盗みの共犯者で、恋人とかけおちをしている。《ボール箱》のメアリは姦通の現場を夫に見つかって、棒で婚外恋愛の相手と一緒に殴り殺されたあげくに、ナイフで耳までそぎおとされている。《アベ農園》のメアリは、アルコール症の夫にしいたげられ、それに同情した恋人クローカー船長が夫を撲殺するのを手伝ったような形になり、のちにこの殺人者クローカーと結婚する。ドイルの母もアルコール症の夫にしいたげられたのであろうか。《四つのサイン》のメアリ・モースタン嬢は、幼時に父を失って貧乏暮らしをしたあげく、巨万の遺産を一瞬で手に入れ損なうという不運の女性だ。母親の名を以上のような運命の女性につけたドイルは母親を憎んでいたとしか思えない。

第二は、一八九七年十月にハインドヘッドに新築した家「アンダーショウ」の窓ガラスをステンドグラスにして、一族の家紋を九個入れたときに、家紋研究を趣味としていた母の家紋だけをドイルは入れ忘れてしまった事実である。新築祝いのパーティーに招かれた母親がこれを発見して激怒するまでドイルは全く気づかずにいたというのだから、無意識のなかでドイルは母親を抹殺したかったのだろうと見られてもしかたがない。精神分析学者のフロイトは「忘れるのは、忘れたいからだ」と『日常生活における精神病理』の中で述べている。

第三は、ドイルがほとんど毎日のように母親に手紙を書いていたことだ。一見、母親を愛しているように見えるが、「過ぎたるは及ばざるが如し」であって、過剰な愛は見せかけの愛であり、精神分析ではこれを反動形成と呼んで、憎しみをカムフラージュしたものと見ている。

第四は、ディクスン・カーによる『コナン・ドイル伝』に、ドイルが母と犬猿の仲だったことがはっきり記されている（邦訳『コナン・ドイル』早川書房、三〇三ページ）。第五は、ドイルが経済的に豊かになった後にも、終生二人は同居せず、母は晩年には娘のところ（ホーナング邸）に身を寄せている。

ドイルがウォーラーをも憎んでいた証拠としては一八八七年一月号の「ボーイズ・オウン・ペーパー」誌にドイルが載せた小説「ジェレミー伯父の家」（『真夜中の客』中央公論社、一九八三、所収）がある。主人公のジェレミー伯父は、ウォーラーをモデルにしており、下手な詩を書いてスリッパを引きずりながら歩く男として悪意にみちた描写がある。ウォーラーがいるマッソンギルの隣町イングルトンの名も舞台として出てくるので、ドイルが故意にウォーラーを中傷したことは間違いない。

ドイルは、「ホームズ物語」で家庭の実情を暴き、母親に復讐をしたのである。こう見てくると、「ホームズ物語」は、推理小説の仮面を被った、ドイルの心情告白録であることが明らかになってくる。その証拠はたくさんあって、例えば、《隠居絵具屋》は、母メアリと同じように妻が若い医師と姦通する物語であるし、《覆面の下宿人》も妻が恋人といっしょにアルコール症の夫を撲殺する話だ。（ドイルの父もアルコール症であり、母とウォーラーとの手で、精神病院へ十四年も入院させられることにより、社会的には抹殺された）。「ホームズ物語」にアルコール症に悩まされる話がいくつ出てくるか数えてみるといい。さらに、《赤毛組合》も《三人ガリデブ》も、主人公の留守中を狙って悪事が行なわれるので、父の留守中に姦通が行なわれたことが思い出される。《四つのサイン》については、その巻の「あとがき」に詳しい意味づけを書いているので参照されたい。《唇の捩《ねじ》れた男》には、ネヴィル・セントクレアの次のような告白がある。「わたしは、なんとしても子どもたちに、父親のことで恥ずかしい思いをさせたくなかったのです。……わたしのみじめな秘密があばかれ、家の恥となって子どもたちにふりかかるくらいなら、いっそ監獄につながれたままのほうが、いえ、それどころか、死刑になったほうが、ましなくらいです」。ここには、母のスキャンダルが暴露されたらどうしようというドイルの心配がくっきりと描き出されている。《まだらの紐》では、小さな換気孔をヘビが出入りして、そのヘビの持ち主が殺されてしまう。精神分析学の視点から見れば、これはまぎれもなく性交の象徴であり、医師ロイロットは医師ウォーラーに他ならない。《花嫁失踪事件》では、いったん結婚した女性が別の男と再婚しそうになるが、からくも踏みとどまって、元のサヤに収まるという話である。母に戻ってきてほしいという、ドイルの願望充足をここに見ることができよう。《ぶな屋敷》で、「いなかにはおそるべき罪がひそんでいる」とホームズが述べているのも意味深長である。「犯罪」(crime)と書かずに、道徳上の罪を意味する「罪」(sin)という単語がつかわれていることに注目したい。マッソンギル村に罪がひそんでいることを、ドイルは意識して書いたのではないか。この《ぶな屋敷》では、監禁されていた娘が救出され、監禁した男は犬に食い殺されそうになるというのも思わせぶりである。母メアリがマッソンギルに監禁されたと考えればうなずけないこともない。ウォーラーなど犬にでも食われてしまえ、とドイルは考えていたのであろうか。

ドイルにとっては非常に大切なはずの第一作の表題が「ボヘミアの醜聞（A Scandal in Bohemia）」というのも気になる。ドイルの頭のなかには、いつも母のスキャンダルのことが渦巻いていたのかもしれない。「スキャンダルが公になると大変だ」と言ってびくびくしていたのは、作中の人物ボヘミア王ではなくて、実は著者ドイルだったのである。

ドイルの無意識が『シャーロック・ホームズの冒険』に露呈されている証拠は、以上のほかにもいろいろあるが、一例として「金額」を挙げてみよう。《赤毛組合》には、ジェイベズ・ウィルスンにむかってホームズが「あなたは、三十ポンドあまりを稼がれましたし、百科事典のAの項目にある多くの記事について詳しい知識を持てたことを別にしても、とにかくあなたは、何の損もしなかったではありませんか」と述べるシーンがある。ドイルが「ストランド・マガジン」に連載を始めた最初の六作の原稿料は一作につきおよそ三十ポンドであった。ドイルが最初に活字にした小説の一つ「J・ハバクック・ジェフスンの遺書」の原稿料も二十九ギニー（約三十ポンド）であった。ドイルは、医者という高貴な職業をなげうって、わずか三十ポンドで文字を書く売文業者（作家）に転落したという無念の思いが抜けなかったのではないか、とローゼンバーグは『シャーロック・ホームズの死と復活』（河出書房新社刊）の二二五ページに書いている。《唇の捩れた男》でも「債権者に払うために二十五ポンドがどうしても必要になったとき、乞食になって十日間でその二十五ポンドをかせいだ……」とドイルは記しているが、ドイルは、医師とまじめな純文学作家の仕事を休んで《緋色の習作》という大衆文学を書き、掲載誌『ビートンのクリスマス年刊』を出していたウォード・ロック社からちょうど二十五ポンドを受け取ったのであった。《技師の親指》でも技師のハザリが「二年間に二十七ポンド十シリングしか収入がなかった」とこぼしている。ドイルは、二十五から三十ポンドによほどこだわりがあったらしいことがうかがわれる。前述の、ルイーズの持参金一〇〇ポンドとも考えあわせると、ドイルの無意識が思わず露呈されたと考えても無理ではあるまい。

この『シャーロック・ホームズの冒険』に収められた十二作品に、傑作が多いことは、ドイルによる自選のリスト（一九二七年）を見ても明らかである。《まだらの紐》一位、《赤毛組合》二位、《ボヘミアの醜聞》五位、《オレンジの種五つ》七位、という具合である。（ただし、このドイル自選リストには、傑作と思われる《青いガーネット》などが抜けているので、客観的な評価とは言えない。番号が飛んでいるのは、他の単行本に収録されている作品名をここでは省略したからである）

念のために、ホームズ物語六十作品中のベスト・テンを他者が選んだリストを眺めてみると、世界で最も権威があると言われていた米国のシャーロッキアン団体ベイカー・ストリート・イレギュラーズ（ＢＳＩ）によるベスト作品の選定（一九四四年）では、一位が《まだらの紐》、二位が《ボヘミアの醜聞》、三位が《赤毛組合》、七位が《オレンジの種五つ》となっており、一九五四年のＢＳＩ選定では、一位が《まだらの紐》、三位が《ボヘミアの醜聞》、四位が《赤毛組合》、六位が《青いガーネット》である。日本シャーロック・ホームズ・クラブの選定（一九七九年）でも、一位《赤毛組合》、二位《まだらの紐》、三位《ボヘミアの醜聞》、五位《唇の捩れた男》となっている。同じく一九九二年では一位《バスカヴィル家の犬》、二位《赤毛組合》、三位《まだらの紐》、四位《踊る人形》、五位《四つのサイン》である。これらのリストのうちで、一位に五点、二位に四点……という点数を与えて集計してみると、高得点からの順番で《まだらの紐》二十二点、《赤毛組合》十八点、《ボヘミアの醜聞》十一点となり、単行本『シャーロック・ホームズの冒険』に収められている短篇に傑作が集中していることがわかろう。

『シャーロック・ホームズの冒険』に出てくる推理は合計八十六ヶ所であり、平均すると一作品に七・一六回になる。ここで、各作品の推理回数を記すと、《ボヘミアの醜聞》十一回、《赤毛組合》十二回、《花婿失踪事件》十回、《ボスコム谷の惨劇》八回、《オレンジの種五つ》八回、《唇の捩れた男》二回、《青いガーネット》十一回、《まだらの紐》六回、《技師の親指》一回、《花嫁失踪事件》七回、《緑柱石の宝冠》六回、《ブナ屋敷》四回、となっている。短篇連作の初期には、ドイルも知恵を絞り、努力を傾けて執筆していたことが、この回数によって推定できる。ホームズ物語で傑作だという評価を得ているベスト・スリー（《まだらの紐》《赤毛組合》《ボヘミアの醜聞》）は、動物殺人などで意想外の効果をあげて点数を稼いでいる《まだらの紐》を除けば、推理の数が十二回と十一回であって、推理場面の回数が多い作品と一致している。したがって、推理場面が比較的多い「『シャーロック・ホームズの冒険』に傑作が集中している」という世間の評価は妥当だと言えよう。

今回も『緋色の習作』の出版と同様に、河出書房新社編集部の福島紀幸さんに大変お世話になった。

本文以外の部分の邦訳にご尽力いただいた高田寛さん、いろいろご教示を下さった日本シャーロック・ホームズ・クラブの会員の皆さんにも感謝している。

小林司／東山あかね

一九九八年一月

文庫版によせて

このたび念願の「オックスフォード大学出版社版の注・解説付　シャーロック・ホームズ全集」の文庫化が実現し非常に嬉しく思います。今回は中・高生の方々にも気軽に親しんでいただきたいと考えて、注釈部分は簡略化して、さらに解説につきまして若干短くまとめたものを再録することにしました。これを機会にさらにシャーロック・ホームズを深く読み込んでみたいと思われる読者の方には、親本となります全集の注釈をご参照いただくことをおすすめします。

また、文庫化にあたりまして、注釈部分を切り離して本文と並行して読めるようにページだてを工夫していただいてあります。河出書房新社編集部の搬木敏男さんと竹花進さんには大変お世話になり感謝しております。

二〇一四年一月

東山　あかね

＊　非営利の趣味の団体の日本シャーロック・ホームズ・クラブに入会を希望されるかたは返信用の封筒と八二円切手を二枚同封のうえ会則をご請求下さい。
一七八－〇〇六二　東京都練馬区大泉町二－五五－八
日本シャーロック・ホームズ・クラブ　ＫＢ係
またホームページ　http://holmesjapan.jp からも入会申込書がダウンロードできます。

The Adventures of Sherlock Holmes
Introduction and Notes

The Adventures of Sherlock Holmes, First Edition was originally published in English in 1993.
This is an abridged edition of the Japanese translation first published in 2014, by arrangement with Oxford University Press.

シャーロック・ホームズ全集《ぜんしゅう》③
シャーロック・ホームズの冒険《ぼうけん》

二〇一四年 三 月二〇日 初版発行
二〇二五年 四 月三〇日 6刷発行

著 者 アーサー・コナン・ドイル
注・解説 R・L・グリーン
訳 者 小林《こばやし》司《つかさ》／東山《ひがしやま》あかね
発行者 小野寺優
発行所 株式会社河出書房新社
〒一六二－八五四四
東京都新宿区東五軒町二－一三
電話〇三－三四〇四－八六一一（編集）
〇三－三四〇四－一二〇一（営業）
https://www.kawade.co.jp/

ロゴ・表紙デザイン 粟津潔
本文フォーマット 佐々木暁
印刷・製本 大日本印刷株式会社

Printed in Japan ISBN978-4-309-46613-2

オン・ザ・ロード

ジャック・ケルアック　青山南〔訳〕　46334-6

安住に否を突きつけ、自由を夢見て、終わらない旅に向かう若者たち。ビート・ジェネレーションの誕生を告げ、その後のあらゆる文化に決定的な影響を与えつづけた不滅の青春の書が半世紀ぶりの新訳で甦る。

毛皮を着たヴィーナス

L・ザッヘル＝マゾッホ　種村季弘〔訳〕　46244-8

サディズムと並び称されるマゾヒズムの語源を生みだしたザッヘル＝マゾッホの代表作。東欧カルパチアとフィレンツェを舞台に、毛皮の似合う美しい貴婦人と青年の苦悩の快楽を幻想的に描いた傑作長篇。

残酷な女たち

L・ザッヘル＝マゾッホ　飯吉光夫／池田信雄〔訳〕　46243-1

八人の紳士をそれぞれ熊皮に入れ檻の中で調教する侯爵夫人の話など、滑稽かつ不気味な短篇集の表題作の他、女帝マリア・テレジアを主人公とした「風紀委員会」、御伽噺のような奇譚「醜の美学」を収録。

神曲　地獄篇

ダンテ　平川祐弘〔訳〕　46311-7

一三〇〇年春、人生の道の半ば、三十五歳のダンテは古代ローマの大詩人ウェルギリウスの導きをえて、地獄・煉獄・天国をめぐる旅に出る……絢爛たるイメージに満ちた、世界文学の最高傑作。全三巻。

神曲　煉獄篇

ダンテ　平川祐弘〔訳〕　46314-8

ダンテとウェルギリウスは煉獄山のそびえ立つ大海の島に出た。亡者たちが罪を浄めている山腹の道を、二人は地上楽園を目指し登って行く。ベアトリーチェとの再会も近い。最高の名訳で贈る『神曲』、第二部。

神曲　天国篇

ダンテ　平川祐弘〔訳〕　46317-9

ダンテはベアトリーチェと共に天国を上昇し、神の前へ。巻末に「詩篇」収録。各巻にカラー口絵、ギュスターヴ・ドレによる挿画、訳者による詳細な解説を付した、平川訳『神曲』全三巻完結。

大いなる遺産　上・下

ディケンズ　佐々木徹〔訳〕　46359-9 46360-5

テムズ河口の寒村で暮らす少年ピップは、未知の富豪から莫大な財産を約束され、紳士修業のためロンドンに旅立つ。巨匠ディケンズの自伝的要素もふまえた最高傑作。文庫オリジナルの新訳版。

ロビンソン・クルーソー

デフォー　武田将明〔訳〕　46362-9

二十七歳の時に南米の無人島に漂着した主人公が、自己との対話を重ねながら、工夫をこらして農耕や牧畜を営んでいく。近代的人間の原型として、多様なジャンルに影響を与えた古典的名作を読みやすい新訳で。

碾臼

マーガレット・ドラブル　小野寺健〔訳〕　46001-7

たった一度のふれあいで思いがけなく妊娠してしまった未婚の女性ロザマンド。狼狽しながらも彼女は、ひとりで子供を産み、育てる決心をする。愛と生への目覚めを爽やかに描くイギリスの大ベストセラー。

白痴　1・2・3

ドストエフスキー　望月哲男〔訳〕　46337-7 46338-4 46340-7

「しんじつ美しい人」とされる純朴な青年ムィシキン公爵。彼は、はたして聖者なのか、それともバカなのか。ドストエフスキー五大小説のなかでもっとも波瀾に満ちた長篇の新訳決定版。

眼球譚［初稿］

オーシュ卿（G・バタイユ）　生田耕作〔訳〕　46227-1

二十世紀最大の思想家・文学者のひとりであるバタイユの衝撃に満ちた処女小説。一九二八年にオーシュ卿という匿名で地下出版された当時の初版で読む危険なエロティシズムの極北。恐るべきバタイユ思想の根底。

ジャンキー

ウィリアム・バロウズ　鮎川信夫〔訳〕　46240-0

『裸のランチ』によって驚異的な反響を巻き起こしたバロウズの最初の小説。ジャンキーとは回復不能になった麻薬常用者のことで、著者の自伝的色彩が濃い。肉体と精神の間で生の極限を描いた非合法の世界。

長靴をはいた猫

シャルル・ペロー　澁澤龍彥〔訳〕　片山健〔画〕 46057-4

シャルル・ペローの有名な作品「赤頭巾ちゃん」「眠れる森の美女」「親指太郎」などを、しなやかな日本語に移しかえた童話集。残酷で異様なメルヘンの世界が、独得の語り口でよみがえる。

いいなづけ　上・中・下　17世紀ミラーノの物語

アレッサンドロ・マンゾーニ　平川祐弘〔訳〕 46267-7 46270-7 46271-4

ダンテ『神曲』と並ぶ伊文学の最高峰。飢饉や暴動、ペストなど混迷の十七世紀ミラーノを舞台に恋人たちの逃避行がスリリングに展開、小説の醍醐味を満喫させてくれる。読売文学賞・日本翻訳出版文化賞受賞。

倦怠

アルヴェルト・モラヴィア　河盛好蔵／脇功〔訳〕 46201-1

ルイ・デリュック賞受賞のフランス映画「倦怠」（C・カーン監督）の原作。空虚な生活を送る画学生が美しき肉体の少女に惹かれ、次第に不条理な裏切りに翻弄されるイタリアの巨匠モラヴィアの代表作。

山猫

G・T・ランペドゥーサ　佐藤朔〔訳〕 46249-3

イタリア統一戦線のさなか、崩れ行く旧体制に殉じようとするシチリアの一貴族サリーナ公ドン・ファブリツィオの物語。貴族社会の没落、若者の奔放な生、自らに迫りつつある死……。巨匠ヴィスコンティが映画化！

大洪水

J・M・G・ル・クレジオ　望月芳郎〔訳〕 46315-5

生の中に遍在する死を逃れて錯乱と狂気のうちに太陽で眼を焼くに至る青年ベッソン（プロヴァンス語で双子の意）の十三日間の物語。二〇〇八年ノーベル文学賞を受賞した作家の長篇第一作、待望の文庫化。

快楽の館

アラン・ロブ＝グリエ　若林真〔訳〕 46318-6

英国領香港の青い館〈ヴィラ・ブルー〉で催されるパーティ。麻薬取引や人身売買の話が飛び交い、ストリップやＳＭショーが行われる夢と幻覚の世界。独自の意識小説を確立した、ロブ＝グリエの代表作。

著訳者名の後の数字はISBNコードです。頭に「978-4-309」を付け、お近くの書店にてご注文下さい。